KB156234

그들 앞에 서면
내 영혼에 불이 켜진다

국립중앙도서관 출판시도서목록(CIP)

그들의 무덤 앞에 서면 내 영혼에 불이 켜진다 : 영혼
의 순례, 52명의 작가 묘지기행. 1 / 맹난자 지음. --
전주 : 신아출판사, 2011
　　p. ;　　cm

ISBN　978-89-5925-958-8 04810 : ₩16000
ISBN　978-89-5925-957-1(세트) 04810

문학 평론[文學評論]

809-KDC5
809-DDC21　　　　　　　　　　　　CIP2012000292

영혼의 순례, 52명의 작가 묘지기행 ①

그들 앞에 서면
내 영혼에 불이 켜진다

맹난자 에세이

수필과비평사

생사(生死)는 그대의 것이 아니다

몽테뉴를 읽다가 책장을 덮고 집 근처의 공원으로 나갔다. '죽음은 살아 있을 때나, 죽었을 때나 그대에게 관여치 않는다니… 왜냐하면 둘 다 그대의 것이 아니기 때문'이라는 여운을 안고 늘 가던 자리에 가서 앉았다. 오늘따라 풍성한 숲 그늘이 보기 좋다. 쓰르라미란 놈이 세차게 울어댄다.

'인생은 쓰라려 쓰라려 쓰라려'

그렇게 들은 일본 시인 이싸―茶가 생각난다. 목청 찢어지게 울 수 있는, 고작 며칠이 전부인 삶을, 쓰라리고 쓰라린 우리네 삶을 돌아보게 한다. 미생물의 왕성한 번식, 감각의 확산에도 불구하고 여름은 내게 생명의 계절이 아니라 언제나 죽음의 계절로 기억되는 것은 우리 가족뿐만 아니라 내가 좋아하는 작가들의 대부분도 여름에 죽었기 때문이다.

누군가 여름을 환각(幻覺)이라고 말했다는데 보들레르야말로 환각의 여름만을 살다 간 생애가 아닌가 한다. 봄, 가을도 없이 작열하는 태양 아래 숨막히는 폭염의 인생만을 살다 간 듯해서 그를 찾아가는 내내 마음이 편치 않았다. '나에게는 하루하루가 만년(晩年)이었다.'는 다자이 오사무(太宰治)도 여름을 넘기지 못하고 집 앞에 있는 다마카와 상류로 뛰어들었다. 그의 시신이 발견된 것은 6월 19일 생일날 아침이었다. 헤밍웨이가 방아쇠를 당겨 캐첨 산자락을 뒤흔들던 것은 7월 2일 새벽이었다. 7월 24일 아쿠타가와 류노스케의 음독자살, 이 날은 우리 어머니의 기일이기도 하다. 반 고흐의 총성 일 발이 울린 것은 7월 29일. 푸른 보리밭 앞에서 놀란 까마귀 떼가 흩어지던 하늘을 보고 돌아온 것도 하마 10여 년 전의 일이다. 어렵게 자살을 선택한 반 고흐, 다자이 오사무와 아쿠타가와의 나이는 눈부신 30대였다.

정신병원에서 숨진 모파상, 보들레르 그리고 슈만도 여름을 벗어나지는 못했다. 이들은 모두 40대였다. 어떤 기운이 나를 그쪽으로 내몰았던 것일까. 내 발길이 닿는 곳은 보들레르가 숨진 돔가 1번지의 정신병원, 모파상이 숨진 블랑쉬 박사의 병원, 시인 네르발이 목을 맨 파리의 비에유 랑떼른느의 골목길이거나 관 속의 시신이 비틀린 고골의 무덤, 가와바타 야스나리가 가스 자살한 마리나 맨션, 다자이가 뛰어내린 미타가의 다마카와 상류. 아쿠타가와가 자살한 현장을 찾아 그가 살던 다바다 촌을 헤매 돌며 그들의 시간 속으로 가고 있었다.

오랫동안 나는 죽음이라는 문제에 붙잡혀 있었다. 6·25 피란 중 산골 뒷방에서 본 다섯 살짜리 여동생의 시신, 미명 속에 꼼짝 않고 앉아계시던 어머니와 그 앞에 흰 천으로 덮여 있는 작은 물체가 보였다. 주검과의 첫 대면이었다. 그로부터 10여 년 뒤 중학생이던 남동생을 잃었다. 자유당정권의 탄압으로 일찍 옷을 벗어야 했던 아버지의 분노, 실직. 집안의 기둥이던 장남의 급사, 어머니가 정신줄을 놓기 시작하던 무더운 여름, 나는 방문을 닫아걸고 거미줄 같은 원고지 칸에 매달렸다. 고등학교 2학년 때였다. 미8군에서 주는 약을 한 주먹씩 먹으면서 미아리 공동묘지에 누운 동생의 무덤을 어머니 모르게 찾아다녔다. 허난설헌의 〈곡자(哭子)〉를 그 애에게 읽어주며 오누이의 정을 다지기도 했다. 아무에게도 방해받지 않는 사자(死者)의 공간. 그곳에 가면 이상하게 마음이 편안했다. 푸른 하늘과 흘러가는 구름과 바람과 햇볕과 고요 그리고 푹신한 잔디. 동생의 등에 기댄 듯 무덤에 기대어 한나절씩 책을 읽다 돌아오곤 했다.

그 후 택지개발로 쓸려나간 동생의 무덤, 이장 공고를 통보받고도 시간을 놓쳐버린 그 잘못을 어디에다 빌랴. 지금도 묘지 찾아다니는 버릇은 그때 잃어버린 무덤에 대한 어떤 보상심리가 뒤따른 것인지도 모른다. 무연고자들의 화장처리를 떠올리며 홍제동 뒷산에 올라, 굴뚝에서 피어나는 누런 연기를 보며 황망히 서 있기도 했다. 바람결에 와 닿는 누린내 속에서 동생의 실체를 느껴보려고 애썼다. 그것이 죽음의 냄새인가 똑똑히 기억하고 싶었다. 우리의 삶과 죽음을 구름에 비교하며 구름은 본래 실체가 없는 것이니 그것마저 놓아야 한다지만 말처럼 쉽게 받아들여지지 않았다. 그것을 화두처럼 50년이나 품고 지냈다.

"죽음이란 원래 없는 것이오. 영혼의 불멸성을 인정한다면 부스럼 딱지와도 같은 시신은 아무렇게나 해도 무방하지 않은가?" 이런 선사의 말씀으로 한 가닥 위안을 삼기도 하고 "흙으로 돌아간 나는 결국은 흙이 되어 없어져 아무것도 없는 공(空)으로 화하고…" 도연명의 〈자제문(自祭文)〉을 읽으면서 마음을 달래기도 했다.

죽음이 알고 싶었다. 죽음에 관한 기록이면 무엇이든지간에 밑줄을 긋고 가위로 오려서 스크랩해 온 지 20여 년, 그것들은 몇 권의 책으로 묶여져 나오기도 했다.

작가 묘지기행을 다룬 졸저 《인생은 아름다워라》에서 29명의 작가를 만난 바 있으나, 아무래도 못다 한 사연이 있는 것 같아 도중에서 봉을 뜯는 나그네처럼 여기에 다시 첨언한 내용과 23명의 작가를 포함해 이번 책에서는 두 권 분량의 52명 작가를 선보인다. 그들이 죽음에 이르는 최후의 모습은 어떠했으며 작품 속에 나타난 사생관은 무엇인지 궁금했다. 특히 〈밤으로의 긴 여로〉를 쓰는 내내 울어서 눈이 빨개져 서재에서 나왔다는 유진 오닐의 고통, 아쿠타가와 류노스케가 겪은 유전의 공포를 생각하며 딴 세계에 갇혀있는 그들의 가엾은 어머니를 생각하면서 나는 내 아픔을 씻어 내렸다. 작가의 고통에 동참하는 일은 단순한 위안을 넘어 영혼을 정화시키는 씻김굿과도 같은 의식이 아닐까 생각한다.

세상에서 유일하게 남긴 재산은 '때로 눈물을 흘렸다는 것뿐'이라던 알프레드 뮈세, 기이한 추악미를 예찬했던 보들레르, '슬픔과 아름다움은 하나'라던 안톤 체호프, '예술이 삶을 주도해야 한다.'던 오스카 와일드, 슬픔과 아름다움에 유달리 민감했던 그 작가들을 나는 사랑한다.

스스로 천형(天刑)에 처해진 시인 보들레르, 스스로 저주의 시인이 된 폴 베를렌느, 또한 베를렌느처럼 동성애로 불행하게 된 오스카 와일드. 스스로 인간 실격자가 된 다자이 오사무, 에드거 앨런 포, 모파상, 랭보, 뮈세 등은 관능적 쾌락에 탐닉하며 마약과 알코올 중독, 혹은 자살 기도, 매독과 정신착란을 겪으면서도 작품에서만은 완벽함을 추구하는 까다로움을 보였다. 그들은 진짜 작가였다.

혼신의 힘을 다해 영혼에 불을 지피고 자신의 감성에서 뽑아낼 수 있는 한, 선율을 뽑아내고는 애처롭게 그들은 지상에 엎어지고 말았다. 그들의 생애는 온몸을 도구로 삼은 예술가로서의 처절한 한판 결투였다. '아름다움'에 바쳐진 순교에 다름 아니었다. 우국충절로 민족혼이 된 노신이나 굴원, 빅토르 위고, 인도와 바꾸지 않겠다던 셰익스피어. 그리고 '죽음 앞에서 최고의 순간을 누린다.'는 괴테, '죄를 거쳐 예수로'라고 DH 로렌스에게 칭송된 도스토옙스키. '이 사람은 하느님을 닮았구나.' 하고 막심 고리키는 톨스토이를 추앙했다. 여기까지 도달한 이들과 빅토르 위고, 예이츠, 임어당같이 대기만성한 작가들의 죽음만 훌륭한 것이 아니었다. 모든 작가들의 죽음은 존엄하다. 피 흘려 몸으로 쓴 전기요, 작중 인물과 부합된 그들의 실제 죽음은 이슬에 매달린 안타까운 광휘였다.

베를렌느가 죽어나간, 카페가 된 그의 집에 앉아 있었다. 벽면에 새겨진 시구 〈하늘은 지붕 위로〉를 보고 있자니 그의 음성이 들려오는 듯했다.

> '오, 그곳의 너, 무엇을 하였기에
> 끊임없이 울고만 있느냐…
> 너의 젊은 날을 어떻게 보냈더냐?

'어떻게 보냈더냐?' 그의 물음은 어느새 나를 향해 있었다. 문학에 대한 열망을 잠재우고 나 또한 여름만을 지낸 듯 살다가 퇴직한 남편을 따라 겨우 파리에 온 것은 나이 육십. 그러고도 이제 십 년의 세월이 더 보태졌다. 그렇게 알고자 했던 죽음은 이제 더 이상 타자의 죽음이 아닌, 지금은 내 등짝에 바짝 붙어 그와 동거 중이다. 여러 증세를 겪으며 몸으로 죽음을 학습하는 중이다. 오온(五蘊 : 몸의 구성요소)의 그 해체를 짚어보게 된다. 몸이 무거운 날은 그대로 땅 속에 묻히는 심정으로 드러눕는다. 그러면 얼마 지나서 나는 한 줌 흙으로 화하겠지. '무덤에는 봉토도 안 할 것이며 비석도 세우지 않은 채로 세월과 더불어 스러지게 하리라.'던 도연명의 심정이 된다. '세월과 더불어 스러지겠다.' 여기에 생각이 멎자 온몸이 모래바람을 일으키며 사방으로 흩어지는 게 느껴진다. 상상 속에서 내 몸은 산화된다. 결국은 한 줌 바람이다.

'인생은 어차피 허깨비(幻), 끝내는 공(空)과 무(無)로 돌아가리라.'던 도연명의 '귀무공(歸無空)'을 요즘 좌우명으로 삼고 지낸다. 그걸 외우면 마음이 매인 데 없이 넉넉해진다. 몸속에 이상 징후가 느껴지면 이내 소동파를 떠올리며 '내게 아직 조물주가 부여해주신 육신이 있으니 운명이 명하는 대로 영고성쇠의 끝없는 순환을 겪게 내버려둘 따름이라'는 그걸 내게 적용시킨다. 가급적 몸에서 마음을 떼려고 노력한다. 천연덕스럽게 자신의 이름을 부르며 "낙천(樂天)아 낙천아! 병들면 죽고, 죽으면 쉬도록 하여라."라고 하던 백거이의 탄성이 나를 겨냥해 크게 울린다. '그래 그렇게 누워 쉬자.'고 생각하니 누워있는 심신이 말할 수 없이 편안해진다. 죽음이 이런 거라면 나쁘지 않다는 생각이다. 나는 밤마다 릴케의 '완전한 죽음을 끌어안고 깊은 잠에 드는 것뿐'이라는 그 깊은 잠을 꿈꾼다.

인사동 거리를 지나다 '참! 그들은 죽었지.'란 생각이 문득 들 때, 아직 살아있는 내 자신이 신기하게 느껴지며 진공상태에 떠있는 존재처럼 여겨질 때가 많다.

엘미러의 우들론 공동묘지를 찾아가 마크 트웨인의 무덤 앞에 섰을 때도 같은 심정이었다. 덩그러니 큰 집에 혼자 남겨져 천착한 것은 오직 죽음뿐. 그의 유고집 ≪불가사의한 이방인 NO. 44≫에서 그의 사생관을 엿볼 수 있다.

이방인이 시계를 거꾸로 돌리자 이미 치렀던 장례식을 다시 치르고 영구차와 장례 행렬은 엄숙한 분위기로 후진하고…. 파라오, 다윗과 골리앗 등 셀 수 없이 많은 왕들이 지나갔다. 죽은 자들이 떼를 지어 지나는 데는 몇 시간이나 걸렸다. '그들의 뼈에서 나는 덜커덕 소리 때문에 얼마나 귀가 멍해졌던지, 우리는 자신의 생각마저도 거의 할 수가 없었다. 그때 NO. 44가 손을 한 번 휘젓자 우리는 어느새 텅 비고 소리도 없는 세계에 서 있었다.'고 마크 트웨인은 말한다.

나는 바위에 걸터앉아 이 장면을 떠올리며 잠시 눈을 감았다가 떴다. 일념(一念)이 무량겁인 듯했다. 텅 비고 소리도 없는 세계에 잠겨 있었다. 그리고 무량겁도 한 순간인 듯했다. 그 때 NO. 44가 인쇄소 직공인 아우구스트에게 일러준 말이 떠올랐다.

> 인생 그 자체는 하나의 환상적이고 한바탕 꿈일 뿐이야
> 존재하는 것은 아무것도 없어. 모든 것은 꿈이지.
> 하느님과 인간, 이 세상, 태양과 달, 수많은 별들.
> 이 모든 것들이 하나의 꿈이야. 꿈이고말고. 그것들은 존재하지 않아.
> 텅 빈 공간과 너를 제외하고는 존재하는 것은 아무것도 없어.

마크 트웨인이 설파한 '인생' 그것은 '아무것도 없는 텅 빈 공간'. 거기에 막이 오르면 사무엘 베케트의 극중 인물이 나타나 '고도'를 기다린다. 그는 언제 오는가? 〈고도를 기다리며〉에서처럼 인간의 기다림이란 텅 비어있는 무대의 시간뿐. '아무도 이곳에 온 일이 없고, 아무도 여기를 떠나지 않았으며 아무런 일도 일어나지 않았다.'고 작가는 말한다. 왜냐하면 와도 온 바가 없고, 간다고 해도 갈 바가 없기 때문이다. 일찍이 태어난 적도 없고 죽은 적도 없다는 것을 예이츠는 그의 시집 ≪탑≫에서 '죽음과 삶은 본래 존재하지 않았다.'고 말한다. 무덤이 즐비한 사자(死者)들의 공간, 텅 비어있는 무대의 시간뿐, 그들을 생각하며 나는 잠시 내 존재를 생각했다.

'인생은 어차피 환(幻), 끝내는 공과 무로 돌아가리.'라던 도연명의 얼

굴이 다시 여기에 겹쳐왔다. 이들의 무덤 앞에 서면 내 영혼에 불이 켜진 듯 눈앞이 환해졌다. 태어나지도 죽지도 않았다는 불생불멸(不生不滅)의 도리를 소동파는 〈적벽부〉에서 좀더 쉽고 간명한 언어로 풀이한다.

그대는 저 물과 달을 아는가?
흘러가는 것은 이와 같다지만 그러나 일찍이 가는 것만이 아닌 것을, 차고 기움이(盈虛) 저와 같으나, 마침내 소장(消長)할 수 없음이라.

물은 흐르되 다 흘러가버린 적이 없고, 달은 만월이 되거나 기울어 초승달이 되어도 달은 끝내 없어지거나 사라지지 않는다. 영허소장은 현상계의 작용일 뿐, 본체는 변하지 않는다는 것. 우리의 생사 또한 이와 같아서 생로병사라는 현상계의 작용을 거칠 뿐, 그 본체는 변하거나 없어지지 않는다는 설리(說理)로써 그는 우리를 위로한다. '소동파 기념관'에서 〈적벽부〉를 다시 볼 수 있었던 것도 큰 기쁨이었다.

릴케는 '현상과 본체'를 다른 말로 표현한다.
"존재하라. 그리고 동시에 비존재의 조건을 알라."
존재와 비존재, 그것은 현상과 본체의 다른 이름이며 ≪반야심경≫의 물질이 공이며(色卽是空) 공(空)이 물질인 것과 다르지 않다.
"비존재의 조건을 알 때, 인간은 자유로워진다. 그것은 성숙한 존재가 되었기 때문이다."
≪두이노의 비가≫에서 릴케가 죽음을 묘파한 대목이다.
"성숙한 인간은 무르익은 과일이 나무에서 떨어지듯, 죽음에 대한 원한이 없다. 죽음은 완전한 죽음을 끌어안고 깊은 잠에 드는 것뿐이다."
죽음은 인간 밖에 있는 것이 아니라 인간 안에 있으며, 인간 삶의 핵심이며 진주처럼 인생을 빛나게 하는 것 역시 죽음이라고 말한다.

때가 되면 무르익은 과일이 나무에서 떨어지듯 그렇게 죽음을 수용하기란 사실 쉽지 않다. 릴케도 '성숙한 인간'에 한정하고 있다. 릴케보다 두 해 늦게 태어난 헤세도 존재와 비존재를 터득한 때문인지 만년에 그의 죽음도 평안했다.

> "사랑하는 형제인 죽음이여! 오라. 나는 여기에 있다.
> 와서 나를 잡아라. 나는 너의 것이다."

헤밍웨이 또한 헤세처럼 죽음더러 어서 오라고 손짓한다.

고기 한 마리 잡지 못하고 84일을 바다에서 헤매는 늙은 어부, 산티아고는 밤과 낮이 바뀌는 동안 삶과 죽음의 투쟁을 계속한다.

'네가 날 죽이고 있구나. 고기야.'라고 노인은 생각했다. 하지만 너는 나를 죽일 권리가 있어. 난 여태까지 너처럼 거대하고 아름답고, 태연하고 고결한 존재를 보지 못했단다.

"내 형제야. 이리 와서 날 죽이렴. 누가 죽이고 누가 죽든 난 상관하지 않으마."

그는 바다에서 혼자 하늘과 바다와 대화를 나누며 자연과 하나가 되는 합일을 경험한다. 자연의 요구에 몰두하지 않는다면 결국은 '삶을 속이게 되는 것'이라던 헤세의 말이 떠오른다.

"우리가 사는 것은 죽음을 두려워하다가 끝내는 죽음을 사랑하게 되기 위해서"라던 그의 말을 이따금씩 반추하게 된다. 어떻게 하면 헤세처럼 죽음을 사랑하게 될 수 있을까.

중국인답게 순천관(順天觀)을 가진 임어당은 "인생에는 선(善)도 없고 악(惡)도 없다. 계절에 따르면 모두 다 선(善)이다. 자연(사계절)에 순응하며 살아간다면 '인생은 한 편의 시'처럼 살 수 있다."는 것이다. 이런 의미에서 그는 셰익스피어를 '대자연과도 같은 이'라고 극찬해 마지않았다.

"셰익스피어는 인생을 널리 있는 그대로 보았다. 그는 대자연 그 자체와 같았다. 그는 그저 살았고 인생을 보았고 그리고 죽은 것에 지나지 않았다."

여기에다 임어당을 대입해 본다. 그리고 그가 좋아하던 소동파와 도연명도 대입해 본다. 그들은 하나같이 모두 대자연 그 자체와 같았던 사람들이다. 그들은 그저 살았고 인생을 널리, 있는 대로 바라보았으며 그리고 죽은 것에 지나지 않았다. 그리하여 그들의 삶과 죽음은 일출과 일몰처럼 다만 보통 있는 일에 지나지 않았던 것이다. 달관의 경지가 아니고서는 어찌 흉내라도 내겠는가.

몽테뉴도 자연을 따르라고 충고한다.

"당신이 이 세상에 들어온 것같이 이 세상을 빠져나가라. 당신이 생각도 두려움도 없이 죽음에서 삶으로 건너온 것과 동일하게 이번에는 삶에서 죽음으로 건너가라. 당신의 죽음은 우주 질서의 여러 부품 중 하나다. 이 세상의 생명의 한 부분이다."라고 일러준다. 철저하게 죽음에 대비하자던 스토아 철학에 경도되었던 몽테뉴가 죽음과 고통 따위는 자연에 맡기고 즐겁게 살자는 에피큐리언이 된다. 그는 감각적 쾌락에서조차 정신을 개입시켜 쾌락이 전인적(全人的)인 것이 되기를 바랐다. 현재를 즐기되 집착 없는 이 경지를 몽테뉴는 '완성'이라는 말로 표현했고 예이츠는 그것을 '존재의 통일'로 표현했다.

보르도의 '아키텐 박물관'에 있는 몽테뉴의 묘소를 찾았다. 침상 위에 토기로 빚은 키 작은 한 남자가 누워있었다.

"죽음은 그대가 살아 있을 때나 죽었을 때나 그대에게 관여하지 않는다. 살아 있을 때는 그대들 생존해 있으므로. 죽었을 때에는 벌써 세상에 없으므로. 그대가 남겨놓고 가는 시간은 그대가 출생하기 전과 마찬가지로 본래 그대의 것이 아니었다. 그 둘 다 그대의 것이 아니다."

동양의 현자와도 같은 이 사람의 무덤 앞에 서니 또 내 영혼에 불이 켜진다. '둘 다 그대의 것이 아니기 때문'을 낮게 그러나 힘주어 되뇌고 있었다.

이들의 정신이 도달한 마지막 정점을 향해 내 눈높이를 따라가는 행위는 바로 그들의 영혼과 만나 내 영혼에 불을 켜는 일에 다름 아니었다.

태어날 때, 성현(聖賢)의 언행을 본받고 하늘에다 지식을 쌓는다는 산천대축(山天大畜) 괘를 본괘로 그리고 일시(日時)에 귀문(鬼門)관살을 타고 났기 때문일까. 좀더 가까이 무덤 앞에 다가가 그들의 체취를 느껴보고 싶었고 그들의 사생관을 알고 싶었다. 그리고 데인 상처처럼 쓰라린 약자의 인생을 다룬 문학 말고는 다른 것에는 관심이 덜했다.

인생은 쓸데없는 노고(勞苦)라는 허무의식과 도로(徒勞)라는 생각을 내게 일찍이 심어주었던 가와바타 야스나리를 찾아가는 날은 종일 비가 내렸다.

"죽음의 직접적인 원인을 볼 수 있는 죽음은 싫다. 그러나 죽음의 원인이라는 것은 그 사람의 전생애라고도 할 수 있다."라는 가와바타 야스나리. 가마쿠라 묘지를 찾아가던 날의 암울하던 심정, 온 산에 까마귀 떼가 시야를 어지럽혔다. 그의 작중 인물도 대부분 자살로 끝난다. 가와바타는 '작품 쓰는 일은 자기 내부에서 허무의식이라고 하는 독을 제거하는 것'이라고 말했다. 그러나 그는 허무를 짚고 그것을 넘어서지는 못했다.

'…허무야. 너는 너 자체를 깨물어 죽여라!'

공초 오상순은 〈허무 혼의 선언〉에서 이같이 선언한다. 동인지 ≪폐허≫를 창간하며 '허무'와 대결한다. 온갖 유위(有爲) 무위(無爲)의 차별상을 적멸의 세계에 넣고 그 일체상(一切相)을 무(無)로 환원시킨다. 끝내는 허무가 허무 자체를 교살(絞殺)하는 절대 허무의 세계와 만난다. 참구하던 의심은 타파되고 실체 없음을 깨달아 마친 공초(空超) 선생.

육신이란 연기(緣起)에 의한 환형(幻形), 그 공(空)을 아셨기에 그분은 어디에도 머무르지 아니하고 다만 '흐름 위에 보금자리 친 나의 혼'이었다.

세월의 풍화로 무덤의 형태조차도 애매한 그분의 묘소 앞에 섰다.

"자유가 나의 일생을 구속하였구나!"

그분의 마지막 육성이 들려왔다. 무소유, 무정처(無定處)로 평생을 그토록 구가하던 자유가 당신의 일생을 구속하였다니? 실로 마지막 순간까지 계속된 자기 점검(點檢)의 확인 같은 게 아니었을까?

본래 무아(無我)인데 어느 자리에 속박과 자유가 따라붙겠는가? 넌지시 그걸 우리에게 알리기 위해 던진 한 마디의 의미 있는 물음으로 되돌아왔다. 추색이 완연한 선생의 유택 앞에 서니 그분의 낮은 음성이 내 가슴 위로 울려왔다.

"나는 밤마다 죽음의 세계를 향하는 마음으로 자리를 깐다. 다음 날 다시 눈을 뜨면 나의 생은 온통 기쁨과 감사, 감격으로 가득하다."

그때 까닭 모를 감사와 감격의 물결이 좁은 내 가슴속 골을 타고 뜨겁게 흘러내렸다. 주야와 생사(生死)가 번갈아 갈마드는데 다시 눈을 뜨면 그것으로 '너의 생은 감격일지니 그렇게 살아라.' 하는 말씀으로 들려왔다. 나는 두 손을 모으고 밀레의 그림 속 풍경이 되었다. 해는 지려 하는데 움직이려고 하지 않는 말처럼 그런 육신을 이끌고 예까지 왔다. 이제 여름이 종언을 향해 서서히 눈을 감듯, 나도 그렇게 쉬고 싶다.

'삶과 죽음에 싸늘한 시선을 던져라. 말 탄 자여, 지나가라'던 예이츠. '하늘을 본받고 나를 버린다.'는 나쓰메 소세키의 '칙천거사(則天去私)'를 내 가슴에 담는다. 이들 위대한 영혼과의 만남, 이것만으로도 고단한 내 이번 삶은 충분히 의미 있었다.

여행길에 동행이 되어 묘지를 찾아주던 남편과 원고 정리를 도와준 정해경님에게 고마운 마음을 전한다. 아울러 이 책을 출판해 주신 ≪수필과비평사≫ 서정환 사장님께도 깊은 감사를 드린다.

2011년 여름이 저무는 7월 그믐

觀如齋에서 孟蘭子

| 차례 |

책머리에 ● 5

1. 인생은 한 편의 시

죽음이란 우리의 삶이 건너온 곳으로 다시 건너가는 것일 뿐
　－ 몽테뉴 ● 24

사나 죽으나 별반 좋을 것도 나쁠 것도 없다
　－ 백거이 ● 44

오늘까지의 내 인생에서, 쓸모없는 것은 무엇 하나 없었다
　－ 엔도 슈사쿠 ● 54

오라, 사랑하는 죽음이여, 나는 너의 것이다
　－ 헤르만 헤세 ● 80

인생은 한 편의 시
　－ 임어당 ● 92

그대는 저 물과 달을 아는가
　－ 소동파 ● 103

영원한 나그네, 바쇼芭蕉를 찾아
　－ 마쓰오 바쇼 ● 121

2. 삶이란 움직이는 그림자일 뿐

취해라, 술에, 시에 그리고 사랑에
- 보들레르 • 132

목숨과 바꾸어도 좋을 만한 '그 황홀한 불꽃'
- 아쿠타가와 류노스케 • 147

선택된 황홀과 불안, 이 두 가지 내게 있으니
- 폴 베를렌느 • 177

나에게는 하루하루가 만년(晚年)이었다
- 다자이 오사무 • 187

삶이란 움직이는 그림자일 뿐
- 에드거 앨런 포 • 202

슬픔이 있는 곳에 성지(聖地)가 있다
- 오스카 와일드 • 212

3. 난 홀로 살았다

맨 위 천장에서 사다리가 흔들려요
　– 고골 • **224**

난 홀로 살았다
　– 안톤 체호프 • **234**

짧은 인생으로의 긴 여로
　– 유진 오닐 • **245**

아무 일도 일어나지 않았다
　– 사무엘 베케트 • **258**

바다 위를 떠도는 조각배보다도 더 고독하고 불안한 존재
　– 기 드 모파상 • **268**

생을 관통한 허무의식
　– 가와바타 야스나리 • **281**

괜찮다 … 운명들이 모두 다 안끼어드는 소리
　– 미당 서정주 • **295**

4. 죽음은 대환영이라네

어째서 천황 폐하는 인간이 되셨는가?
- 미시마 유키오 • **308**

나 그대들의 본보기가 되리라
- 굴원 • **325**

내 한 집 무너지고, 내 한 몸 얼어 죽은들 어떠리
- 두보 • **336**

세상에 막다른 길이란 없다
- 노신(魯迅) • **346**

죽음은 대환영이라네
- 빅토르 위고 • **358**

낮에는 돌을 깨는 인부가 되고 밤에는 걸작을 써라
- 에밀 졸라 • **372**

1.
인생은 한 편의 시

몽테뉴
백거이
엔도 슈샤쿠
헤르만 헤세
임어당
소동파
마쓰오 바쇼

죽음이란 우리의 삶이 건너온 곳으로
다시 건너가는 것일 뿐
- 몽테뉴

프랑스의 철학자이며 문필가인 몽테뉴(Michel Eyqueme de Montaigne 1533-1592)는 보르도에서 신흥 귀족의 아들로 태어났다. 보르도 고등법원 판사, 보르도 시장 등을 역임하며 명예시종 칭호 및 생 미쉘 1급 훈장을 받았다.

1588년에 간행된 Essais 제3권

1580년 47세에 간행한 저서 《에세(essais)》라는 수상록으로 수필의 비조격이 된 그를 한국에서 온 수필가들은 당연히 만나고 싶어 했다. 우리 20여 명은 여독도 풀지 못한 채 파리에 도착한 다음 날 새벽 6시, 몽파르나스 역에서 테제베를 탔다. 미명 속에 쁘레소 한 잔을 마셔두고 공복으로 보르도행 기차에 오르는 발걸음은 묘한 긴장감으로 떨려왔다.

'일찍이 아무도 나만큼 철저히 이 세상을 떠날 마음의 준비를 한 사람은 없으리라.'던 몽테뉴는 내게 있어 죽음의 성찰에 관한한 대선배 격이요, 중수필의 전범이 된 그의 ≪수상록≫ 중에서도 〈철학을 연구하는 것은 죽는 법을 배우기 위해서다〉라든지 〈불행에 대하여〉 〈죽음에 대하여〉에서 보여준 깊은 성찰은 가끔씩 내 정신을 환기시키는 환기구의 역할을 담당해주곤 했다. 특히 내가 그에게 경도된 것은 "인간의 죽음에 대해 연구할 때만큼 기뻤던 적이 없다. 인간은 죽을 때 어떤 말을 했을까. 어떤 표정을 지었을까. 어떤 행동을 보였을까. 이것이야말로 그 어떤 대목보다도 내가 집중해서 살펴본 부분이다. 이를 통해 내가 제시하려는 사례들이 쌓여간다. 인간의 죽음이야말로 내가 특별히 좋아하는 소재다. 만일 내가 책을 만드는 사람이었다면 다양한 죽음을 모은 사례집을 한 권 만들었을 것이다. 인간에게 죽는 법을 가르쳐준 사람이야말로 인간에게 사는 방법도 가르쳐주니까."라는 그의 글을 읽고 '여기 나 같은 사람이 또 하나 있었군.' 하며 반가운 마음이 들었던 것은 나 역시 주된 관심사는 죽음이었으며 몽테뉴와 같은 생각으로 다양한 죽음의 사례집이라고 할 수 있는 졸저 ≪삶을 원하거든 죽음을 기억하라≫를 13년 전에 펴낸 일이 있었기 때문이다. 동서고금의 위대한 인물들은 어떻게 죽었는지, 최후의 모습은 어떠했는지, 같은 유형별로 묶어보기도 하고 그들의 사생관(死生觀)은 무엇이었는지 그런 점을 살펴보자는 의도에서였다. 그 후 10여 년 넘게 이어진 작가 묘지기행도 같은 맥락에서였다. 무엇 때문이었는지 나도 모르게 죽음에 대해 이끌려 들어갔다. 그때마다 나는 몽테뉴의 글을 읽고 얼마나 공감하며 깨우쳤던가.

≪에세≫ 제1권 제20장에서 몽테뉴는 말한다.

'죽음은 예고 없다고. 교황 클레멘스가 리용에 입성할 때, 군중들에게 치여 죽을 줄을 누가 미처 생각할 수 있었겠는가. 그런가 하면 우리 임금 (앙리 2세)의 한 분이 경기를 하다가 죽는 것을 보지 않았던가? 그리고 그의 조상 한 분(필립)은 돼지와 충돌하여 죽지 않았던가.

에스킬스는 집에 깔려 죽을 것이라는 위협을 받고, 언제나 집 밖에서 잤지만 끝내 죽음을 모면할 수 없었다. 그는 하늘을 나는 독수리 발에서 떨어진 거북의 잔등에 맞아서 죽었던 것이다. 그리고 포도씨 한 알 때문에 죽은 자도 있다. 그런가 하면 어느 황제는 머리를 빗다가 빗에 찔려 죽었다. 에밀리우스 레피두스는 자기 집 문지방에 발이 부딪혀 죽었으며, 아우피디우스는 회의실에 들어가다 문에 부딪혀 죽었다. 집정관 코르넬리우스 갈루스는 여자의 허벅다리 사이에서 죽었다……'

몽테뉴는 죽음이 여러 가지 방법으로 우리를 기습해 오는 것을 소개하면서 이렇게 죽음이 대수롭지 않은 일로 흔히 우리 눈앞에서 일어나는 것을 보고 어찌 우리가 죽음에 대한 생각에서 벗어날 수 있으며, 한 순간인들 죽음이 우리의 목덜미를 잡고 있는 것을 보지 않을 수 있으랴. 그러니 죽음에 대한 대비가 있어야 한다고 강조했던 것이다.

죽음이 피할 수 없는 것이라면 차라리 정면으로 대면하자, 피하려 하지 말고 앞서 마중하자. 사실 죽음이 두려운 것은 그것의 낯섦 때문인데, 그렇다면 죽음을 자주 바라보고 죽음과 친해지면 된다.

"죽음에서 낯섦을 없애자. 죽음과 교제하자. 죽음과 익숙해지자. 머릿속에 그 어떤 것도 죽음만큼 자주 생각하지 말자."

그래서 사死가 생生의 한 부분이라면 아예 함께 사는 것이다. 그렇게 하기 위해 그는 계속 죽음을 바라보고 계속 생각하라고 권유했다.

"죽음을 미리 생각하는 것은 자유를 미리 생각하는 것이다. 죽음을 배운 자는 굴종을 모른다. 죽음의 도道는 모든 예속과 억압에서 우리를 해방한다. 목숨을 빼앗기는 것이 불행이 아닌 까닭을 깨닫는 자에게는 이 세상에 불행이 있을 수 없는 것이다."라고 그는 말하며 "나는 언제나 생각을 정리하여 있을 수 있는 여러 가지 일에 대비하고 있다. 그러므로 죽음이 찾아오더라도 내게는 새삼스러운 소식이 아닌 것이다. 언제나 구두는 신고 있어야 한다. 그리하여 수시로 출동할 준비가 되어 있어야 한다."라고 했다.

몽테뉴

'인생은 그 자체로서는 좋을 것도 나쁠 것도 없다.'고 몽테뉴는 말한다.

"그것은 그대들의 할 탓에 따라서 좋기도 하고 나쁘기도 한 것이니까.

죽음은 그대가 살아 있을 때나 죽었을 때나 그대에게 관여하지 않는다. 살아 있을 때에는 그대들 생존해 있으므로, 죽었을 때에는 그대들 벌써 이 세상에 없으므로.

아무도 그 마지막 때가 되기 전에는 죽지 않는다. 그대가 남겨 놓고 가는 시간은 그대가 출생하기 전의 시간과 마찬가지로 본래 그대의 것이 아니었다. 그 둘 다 그대의 것이 아니다."

왜냐하면 생과 사는 그대에게 관여치 않기 때문이다. 둘 다 이미 그대의 것이 아니기 때문. 나는 잠시 숨을 고르고 눈을 감아 본다. 어디서 들어본 이야기가 아닌가.

> 오직 나와 저(해골)만이 알고 있다.
> 일찍이 삶도 없고 죽음도 없다는 것을.
> 삶과 죽음을 걱정하랴. 삶과 죽음을 즐거워하랴.
> 오직 너와 나만이, 네가 일찍이 죽지 않았고
> 일찍이 산 적도 없다는 것을 안다.

너는 과연 해골이 된 것을 괴로워하는가.

나는 이 세상에 있는 것을 기뻐하고 있겠는가.

장자(莊子)의 시구가 겹쳐왔다.

삶도 죽음도 없다는 세계, 불교에서는 본래 생사(生死)가 없다고 말한다. 죽을 내가 없다는 그 무아(無我)를 알기 때문이다.

올 때 한 물건도 가지고 온 바 없으며, 갈 때 또한 그렇기 때문이라는 것이다.

책

16세기의 몽테뉴가 불교와 장자를 읽기라도 한 것일까? 그런 의문을 가지며 죽음은 그대가 살아 있을 때나 죽었을 때나 관여치 않는다는 구절을 되뇌어 본다. 그의 말은 아직 끝나지 않았다.

"어찌하여 그대들은 뒤로 물러서는가?

아무에게도 도망칠 구멍은 없지 않은가. 그대들은 많은 사람들이 죽음으로써 불행에서 벗어나 행복을 누리게 된 것을 목격하였을 것이다. 그런데 죽어서 손해를 본 사람을 본 적이 있는가.(…) 모든 나날은 죽음으로 달음질친다. 그리고 마지막 날에는 거기에 도달할 것이다. 이것이 우리들 어머니인 대자연의 훌륭한 교훈이다."라고 그는 강조한다.

자연은 삼라만상 속에서 얼마나 놀라운 율동과 조화의 기적을 이루어 내고 있는가! 자연 안에 고통이 있으면 치유가 있고, 죽음이 있으면 새로운 탄생이 있다. 모든 것은 돌고 돌며 끝없이 원을 그리며 이어진다. 몽테뉴는 삶이 고통의 연속임을 경험했고 세상이 대립과 갈등과 투쟁의 장임을 보았다. 그러나 그는 절망하거나 탄식하지 않았다. 왜냐하면 자연은 돌고 도는 것이므로, 그리고 고통 뒤에 평안과 기쁨이 찾아올 것을 알기 때문이었다.

그는 담석증으로 몹시 고통을 받았는데, 이 경험을 통해 고통도 발작의 때가 지나면 자연히 수그러든다는 것을 알았다. 무엇이 그렇게 하는가? 그것은 어떤 외부의 힘에 의해서가 아니라 그 자신이 스스로 그러하다는 자연(自然)임을 알았다.

고통이 육체를 죽이지 않는 한, 육체는 다시 일어날 것이다. 이것이 곧 자연의 힘이다. 몽테뉴는 자신의 의지나 인내력 따위를 믿지 않았다. 우리는 단지 그것이 지나갈 때까지 잠자코 기다리기만 하면 된다. 그러니 자연으로 하여금 좀 더 일하게 내버려 두자, 자연은 자기 일을 더 잘 알고 있으니까 자연에게 맡기라고 권고한다. 자연 본래대로 있으면 그대로 완성된다는 노자(老子)의 자연설을 떠올리게 했다. 그러고 보면 머물다 가는 우리의 생사(生死)도 하나의 자연 현상이다. 제대로 죽자면 생사를 초월하여 죽을 곳이 없는 경지에 자신을 놓을 줄 알아야 한다는 노자를 그는 알고 있었을까? 죽을 곳이 없는 경지란 무심(無心), 무위(無為)의 자연 회귀가 아니었을까.

죽음이 피할 수 없는 것이라면 그래서 사(死)가 생(生)의 한 부분이라면 아예 함께 사는 것이다. 그런데 이 죽음과의 공존은 우리에게 뜻밖의 선물을 안겨다 준다. 무슨 선물인가?

죽음과 친해질 때 우리는 죽음의 공포에서 벗어날 수 있다는 것이다. 죽음이란 외형상 존재의 완전한 소멸이지만 동시에 모든 속박과 억압으로부터의 해방인 것이다. 삶이 우리에게 지웠던 모든 짐을 죽음은 남김없이 내려놓게 하지 않던가. 병도 고통도 근심도 번뇌도 모두, 너무나도 완벽하게 덜어 내린다. 이 완전한 해방은 다름 아닌 완전한 자유이다. 그러므로 몽테뉴는 "죽음을 미리 생각하는 것은 자유를 미리 생각하는

2층 침실. ≪여행기≫가 발견된 궤짝과, 오른쪽 끝에 아래층의 예배 소리를 듣기 위
핸 몽테뉴가 앉아 있던 의자가 보인다.

라틴어 경구가 새겨진 서재의 서
까래.

것이다. (…) 죽는 방법을 아는 것은 우리를 모든 예속과 속박으로부터
해방시켜 준다."라고 했던 것이다.

그런 만큼 그것에 순응하는 것, 즉 자연을 따르라고 한다.

"자연은 우리에게 말한다. 당신이 이 세상에 들어온 것같이 이 세상에
서 빠져나가라. 당신이 생각도 두려움도 없이 죽음에서 삶으로 건너온
것과 동일하게 이번에는 삶에서 죽음으로 건너가라. 당신의 죽음은 우주
질서의 여러 부품 중 하나다. 이 세상의 생명의 한 부품이다."

그러니 자연을 넘어서려는 오만함, 부질없는 야망을 버리고 전적으로
자연에게 맡겨라. 그러면 자연이 어련히 알아서 할 일을 할 것인가.

몽테뉴의 삶의 지혜는 결국 '즐기자, 떳떳하게 즐기자.'로 요약된다.
그는 스스로 쾌락주의자임을 자랑스레 선포한다. 처음에는 금욕주의적
인 스토아 철학에 경도되었다. 눈앞의 현실을 외면하고 육체를 경멸하
며 이성과 의지로써 인간 본성을 극복하는 데에 행복이 있다고 주장하
는 거기에서도 그는 벗어나게 된다. 죽음을 염두에 두고 대비하라는
금욕주의의 가르침과는 정반대로 몽테뉴는 죽음과 고통 따위는 자연에

맡기고 쓸데없는 걱정은 하지 않는 편이 낫다는 자연회귀를 택한다. 프랑스에 페스트가 창궐하여 많은 시민들이 죽었다. 그는 시민들의 평온한 죽음을 목도하면서 거기에서 깊은 감명을 받았다. 죽음의 철학이 삶의 철학으로 바뀌는 지점이다. 중년에 그는 '나는 무엇을 아는가?'를 좌우명으로 삼으며 회의론에 기울었다가 말년에는 이런 체험과 독서 생활을 바탕으로 천성(天性)에 따라 자연을 즐기는 에피큐리언이 된다. 그러나 몽테뉴는 감각적 쾌락에서조차도 정신을 개입시킴으로써 쾌락이 전인적인 것이 되기를 원했다. 즐거움을 맛보고 누리되 그것이 감각의 표피를 스쳐 물거품처럼 사라져 버리는 대신 온 정신으로 그것을 증폭시킴으로써 더욱 충일한 것이 되기를 바랐다. 그는 이 경지를 가리켜 '완성'이란 말로 표현했다. '자신의 존재를 당당하게 즐길 줄 아는 것' 외에 아무것도 아니라는 것이다.

중국의 작가 임어당은 목매달아 죽은 큰딸의 자살을 지켜보아야 했다. 작은딸이 아버지에게 물었다.

"어떻게 살아야 할까요?"

"인생을 살되 즐기는 것 이외에 무엇이 있겠는가?"

아버지 임어당의 대답이었다.

손에 뚝뚝 단물이 흐르는 복숭아를 먹을 때 목구멍을 타고 내려가는 물소리, 이 또한 즐겁지 않으랴던 에피큐리언 임어당의 모습도 여기에 겹쳐진다.

그러나 이들의 행복찾기는 애초부터 맑은 하늘인 것은 아니었다. 오랜 고뇌와 회의를 통과한 뒤에야 먹구름이 걷힌 하늘인 셈이었다.

몽테뉴를 짓눌렀던 먹구름은 독단론자들의 주장이었다. 몽테뉴가 목격한 종교전쟁은 광신도들이 빚어낸 인간의 광기에 다름이 아니었다. 신교도(위그노파)와 구교도(가톨릭)들은 자신들의 진정성만을 고집하는 오만한 독단론자들이었다. 그들이 진술하는 신, 우주, 영혼, 정신, 육체 등 주요한 주제들에 대한 의견을 점검하며 몽테뉴는 그 가운데 절대적 진리가 부재하다는 것을 알았다. 우리는 얼마나 많은 공허한 관념들로 옥죄어 있는가? 우리를 짓누르는 편견과 독단, 이 허구로부터 풀려나지 않는 한 인간은 사유와 창조의 자유를 누리지 못할 것이라고 내다본 몽테뉴는 지식에 관한 한 그 어떤 권위도 인정하지 않았다. 그의 비판적 성찰의 칼날은 회의주의로 향했다.

나는 무엇을 아는가? (Que Sais je?)

이 물음은 그의 영원한 화두로서 모든 것을 시험하고 검증한다는 회의 주의에 기울게 했을 뿐만 아니라 그의 책 제목을 '실험' 또는 '시험'을 의미하는 ≪에세(essais)≫라고 붙인 것만 봐도 그의 의도를 짐작할 수 있다. 몽테뉴는 '피롱파'라 불리는 철학자들과 만난다. 그들은 어떤 종류 의 확실성도 인정하지 않으며 단정적으로 결론짓기를 거부하는 진정한 의미에서의 회의주의자들이었다. 몽테뉴는 회의에 대해 "곧고 굽힘이 없는 판단의 자세"라고 정의하며 "모든 사물을 받아들이되 집착하지도 동의하지도 않는다."라고 하였다. 모든 얽매임과 집착에서 놓여나는 자 유로움, 그의 회의가 가져다 준 선물은 해방과 자유였다. 저 맑은 하늘처 럼 평온한 마음의 상태를 가리켜 피롱파들은 '아타락시아'라 불렀는데 몽테뉴가 진술한 만년의 심경을 살펴보면 그의 경지가 바로 그런 것이 아니었나 생각된다.

> … 어디로 시선을 돌려 봐도 그 둘레에 하늘은 고요하고, 공기를 어지럽 히는 어떤 욕망도, 어떤 두려움이나 의심도, 또 과거와 현재의 어떤 어려움 도… 없는 그런 자리에 있다는 것이 얼마나 신에게 고마운 일인지….

이미 어떤 욕망도, 두려움도, 의심도 없는 자리에 가 있다는 그가 해탈한 어느 성자처럼 진정한 자유인으로 다가왔다. 인간이 도달할 수 있는 마지막 지성소(至聖所)가 아니던가.

　보르도 역 기차에서 내려 버스로 바꿔 탔다. 달리는 차창 밖으로 오월의 훈풍은 가벼이 이마를 스치고, 눈은 구릉에 낮게 줄지어 선 포도나무에 가 머문다. 여기가 포도주 고장이다.　포도주로 유명한 보르도에서 그의 증조부는 포도주 장사로 큰 돈을 벌어 어느 몰락한 귀족으로부터 몽테뉴 성을 샀다. 몽테뉴는 이곳에서 명문 기엔 학교를 나왔으며 21세에 판사가 되었고, 보르도 고등법원에서 퇴직할 때까지 16년 동안 판사로 재직했다. 그가 판사직을 그만두고 이 몽테뉴 성으로 돌아온 것은 종교전쟁이라는 내란 때문이었다. 귀족의 신분이었던 그는 왕을 수행하여 구교도로 참전했는가 하면　때로는 양 진영 사이에서 중재자의 역할을 담당하기도 했다. 이 전쟁은 무려 36년간이나 지속되었으며 몽테뉴가 59세로 사망한 지 6년 뒤에야 끝이 났다. 그는 전쟁의 참혹 속에서 비극을 목도하며 전쟁은 인간이 하는 것이고 문제가 있다면 바로 인간에게 있다. 인간의 삶 속에서 일어나는 모든 것은 근본적으로 인간 자신과 관련되어 있으며 필경 인간의 문제로 귀착된다고 판단했다. 그리고 두 번째 이유는 그에게 절대적 영향을 주었던 친구 라 보에티의 죽음(33세)이었다. 몽테뉴는 보르도 고등법원 재판관의 딸 프랑수아 드 라 샤세뉴(21세)와 결혼하여 여섯 명의 딸을 두었지만 불행하게도 한 명만 살아남고 모두 요절했다. 설상가상으로 그가 가장 존경해 마지않는 아버지를 잃었다. 2년 뒤, 판사직을 내던졌다. 그리고 이 성으로 돌아왔던 것이다. 자연히 그의 ≪에세≫의 주요 테마는 죽음과 고통에 관한 것이었다. 말년에 그를 괴롭히던 신장결석의 고통도 그를 죽음의 성찰로 이끌었다.

　몽테뉴는 병세가 무거워짐에 따라서 자신은 벌써 그다지 인생의 즐거

① 몽테뉴의 서재
② 몽테뉴의 기도실

움에 집착하지 않게 되었고 그 효용과 쾌미(快味)를 점차 잊어버리게 되었으므로 전처럼 두렵지 않은 눈으로 죽음을 바라보고 있다면서 오히려 건강한 때가 병에 걸렸을 때보다 훨씬 병을 두려워하였다는 것을 알아차리게 되었다고 언급했다. 막상 병에 걸려 보면 그렇게까지 괴로운 것은 아니라며 죽음도 이와 마찬가지였으면 한다는 것이다. 두렵지 않은 눈으로 죽음을 바라보고 있다는 그를 떠올리며 종국엔 나도 그렇게 되어야 할 텐데…라는 생각을 이어가며 흔들리는 버스에 앉아 있었다.

보르도에서 60킬로쯤이나 더 달렸을까, 우리는 몽테뉴 성 앞에 다다랐다. 사진에서 본 그대로 청회색 지붕을 얹은 우뚝 솟은 성채가 눈앞에 들어왔다. 가슴이 뛰었다. 높이 7-8미터의 성벽을 둘러친 몽테뉴 성 정면 입구에 안채와 격리된 3층짜리 탑이 보였다. 서재가 있다는 그 유명한 탑이다. ≪에세≫가 쓰인 탑, 산실의 현장을 향해 두근거리는 가슴을 안고 대문 안으로 들어섰다. 널찍한 안뜰이 나왔다. 성관은 이 안뜰을 에워싸고 사방에 흩어진 형태를 취하고 있다. 탑을 빙 돌아가니 중문이 있었고 그 중문을 들어서니 탑으로 올라갈 수 있었다. 우리가 관람할 수 있는 것은 탑 만이다. 그의 가족이 거처할 당시 안뜰 구석에 주방을 중심으로 네댓 개의 방이 있었는데 모든 방들은 커다랗고 단조로운 네모 꼴로 나뉘어 있었다고 한다. 안내자는 유감스럽게도 지금은 안채가 남의 손에 넘어가 관람할 수 없다고 한다.

우리는 조심스레 육중한 문을 밀고 탑 안으로 들어섰다. 1층은 예배실이었다. '직경 열여섯 걸음' 정도의 작은 공간이다. 허옇게 덧칠을 해 놓은 사방 벽면은 무슨 그림인지 알 수 없었고 다만 움푹 들어간 정면의 감실(龕室) 안쪽 벽에 흐릿하게나마 프레스코화의 흔적이 남아 있었다. 중앙에는 한 손으로 창을 높이 치켜들고, 다른 손에는 십자 방패를 든 성 미카엘 대천사의 모습이, 그리고 좌우에는 클로버 문양에 사자 발을 그려 넣은 몽테뉴 가문의 문장(紋章)이 새겨져 있었다. 제단에는 작은 십자가상과 촛대가 놓여 있을 뿐, 예배실은 소박했다.

입구 쪽 천장에 조그만 구멍이 나 있었다. 우리가 의아해하자 안내자는 그가 만년에 기동이 어려울 때, 2층 침실에서 그 구멍을 통해 아래층의 예배 소리를 들었다고 한다. 한 사람이 겨우 빠져나갈 만큼 좁은 나선형의 통로를 통해 우리는 2층 침실로 올라갔다. 첫눈에 띈 것은 한쪽 구석에 놓인 묵직한 철궤였다. 몽테뉴는 ≪에세≫ 초판을 출간한 뒤 독일, 스위스, 이탈리아 등지를 여행하면서 각 지방의 풍물과 풍습을 관찰하여 기록해 두었는데 이 ≪여행기≫의 원고는 생전에 출판되지 못하다가 18세기에 이르러 성을 수리하던 중 이 궤짝이 발견되어 그 속에 들어 있던 원고가 빛을 보게 되었다고 한다.

이 책 속에는 "여행은 유익한 수양이다. 영혼은 미지의 새로운 것에 눈을 뜨고 부단한 훈련을 받는다. (…) 우리 인간의 본성이 정말 끊임없이 다양한 형태로 변하는 것을 맛보는 것 이상으로 좋은 학교는 없다."라는 구절도 들어 있으리라.

3층의 서재로 들어섰다. 몽테뉴는 3층에 있는 자신의 서재를 이렇게 묘사했다.

> 이 서재의 형태는 둥글고, 판판한 곳이라고는 탁자와 의자가 있는 곳뿐이다. 내 자리부터 둥글게 되어있기 때문에, 나를 둘러싸고 다섯 단으로 늘어놓은 책들을 한눈에 바라볼 수 있다. 서재는 3면으로 시야가 트여있고, 실내에는 직경이 열여섯 걸음 되는 공간이 있다. 겨울에는 여기에 너무 오래 있지 못한다. 내 집은 그 이름이 말해주듯 산 위에 세워져 있어서, 여기보다 바람이 심한 곳도 없기 때문이다. 그러나 위치가 외떨어져 있어서 찾아오기도 힘들고 사람들의 소란도 물리쳐주고 글을 읽기에도 효과적이기 때문에 더욱더 내 마음에 든다. 여기가 내 거처다.(…)

그러나 다만 천여 권의 책이 꽂혀 있었다는 책장은 없고 책장을 스케치한 그림만 덩그러니 남아 있었다. 안내자의 설명에 따라 빈 공간에 탁자를 놓아보니 뒷짐 지고 왔다 갔다 하며 구술하는 몽테뉴의 모습이 그려졌고 그것을 받아 적었다는 하인의 모습도 보이는 듯했다. 예전에는 건초를 쌓아두었던 헛간이라고 한다. 이 차디찬 돌바닥에서 어떻게 추운 겨울을 지냈을까. 그러나 몽테뉴는 이 서재를 세상에서 둘도 없는 나만의 공간으로 여겼다.

> 나는 그곳을 완전히 지배하고, 이 좁은 장소 한 곳만은 아내와 자식, 공적인 공동생활로부터 지키고자 노력하고 있다. 다른 곳에서 나의 지위는 단지 명목상의 것이고 실제로는 애매하다. 내 생각으로는, 자신의 집에 누구에게

도 방해받지 않고 자신에게만 소용이 있으며 자신을 숨길 수 있는 장소를 갖지 않는 사람은 비참하다.

그가 성 안에서도 외떨어진 탑 속에서 하루 종일 혼자 지낸 것은 당시 생활상에 비추어 보면 극히 이례적인 일이었다. 이것은 그의 평탄치 못한 결혼생활에서 기인된 것이기도 하지만, 그보다는 고독 속에서 자신과 대화하는 것이야말로 참된 자유라고 생각한 몽테뉴가 '다른 어떤 것과의 교류도 존재하지 않는' 고독한 상태에 있기를 스스로 원했기 때문일 것이다.

'내가 고독을 좋아하고 이를 설교함은 주로 나의 감정과 사상을 나 자신에게 집중하기 위해서이며, 나의 걸음을 제한, 억제하기 위해서가 아니라 나의 욕망과 심로(心勞)를 제한, 억제하기 위해서'라고 그가 〈고독에 관하여〉 글을 썼던 곳도 이곳이려니 하고 사방을 둘러본다. 나의 욕망과 심로를 제한하고 억제하기 위해서 고독을 좋아한다는 그가 왠지 묵언 수행자처럼 생각되었다. 고독해져야 비로소 욕망과 심로를 억제할 수 있다는 인간적인 시인도 나 같은 사람에게는 퍽 반가웠다. 아마 이런 이유 때문에도 그에게 친근한 감정을 갖게 된 것이 아닌가 한다. 이런저런 생각을 하며 사방과 천장을 천천히 훑어보았다. 천장에는 두 개의 도리 및 그것과 교차하는 45개의 들보가 가로질러 있고 거기에 몽테뉴가 직접 책에서 골라 적은 57개의 경구 중 테렌티우스의 '내가 인간이라면 인간과 관련된 것은 어느 것도 나와 무관하지 않다.'고 한 것도 있으려니, 그리고 '나는 판단을 삼간다.'는 말도 어딘가에 있으리라. 그가 이 라틴어 경구를 불어로 번역한 '끄세쥬(Que Sais-je?)나는 무엇을 아는가?'도 어딘가에 있을 텐데, 목을 젖히고 어림짐작으로 눈길을 보내본다. 이 좁은 공간에서 그것도 400년 전 사람인, 중간 키에도 미치지 못하는 이 고매한 명상가의 숨결을, 그의 높은 정신을 더듬고 있었다.

서재에 딸린 조그만 방으로 가서 그의 시선인 양 창문을 통해 밖을 내려다보니 아름드리나무 사이로 안마당과 성채의 일부가 보인다. 그리고 멀리 숲과 포도밭 구릉이 물결친다. 서재에 없는 벽난로가 이 방에만 있는 것이 좀 특이해서 물었다. 난로의 불똥이 튀어 책이 화재를 입을까 염려했기 때문이라는 것이다. 일천 권의 장서는 당시로서는 상당한 양이었고 그 중에는 친구 라 보에티가 남긴 것도 꽤 있었다고 하니 그것을 염려한 때문이리라.

벽난로 위에는 원래 한 쌍을 이루는 라틴어 명문이 있었다고 한다. 그 중 하나는 라 보에티에게 바치는 헌사이고 또 하나는 가히 몽테뉴의 '귀거래사(歸去來辭)'라고 할 만한 것이었다.

> 서력기원 1571년 2월 28일, 미카엘 몬타누스는 서른여덟 번째 생일을 맞이하여, 이미 오래전부터 궁정에서의 굴종과 공직의 부담에 지친 나머지, 절반도 채 안 남은 여생을 박식한 처녀의 품에서 아무런 근심 없이 평온하고 자유롭게 보내기 위해 이곳에 돌아왔다. 원컨대 운명이 그로 하여금, 조상 대대로 내려오는 이 성을 수리하고, 그리하여 자유롭고 조용하고 한가로운 삶을 누릴 수 있게 해 주기를 바란다.

이 글귀에서 보듯이 몽테뉴가 판사직을 버리고 성에 칩거한 것은 법관 생활이나 궁정의 암투에 대한 환멸과, 계속되는 전란으로부터 벗어나 쉬고 싶은 심정이 간절했기 때문이리라. 처음부터 글을 쓰려고 은퇴한 것은 아니었다고 한다. 그의 말에 의하면 글을 쓰게 된 것은 순전히 그의 기질에서 비롯된 엉뚱한 시도라고 했다. 이렇다 할 글감이라고는 없었으므로 '자신을 소재로 하여' 글을 쓰기 시작했다고 한다. 1572년부터 74년 까지 쓴 글은 주로 그리스, 로마의 고전을 기둥으로 삼아 거기에 나름대로 논평을 덧붙인 정도에 머물렀고 1578년부터 1580년에 걸친 에세이에서는 자신이 주인공으로 등장한다. 그 '자신의 탐구'야말로 몽테뉴가 그토록 존경했던 소크라테스의 '너 자신을 알라'는 말을 그대로 실천한 것이었다. 몽테뉴는 성에 은거하면서 끊임없이 자신의 내면을 성찰하고 그 결과를 ≪에세≫에 기록해 나갔던 것이다.

1580년 두 권으로 출판된 ≪에세≫는 초판을 찍은 후 5판을 거듭했고 17세기에도 꾸준히 개정판이 나와 1603년에는 영국에서 번역판이 출간되었는데, 그때 베이컨이 ≪에세≫를 읽고는 제목까지 똑같이 딴 ≪에세이≫(불어의 essais를 영어로 번역한 것이 essay이다.)를 펴낸 것이 오늘날 우리가 서양의 수필을 '에세이'라고 부르게 된 연유이다.

1587년에는 초판을 대폭 수정, 증보하여 세 권으로 된 ≪에세≫를 펴냈고 그는 숨을 거두는 순간까지 자신의 책을 수정하고 보완하는 일에 매달렸다. 임종 시 그의 책상 위에는 여섯 번째 중판을 준비하던 1588년 판본이 그대로 놓여 있었다고 한다. 지금 눈앞의 책상 위에도 ≪에세≫ 한 권이 펼쳐져 있다. 그 속에는 "내가 책을 만든 것이 아니라 내 책이 나를 만들었다."라는 그의 유명한 말도 적혀 있을 것이다.

아키텐 박물관에 있는 몽테뉴의 무덤에서

그의 숨결이 남아 있는 듯해, 방을 다시 한 번 돌아보고 탑에서 빠져나오니 시간은 어느새 오후 세 시가 가까웠다. 서둘러 보르도 시내에 있다는 아키텐 박물관으로 향했다. 오로지 그의 무덤을 보기 위해서였다. 발소리를 낮추며 조명이 어두운 실내로 들어섰다. 높다란 침상에 한 남자가 반듯하게 누워있었다. 합장하듯 두 손을 가슴에 모으고, 그것은 토기로 빚은 그의 인물 모형이었다. 침상 밑에는 정교하게 조각된 석관이 보였다. 로마 귀족들이 연회 때, 해골을 보며 죽음을 상기했다고 하듯 석관 위에서 우리를 빤히 바라보는 해골도 우리에게 그것을 일깨우려는 것처럼 보였다.

몽테뉴는 예측하지 않은 순식간에 찾아오는 죽음을 바랐다. 심지어 그것을 '이상적인 죽음'으로 생각했으며 멋진 죽음이란 '사람들에 둘러싸여 임종을 맞는 것이 아니라 혼자 죽어가는 것'이며 자신이 꿈꾸는 죽음은 '내 집을 나가 내 식구들과 멀리 떨어져서 침대 위에서보다는 차라리 말 위에서 죽고 싶다.'고 했으나 그렇게 되지는 않았다. 그는 별로 좋아하지 않는 가족들에게 둘러싸여 1592년 9월 13일 자신의 2층 침실에서 후두염으로 사망했다. 죽기 며칠 전부터 몽테뉴는 설염을 앓아 말을 할 수 없었다. 자신의 사후 처리에 대해서는 마음대로 처리하라고 했다.

그는 사람들이 아직 멀쩡하게 살아있는 자신의 장례 순서와 명예를 미리부터 걱정하며 대리석으로 된 자신의 묘비를 보고 기뻐하는 모습, 장례를 어떻게 치러야 할지 갑론을박하는 모습을 보고 비웃었던 것이다.

그는 추도사도 준비하지 말라고 했다. 자신이 그 추도사를 들을 자격이 없어서가 아니라 죽은 자신이 추도사를 들을 수 없기 때문이라는 것. 그의 유언대로 장례식은 간단하게 치러졌다.

몽테뉴의 심장은 몽테뉴 성 근처에 있는 생 미셸 성당으로 옮겨졌는데, 당시에는 심장을 따로 보관하는 것이 흔히 있는 일이었다. 이어서 몽테뉴의 아내는 남편의 시신을 보르도의 푀양회 수도원에 매장하려고 했으나 진취적인 생각을 가진 사람들은 몽테뉴의 유해를 성당이 아닌 보르도의 대학으로 옮기고자 했다.

그의 유해가 보르도 대학의 입구 홀에 놓여 있다가 이곳, 아키텐 박물관으로 옮겨지게 된 연유는 알 수 없다. 파리의 소르본느 대학 앞에서도 명상에 잠겨 있는 그의 동상을 볼 수 있었다. 진리의 전당인 대학 앞에 세워진 그의 모습은 지성과 자유를 상징하는 높다란 깃발처럼 보였다.

그는 알고 있었을까? 사후의 명성 따위에 흔들리지 않을 사람이긴 하지만. 그의 《에세》는 1640년, 스페인에서 금서목록에 오른 데 이어 1676년에는 로마 가톨릭의 금서에 올랐다.

그가 죽고 나서 17세기에 들어와 회의주의는 가톨릭의 적으로 취급되었고, 몽테뉴는 무신론자라는 비난을 면치 못했다. 파스칼은 몽테뉴가 말한 '어리석은 시도'나 '죽음에 대한 신앙 없는 태도'를 보여 준 《에세》를 혼란스럽다고 비판했으며 파스칼만이 아니라 다른 여러 종교인들도 그의 탄핵에 합세했던 것이다.

몽테뉴에 대한 가톨릭의 태도 변화는 루이 14세로 상징되는 프랑스의 보수성과도 연관되었다. 그 결과 1669년부터 1724년까지 55년간 《에세》는 프랑스에서 출판조차 될 수 없었다. 반면 영국에서는 1685년에 새로운 영역판이 출판되었다. 그러나 18세기에 몽테뉴는 재발견되고 재해석되었다. 반세기 동안 프랑스에서 출판되지 못한 《에세》는 1724년 영국에서 출판되어 프랑스로 들어왔다.

몽테뉴는 계몽주의의 선구자로 철학자라는 대접을 받게 되었고, 독일의 헤르더(1744-1803)는 몽테뉴를 자연회귀를 주장한 사람으로 높이 평가했다. 19세기에 와서 영국의 비평가이자 수필가인 헤즐리트는 인간으로서 느낀 점을 솔직하게 쓴 용기를 가진 최초의 인간으로 그를 숭상했다. 독일의 니체는 몽테뉴의 문화상대주의와 '간결하고 발랄한 회의주의'를 찬양하고, 프랑스의 빌레는 몽테뉴를 콩트 실증주의의 선구자로 평가했다.

이러한 사실을 아십니까? 몽테뉴 선생.

선생은 ≪에세≫로 프랑스에 모랄리스트의 전통을 구축하였을 뿐만 아니라 17세기 이래의 프랑스 문학, 유럽 각국의 문학에 큰 영향을 끼치셨습니다. 인간이란 무엇이며 우리를 둘러싼 세계와 문화를 어떻게 인식할 것인가를 성찰하는 데 크게 기여한 진정한 휴머니스트요, 무엇에도 얽매이지 않은 자유로운 르네상스인, 무엇보다 우리에게 '에세이'를 선물한 최초의 에세이스트이신 선생께 충정어린 묵념을 바칩니다, 하고 거기 작은 키로 누워있는 동양의 현자와도 같은 사람 앞에서 나는 정중히 머리를 숙였다.

근원도 없이 피어올랐다가 사라지는 한 조각 구름을 바라보며 죽음을 생각했던 시간들이 떠올랐다.

'죽음은 살아있을 때나, 죽었을 때나 그대에게 관여치 않는다니… 왜냐하면 둘 다 그대의 것이 아니기 때문.' 이런 조언을 아끼지 않은 죽음의 대 명상가에게 나는 두 번째 예의를 표했다. 그리고 단 한 번뿐인 내 생애의 값진 순간, 그것에 감사하는 세 번째 합장례를 드렸다. 그것은 누구에게랄 것도 없이 살아있다는 그것에 대해서였다.

사나 죽으나 별반 좋을 것도 나쁠 것도 없다
- 백거이

구강(九江)호텔에서 나와 짐부터 먼저 싣고 차에 올랐다.

버스는 양자강을 옆에 낀 채 여산 등정을 시작한다. S자로 몸을 틀며 구불구불한 산마루턱을 오르고 있다. 눈 아래 펼쳐진 산자락은 단풍 빛깔의 털실뭉치를 풀어 짠 융단을 깔아놓은 듯 곱고 아늑해 보였다. 아래를 굽어보니 아스라한 천길 낭떠러지, 발 밑에서 자욱히 피어오르는 안개. 운해(雲海)는 순식간에 비경(秘景)을 연출한다. 이때 "천하 명인(名人)은 천하 명산(名山)에서"를 외치며 금강산 계곡 아래로 자신의 몸을 날린 화가 최북(崔北)의 말이 떠올랐다. 비경은 때로 비상한 충동을 불러일으키기에 충분한 것 같다. 나도 저 운해(雲海)에다 몸을 살짝 뉘이면 정말이지 포근할 듯싶었다.

우리는 반달처럼 생겼다는 작은 마을, '고령가'를 중심으로 하여 동쪽 골짜기에 있는 장개석의 여름 별장을 둘러보았다. 그리고 서쪽 골짜기로

향했다. 해발 1167미터나 되는 한양봉 아래 여금호(如琴湖)가 거문고처럼 누대를 가운데 안고 비스듬히 누워있었다. 안개를 드리운 호수의 수면에 그림자 진 모습이 소제금(小提琴)이란 이름 그대로였다. 바위에 새겨진 '여금(如琴)'이란 글자를 따와 '여금호'라 부르고 호수가 서곡(西谷)에 있다 하여 '서호(西湖)'라고도 하며 백거이와 연관지어 '화경호(花徑湖)'라 부른다는 곳이다.

백거이(白居易, 772−846). 그는 이백이 죽은 지 10년, 두보가 죽은 지는 2년 뒤에 태어나 그들과 함께 당(唐)을 대표하는 3대 시인 중의 한 사람으로 꼽힌다. 자(字)는 낙천(樂天)이며 향산거사(香山居士) 또는 취음선생(醉吟先生)이라 자호하였다. 그의 75년 생애를 놓고 전·후반기로 나누어보면 여산의 은거 시기는 후반기에 해당한다. 특히 여산은 도교와 불교의 관련처로 그는 이곳에 와서 인생관과 문학이 크게 달라지는, 뚜렷한 한 획을 긋게 된다. 또 그가 강주(현재는 九江) 사마로 좌천되어 온 나이가 44세였으니 연령으로 보아도 후반기에 해당한다.

하남성에서 가난한 지방 관리의 아들로 태어난 그는 이미 5·6세 무렵부터 시를 짓기 시작한 신동이었다. 침식을 잊은 고학 끝에 29세의 나이로 진사에 입신했고 평생지우인 원진(元稹, 779–831)과 함께 발췌과라는 관리 임용 시험에 합격한 뒤 교서랑, 집현 교리가 되었으며 43세 때는 황실 교사였던 태자좌천선 대부가 되었다. 815년 6월, 재상이던 무원형이 절도사 자객의 손에 의해 암살당하자 백거이는 범인 체포를 요구하는 강력한 상소를 냈다. 그러나 상소의 월권 행위는 명교(名敎)를 손상했다 하여 도리어 그는 그해 8월 강주사마로 좌천되고 만다. 그의 생활 태도나 시·문학의 표현이 이때부터 크게 달라진다. 적극적인 현실 개혁 의지와 날카로운 고발정신도 한풀 꺾이고, 독선(獨善)을 지향하고 은일과 명철보신(明哲保身) 쪽으로 점차 기울었다. 문학도 풍유시에서 은일, 한유시로 바뀌어 갔다. "탁한 샘물은 마시지도 않고 굽은 나무 그늘에서는 쉬지도 않겠다."던 그였다. "고지식하여 꺾이고 부러진 이 칼을 멸시하지 말아라."라고 읊던 그였다. 유가사상으로 충군애민과 겸제(兼濟)를 표방하던 그는 소인배들에 의해 폄적된 후 도교의 노장(老莊) 쪽으로 경도되었다. 한때는 불교를 비방하고 사찰과 승려의 증가를 비생산적 사회 문제라고 지탄한 (〈양주각(兩朱閣)〉에서) 바도 있었다. 그러나 〈양주각〉을 쓴 지 2년 뒤, 어린 딸이 죽고 모친을 잃자 애통한 슬픔으로 불문(佛門)을 두드린다.

아침에는 죽은 딸을 슬퍼하고 / 저녁에는 돌아가신 어머니를 위해 통곡하니 / 슬픔에 사지가 늘어지고 눈물에 두 눈이 흐렸노라. / 나이 40에 마음은 칠십 노인 같구나.(생략)
나는 들었노라. / 불교의 가르침에 해탈문이 있다고./ 마음을 명경지수같이 갖고/ 몸을 뜬구름같이 보고/ 때 묻은 옷을 떨어 버리고/ 생과 사의 테두리도 벗어나리라. / 맹서하리라. / 지혜의 물로 번뇌의 먼지를 영원히 씻고,/ 다시는 인간적인 은애의 정에 엉키며/ 걱정과 슬픔의 씨를 뿌리지 않겠노라.
― 〈자각(自覺)〉에서

생사의 테두리에서 벗어나리라고 스스로 다짐하며 아픔에서 헤어나려고 애썼다. 그는 40세를 전후하여 불교 쪽으로 기울었다. 사마란 한직이니 자연히 여산 일대의 절이나 선사를 찾게 되었다. 불법을 묻고 좌선을 참구하며 탈속(脫俗)과 한유(閑幽)에 빠져 들었다. 그리고 향로봉 아래 초당을 지어 한적한 생활을 즐기며 "아침에는 오직 약초를 먹고, 밤에는 등불만을 벗하니 청삼(靑衫)만 없다면 바로 중이라 하겠노라."고 〈山居〉에서) 그 자신을 읊고 있다. "몸은 출가하지 않고 오직 마음만 출가했노라."고도 했다. 백거이는 3년 남짓 이 강주에 머무르면서 여산의 백련사와 혜원(慧遠)이 주석하던 동림사를 자주 찾았고 춘사월 어느 날, 화전놀이를 겸해 여금호 인근에 있는 대림사를 찾았다. 때는 바야흐로 봄, 마침 복사꽃이 흐드러지게 피어 있었다. 그는 〈대림사 도화(桃花)〉라는 절구를 단숨에 토해 내었다.

> 속세의 사월은 꽃마다 영락했어도
> 산사의 복사꽃은 이제사 불이 났네.
> 그 봄 행방 몰라 헤매다가
> 웬걸 여기 산중에서 만났네.

> 人間四月芳菲盡
> 山寺桃花始盛開
> 長恨春歸無覓處
> 不知轉入此中來

화경정(花徑亭)에서

그로부터 천백여 년의 세월이 흘렀다. 1930년 어느 날, 대림사 옛 자리에 정자를 지으려고 흙을 파다가 석공 한 사람이 바위에 새겨진 '화경'이

화경정

라는 글자를 찾아냈다. 백거이의 글씨임을 알아내고 그곳에다 화경정(花徑亭)을 지었다. 그리고 그 일대를 화경원(花徑園)이라 불렀다. 화경이란 글자가 발견된 곳에 세운 정자를 또 '경백정(景白亭)'이라 명명했으니, 화경이 백거이의 정자란 뜻인 것 같다.

나는 잠시 그 붉은 정자 앞에 섰다. 도저한 봄의 정취에 발흥되어 '화경'을 쓰고 있을 백거이의 모습이 떠올랐다. 그가 몸을 굽혀 바위 위에다 붉은 글씨를 썼던 자리에는 붉은 기둥이 우산을 떠받치는 듯한 예쁜 정자 하나가 서 있다. 경내에는 대림(大林)사란 글자에 걸맞게 울울창창한 수목이 군락을 지어 피어난 아름다운 꽃들과 조화를 이루고 있으며 게다가 화석(花石)과 어우러진 수목이라니. 좁게 구부러진 숲길을 소요하는 이들이 모두 시인처럼 보였다. 정자를 지나 왼쪽으로 나아갔다. '백거이 초당' 현판글씨가 눈에 들어왔다. 측백나무가 에워싼 초당 앞에 청년 백거이가 하얀 석상으로 뜰에 나와 우리를 맞이한다. 왼손으로 턱을 살짝 괴어 오른쪽으로 약간 기운 듯한 얼굴. 무엇인가를 골똘하게 생각하는 표정이다. 이곳에 발붙인 44세의 자신을 벌써 노인 같다고 말했지만 동상의 모습은 청수하게 잘생긴 젊은 선비 그대로였다. 초당 옆에는 청죽과 어울린 '연청지(蓮淸也)'가 운치를 더해 주고 있고 그 위에는 반달 모양의 구곡교가 무지개처럼 걸려 있다.

진열실 안에는 백거이의 유품과 역사적인 자료들 시화·서적 등이 있다. 천생이 시인인 그는 3년 남짓한 이곳에서 100여 편의 시를 썼다 하니 가장 많은 시를 남긴 시인으로도 기록될 뿐만 아니라 3840여 수(首)에

달하는 자신의 글을 손수 집대성하여 총 75권의 책을 묶기도 하였다. 그리고 5본을 만들어 여러 절에 나누어 보관케 하였으니 지금까지도 그 것이 잘 전해져 내려온다. 진열실에서 특히 눈을 끈 것은 '원림사상집구 (園林思想集句)'란 글귀였다. 대략 이런 뜻이지 싶다.

"물로써 고요함을 취하며/ 그윽함으로써 귀(貴)를 삼고/ 교묘하게 경치 를 빌려 쓰며/ 식물은 주로 대를 즐기는 기벽이었고/ 질박 전아함을 상 (上)으로 삼고/ 겉치레의 화려함은 반대"라던 평소 그의 생각대로 이 원 림은 조성된 듯싶었다.

신라 때 상인이 백거이 문집을 사가지고 가서 백금에 팔았다느니 일본 여자가 백거이의 문집을 갖고 가서 오품의 벼슬을 얻었다는 내용도 아울 러 적혀 있었다.

화경원을 다녀 나와 입구의 석패방을 다시 올 려다보았다. 백거이의 글씨로 '화경(花徑)'이 패방 에 걸려 있고 양쪽의 대련 글귀는 두 기둥에서 나 란하다. 오른쪽의 것은 '화개산사(花開山寺)'요 왼 쪽의 글씨는 '영유시인(咏留詩人)'이라 쓰여 있었 다. 화경원 반대편에는 여산의 빼어난 절경들이 운집해 있으니 금수곡·선인동·천교 등이 위용 을 뽐내고 있었다.

모택동이 즐겨 찾았다는 험봉(險峰)에 올라가서 사진을 몇 장 찍었다. 금수곡 표지 위에 '易園'이 란 글자가 얼른 반갑게 눈에 들어왔으나 그것은 백거이의 관련처이고 보면 '주역의 동산' '역원'이 아니라 백거이의 동산 '이원'이란 뜻이었다.

백거이 석상 앞에서

백거이, 거이(居易)는 그의 본명이요 낙천(樂天)은 그가 이곳에 와서 지은 자호(自號)다. 낙천(樂天)은 ≪주역≫ '계사상전'의 '樂天知命 故不憂'라는 구절에서 연유된 것이다. 우주와 합일되어 천(天)을 즐기고 명(命)을 아나니 고로 근심하지 않는다는 뜻이다. 하긴 천명을 앎에 무엇을 근심하겠는가? 그러므로 역(易)에 통한 자는 번뇌가 없다는 것도 그 때문이리라.

거이(居易)란 인생을 편안한 마음가짐으로 '쉽게 산다'는 높은 뜻을 지니고 있다. 특히 ≪주역≫에서는 쉽고 간단한 '이간(易簡)'의 이치를 천지(天地) 음양(乾坤)에 배대하여 공능(功能)의 으뜸 딕목으로 삼고 있다. 백거이 동생의 이름은 행간(行簡)으로 거이와 행간 '居易 / 行簡. 그대로 '이간(易簡)'의 이치를 옮겨다 놓은 듯하다. 그는 스스로 낙천지명(樂天知命)하면서 자기에게 주어진 삶을 지나치게 애착하지도 않고 또 지나치게 미워하지도 않고 담담하게 살겠노라고 다짐했던 것이다. 이러한 심경을 그는 〈자회시(自誨詩)〉에 담았다. 강주로 쫓겨나온 해, 44세에 지은 시다.

> 낙천아! 낙천아!
> 오너라. 내 너에게 이르겠노라. (생략)
> 낙천아. 낙천아! 불쌍하구나!
> 이제부터는 배고프면 먹고, 목마르면 마시고,
> 낮에는 일어나고 밤에는 잠자라.
> 함부로 기뻐하지도 말고, 또 걱정하지도 말아라.
> 병들면 눕고 죽으면 쉬도록 해라.
> 그렇게 하는 경지가 바로 너의 집이자, 너의 본 고향이니라.
> 왜 그것을 버리고 불안한 세상을 택하고자 하느냐?
> 들뜨고 불안한 속에서 어찌 편안히 살고자 하느냐?
> 낙천아! 낙천아! 본고장으로 돌아오너라.

그는 은일한 선비, 완적과 혜강을 따라 어리석은 체했고 마음껏 게으

름도 부려 보았다. 머리 빗고 세수하는 일도 때로는 게을리하며 "옛날에는 시 읊는 미치광이였으나 이제는 술에 병든 몸"이라고 자탄하기도 했다.

백낙천은 강주에 머무는 동안 대체로 두 군데서 살았다. 한곳은 여산 향로봉 아래의 초당이요, 또 한 군데는 용정하(龍井河) 강이 양자강으로 흘러드는 심양 강가였다. 지금은 서문구(西門口)라 부른다. 그쪽으로 차를 몰았다. 서문구에서 동쪽으로 4㎞ 떨어진 양자강 나루터에 '비파정'이 높다랗게 웅좌하고 있었다. 두말할 것도 없이 백거이의 명작인 〈장

비파정 앞에서

한가〉와 쌍벽을 이루고 있는 〈비파행〉을 기념하여 세운 정자였다. 건물 오른편으로 백낙천이 우뚝하게 서서 그 옛날 옷깃을 적시며 울던 비파행의 현장을 지켜보듯 서 있다.

귀양 온 이듬해의 어느 가을날 밤이었다. 그는 심양강 강가에서 나그네를 전송하려다가 밤에 홀연히 강물을 타고 들려오는 비파 소리를 듣게 된다. 쟁쟁한 비파 소리는 예사 솜씨가 아닌 세련된 가락이었다. 사람을 찾아 물으니 소리의 주인공은 본래 장안의 기생으로서 비파의 명인에게 전수받은 고수였다. 그녀는 늙고 시들어 장사꾼의 아낙이 되었으나 남편은 돈만 중히 알 뿐, 사람을 별로 아끼지 않았다고 한다. 차를 사러 집을 떠났고 여인은 깊은 밤 홀연히 화려했던 옛날을 꿈속에 그리며 비파를 뜯고 있었다. 낙천은 다시 술자리를 차리고 그녀에게 비파를 청해 다시 듣는다. 연주가 끝나자 그녀는 환락에 젖었던 젊은 시절과 늙어 영락하여 초췌한 꼴로 강호를 유랑하는 애처로운 자신의 신세를 털어 놓았다.

낙천은 동병상련의 정을 느끼며 2년째 귀양살이하는 자신의 심사와 다를 바 없다는 감회에 젖어 서사시〈비파행〉을 지어 그녀에게 바쳤다.

다 같이 우리는 하늘가에 떨어진 윤락한 신세로
이렇듯 만났으니 굳이 지난날의 면식을 논하리!

同是天涯淪落人
相逢何必曾相識

그날 밤 심양강두에는 단풍잎 갈대꽃이 소슬대고 가을 달은 오직 강물 속까지 창백하게 비추고 있는데 늙은 여인은 눈썹을 떨구며 신묘한 솜씨로 연주하니,

모든 사람은 얼굴을 묻고 울면서 들었노라./ 그 중에서도 가장 많이 울고 눈물 흘린 자는/ 다름 아닌 청삼을 흠뻑 적신 강주사마였노라.

나는 특히 이 끝구절을 좋아한다. 자신은 빼놓고 강주사마가 청삼을 흠뻑 적시며 울었다는 이 애상(哀傷)을.

〈비파행〉은 〈청삼루잡극(靑衫淚雜劇)〉으로 다시 태어나 국민들의 사랑을 받고 있다. 이 작품이 쓰인 것은 45세 때였다. 그 뒤 충주자사·항주자사·소주자사를 거쳐 마지막 관직은 형부상서였다.

슬하에 5남매를 두었으나 세 딸이 모두 요사했고 58세에 만득자로 아들 하나를 얻었건만 그마저 3세를 넘기지 못했다. 동기 4형제가 모두 그를 앞서 떠났고 어머니는 꽃구경을 나갔다가 어이없게 우물에 빠져 죽었다. 눈이 잘 보이지 않은 것도 어린 자식의 참척으로 인한 상명(傷明)일 것이며, 폐병 또한 가족을 모두 앞세운 슬픔 때문일 것이다. 그럼에도 75세까지의

장수를 누린 것은 ≪주역≫의 말씀 그대로 낙천지명(樂天知命)한 그의 생활의 태도와 연관이 있지 않을까 싶다. 그는 이름대로 '거이(居易)', 즉 죽고 사는 것을 쉽게 용납했다. 살아도 그만 죽어도 그만, 죽음이나 삶을 모두 가타부타 안하게 되었으니 그는 스스로 달통했노라고 외쳤던 것이다.

사나 죽으나 별반 좋을 것도 나쁠 것도 없노라.
깨닫고 달통했노라. 백낙천은 달통했노라.

死生無可無不可
達哉達哉白樂天

백거이의 묘

나는 그의 '초당' 앞에서 육성으로 들려오는 외침을 듣고 있었다.
향산거사 백낙천은 846년 8월 낙양, 이도리(履道里) 댁에서 75세를 일기로 별세하여 장안 용문(龍門)에 매장되었다.
"사나 죽으나 별반 좋을 것도 나쁠 것도 없다."는 경지에도 불구하고 젊은 나이에 일찍이 애통을 당해 "다시는 인간적인 은애의 정에 엉키며, 걱정과 슬픔의 씨를 뿌리지 않겠노라."라고 스스로 다짐했던 그의 맹서가 아프게 귀에 닿는다.

오늘까지의 내 인생에서, 쓸모없는 것은 무엇 하나 없었다

- 엔도 슈사쿠

고통스럽기만 한 삶이 과연 살 만한 가치가 있는가? 라고 했을 때 나는 그것을 엔도 슈사쿠(遠藤周作 1923-1996)의 문학과 그의 인생에서 참된 의미와 해답을 발견하곤 한다. 그의 문학의 모티프는 죄와 구원의 문제 그리고 고통의 의미를 천착해 가는 도정이었다고 해도 틀리지 않을 것이다. 그는 죄조차도 무의미한 것이 아닌, 병상에서의 고통조차도 어느 것 하나 쓸모없는 것은 없다고 말한다.

그는 수술로 인해 일곱 개의 늑골을 잃었고, 한쪽 폐가 잘려나갔지만 그가 얻은 것은 일곱 개의 늑골이나 한쪽 폐보다 훨씬 큰 것이었다고 말한다. 무의미하게 보냈다고 생각한 그 3년의 투병생활에서 중요한 의미를 깨닫는다.

"이러한 사고방식은 어쩌면 내가 믿는 가톨릭보다는 불교적인 사고방식에 더 가까울 수 있다. 나는 불교에서 말하는 인간에 대한 깊이 있는 통찰에 많은 감동을 느끼곤 하는데 '선악불이(善惡不二)'도 마찬가지다. '선악불이'는 마치 손바닥과 손등의 양면과 같아서 악을 뒤집으면 선이 될 수 있으므로 악도 의미 있고 쓸모 있는 것이 될 수 있다."는 것이다.

"나도 한때는 기독교적인 관점에서 죄는 의미가 없는 것이라고 생각한 적이 있다. 그러나 지금 돌아보면 그 생각은 잘못된 것이었다. 죄도 나름대로 의미가 있으며 결코 우리 인생에서 쓸모없는 것이 아니다." 그래서 프랑스의 작가 모리아크가 "내가 다른 사람들에게 준 고통조차도 다 쓸모 있는 것"이라고 말한 것이 아닐까, 라고 되묻고 "내가 함부로 버려서는 안 되는 것은 내가 경험했던 괴로움과 내가 타인에게 주었던 고통이다."라는 모리아크의 말을 엔도는 자신의 인생에 대입해서 "이 세상에는 무엇 하나 쓸모없는 것이 없다. 내가 맛본 괴로움, 내가 다른 사람에게 준 고통, 그 어느 것 하나도 쓸모없는 것이 없다."라고 말했다.

살아가면서 매듭이 잘 풀리지 않는 문제에 직면하게 되었을 때, 나는 엔도의 "마이너스에도 플러스가 있고 플러스에도 마이너스가 있다."라는 말을 떠올리며 삶의 위안과 지혜로 삼곤 한다. 그는 작가로서 인간의 마음을 쓰고 있던 중에 선과 악을 엄격하게 심판하는 기독교의 사고방식에 회의를 갖게 된다. 소설을 써나가는 중에 사물을 지나치게 둘로 나눠서 생각하는 사고방식에 중압감을 느끼며 '이분법(二分法)을 버리고 싶다.'고 한다.

이분법의 사고방식에 갇힌 서구의 기독교적 사고방식이 아닌 현대 기독교 문학 작가들에게서 엔도는 '3분법의 눈'을 발견해낸다. 작가로서의 제3의 눈이다. 그나마 내가 살아있어서 좋은 것이 있다면 옹졸했던 자신의 편견을 시정하고 이분법에 갇혀있던 자아를 해방시키는 일이 아닐까 한다. 엔도 슈사쿠는 내게 그것을 가르쳐준 인물이다.

엔도 슈사쿠   박물관

　1960년, 《일본전후문제작품집》에 실린 〈백색인〉으로 그의 이름을
처음 알게 되었고 기독교작가로만 제쳐두었던 그에게 관심을 갖게 된
것은 소설보다는 오히려 그의 수필 쪽을 통해서였다.
　수필집 《마음의 야상곡》, 《잠 못 이루는 밤에 읽는 책》, 《회상》
등에서 보여 준 가식 없는 한 인간과 동서양의 고전과 사상을 아우르는
해박한 지적 편모, 적어도 이분법에 갇혀 있지 않은 자유로운 영혼, 자기
속얼굴에서 메시아 콤플렉스를 확인한 후 경악하는 이런 엄격한 인간으
로서의 엔도 슈사쿠를 좋아하게 된 것이다.
　그는 일본을 대표하는 가톨릭문학 작가로서 가톨릭에만 머무르지 않
고 우주 전체를 신의 사랑으로 감싸보려는 종교다원주의를 표방하며 휴
머니스트로서의 완숙한 작품 〈깊은 강〉을 만년에 내놓았다.
　1923년 도쿄에서 태어난 엔도 슈사쿠는 게이오 대학 불문과를 졸업하
고 현대 가톨릭문학을 공부하기 위해 프랑스로 유학, 리옹 대학에 입학
한다. 유학 중에 기독교와의 거리감이 깊어지는 가운데 서양인의 신과
일본인 신들과의 문제나 모리아크의 소설론에 주목하며 소설가가 되겠
다고 결심한다. 여름방학에는 모리아크의 고향이며 작품의 무대인 보르
도에서 며칠을 지냈다. 그때의 나이 27세때였다. 나는 모리아크의 집을

방문했을 때도 엔도 슈샤쿠를 생각했다. 담쟁이덩굴로 둘러싸인 대저택, 널따란 창으로 포도밭이 내려다보이는 거실, 글이 저절로 써질 것 같은 침착한 서재, 따로 마련된 기념관은 노벨문학상 수상 작가의 위용에 걸맞아 보였다.

몽테뉴 성에 들르기 전에 모리아크의 집을 꼭 보고 싶었던 것은 ≪떼레즈 데께루≫와 엔도 슈샤쿠 때문이기도 했다. 특히 엔도 슈샤쿠에게 있어 프랑수아 모리아크(Mauriac François 1885-1970)의 영향은 지대했다.

모리아크는 그가 태어난 랑드 지방을 배경으로 많은 작품을 썼다. ≪사랑의 사막≫, ≪문둥이와 키스≫, ≪떼레즈 데께루≫, ≪살모사의 매듭≫ 등이 있는데 작품마다 그는 죄의 세계를 파헤쳤다. 그 가운데에서도 엔도 슈샤쿠는 ≪떼레즈 데께루≫를 주목했다.

착실한 남자와 결혼한 떼레즈는 어느 날 테라스에서 점심을 먹고 있었다. 멀리 있는 숲에서 발생한 화재에 정신이 팔렸던 남편은 적당량 이상의 극약을 물에 넣어 마셨다. 남편은 허여멀겋게 살이 찌기 시작해, 의사에게 심장 극약을 처방받아 식후에 먹도록 되어있었다. 떼레즈는 그걸 보고도 아무 말도 하지 않았다. 더위와 피로, 그리고 무어라 말할 수 없는 권태감이 그녀를 침묵시켰던 것이다. 의사가 달려와 계속 토해내는 치료를 했다. 의사가 돌아간 후 간병에 지친 떼레즈의 마음에 어떤 음성이 들려오기 시작했다.

'한 번만으로도 좋아. 그걸로 끝내자.' 내 손으로 그에게 독약을 먹여 버리자. 그래도 남편이 살아난다면 일생, 그의 충실한 아내가 되자. 기어코 그녀는 남편에게 비소를 먹였고 그 행위는 의사에게 발각되어 남편은 재판에 회부하려고 생각했으나 가톨릭 신자의 의무에 따라 그만둔다. 두 사람은 겉으로 부부인 채 별거하며 그 날로부터 떼레즈의 고독한 나날들이 시작된다.

떼레즈라는 여성에게 있는 자신도 모르는 무의식의 충동을 쓴 소설이다. 떼레즈의 무의식에서 생겨난 충동은 남편에게 독을 먹인다는 죄로 나타난다. 이 소설에서 엔도의 관심은 떼레즈의 무의식이 작가(모리아크)의 종교와 어떻게 맺어져 있는가, 즉 떼레즈의 무의식에서 생겨난 충동이 남편에게 독을 먹이는 죄로 나타났을 때, 그 같은 죄를 모리아크는 어떻게 생각하는가에 관심이 모아졌다. 그는 이 소설에서 죄와 구원은 별개의 것이 아니라 실은 표리일체라는 것을 깨닫는다. 죄의 안쪽에는 재생의 기원이 담겨있는 그녀의 재생의 바람이 부활의 의지 가운데 종교적인 '구원'에 연결되어 있다는 것을 알아차린다. 그와 같은 생각을 교회에서 배우지 못했고 모리아크에게서 배웠다고 말했다.

엔도 슈샤쿠는 죄와 재생, 죄와 구원은 서로 분리된 것이 아니라 등을 맞대고 있는 것이며 심리구조에서 유사하다는 것을 기독교 문학가(모리아크, 그레암 그린, 장 케이롤) 등의 작품을 통해서 확인한다. 엔도의 말을 요약하자면 '죄와 재생(再生)은 동전의 양면'이며 '죄와 구원은 표리일체'며 '죄와 구원은 등을 붙이고 있는 샴쌍둥이와 같다.'는 것이다. 죄 가운데 그 사람의 재생의 욕망이 숨겨져 있다는 것을 알아차리고부터 그는 죄조차도 우리에게 결코 무의미한 것이 아니라며 마이너스를 부정(否定)하기보다는 그것을 플러스로 전화(轉化)할 것을 권장한다. 우리의 인생에서 일시적으로 불리해 보이는 것 －좌절, 질병, 실패 등－ 도 반드시 긍정적인 것이 될 수 있고 그 가능성을 발견해서 구체화시킬 수만 있다면 과거의 손해도 언젠가는 이익으로 전환할 수 있다는 것이다. 그 때부터 그는 인생에서 일어나는 모든 일은 이용할 가치가 있으며, 인생에서 헛된 것은 아무것도 없다는 것을 알게 되었다고 일러준다.

모리아크로부터 '고통의 의미'를 깨달아 간 엔도는 "나는 꽤 잘살았다."

고 말한다. 어느 것 하나도 쓸모없는 것은 없다. 우리의 인생에서 일어나는 아무리 어처구니없는 사건이나 사소한 추억조차도 쓸모없는 것은 없다. 소용없다고 생각하는 것은 우리의 주관적인 판단일 뿐이다. 만약 신이 존재한다면 신은 그 하찮게 느껴지는 것 안에 사실은 우리의 인생을 위한 쓸모 있는 무언가를 숨겨놓았다고 할 수 있다면서 그는 하찮게 느껴지는 것 안에서 쓸모 있는 귀중한 의미를 찾아내려고 애썼다. 자신은 그것을 알고 있기에 '나는 꽤 잘 살았다.'고 스스로 말하기도 했다. 그렇게 말하는 또 다른 이유 중의 하나는 자기 안에 여러 개의 '채널'이 존재한다는 것이다. 남보다 호기심이 많은 그는 백여 개의 채널을 돌리면서 열심히 살아왔고 덕택에 '오로지 한 길'만 고집하며 살아온 사람보다는 두 배 정도 많은 경험을 할 수 있었다고 한다. 사실 그의 취미는 다양하다. 엔도는 어려서부터 영화광이었으며 연극 극단 〈미끼자(樹座)〉를 운영했고 바둑을 좋아해 기원도 설립했다. 합창단 단원으로 음악회에도 빠지지 않았고 프로야구, 다도, 그림 그리기 등을 즐겼다. 다양한 동호회를 통해 만난 사람들의 이야기는 작가에게 많은 도움이 되었다고 한다.

그는 "엔도 슈샤쿠라는 이름으로 문학을 해왔다면, 호기심이 강한 또 다른 이름 고리앙(狐狸庵 너구리)으로 생활의 여러 가지 즐거움을 만끽하며 살았다."라고 밝혔다.

24세에 최초로 발표한 에세이 〈신과 신들〉로부터 아쿠타가와 문학상 수상작인 《백색인》, 《바다와 독약》, 《침묵》, 《깊은 강》에 이르기까지 엔도 슈샤쿠라는 이름의 순수문학 계보가 있다면 고리앙이라는 이름으로는 《바보 양반》, 《고리앙》 시리즈와 같은 해학이 넘치는 자전적 에세이가 있다. 그는 TV 광고에도 출연하고 유머소설로 대중을 즐겁게 한 작가이기도 했다. 한쪽으로 치우친 편향된 삶을 살기보다는 균형 있게 살고 싶어했다. 엔도 슈샤쿠는 스스로 '꽤 잘 살았다.'고 했지만 죽기도 잘 죽은 사람이었다. 오랫동안 죽음의 철학을 통한 달관의 경지가 아니고서는 쉽지 않으리라고 생각된다. 만년에 쓰인 탓인가. ≪잘 사는 법, 잘 죽는 법≫은 죽음에 대한 성찰이 책의 중심을 이룬다. 피해갈 수 없는 고독이라면 고통을 제대로 이해하고 받아들이며 긍정적인 것으로 전환시키고 피해갈 수 없는 죽음이라면 그럴수록 삶을 즐기고 살아야 한다는 것이 그의 인생철학이었다.

≪죽음을 준비하는 자세≫에서는 "죽을 때가 되면 죽어야 한다."며 "언제부터일까, '죽음'이 늘 머리 한 구석에서 떠나지 않아 한밤중에 눈을 반쯤 뜬 상태에서 내가 숨을 거두는 광경을 막연히 상상하곤 한다.… 아, 난 참 잘 살았어! 라고 말하면서 자신의 인생을 긍정적으로 평가하고 그런 인생을 허락해 주신 신을 향해 '감사합니다.'라는 말을 남기고 숨을 거둘 수 있다면 얼마나 행복할까!"라고 쓰고 있다.

숨을 거두기 직전, 이 세상과 영원히 이별하는 순간, 병실의 찢어진 장지문을 통해 하늘에서 별들이 반짝이는 모습을 보며

아름답구나! 장지문 구멍 사이로 보이는 은하수!

어느 임종시에서처럼 그런 마음이 될 수 있는 것, 그것을 죽음에 능통하다고 말할 수 있는 것 아닐까. 정말이지 이러한 경지에 도달하고 싶다는 글도 보인다.

그는 인생 3분의 1에 해당하는 삶을 병고에 시달렸다. 프랑스 유학 도중 28세 결핵 발병 이듬해 다량의 혈담을 토하고 요양소에서 지내다가 30세에 귀국. 몇 달 후 어머니가 뇌출혈로 사망한다. 37세 폐결핵 재발, 38세 첫 번째 폐 수술, 2주 후에 2차 수술을 받는데 실패, 죽음과 마주하는 병상 생활 시작, 세 번째 폐 수술 함. 58세 고혈압과 당뇨병에 간장병

악화로 병원에 입원, 69세 신부전 진단받음. 당뇨병에 의한 안저 출혈 70세 신장병으로 복막투석 수술 이후 3년 반 입퇴원을 반복하는 투병생활이 이어진다. 72세 뇌출혈을 일으켜 준텐도 대학병원에 긴급 입원, 부인 준코 여사와 손을 잡는 것으로 의사 전달, 면회도 안 될 정도로 고통스러운 나날이었다. 엔도는 복막투석을 받으며 마지막 작품 《깊은 강》에 매달린다.

1993년 6월 《깊은 강》이 출판되었을 때, 그는 생사의 갈림길을 오가고 있었다. 부인은 이 책을 남편에게 보여주고 싶어 간절히 기도했다. 기도가 통했는지 그는 기적적으로 위독한 상태에서 벗어났다. 책을 손에 들었다. 폐의 치료약이 간장을 헤쳤고 간장 치료약이 다시 신장을 악화시켜 투석을 해야 했는데 약의 독성이 번져 온몸이 가려웠다. 전신 가려움증의 고통에 시달리다가 "마치 욥 같군요." 부인이 말하자 "그래 욥과 같은 고통이구나, 〈욥기〉를 쓰자."라고 큰 소리로 말했다.

《구약성서》의 욥은 재산을 갑자기 다 빼앗기고 자식들은 한꺼번에 죽고 자신은 피부병에 걸려 하나님을 원망하다가 극한 상태에서 새로운 세계를 접한다. "벌거벗고 세상에 태어난 몸, 알몸으로 돌아가리라. 야훼께서 주셨던 것, 야훼께서 도로 가져가시니 다만 야훼의 이름을 찬양할지라." (욥기 1:21)

그는 줄곧 침묵하고 계시던 하나님의 말씀을 듣는다.

"대장부답게 허리를 묶고 나서라." (욥기 38:3)

엔도는 "〈욥기〉를 쓰자."라고 선언한 후 병의 고통이나 온몸의 가려움에 대해 푸념이나 한탄 한마디 하지 않았다. 마치 딴사람이 된 것 같았다.

"나는 이 고통에 어떤 의미가 있는지 몰라요. 하지만 인간의 지혜를 넘는 계획 속에 반드시 의미가 있을 것이므로 우리가 질문하는 보편적인 문제, '고통에는 어떤 의미가 있는가?'를 주제로 글을 쓰려고 해요. 이것은 소설로는 쓸 수 없으므로 소설 아닌 형식으로 쓰고 싶어요."

엔도가 고종사촌인 다케이(竹井) 수녀님에게 한 말이다. 그 후 상태가 점점 악화되어 〈욥기〉는 쓰지 못했다.

임종을 지켜보던 엔도 류노스케는 "저는 유머가 넘치던 큰 몸집의 아버지께서 왜소하고 비참하게 되어가는 모습을 보는 것이 견딜 수 없어 가까이 가지 못했습니다. 그런데 아버지께서 〈욥기〉를 쓰려고 결심한 뒤부터 일생을 통해 애써 온 대로 그리스도의 모습을 닮아가는 것을 제 눈으로 똑똑히 보았습니다."라고 술회했다.

뇌사상태에 빠진 엔도의 몸에서 생명을 유지시키던 기계장치가 제거되었다. "앞으로 5분 남았습니다." 하고 주치의가 말했다. "엔도의 손을 잡은 부인의 얼굴이 환히 빛났다. 인간의 몸에 광원(光源)이 있다고 한다면 엔도 씨에게도 빛이 생겨나는 것같이 그 때까지 흙빛이었던 얼굴이 밝게 빛나면서 부인의 손을 더 강하게 잡았다." 다케이 수녀가 현장 상황을 전했다. 그 때, 엔도 부인은 손과 손을 통해 다음과 같은 메시지를 전해 받았다고 한다.

"나는 새롭고 영원한 생명으로 들어왔다. 이제부터 어머니와 형님과 함께 지복 속에서 영원히 생명을 누릴 것이다."

엔도의 시신은 3년 반이나 고통을 견뎌왔다고는 생각할 수 없을 정도로 편안하고 깨끗했다고 한다. 평화스러운 엔도의 얼굴과 부인의 밝고 화사한 표정이 상갓집 분위기를 상쾌하게 만들었다. 엔도의 많은 작품이 영화화되었기 때문에 영화 관계자들과 배우들도 많이 조문을 와서 그것을 취재하러 카메라맨들이 집 입구에 진을 치고 있었다. 어두운 표정으로 조문하러 온 여배우들이 나갈 때는 밝은 얼굴이었다. "안에서 도대체 무슨 일이 있나요?"라고 되묻던 젊은 카메라맨들의 말을 기억하면서 나는 그의 집 앞에 서서 그날의 모습을 떠올려 보았다. 내 안에서도 기분

엔도 슈샤쿠의 묘지

좋은 미소가 피어올랐다.

그의 커다란 3층 벽돌집을 배경으로 사진을 한 장 찍었다. 문패에는 엔도 류노스케(遠藤龍之介). 큰아들의 이름이 적혀있고 우편함 위에 15−3이라는 번지가 붙어있다. 주소는 메구로구(目黒區) 나가쵸(中町) 2정목 15−3이다. 유면(油面)공원 근처라 찾기는 어렵지 않았다. 1996년 9월 29일 집으로 돌아온 엔도 슈샤쿠의 시신은 성이니시오 성당으로 옮겨졌다. 그는 죽는 순간까지도 고통의 의미를 되새기며 아들의 증언대로 그리스도의 모습을 닮아갔던 것이다. 그의 마지막 도달점이다.

이 글을 쓰기 위해 엔도 슈샤쿠의 이름이 적힌 사진봉투에서 그의 사진을 꺼내드니 2004년 12월 14일이라는 날짜기 적혀있다. 7년 전 일이건만 그날의 기억은 아직도 선명하다.

후쿠오카 대학에 있는 김정숙 교수에게 엔도 슈샤쿠의 문학관과 묘지에 관한 안내를 부탁했더니 엔도 슈샤쿠의 부인 준꼬(順子) 여사로부터 속달로 지도가 왔다면서 그것을 메일로 보내주었다. 도쿄에서 찾아올 경우 케이오센(京王線)을 타고 후츄에키(府中驛)에서 내려, 1번 선에서 버스 73이나 74의 무사시고 가네이(武藏小金井)행을 타고 우체국 앞에서 내려 도보로 1분 정도 가면 가톨릭 후츄(府中) 묘지가 있다는 것이다.

묘지의 문을 들어서면 바로 왼쪽에 꽃집이 있고 그 꽃집 아주머니에게 물으면 엔도 슈샤쿠 선생의 묘를 친절하게 가르쳐 줄 것이라고 했다.

지도에 적힌 대로 신주쿠 역에서 케이오센을 타고 찾아갔다. 꽃집 아주머니는 보이지 않았고 겨울이라 그런지 가게도 썰렁해서 그냥 묘역 안으로 들어갔다. 진눈깨비라도 날릴 것 같은 음울한 초겨울 아침, 텅 빈 묘역 한가운데에 아기를 안은 마리아의 조각상이 있을 뿐 묘역은 작고 간소했다. 사진이 그날의 기분을 일깨워준다. 사람이라곤 우리 내외뿐이었다. 오석에 십자가, 그 아래 '엔도가(遠藤家)'라고 적힌 나지막한 묘비를 찾아냈

엔도 슈샤쿠의 묘

다. 그 앞에 나란한 세 개의 꽃병엔 시든 국화와 백합이 꽂혀있다. 그나마 묘비 양쪽엔 손질이 잘된 사철나무가 푸르게 서 있어 다행이었다. 왼쪽 비석의 '묘지(墓誌)'에 어머니, 마리아 엔도 이쿠코(遠藤郁子), 두 살 위의 형인, 베드로 엔도 마사스케(遠藤正介), 맨 끝에 바오로 엔도 슈샤쿠(遠藤周作)의 이름이 보였다.

부모의 이혼으로 아버지의 전근지인 만주 대련에서 귀국하던 날의 세 식구 모습이 떠올랐다. 엔도는 열 살이었고 그의 형은 열두 살이었다.

엔도 슈샤쿠의 작가로서의 원체험은 이때부터 시작된다. 아버지로부터 버림받고 소파에 앉아 석상처럼 미동도 하지 않고 견디는 어머니의 모습이 보기 힘들었다. 방과 후에 길에서 떠돌다가 풀을 따먹거나, 빵을 파는 러시아 노인의 뒤를 따라다니다가 해질 무렵 길가의 자갈돌을 툭툭 차면서 집으로 돌아왔다. 아홉 살이던 엔도는 슬픈 마음을 감추기 위해 못된 장난을 치기도 하지만 애견 '구로'에게만은 슬픔을 털어 놓는다. 구로는 단 하나의 말상대였으며 "내가 부모님에게 야단을 맞을 때에도 부모님과 나 사이에 들어와 주었습니다. 그럴 때의 그의 눈이 내 안에 남아있어서 예를 들면 훗날의 ≪애가≫ 속의 짐승이나 동물, 새의 눈이 되었습니다. 그것들이 발전해서 나에게 있어서 예수의 눈길의 원점이 되었던 것입니다. … 유년시절, 전적으로 순진무구한 기분으로 나를 가엾이 여겨주었던 그 만주 소년과 예수의 모습이 겹치게 되었던 것입니다."라고 쓰고 있다.

애견 구로와의 특별한 소통은 그의 문학에 있어 〈동반자 예수〉의 의식 형성에 원체험이 되었으며 가톨릭에 귀의한 어머니를 따라 마지못해 받은 비자발적인 세례의 경험도 평생 그에게 자신의 신앙과 삶의 의미에 대해 묻도록 만드는 물음의 진원지가 되었고, '잘 맞지 않는 양복' 같은 기독교를 버리려고 했지만 성공하지 못하고 결국에는 서양 기독교와 일본적 풍토 사이에서 괴리감을 느끼며 일본인인 자신의 몸에 맞는 일본 옷으로 바꾸려는 생각을 갖게 된 것이다. 그의 타율적인 세례는 차츰 그의 문학의 모티프가 되었다. 그 후 어머니의 경제적인 부담을 덜기 위해 재혼한 아버지의 가정에서 생활하면서 어머니를 배신했다는 그 자책 때문에도 괴로워한다. 우에노의 도쿄 음대를 나온 어머니가 손가락에

피가 나도록 바이올린 연습을 하는 모습을 보고 감동하여 예술의 가치와 엄격함을 마음에 새기게 되었다고 한다. 그는 돌아가신 어머니에 대한 애착이 강했다. 멋진 음악회를 갈 때에는 돌아가신 어머니를 모시고 가서 들려드렸으면 하고 생각했다. 실제로 어머니의 유골함을 들고 음악회에 참석한 일도 있다. 끝까지 아들을 믿어주었던 어머니. 바보는 아니었지만 지혜의 발달이 좀 늦었던 자신을 엔도는 후숙아로 표현했다. 수학시험 때 백지를 내서 0점을 받았다. 조숙했던 형이 걱정이 되었던지 "백지를 내서 안 돼. 몰라도 무언가를 써야지." 했던 것이 생각나서 '삼각형의 내각의 합이 180도인 것을 증명하라.'는 질문에 그는 다음과 같이 썼다. "그렇다. 바로 그렇다. 나도 그렇게 생각한다."

"화가 난 수학선생은 0점과 따귀를 때려주었지만, 오늘 이럭저럭 내가 소설가가 된 것은 앞에 언급한 바와 같은(나도 그렇게 생각한다는 답안을 짜낸) 재능(?)의 덕분인지도 모른다. 수학의 답안으로서는 물론 0점이고 마이너스이다. 그러나 그 0점의 답에 대해 시점을 바꿔 한 소년의 재능(?)을 선생이 발견해 주셨다면 그 후 긴 시간 소년은 열등감으로 괴로워하지 않았을지도 모르겠다."라고 털어놓은 적이 있다.

비 오는 날에도 우산을 쓰고 꽃밭에 물뿌리개로 물을 주던 소년을 보고 "너는 남다른 재능이 있는 것 같다."며 '대기만성할 것'이라고 믿어주던 어머니. 그런 어머니가 엔도가 프랑스에서 귀국하던 해, 뇌출혈로 갑자기 사망(58세)했다. 2년이 지나 엔도는 32세의 나이로 ≪백색인≫을 발표해 제33회 아쿠타가와 문학상을 수상했다.

언젠가 어머니의 유품 중 지갑에서 발견한 자신의 글이 발표된 신문지 조각을 보고 그는 작가가 되기로 굳게 결심했을지도 모르겠다. 대기만성의 작가가 되어 어머니 옆에 돌아온 아들, 엔도는 그가 믿었던바 사후의 세계에서 지금 세 사람이 지복(至福) 속에 함께 있을까? 나는 그것을 생각하며 비석의 이름을 소리내어 차례대로 불렀다. 내 호명이 그들에게 가 닿기를 바라는 심정으로.

엔도가(遠藤家)의 묘표 앞에 앉아 있는 내 마음도 그지없이 평안해졌다. 아마도 그것은 그분의 생애가 이루어낸 선물일 것 같았다.

엔도와 그의 어머니 이쿠의 정신적 지도사제였던 헤르초크 신부. 어느 날 그는 실종되어 해직당한다. 죠치 학원 수도원장과 죠치 대학 학감이며 한때는 ≪가톨릭 다이제스트≫ 편집장으로 엔도의 가족과 긴밀하게 연결되어 있던 그가 예수회를 자진 탈퇴하여 일본 여성과 결혼해버렸다. 엔도가 배교자에 대해 관심을 갖게 된 동기이며 신앙을 지키지도 못하고 그렇다고 완전히 벗어버리지도 못한 자신의 실존적 모습을 그와 같은 배교자에게서 발견한다. 기독교와 일본적 영성 사이에서 안주하지 못하고 방황하던 그는 기독교를 일본적 상황에 맞게 재해석하며 수용해 나가는 과정을 작품 ≪침묵≫에서 보여주고 있다.

≪침묵≫의 주인공인 외국인 선교사가 붙잡혀 후미에(기독교 신자를 적발하기 위해 마리아나 예수 상을 놓아 두어 그것을 밟게 하는 행위)하는 장면이 나온다. 그의 발 앞에 놓인 예수는 서양의 종교화에 나오듯이 위엄 있는 중후한 얼굴이 아니라 많은 사람에게 밟혔기 때문에 여위고 초라하고 닳아빠지고 슬픈 눈매를 한 예수였다.

≪침묵≫이라는 작품 "여기에는 일본의 어머니의 얼굴이 있다."라고 비평한 에토 쥰(江藤淳)의 말대로 "실은 나와 어머니와의 개인적인 관계가 그 성화 밟기의 이미지에서 나온

일본 도쿄국립박물관 소장 성화 후미에(ふみえ, 踏み繪).

것은 분명했다."라고 엔도는 〈후미에와 어머니의 얼굴〉이라는 글에서 밝혔다.

《침묵》이 많은 독자를 얻은 것은 작품의 테마보다는 독자가 지니고 있는 '어머니다운 것'이라는 무의식 중에서의 원형이 그 후미에 장면에 자극되어 움직여지고 있기 때문이라고 엔도는 털어 놓았다.

프랑스 유학중에 얻은 폐병이 재발하여 두 번째 수술을 받았는데 실패로 끝난 것은 앞에서도 말한 바 있다. 그때 같은 병을 앓던 환자가 수술 후 화농성 늑막염이 되어 절망 끝에 자살한다. 그에게도 죽음과 마주하는 입원생활이 계속된다. 생사의 절박감 속에서 신의 존재와 침묵에 대한 깊은 의문을 갖는다. 이 때 나가사키에서 처음 본 후미에(踏繪) 장면이 떠올랐던 것이다. 그는 《침묵》의 집필 동기를 이렇게 밝히고 있다.

> 수년 전 나가사키에서 본 닳아빠진 하나의 후미에(거기에는 검은 발가락의 흔적이 남아있었다)가 오랜 세월 동안 마음에서 떠나지 못하고 그것을 밟은 자의 모습이 입원하고 있던 중 내 마음속에서 살아나기 시작하고 있었다. 그리고 작년 1월부터 이 소설에 착수했다.

그가 주목했던 것은 후미에의 존재 자체가 아니라, 후미에를 밟았던 사람들이 남겨놓았던 '검은 발가락의 흔적'이었고 그 흔적을 남겨놓은 사람들에 대한 의문이었다. 무의식적으로는 자신 안에 있는 어머니에 대한 미안함과 연민이 혼합된 것이리라.

《침묵》이 배교에 초점을 두었다면 순교의 문제를 다룬 것은 《위대한 몰락》, 《여자의 일생》인데 《침묵》과 《위대한 몰락》이 17세기의 일본 기독교 박해 사건을 다루고 있다면 《여자의 일생》은 19세기의 박해 실상을 그리고 있다. 엔도가 그리는 순교자와 배교자의 작중인물들의 고통과 번민이 깊게 와 닿는다. 그들의 순교는 무엇이며 과연 신은 있는가? 그렇다면 그때 왜 신은 침묵하고 계셨는가? 간절한 물음들이 작품 속에서 전개된다.

일본에 파견된 페레이라(포르투갈) 신부가 '구멍 매달기'의 고문을 받고 배교(背敎)한다. 도쿠가와 막부가 기독교인들을 배교(背敎)시키는 고문으로 채택한 '구멍 매달기'는 온몸을 꽁꽁 묶어서(한 손은 배교하겠다는 신호를 보내기 위해 자유롭게 밖으로 내놓고) 거꾸로 매달고 주로 똥이나 마른 오물로 가득 찬 기다란 항아리 속으로 죄수의 무릎까지 집어넣는다. 그러면서도 그가 빨리 죽는 것을 막기 위해 머리에 구멍을 뚫어서 피가 한 방울씩 새도록 하여 혈액순환이 되게 한다. 일주일을 버티기도 하지만 대부분은 하루 이틀을 넘기지 못한다고 한다. 포르투갈 교구 소속인 페레이라 신부가 6시간에 걸친 '구멍 매달기' 고문 끝에 결국 배교한다.

일본에서 선교활동을 한 지 33년이나 되는 주교의 최고위직을 가진 그의 소식은 교황청으로서는 청천벽력이었다. 그에게 신학을 배웠던 세 신부가 경위를 알아보려고 일본에 잠입한다. 급기야 로드리고는 체포되어 일본식 이름을 갖고 있으면서 천문학 책을 번역하고 있는 페레이라 신부와 마주하게 되는데 그는 이런 말을 한다.

"나는 이십 년간 포교해 왔어. … 그런데 알게 된 것은 이 나라에서 우리의 종교는 결국 뿌리를 내리지 못한다는 사실뿐이야.

이 나라는 늪지대야. … 우리들은 이 늪지대에 그리스도라는 묘목을 심은 거야."

어느 날 로드리고는 먼발치에서 세 명의 신도와 동료 가르페를 본다. 도롱이 벌레처럼 거적으로 둘러싸인 신도들은 모두 성화를 밟았고 만일 가르페가 배교하지 않으면 그들은 돌처럼 바다에 던져진다는 것이다.

즉 가르페의 행동 여하에 세 사람의 목숨이 결정된다는 것이다. 로드리고는 가르페를 향해 배교해도 좋다고 외친다. 하지만 실제로는 아무 말도 못한 채 그들이 죽어가는 모습을 바라볼 뿐이다.

로드리고는 이전까지의 자신의 모든 신앙은 지식 차원의 그것에 지나지 않았음을 깨닫고, 이제까지의 모든 것이 부정되는 절망 상태에 빠지게 된다.

"만약 하나님이 존재하지 않는다면 매미가 울고 있는 한낮, 목이 잘린 애꾸눈 사나이의 인생은 우스꽝스럽다. 헤엄치며 신도들의 작은 배를 쫓는 가르페의 일생도 우스꽝스럽다. 신부는 벽을 향하고 앉아서 웃었다."

자기 부정에 빠진 상태에서 로드리고는 페레이라의 설득으로 인해 성화에 발을 올려놓게 된 것이다. 이 대목을 엔도 슈샤쿠는 소설에서 이렇게 묘사하고 있다.

> 신부는 발을 들었다. 발에 저린 듯한 통증을 느꼈다. (…) 그 때 동판에 새겨진 그 분은 밟아도 좋다고 신부에게 말했다.
> 밟아도 좋다. 네 발의 아픔을 내가 제일 잘 알고 있다. 밟아도 좋다. 나는 너희들에게 밟히기 위해 이 세상에 태어났고, 너희들의 아픔을 나누어지기 위해 십자가를 진 것이다.

얼마 후 안가에서 지내던 로드리고에게 기치지로가 찾아와 죄를 빌며 고해성사를 들어달라고 간청한다. 그는 배반과 후회를 반복해오던 인물이다.

"저는 신부님을 팔아넘겼습니다. 성화에도 발을 올려놓았습니다. 그러나 이 세상에는 말입니다. 약한 자와 강한 자가 있습니다. 강한 자는 어떤 고통이라도 극복하고 천국에 갈 수 있습니다만, 나같이 천성이 약한 자는 성화를 밟으라는 관리의 고문을 받으면… 그렇지만 제가 즐거워서 성화를 밟았다고 생각하십니까? 밟은 이 발은 아픕니다. 아파요. 나를 약한 자로 태어나게 하시고, 강한 자 흉내를 내라고 하나님은 말씀하십니다. 그건 무리라고 생각하지 않습니까? (…) 그때 돈이 탐나서 신부님을 고소한 건 아닙니다. 나는 다만 관리들에게 협박을 받았을 뿐입니다."

로드리고는 기치지로의 고통과 상처를 자신의 직접적인 체험을 통해 완전히 이해하고 다른 차원의 신적인 사랑을 발견해간다. 기치지로는 예수를 팔아넘긴 가룟 유다에 비견되는 인물이다.

'배교자 베드로'가 된 페레이라 신부. 그리고 '배교자 바울'이 된 로드리고의 입을 통해 엔도 슈샤쿠가 말하고 싶었던 것은 무엇이었을까?

> "주여, 당신이 언제나 침묵하고 계시는 것을 원망하고 있었습니다."
> "나는 침묵하고 있었던 것은 아니다. 함께 고통을 나누고 있었을 뿐."
> "그러나 당신은 유다에게 가라! 고 말씀하셨습니다. '가라. 가서 네가 할 일을 이루어라! 고 말씀하셨습니다. 그렇다면 유다는 어떻게 되는 것입니까?"
> "나는 그렇게 말하지 않았다. 지금 너에게 성화를 밟아도 좋다고 말한 것처럼 유다에게도 네가 하고 싶은 일을 하라고 말했다. 네 발이 아픈 것처럼 유다의 마음도 아팠을 테니까."

로드리고 신부는 예수가 유다에게 "가라. 가서 네가 이룰 것을 이루어라!"라고 한 말의 뜻을 오랫동안 생각했다. 결국은 유다조차도 구원받았다는 것을 엔도는 말하고 싶었던 것이 아닐까.

"강한 자도 약한 자도 없는 거요. 강한 자보다 약한 자가 고통스럽지 않았다고 누가 단언할 수 있겠어요?" 작가는 로드리고를 통해 말한다.

그의 시선은 언제나 패배자, 배교자 같은 약자에게 쏠려 있었다.

"나는 태어나면서부터 약해요. 마음이 약한 자는 순교조차 할 수 없어요. 어떻게 하면 좋을까요? 아 나는 왜 이런 세상에 태어나게 되었나요?"

라고 부르짖는 기치지로에 대해 "기치지로는 제 모습입니다. 그가 지니고 있는 약점은 내가 지니고 있는 약점입니다. 나는 기치지로를 사랑하면서 그 인물을 썼습니다."라고 엔도는 말했다.

≪침묵≫에 나오는 신은 약자인 기치지로를 책하고 벌하는 신이 아니라 상처 입은 자를 위로하고 배반하는 자를 용서하는 어머니 같은 신이었다. 이 작품은 보수적인 기독교인들의 비판을 면치 못했으며 동지사 대학의 야나이 바라 교수는 배교한 페레이라 신부와 로드리고 신부는 처음부터 신앙을 가지고 있지 않았다고 비판했다. ≪아사히 저널≫은 순교자들이 그리스도의 목소리를 들었지만 신은 페레이라와 로드리고에게 침묵했다. 이것은 그들이 처음부터 신앙을 가지고 있지 않았다는 것이 아닌가라고 지적했다. 그러나 엔도는 침묵이란 반드시 말을 하지 않는 것이 아니라 '말을 하는 침묵' 또한 존재한다는 것이다. ≪침묵≫ 안에 숨어 있는 목소리를 듣는 것, 그 안에 숨겨진 징표를 발견하는 것이 이 책의 내용이었다고 전한다.

바다의 파도는 모키치와 이치조오의 시체를 그저 아무렇지도 않은 듯이 씻어 내리고, 삼켜버리고, 그들이 죽은 뒤에도 여전히 같은 표정을 하고 그 곳에 펼쳐져 있었다. 신은 그 바다와 똑같이 침묵하고 있었다.

≪침묵≫의 주인공 로드리고 신부는 연약한 소리로 말했다.

"당신은 어째서 모든 것을 그대로 내버려 두셨습니까? 우리들이 당신을 위해 만든 마을조차 태워져 버리도록 당신은 방관만 하고 계셨던 것입니까? 사람들이 추방당할 때도 당신은 그들에게 용기를 주지 않고 이 어둠처럼 다만 침묵하고 계셨던 것입니까? 왜? 어째서, 그 왜냐고 하는 이유만이라도 가르쳐 주십시오."

"그 분은 결코 침묵하고 있었던 것은 아니었다."

"단지 그리스도의 얼굴이 상황에 따라서 우리에게 나타났을 뿐이다. 신이 지금까지 침묵해 온 것이 아니라 인간과 함께 고통을 나누었다."라고 엔도는 말한다. 비록 "그 분이 침묵하고 있었다고 해도 나의 오늘날까지의 인생은 그 분과 함께 있었다. 그 분의 말씀을, 그 분의 행위를 따르며, 배우며 그리고 말하고 있었다."

엔도가 증언하려는 기독교의 신앙은 잘 믿기만 하면 축복을 받게 되는 그런 신앙이 아니고 역설적으로 버림받은 사람이 버린 사람을 구원한다는 즉 가롯 유다가 그가 배반한 예수에 의해 구원을 받을 수 있었던 것처럼, 결국은 모두가 구원된다는 것이 아닐까. 배교자의 고통을 통해 죄 가운데서야말로 구원의 가능성을 찾을 수 있다고 하는 것이 엔도 슈샤쿠의 문학의 특징이라고 하겠다.

벌써 오래전 일이다. 모처럼 나가사키(長崎)에 갔었으나 단체여행이라서 아쉽게도 평화공원과 원폭회관을 관람하는 것만으로 일정이 끝났다. 나가사키는 일찍부터 포르투갈, 네덜란드, 스페인에서 서양문물을 받아들인 개항도시다. 1571년 포르투갈 사람들은 조총과 기독교를 일본에 전했다. 돌로 포장된 오란다 자카의 길을 걸으며 평화공원 앞에 있는 우라카이(浦上) 성당을 올려다보았다. 서양식 건물들이 이국적 정서를 전해준다. 지도에서 본 '엔도 슈샤쿠 문학관'은 후일을 기약해야겠구나, 마음먹었다. 마침 김정숙 교수가 보내준 '엔도 슈샤쿠 문학관' 창간호에 야마네 미치키미(山根道公)가 쓴 '〈침묵〉의 비(碑)에서 문학관까지'라는 글이 소개되어 있었다. 그는 데추(出津) 해안을 내려다봤을 때 〈침묵〉의 모키치와 이치조오의 수책형 장면이 떠올랐고, 로드리고가 수책형이 실행되는 바다를 응시하며 고뇌하는 소리가 들릴 것 같았다고 적고 있다. 수책형이란 바다 속에 기둥을 세우고 죄수들을 묶어둔다. 밀물이 들어오면 바닷물이 그 허벅지까지 차오르게 되는데 그렇게 놔두면 약 일주일쯤 뒤 그들은 고통 속에서 죽어버린다고 한다. 나도 야마네 미치키미 씨처럼 나가사키 역에서 버스로 한 시간 거리인 데추 해안에 나가서 무심한 듯 그 파랗기만 한 침묵의 바다를 바라보고 싶었다.

人間が / こんなに / 哀じのに / 主よ
海ガ あまりに / 碧いのです

인간이 이렇게 슬픈데
주여 바다가 너무나도 파랗습니다.

　나가사키 역에서 도보로 5분 거리에 26성인 순교지가 있다. 1597년 2월 5일 도요토미 히데요시의 그리스도교도 추방령에 의해 이곳에서 스페인 신부 6명과 일본인 천주교 신자 20명이 처형되었다. 26명의 순교자들은 로마 교황청에 명단이 올랐고, 1962년 바로 이곳에 니시자카 교회와 일본 26성인 기념관이 세워졌다. ≪침묵≫의 비는 이곳에서 멀지 않은 엔도 슈샤쿠 문학관을 끼고 좌측으로 들어가면 소도메초(外海町)의 유희가오카(夕陽ケ丘)에서 만날 수 있다고 한다.
　≪침묵≫의 비가 서게 된 수책형의 현장을 말없이 바라보던 엔도 슈샤쿠. 그는 또 규슈의 나지마(名島)를 찾았다. 히데요시가 선교사들을 추방하고 측근의 무장들에게 종교를 버릴 것을 요구했다. 다까야마 우꼰을 제외하고는 네 명의 무장, 특히 고니시 유끼나가(小西行長)는 가장 비겁하게 신념을 뒤집었다. 그러나 그때의 자기혐오가 그 후 유끼나가의 인생을 결정지었다. 이 사나이의 마음에는 이 밤의 체험이 통증으로 계속되어 자신의 비겁함과 비열함을 내내 되씹어야 했다. 엔도는 돌계단에 걸터앉아서 나는 왜 어딘가를 방문하면 항상 이런 장소에 마음이 끌리는가

를 생각해 본다. 이스라엘에 갔을 때도 유다가 예수를 배반하고, 제자들이 스승을 내팽개치고 도망했던 감람산에 혼자 한참 동안 앉아있었다. 그는 이런 장소에 앉아있으면 마음의 통증과 왠지 평안한 마음이 된다는 것이다. 그 배반 후에 유끼나가가 보았음에 틀림없는 그 바다나 섬을 마주하고 있는 엔도 슈샤쿠.

"나의 가슴은 그 때문에 쑤셔온다. 나이를 먹어서라기보다 이 나이가 되어서야 스스로 생각하는 것이다. 그것이 내 창작에 에너지가 되고 있다."라고 한다. 나 또한 까닭 없이 그런 장소를 자주 찾게 되는데 아무리 고통스럽더라도 그 현장을 피하지 말고 맞닥뜨려봄으로써 오히려 속 시원한 어떤 해방감을 맛보게 되던 것이다.

50년 전 나는 어느 겨울 내내 홍제동 뒷산에 올라 화장터에서 피어오르는 연기를 바라보며 동생의 체취를 느끼려고 애썼던 적이 있다. 내 동생의 시신이 무연고자 묘로 처리되어 화장되었다는 소식을 듣고 나서다. 내 어머니를 생각하며 정신병원에서 죽은 모파상과 보들레르가 숨진 병원을 찾아 먹먹한 심정으로 맴돌던 날, 그리고 그 후 네르발이 목매달아 죽은 파리 뒷골목의 어느 창틀을, 다자이 오사무가 뛰어내린 하천을 찾아 배회했던 것도 어쩌면 엔도와 같은 심정이 아니었나 싶다.

고통에 동참함으로써 정화(淨化)되는 영혼의 의식(儀式). 유난히 생의 굴절이 유난히 많았던 작가들의 무덤 앞에 서면 어느새 내 영혼에도 불이 켜진다. 문학과 인생에 대해 생각해볼 수 있는 더없는 장소가 아닐까 생각한다.

어느 해 가을, 화성시에서 주최한 여성예능경진대회의 수필 심사가 있어 남양성모성지에 간 일이 있었다. 초행길이라 서둘렀더니 시간이 아주 넉넉했다. 이른 아침 조경이 잘된 만여 평의 공원을 혼자 거닐면서 나는 또 엔도 슈샤쿠를 많이 생각했다. 병인년 박해 때, 무명의 교인들이 순교한 땅이다. '묵주의 길'을 따라 걸으며 순교자들의 고통을 생각했다. 그런데 이유 없이 편안해지는 마음, 엔도가 고통의 장소에서 느꼈던 것이 이런 것일까. 두 팔 벌려 '이리 오렴.' 하고 맞아주시는 예수의 동상 앞에서 나는 내 방식으로 예를 올렸다. 기독교의 지독한 배타주의를 포용하게 된 것도 엔도의 덕분이지 싶다.

그는 ≪깊은 강≫에서 주인공 오오츠가 잠들기 전에 읽었다는 간디의 어록을 우리에게 소개한다.

> … 여러 가지 종교가 있지만 , 그것들은 모두가 한 지점으로 가는 여러 가지 길인 셈이다. 같은 목적지에 도달하는 한, 우리들이 서로 다른 길을 가려 한들 상관없는 일이 아닌가.

작년 연말이다. 조계사 일주문 앞에 아기예수 탄생을 축하하는 성탄 트리로 삼각형 모양의 전통 한지등에 불이 밝혀졌다. 캐럴송도 울려 퍼졌다.

총무원장 자승 스님은 "인류의 고통을 구원하기 위해 이 땅에 오신 예수님 탄생일을 맞아 불교도들은 한마음으로 기뻐하며 기독교인들에게 깊은 축하의 인사를 전한다."라며 종교인의 지혜와 사랑으로 갈등과 대립을 극복하고 소외된 이웃들과 함께하는 훈훈하고 평화로운 성탄절이 되기를 기원했다. 한국기독교협회협의회 김영주 총무는 "성탄절을 앞두고 조계사 마당에 성탄 트리를 만들고 예수님 탄생을 축하하는 행사를 열어줘 감사하다."면서 "내년 부처님 오신 날에 개신교계 전체가 부처님 탄생을 축하하는 분위기를 만들어 보겠다."라고 말했다. 종교 화합을 기리는 성탄 트리를 꼭 보고 싶어서 일부러 조계사를 찾았다. 과연 일주문 앞에 삼각형 모양의 성탄 트리가 나란히 세 개가 놓여있었다. 그 앞에 환하게 웃으시던 김수환 추기경과 법정 스님의 악수하던 장면이 떠올랐다. 그 순간 나도 마음속으로 엔도의 손을 꽉 잡았다. 미더웠다.

≪깊은 강≫으로 그는 범신론자라거나 종교다원주의자라는 개신교의 비판을 받았지만 이 책은 영국의 피터오웬 출판사에서 간행되고 ≪뉴욕 타임스≫지의 호평을 받았다.

≪깊은 강≫에 등장하는 4명의 인물들은 각기 풀리지 않는 문제를 안고 인도를 찾는다.

① 이소베는 사별한 아내를 그리며 그녀의 환생을 찾기 위해 인도에 왔다. ② 동화작가 누마다는 결핵이 재발되어 수술하던 도중 구관조가 죽고 대신 살아났다는 것을 알고 은혜를 갚기 위해 구관조와 닮은 새를 방생하려고 인도에 왔다. ③ 운송업자인 기쿠치는 버마 전선에서 극한 상황을 경험한 인물이다. 말라리아에 걸려 기아, 절망 속에 있었는데 전우 츠카다가 인육을 먹여 생명을 구했다. 츠카다는 그 고통 때문에 술에 절어 죽음에 이른다. 불교신자인 기쿠치는 츠카다와 전우들의 진혼제를 지내기 위해 인도에 왔다. ④ 떼레즈 데께루를 닮은 미츠코는 결혼에 실패한 뒤, 옛 대학 동창생인 오오츠를 찾아 인도에 왔다.

① 환생한 아내를 찾지 못한 이소베는 강변에 걸터앉아 갠지스 강을 바라본다. 작가는 이소베를 통해 '환생'이란 망자가 자신의 기억 속에 되살아나는 것이라는 사실과 일반적 무신론자의 죽음 극복이라는 과정을 우리에게 보여주고 있다.

② 엔도는 동화작가 누마다로 하여금 자기 대신 죽은 새를 위해 방생한다는 동양의 범신론적 자연관을 피력한다.

③ 여행 일정 중 가는 곳마다 일본 병사들의 망령을 떠올리며 아미타경을 외우던 기쿠치는 열병에 걸려 혼수상태에서 꿈을 꾸는데 츠카다가 죽을 때 도움을 주던 외국인 자원봉사자인 가스통이 꿈에 나타나 그를

감싸 안고 "인육을 먹는 일은 무서운 일이지만 자비에서 한 일이니 용서한다."라는 내용이었다. 이 꿈을 통해 기쿠치는 불교의 선악불이(善惡不二)라는 말과 기독교의 신의 사랑과 구원, 그리고 삶과 죽음이 공존하는 갠지스 강의 의미를 체득해 간다. 엔도는 이 작품에서 종교다원주의의 가능성을 시사하고 있다.

④ 불문과 학생이던 미츠코는 약골로 소문난 오오츠를 유혹한다. 단지 그가 믿는 신을 조롱하기 위해 접근해서 육체적으로 정복한다. 미츠코는 신혼여행으로 프랑스에 들르면서 가톨릭 신학을 공부하고 있는 오오츠를 만난다.

"어떻게 신학생이 되셨을까? … 이유를 알고 싶어요."

"당신에게 버림받았을 때, 나는 인간에게 버림받은 그 분의 고통을 … 조금은 알게 되었습니다. … 이리 오렴. 나도 너와 같이 버림받았다. 그러나 나만은 결코 너를 버리지 않는다는 목소리를 들었어요."

미츠코가 오오츠를 마지막으로 만난 것은 갠지스 강가에서였다. 오오츠는 힌두교의 아슈람에 기거하면서 죽어가는 사람들을 돌보거나 죽은 사람의 시체를 나르고 있었다. 엉뚱한 오해로 힌두교도들에게 몰매를 맞고 죽어서나 탈 수 있는 들것에 실려서 사라진다.

"정말 바보야. 자긴 여기서 쫓겨나기만 하다가 끝내는 목이 부러졌어. 그리고 죽어야 타는 들것에 실려서…. 자기는 결국 무력했던 거 아냐." 미츠코는 웅크리고 앉아서 주먹으로 돌계단을 두드린다.

오오츠는 자신이 믿으려던 기독교는 이름과 권능과 형벌로 군림하는 아버지 종교였으며, 그런 기독교는 절대로 어머니 종교의 풍토인 동양에 정착할 수 없다는 것을 알게 된다. 이제 그에게 중요한 것은 '존재하는 신'이 아니라 '움직이는 신'이다. 연약한 인간들의 가슴속으로 들어와서 직접 그들을 위로해 주고 돌봐주고 대신 고통을 받을 수 있는 활동하는 신이다. 오오츠를 통해 엔도가 말하고 싶었던 것은 '신은 존재한다기보다 움직이는 것이며, 양파(神을 지칭)는 움직이는 사랑의 실체'라는 것이다. 그는 양파(神)의 존재를 유대교도들에게도, 이슬람교도들에게도 느끼며 양파는 언제 어디에도 있다고 말한다. 오오츠는 이미 대립심을 넘어 모든 분별이 사라진 사람이었다. 오오츠는 바로 엔도 슈샤쿠 그 사람인 것이다. 그는 오오츠를 통해 바보 예수상을 암묵적으로 나타내고 미츠코를 통해서는 영혼의 공백을 가질 수밖에 없는 인생에 대한 이해와 종교의 의미를 풀어내 보인다.

미츠코는 삶과 죽음이 공존하는 갠지스 강 앞에서 이렇게 중얼거린다.

"그 사람들을 감싸 안고 강이 흘러간다는 것입니다.
인간의 강, 인간의 깊은 강, 그 깊은 강의 비애.
저도 그 속에 섞여 있습니다."

그 속엔 미츠코도 오오츠도 그리고 엔도와 나도 포함되어 있을 것이다. 모든 구별을 거부하는 저 갠지스 강. 누구나 차별 없이 받아주는 성스러운 어머니 강. 강은 모든 것을 알며 수많은 목소리를 가지고 있다. ≪깊은 강≫의 많은 소리 중에서도 '난 꽤 잘 살았다.'는 엔도 슈샤쿠의 목소리가 선명하게 들려왔다.

고통조차도 긍정적인 것으로 전환시키고, 인생을 즐기며 균형 있는 삶을 살았던 사람.

"아름답구나! 장지문 구멍 사이로 보이는 은하수."

엔도와 같은 심정으로 나도 최후의 순간을 그렇게 맞이하고 싶다. 아름다운 은하수와 눈을 맞추며 홀연한 빛이 되어 그 순간 우주 속으로 사라지고 싶다.

오라, 사랑하는 죽음이여, 나는 너의 것이다
– 헤르만 헤세

눈 덮인 알프스 산이 그림자를 드리우는 루가노 호수의 남쪽 기슭. 몬타뇰라에 구름과 방랑과 향수의 시인 헤르만 헤세(Hermann Hesse 1877 – 1962)가 누워 있다. 붉게 물든 버찌나무 잎이 햇볕을 받아 선홍색으로 불타고 있다. 눈 앞의 흰구름은 '구름의 시인' 헤세처럼 하늘에 걸려 있다. 그의 표현대로 구름은 행복한 섬 모양이 되기도 하고 펄럭이는 돛이나 날아가는 학과도 비슷하다.

나는 어느 먼 하늘로 흘러가는 흰 구름을 가뭇없이 바라본다. 구름은 모든 방황과 탐구, 욕구와 향수의 영원한 상징이라고 헤세는 말했다. 긴 여로에서 방랑과 기쁨과 슬픔을 모두 체험하지 못한 사람은 구름을 이해할 수 없는 법이다. 구름에 의탁한 헤세의 인생철학이 눈에 보이는 듯하다.

깊은 가을 속으로 비 내리듯 나뭇잎이 우수수 떨어진다. '생애를 회고

하는 데는 언제나 가을이 제격'이라는 말을 되새겨 본다. 마침 노오랗게 물든 떡갈나무 잎 한 장이 나비처럼 내 무릎에 살포시 내려앉는다. 그의 영혼이 나뭇잎에 실려 지금 나와 함께 있는 것이라면 좋겠다. 폴커 미켈스가 엮은 헤세의 노년과 죽음에 대한 단상인 ≪아름다운 죽음에 관한 사색≫이란 책을 아껴 가며 읽었던 적이 있다. '절망 없는 비애'라는 글을 읽고는 책장을 덮고 한참 동안 멍하니 앉아 있었다.

몬타뇰라에 있는 헤세의 무덤

죽음과 관계를 맺고 있는 것은 정신 나간 짓이나 한낱 아름다운 상상이 아니라, 현실이고 내 삶이기도 하다. 나는 허무하게 지나간 것들에 대한 비통한 마음을 잘 알고 있다. 시들어 가는 꽃잎을 보면 그것을 느낄 수 있다. 하지만 그것은 절망 없는 비애다.

시들어 조락하는 것은 다만 비애일 뿐 '절망 없는 비애'라고 속삭인 헤세의 뜰에 조용히 다가선다. 그렇다. 소멸해 가는 것들을 우리는 그냥 가게 놓아둘 수밖에 없다. 그리고 우리도 그렇게 흘러갈 수밖에 없다. 가을 화단에서 저무는 비애를 느낀다. 하지만 절망은 아니다. 이제는 절망 없는 비애를 가슴에 안아야 할 때이다.

"우리가 사는 것은 죽음을 두려워하다가 죽음을 사랑하게 되기 위해서"라는 헤세의 말에 밑줄을 그어 놓고 나는 자주 그를 떠올리곤 했다. 85년의 생애에 걸쳐 헤세처럼 죽음을 사랑한 사람이 또 있었을까.

나는 너를 잊지 않는다. 언젠가는 나에게도 올 것이다.
그러면 괴로움도 끝나고 사슬도 풀린다.
사랑하는 형제인 죽음이여. (…)
오라, 사랑하는 죽음이여. 나는 여기에 있다.
와서 나를 잡아라. 나는 너의 것이다.

－〈형제인 죽음〉에서

나이를 먹는다는 것은 좋은 일이며, 잘 늙는다는 것은 더없이 좋은
일이라는 것을 나는 헤세를 통해 깨닫고 있다. 이 사실은 시간이 경과한
뒤에야 비로소 보인다. 그러니 헤세의 시 〈늙어 간다는 것〉에서처럼 살
아 있다는 것은 얼마나 다행한 일인가.

왜 이제야 모든 것이 제대로 보이는 것일까.
마음만 소년인 내가.
그런 모든 것을 더 이상 갖고 있지 않다는 것이,
그러나 이제야 뚜렷이 볼 수 있다.

"자연이 우리에게 요구하는 것에 몰두하지 않는다면(젊든 늙든 간에)
그것은 삶의 가치와 의미를 잃어버리고 결국은 삶을 속이게 되는 것"이라
고 한 헤세의 말에 가슴 뭉클하지 않을 사람이 있으랴. 그는 자신의 생애
를 통해 아예 자연의 일부가 되고 말았다. 헤세의 대표작인 ≪유리알 유
희≫에도 '자연과 정신'에 관한 헤세의 사상이 집약되어 있다. 전쟁으로
인한 파괴와 혼돈 속에서 "이 무너지는 정신을 어떻게 하면 좋은가?" 하는
것이 그의 최대 과제였다. 주인공 소년 크네히트는 음악의 명인으로부터
소명을 받아 카스트리엔의 유리구슬 유희의 명인으로 성장한다. 그러나
세상의 위기를 꿰뚫어 본 그는 세상에서 유리구슬 유희의 정신을 실현하
려고 직책도 버리고 교사가 된다. 티토의 가정교사가 되어 하룻밤을 밝힌

이튿날 아침, 솟아오르는 햇빛을 받으면서 산중의 호수에서 헤엄치는 티토를 쫓다가 숭고하게 생을 마친다.

노복(奴僕)이라는 뜻의 이름 '크네히트'는 아름다운 봉사와 희생으로 유리구슬 유희의 정신을 구현하려고 한 것이다. 인류의 모든 문제에 대한 답안으로 괴테는 ≪파우스트≫에서 여성적인 사랑의 힘을 제시하였고, 헤세는 ≪유리알 유희≫로

헤르만 헤세

크네히트의 봉사와 희생 정신을 대안으로 제시하고자 한 것이 아니었을까. 명암(明暗), 선악, 혼돈과 질서 등 인간의 이원적인 모든 대립 관념을 헤세는 결국 자연과 정신으로 환원시키고자 한 것이었다.

"길가에 놓여 있는 보잘것없는 돌멩이도 나보다는 더 강하리라! 숲 속의 나무들도 나보다 더 오래 살리라! 한 떨기 작은 딸기나무, 연분홍빛을 발하는 아네모네조차 그러리라."

긴 한숨을 내쉬며, 육신의 덧없음을 어느 때보다 절실히 깨닫다 보면 돌이나 흙이나 딸기나무나 나무뿌리로 변해 가는 자신을 느낀다고 한 그의 말이 가슴에 깊숙이 와 닿는다.
"사라져 버린다는 것은 나로 하여금 흙과 물과 시든 나뭇잎에 더욱 심한 갈증을 느끼게 한다."라고 썼다.

내일, 모레, 머지않아 내가 나뭇잎이 되고 흙이 되고 뿌리가 되면 더 이상 종이 위에 글을 쓰지 못하게 될 것이다. 그리고 화려한 계란풀의 향기도 맡지 못하게 되고, 치과의 진찰권을 호주머니에 넣고 다니지도, 험상궂은 관리인으로부터 신분증을 제시하라는 성가신 요구도 듣지 않

헤르만 헤세가 태어난 집,
사진출처: Hedwig Storch

게 될 것이다. 구름이 되어 파란 하늘을 둥둥 떠다니고, 시냇물의 물살이 되어 흘러가고, 나무에 새순으로 돋아나고, 스스로를 잊은 채, 수천 번 염원해 왔던 변신을 하게 되리라.

헤세는 이미 나무가 되었고 둥둥 떠다니는 구름이 되었으며, 강의 말을 알아듣는 강가의 풀이 되었다.

강은 매우 많은 소리를 지니고 있다. 그는 제왕의 소리, 전사의 소리, 황소의 소리, 밤새의 소리, 산부의 소리, 탄식하는 자의 소리, 그 밖의 무수한 소리를 지니고 있다. 만약 이 강이 지니고 있는 몇 만의 소리를 동시에 들을 수 있다면 그때 강은 어떤 말을 하게 될까. (…) 그는 마음속에 새로 깨달아지는 소리를 들었다. 그 소리는 그에게 이렇게 말하는 것이었다. 이 물을 사랑하라. 이 물 곁에 남아 있거라! 이 물에서 배워라! 오, 그렇다. 물에서 배우려고 하였다. 그 소리를 들으려고 하였다. (…) 그는 보았다. 즉 이 물은 흐르고 흘러 영원히 흐르고 있으나, 언제나 그곳에 있다는 것을, 항상 그곳에 있어 어느 때나 같은 물이면서도 또한 순간마다 새로운 물이라는 것을!
— ≪싯다르타≫ 중에서

수유리 자취방에서 사나운 바람소리를 들으며 ≪싯다르타≫에 빠져 있던 시절은 내게 값진 시간이었다. 그와 동시대를 살았다는 것도 내게는 큰 기쁨이었으며 자랑이었다. 언젠가부터 흐르는 물살에 눈을 주면 주문처럼 늘 "같은 물이면서도 또한 순간마다 새로운 물이라는 것을!"이라는 ≪싯다르타≫의 한 대목이 떠오르곤 했다.

그 말은 찰나의 무상 속에서 깨어 있는 반짝임을 보게 한다. 헤세는 나무와 구름의 말도 전해 듣는 아주 특별한 청각을 지닌 감성에 빛나는 시인이었다.

조용히 해라. 조용히 해. 나를 좀 보아라. 삶은 쉽지도 않고 어렵지도 않다. (…) 너는 네가 가는 길이 어머니와 고향으로부터 너를 떼어놓는 것이 아닌가 하고 걱정한다. 그러나 한 걸음, 하루하루가 너를 다시 어머니에게로 데려다 준다. 고향이란 어디 어디에 있는 것이 아니다. 고향은 바로 네 마음속에 있고, 그 밖의 어디에도 없는 것이다.

이것은 헤세가 슬픔에 빠져 더는 삶을 감당할 수 없을 때 나무에게서 듣던 말이다.

제1차 세계대전이 발발하자 헤세는 모국에 대한 의무감 때문에 입대를 자원했으나 거절당하고 베른의 포로수용소에서 일했다. 그는 전쟁에 대한 격렬한 분노에 휩싸여 〈친구여, 제발 그쳐다오. 증오보다 사랑이, 전쟁보다 평화가 아름답다.〉는 글을 신문에 발표하며 국수주의적 광란에 반기를 들고 인류애와 이성을 다시 회복할 것을 호소했다. 그러나 독일의 신문들은 헤세를 배반자라 불렀다. 1945년까지 나치 독일은 헤세의 작품은 원치 않는 문학이라고 낙인을 찍고, 헤세의 작품을 찍기 위한 종이조차 허락하지 않았다. 그 뒤 헤세는 스위스로 국적을 옮겼지만 독일 포로들에게 위문 문고를 보내기 위해 헌신적인 봉사를 했으며, 나치 독일로부터 망명해 온 사람들을 도우려 노력했다.

헤세는 어릴 적부터 남다른 데가 있었다. 어려운 국가시험을 거쳐 목사가 되기 위해 들어간 마울브론 신학교에서 채 반 년도 되지 않아 도망쳐 나왔다. 신경쇠약에 걸리고 자살 미수에까지 이르게 되어 슈테덴의 정신병원으로 보내졌다. 차츰 정상을 되찾아 칸슈타트의 고등학교에 입학했으나 결국 일 년도 채우지 못하고 퇴학을 당하고 말았다. 16세로 종지부를 찍은 학력 때문에 제대로 취직도 하지 못하고 시계 공장의 견습공, 서점의 점원, 출판조합의 조수 등 그때부터 다양한 인생 편력이 시작되었다.

그러나 헤세는 천품이 시인이었다. 열세 살 때 벌써 시인이 되지 않으면 아무것도 되지 않겠다고 결심한 순간, 모범생이었던 헤세는 불량 학생이 되고 처벌받고 추방되었다고 헤세는 고백했다. 그것은 현존하는 세계와 가슴속에서 들려오는 소리 사이에 화해할 방법을 찾지 못한 데서 비롯된 것이라고 할 수 있을 것이다. 계획하는 일마다 좌절되고 비참하게 외톨이가 되자 헤세는 깊은 명상을 통해 자기 성찰을 시작한다.

"구원의 길은 오른쪽에도 왼쪽에도 없다. 그것은 자기 자신의 마음에 이르는 길이다. 거기에만 신이 있고, 거기에만 평화가 있다."라고 헤세는 ≪방랑≫에서 적고 있다. ≪수레바퀴 밑에서≫ 방랑과 방황을 거듭하던 소년 한스나, ≪데미안≫에서 청춘의 갖가지 고뇌와 싸우다가 친구의 인도로 자기 발견의 길로 나아가 마침내 자기 완성의 길에 이르게 되는

칼프에 있는 헤르만 헤세 동상

싱클레어나, ≪나르치스와 골드문트≫에서 아버지의 권유에 못 이겨 수도원에 들어간 소년 골드문트는 모두 헤세 자신의 모습이었다. 헤세의 작품은 본인의 말대로 하나하나가 모두 자전적인 고백록이라 할 수 있다. 그리고 헤세는 마침내 늙어 간다.

> 요람에서 무덤까지
> 오십 년의 세월
> 그 다음 죽음이 시작된다.
> 어수룩해지고 시무룩해지면서
> 정신은 흐릿해지고 촌스러워지며,
> 머리카락은 하얗게 샌다.
> 이도 빠져 버리고
> 황홀감에 젖어
> 젊은 아가씨를 끌어안는 대신
> 괴테의 책을 손에 든다.
>
> 하지만 끝이 다가오기 전에 단 한 번
> 눈빛 맑고 곱슬머리를 한
> 그런 여자아이를
> 살짝 보듬어 안고
>
> 그녀의 입과 가슴과 볼에 입맞춤하고
> 그녀의 윗도리와 바지를 벗기고 싶다.
> 그런 다음 하느님의 이름으로
> 죽음이 나를 부르더라도 난 좋으리라. 아멘
>
> — 〈쉰 살의 남자〉에서

실제로 이것을 실행하려고 70이 넘은 헤세가 어린 소녀를 유혹해서 마을로 데려왔단 말인가? 하긴 괴테도 75세 때 19세의 처녀 울리케에게 청혼했지만 거절당했다. 꽃집의 어린 소녀를 집에 데려와 많은 월급을 주면서 매일 꽃 보듯이 눈길을 떼지 않았다는 가와바타 야스나리의 경우도 떠오른다. 미국의 헤밍웨이는 여행 중에 만난 18세의 소녀, 아드리아나에게 온통 마음을 빼앗겨 이 아가씨를 쿠바의 집으로 초대했다. 이국적인 미모와 세련된 감각에 비하면 아내 메어리는 너무도 볼품없었다. 아내를 집에서 몰아내려고까지 했다. 그러나 아드리아나는 얼마 안 있어 제 또래의 하바나 청년과 눈이 맞아 이탈리아로 떠날 때 헤밍웨이는 마치 제 몸의 한 부분이 절단당하는 듯한 아픔을 느꼈노라고 말했다. 그녀를 마지막으로 보는 순간 어린애처럼 헤밍웨이는 엉엉 울고 말았다. 그는 비행기 사고로 일찍 성불구가 되고 말았지만 생의 열정과 사랑의 감정만은 시들지 않았다. 괴테가 말한 바로 그 생기(生氣), 생명의 불씨인 성 에너지의 마지막 발현이라고나 할까.

끝이 다가오기 전에 한 번만, 눈빛 맑은 여자아이를 안고 싶다는 그의 솔직한 발언이 미소짓게 한다. 헤세가 ≪짤막한 자서전≫에서 밝혀 놓은 것은 사실 좀 의외였다.

내 나이 70세가 이미 넘었을 때 나는 어떤 어린 소녀를 마을로 유혹했다는 혐의로 재판소에 끌려갔다. 감방에서 나는 그림을 그릴 수 있도록 허락해 주기를 청했다. 그것은 허락되었다. 친구들이 나에게 그림물감과 그림 도구를 가져다주어 나는 감방의 벽에다 조그만 풍경화를 하나 그렸다. (…)

이 풍경화에는 나의 삶에서 즐거움을 느끼게 했던 거의 모든 것이 들어 있었다. 강물과 산맥, 바다와 구름, 추수를 하는 농부들, 그리고 또 나를 즐겁게 했던 많은 아름다운 사물들이 있었다. 그림의 한가운데에는 아주 조그마한 기차가 한 대 가고 있었다. 이 기차는 어떤 산을 향하여 가고 있었는데 그 앞부분은 사과를 파먹는 벌레처럼 이미 산속으로 들어가 있었다. 그러니까 기관차는 이미 조그만 터널 속으로 들어가 버려 어두운 입구로부터 부드러운 연기가 밖으로 나오고 있었다. (…)

한번은 내가 감방에서 이 그림 앞에 서 있을 때 간수들이 그 지겨운 심문 소환장을 가지고 또 달려와 나의 행복한 작업을 중단시키려 했다. 그때 나는 피곤했고, 이 아주 야만적이고 비정신적인 현실과 모든 일에 대해서 메스꺼움 같은 것을 느꼈다. 이제는 이 고통을 끝내야 할 시간인 것 같았다. (…)

나는 중국식 처방을 생각해 내어 1분 동안 숨을 멈추고 서 있다가 현실의 망상으로부터 자신을 분리시켰다. 나는 간수들에게, 내 그림 속에 있는 기차를 타고 무엇을 좀 살펴봐야겠으니 잠깐만 기다려 달라고 정중하게 부탁하였다. 그들은 나를 정신병자라고 생각하고 있었으므로 여느 때처럼 껄껄 웃었다. 그래서 나는 내 자신의 몸을 축소시켜 그림 안으로 들어가 그 조그마한 기차를 타고 그 조그만 까만 터널 속으로 들어갔다. 한동안 그 동그란 구멍에서 부드러운 연기가 나오는 것이 보였다. 그러고 나서 연기가 사라지고, 연기와 함께 온통 그 그림이, 그리고 그림과 함께 내가 없어지고 말았다. 뒤에 남은 간수들은 매우 당황했다.

이것은 헤세가 쓴 ≪짤막한 자서전≫의 마지막 구절이다. 시간이라는 이름의 기차는 고지를 향하여 산을 오르는데 그 앞부분은 "사과를 파먹는 벌레처럼" 이미 산속으로 들어와 있었다. 죽음의 한 가운데 속으로.

헤세는 자신의 몸을 축소시켜 그림 안으로 들어가 그 조그마한 기차를 타고 까만 터널 속으로 들어가 마침내 그림과 함께 없어지고 말았다. 그는 그렇게 임의

헤르만 헤세가 쓰던 책상(호리박물관), 사진출처: The weaver

로 무화(無化)되고 싶었다. 그가 꿈꾼 죽음이다. 그러나 정작 그의 육신은 1962년 8월 9일 스위스의 몬타뇰라 12번지, 헤르만 헤세의 길로 명명된 언덕 높은 그 집에서 85세의 나이로 생애를 마감했다. 사인은 뇌출혈이며, 묘지는 그의 희망에 따랐다.

숲 속에 있는 레스토랑에서 그가 집으로 돌아오자면 으레 지나치기 마련인 성 압본디오 성당의 공동묘지. 아카시아나무와 밤나무, 오리나무가 숲을 이룬 근처에 호수를 끼고 오솔길을 따라 조금만 안으로 걸어 들어가면 나무숲 그늘에서 되는 헤세의 묘지를 만나게 된다.

헤세의 친구이며 시인인 에른스트 펜쫄트는 "시를 창작하는 모든 노력의 목적은 인생의 말년에 헤르만 헤세의 모습처럼 되는 것"이라고 했다. 참으로 헤세의 말년은 황금빛에 물들어 있는, 쌓아 놓은 볏짚단보다도 더 풍요로웠다고 생각된다. 그리하여 인생의 가을을 봄보다 더 아름답게 이룬 그와 만나는 일은 놀라운 풍요였으며 커다란 위안이었다.

어느새 짧아진 해가 먼 산등성이를 내려가다 말고 불타는 얼굴로 나를 돌아다본다. 나뭇잎마다 불이 들어온 듯 환하다. 마치 내명(內明)한 어느 현자를 보는 것 같다. 바로 헤르만 헤세 그 시인.

우리가 산다는 것은 죽음을 두려워하다가, 죽음을 사랑하게 되기 위해서라고 한 그의 말대로 어차피 그렇게 되고 말 것이다. 어둠이 서서히 지상을 덮기 시작한다. 자, 그럼 우리도 각자 제 길로 나서야겠다. 마침내 혼자서 걸어야 하는 그 길로.

인생은 한 편의 시
— 임어당

죽음을 완전히 소화한 사람은 소크라테스라고 말한 이는 몽테뉴였다. 나는 여기에 덧붙여 인생을 완전히 소화한 사람은 임어당(林語堂)이라고 말하고 싶다. 임어당, 그는 현세의 삶에 모든 가치를 두고 이 지상을 있는 그대로의 천국으로 보았다. 그는 내세를 믿지 않았다. 다만 현세에서 인생을 만끽하고 현재의 매 순간을 충실하게 그리고 보다 즐겁게 살려고 애쓴, 또한 실제로 그렇게 살다 간 인생의 달관자였다.

키는 작으나 두툼한 어깨, 넉넉한 심성, 유머로 번뜩이는 지혜. 시원스레 펑퍼짐한 이마에 총기로 빛나는 두 눈. 꼿꼿한 그의 80평생을 떠올리면 기분 좋은 얼굴을 한 대인(大人)의 모습이 눈앞에 떠오른다. 특별한 질병 없이 다만 노환으로 81세에 조용히 스러진 그의 마지막 모습은 또한 고운 낙조를 보는 것 같기도 하다. 자연과 인생을 사랑한 사람, 임어당.

내가 그의 이름을 알게 된 것은 1963년 을유문화사가 내놓은 ≪생활의 발견≫이란 책을 통해서였다. 당시 이 책
은 내게 인생에 대한 예지와 통찰, 그리
고 삶에 대한 의문에 불을 밝혀 준 등대
요, 지적(知的) 갈증을 적셔 주는 단비처럼
안겨 들었다.

탁월한 안목으로 소개된 중국의 고전
과 동양 정신에 대한 이해는 우리의 정신
을 풍요롭게 하였으며, 그중 한적한 생활
의 예찬이라든지 제11장 여행의 즐거움
에 소개된 '명료자유(冥寥子遊)'는 우리의
삶을 한 단계 다른 눈으로 바라보게 하는

임어당

데 기여하였다. 20대에 만난 이 책은 동양 정신에 대해 일찍 눈뜨게 해준
아주 고마운 안내서이기도 했다.

이 책이 출간된 것은 1937년 미국에서였다. 그는 뉴욕 센트럴 파크
웨스트사이드의 낡은 아파트에서 ≪생활의 발견≫을 집필하였다. 몇 년
전인가 나는 마차를 타고 센트럴 파크의 주변을 돌아보면서 그가 살았음
직한 아파트를 눈으로 좇기도 했다. 짧은 생애, 부유 같은 인생을 어떻게
살아 나가야 가장 행복스럽게 인생을 마칠 수 있는가에 대한 저자 특유
의 생활철학이 중국의 고전과 함께 소개되어 있는 이 책은 1938년 52주
동안이나 베스트셀러 1위를 차지하였고 세계 각국에서 10여 개의 언어
로 번역되었다.

행복이란 무엇인가? ≪생활의 발견≫에서 임어당은 인생에는 목적이
나 의미가 반드시 있어야만 한다고는 생각지 않는다고 말한다. 이렇게
살고 있는 것으로 족하다고 월트 휘트먼도 말하고 있다. '살고 있다는

것만으로 족하다.' ─ 아마 모르긴 몰라도 앞으로 아직 몇십 년은 살아
나가리라.─ 여기 인생이라는 것이 있다. 그것만으로 족하다. 이렇게 생
각하면 문제는 너무나도 간단하게 되어, 두 가지 상반되는 대답이 나올
여지가 없다. 다만 한 가지만으로 족하게 된다. 즉 인생을 즐긴다는 것
외에 인생에 무슨 목적이 있겠는가. 임어당은 자신의 행복한 때를 다음
과 같이 예를 들어 설명한 바 있다.

> 푹 잠을 자고 나서 아침에 깨어 새벽 공기를 마시면 폐가 부풀 대로 부푼
> 다. 그러면 마음껏 깊숙이 숨을 들이마시고 싶어져서 가슴 근처의 피부나
> 근육에 기분 좋은 운동의 감각이 일어난다. 따라서 일도 할 수 있겠다는
> 그러한 한때. 손에 파이프를 들고 의자에 발을 뻗고 있으면 담배 연기가
> 흔들흔들 피어오르고 있는 그러한 한때.

그에게 행복이란 이렇듯 생활 속에서 쉽게 발견되어지는 일상의 작은
기쁨인 것이었다. 그는 또 인생을 한 편의 시로 바라보았다.

> 생물학적 입장에서 보면 60 인생은 한 편의 시에 가까운 것이라고 생각된
> 다. 인생에는 독특한 리듬도 있고 맥박도 있고 성장과 노쇠의 내부적 주기도
> 있다. (…) 유년 시대, 성년 시대, 노년 시대의 이 삼자를 갖추고 있는, 이
> 인생의 아름다운 배치가 아니라고 누가 단언할 수 있단 말인가?
> 하루에 아침, 낮, 일몰이 있고, 일 년에 사계절이 있는 그대로의 모습이야
> 말로 좋지 않은가. 인생에는 선(善)도 없고 악(惡)도 없다. 계절에 따르면
> 모두가 다 선(善)이다. 그러므로 우리들이 생물학적 인생관에 의하여 사계절
> 에 순응하여 살아가려고 한다면 자부심이 강한 바보이거나 터무니없는 이
> 상주의자가 아닌 한 인생을 한 편의 시처럼 살아 나갈 수 있다는 것은 부정
> 할 수 없다.

유년 시대, 성년 시대, 노년 시대 어느 계절이더라도 그에 의하면 모두가 살 만한 아름다운 계절이라는 것이다. 그는 어느 시대나 다 잘 살아낸 사람이었다. 그러나 그의 인생에 시련이 없었던 것은 아니다. 슬하에 세 딸을 두었는데 큰딸 봉여(鳳如)가 결혼에 실패하고 집에 돌아와 있다가 자살을 하였다. 이 사건으로 임어당은 둘째딸 태을의 말처럼 '한낱 텅 빈 껍질처럼' 변모해 버렸다. 그는 흐느끼면서도 이렇게 아내를 위로했다.

"울지 말아요. 우린 울면 안 돼…. 여보 울지 말아…."

"사람이 살아야 하는 데 무슨 의미가 있을까요?"라고 태을이 심각하게 묻자 살되 반드시 즐겁게 누리고 살아야 한다는 것이 아버지 임어당의 대답이었다. 그가 누누이 두 딸들에게 강조한 말은 이 세상 인간에게 주어진 목숨은 오직 하나뿐, 그렇기 때문에 온갖 방법으로 그것을 누려야 한다. 하지만 아울러 너와 똑같은 목숨을 가진 다른 사람에게도 사랑과 자비를 베풀 줄 알아야 한다는 것이었다.

그의 생에 대한 해답의 열쇠는 바로 이 말에서 풀어낼 수 있을 것 같다. 목숨은 오직 하나뿐, 그러니 즐겁게 누려야 한다는 것.

그는 열렬한 인생애가 생자필멸(生者必滅)이라는 인생의 실상(實相)과 마주치면, 시적인 애조(哀調)를 띠게 된다고 했다. 그래서 생자필멸이라는 이 인생의 실상에 슬프게도 눈뜨게 되면 보다 더 강하게, 더 열렬하게 인생을 즐기려 한다는 것이다. 왜냐하면 이 지상의 생명이 인간에게 주어진 전부라면 그 생명이 계속하는 한 보다 더 열렬하게 인생을 즐겨야겠다는 생각이 들기 때문이다. 헛되이 영원을 바란다면 이 지상 생활의 건전한 즐거움은 그만 깨지고 만다. 아아더 키이스 경(sir. Arthur Keith)이 전형적인 중국인다운 감상으로 말한 다음의 한 마디가 바로 이것이다.

이 지상이 그대로 천국이다. 이 일을 세인(世人)이 나와 더불어 믿는다면 이 지상을 천국으로 만들기 위해서 점점 노력하게 될 것이다.

그러나 즐겁기 위해 노력해야 한다는 이러한 근저에는 속절없는 비애감이 스며 있는 것을 어쩌지 못하겠다. 가령 "인생은 춘몽이 깨어져 흔적이 없는 것과 같다."는 소동파의 시구라든지 "환락이 극에 달함이여! 슬픈 일이 많도다."라고 한 한무제의 〈추풍사〉라든지, "거품 같은 인생이 꿈과 같으니 그 기쁨함이 얼마나 되겠느냐."라고 한 저 이백의 〈춘야연 도리원서〉의 시구는 인생의 무상감만을 더해 주고 있기 때문이다. 그것의 반증인 듯, 뼈저린 자각인 듯싶게 느껴진다. 스스로 에피큐리언이라고 자부한 임어당의 생애에서의 현실 만끽은 그러므로 어딘지 모를 이상한 페이소스를 불러일으키기도 한다. 기쁘자고 외치는 그 말의 행간에서 비애를 듣게 되고 만다. 어차피 슬픈 일이 더 많은 인생이 아니겠는가.

임어당은 1895년 중국 복건성 용계현에서 목사의 아들로 태어났다. 부친 임지성은 중국에서 2대째 내려오는 기독교인이었으며 저녁이 되면 온 가족이 둘러앉아 성경을 돌아가며 낭독했다. 그런 분위기에서 자라난 임어당은 '나는 왜 이교도가 되었나?'에 대해 ≪생활의 발견≫에서 쓴 적이 있다.

인생의 명암을 그대로 받아들여 불평함이 없다. 천의(天意)에 따르는 길이야말로 참으로 종교적이며 경건한 태도라 생각하고는 이것을 도에서 사는 길이라 부르고 있고 조물주가 70에서 죽으라고 하면 기꺼이 70에서 죽는다. 천도(天道)는 운행(運行)하는 것. 죽는다에 영원한 부정(不正)이라는 것이 없다고 하는 것을 믿고 있다. 그 이상의 것은 바라지도 않는다.

천도(天道)에 순천(順天)하는 사상이야말로 중국인의 기조에 깔려 있는 중국적 자연관이 아닌가. 그는 기독교인이기 전에 먼저 중국인이었다. 영문학도였던 그는 셰익스피어를 예로 들어 다음과 같이 부연 설명을 보탠다.

셰익스피어에게는 그다지 종교적인 점이 없었고 그다지 종교에 관심을 가지고 있지 않았다. 이것은 좀 이상하게 들릴지도 모르지만 그러나 나는 이것이야말로 셰익스피어의 위대한 점이라고 생각한다. 셰익스피어는 인생을 널리 있는 대로 바라보았다. 그리고 그가 그린 인물이 모두 그 있는 대로의 모습을 나타내고 있는 것처럼, 그는 지상 만물의 섭리에 대해서 아는 체하는 일이 별로 없었다. 셰익스피어는 대자연 그 자체와 같았다. 이 말이야말로 우리들이 세상의 문인이나 사상가에게 바칠 수 있는 최대의 찬사이다. 그는 그저 살았고 인생을 보았고, 그리고 죽은 것에 지나지 않았다.

여기에다 임어당을 대입해 본다. 그리고 그가 좋아하던 소동파와 도연명도 대입해 본다. 그들은 대자연 그 자체와 같았다. 그들은 그저 살았고, 인생을 널리 있는 대로 바라보았고 그리고 죽은 것에 지나지 않았다. 이것이 그가 말하고 싶은 사생관이 아니었겠는가. 그에게 삶과 죽음은 보통 있는 일에 지나지 않았던 것이다.

임어당은 상해의 세인트 존 대학을 졸업하고 미국 하버드 대학에서 비교문학을, 독일 라이프치히 대학에서 음운학을 전공해 박사학위를 받았다. 귀국한 뒤 북경대학, 북경사범대학 등 명문 대학에서 영문과 교수를 역임하다가 1936년 그는 다시 미국으로 건너갔다.

미국으로 건너가기 전까지는 중국의 학계와 문단에서 활발하게 활동하였고, 미국으로 건너간 뒤로는 한때 유네스코의 문학예술분과 위원장,

싱가포르 남양대학교 총장 등을 잠시 역임한 뒤 근 40종의 영문 저서와 역저를 내놓으면서 중국 문화와 문학을 세계에 알렸다.

그는 "두 다리는 동서양의 문화에 걸쳐 놓고(兩脚踏東西文化)/ 한마음 한 뜻으로 우주적 문장을 논하려네(一心評宇宙文章)"라는 대련을 벽에 걸어 두고 그것을 자신의 좌우명으로 삼았다. 따라서 임어당 최대의 장점은 외국인에게는 중국의 문화에 대해서 잘 설명할 수 있고, 또 중국인에게는 서양의 문화를 잘 소개한다는 점이었다. 그는 서양과 동양 두 세계 사이를 오가며 두 문화의 좋은 점을 찾아 조화시켜 보려고 애썼다.

임어당만큼 인생의 매 순간을 열심히 산 사람도 그리 흔치는 않을 것 같다. 81년의 생애와 업적이 그것을 증명한다. 그는 60여 권의 저술과 1천여 편 이상의 글을 써냈다. 그리고 나이 70이 넘어 대만으로 영구 귀국하여 비로소 방랑의 닻을 내렸다. 1966년 6월 타이페이 양명산(陽明山)에 새로 집을 짓기까지 지난 30년은 사실상 외국에서의 유랑 생활이었다. 따라서 1966년부터 1976년 3월, 홍콩에서 병사하여 대만에서 장례를 치르기까지 마지막 10년은 그에게 가장 안정된 세월이었다고 할 수 있다. 매사에 낙천적이고 수용적인 그는 "자신이 늙어 간다는 것을 인정하지 않으면 자기를 속이는 것밖에는 되지 않는다. 억지로 자연에 대해서 반항할 필요는 없는 것이니까 우아하게 늙어 가는 것이 좋다."라고 하면서 양명산 국립공원 근처에 거처를 꾸미고 아내 취봉과 함께 우아한 노경(老境)을 맞이하였다. 가끔 두 딸이 살고 있는 홍콩에 드나들며 외손주 보는 재미도 즐겼다. 일요일 아침이면 외손주의 손을 잡고 만화영화를 보러 다녔다.

그는 나이 80을 술회하며 말한다.

나는 내가 참으로 복이 많은 늙은이라고 생각한다. 이 나이까지 살아왔으니까 말이다. (…) 내가 걸어온 삶을 되돌아보건대 그 삶이 성공이든 실패든 나에게는 이제 휴식할 권리가 있다. 유유자적 나날을 보낼 권리가 주어져야 한다. 그래서 무릎 위로 기어오르는 손자들을 어르고 인생 최고의 행복인 천륜의 낙을 누릴 수 있어야 하는 것이다. 다행히도 나는 아주 착한 아이들을 몇몇 낳았다. (…) 이제 내 일은 다 끝이 났다. 누가 칭찬을 하든 비판을 하든 나는 상관하지 않는다.

그는 어언 80세의 노인이 되었다. 두 딸은 모두 훌륭하게 성장했다. 둘째딸 태을은 중국의 저명한 작가요, 셋째딸 상여는 권위 있는 생물학자가 되었다.

임어당은 세계 펜클럽 부회장으로 추대되었고 같은 해에 노벨문학상 후보로 지목되었다. 그러나 날이 갈수록 기력은 떨어지고, 외출할 때마다 지팡이가 필요해졌다. 80세의 생일을 축하하는 잔치가 홍콩 이원호텔에서 열렸다. 이틀 뒤 타이페이에서도 10여 개의 문예·학술·신문 단체가 대륙 레스토랑에서 합동 다과회를 성대하게 베풀었다. 화강학보(華岡學報)는 임어당 선생 80세 기념 논문집을 헌정했다. 그해 말, 미국 도서관학자 앤더슨이 임어당 영문 저작 및 번역 작품 목록을 엮고 ≪임어당 정선≫을 출판했다. 이 책 서문을 보면 임어당은 이미 자신의 마지막을 예감하고 있었다.

…내 붓은 가슴속에 담겼던 글을 다 써냈습니다. 그것으로 내가 할 말은 다한 셈입니다. 이제 나도 떠날까 합니다.

그리고 그는 이듬해에 쓰러졌다. 휠체어에서 벗어나지 못한 채 홍콩 메어리 병원에서 영면에 들었다. 세수는 81세, 영구는 타이페이로 옮겨졌다. 장개석의 아들 장경국 씨가 공항에서 직접 영구를 맞이했다. 4월

1일 오후 회은당(懷恩堂)에서 추도식이 열린 다음 그의 유해는 곧바로 양명산 가족묘지에 안장되었다. 타이페이 스린구(土林區) 양더로(仰德大道) 2가 141번지. 바로 그가 살던 집이었다. 그곳에는 임어당 기념도서관이란 팻말이 붙어 있다. 국가가 이 집을 인수하여 고인이 살던 생전의 모습 그대로 두었다. 서재와 침실, 책상과 안경, 담배 파이프가 예전대로 놓이고 육필 원고와 서화, 소장 도서, 작품집, 그리고 신통 컴퓨터 입력 단말기도 함께 전시되어 있다. '명쾌 타자기'는 모처럼 장만한 뉴욕 이스트 리버사이드 81번가에 있는 멋진 아파트 한 채를 날려 버렸고, 뉴욕 리비데일의 셋집으로 전전하게 만들던 장본인이기도 하다. 그의 모험심과 제작열은 과연 남다른 바가 있었다.

무엇보다 나는 그의 기념관 대청에 걸려 있는 친필 편액의 글자에 마음이 갔다.

'유불위재(有不爲齋).'

아무것도 하지 않는 방이라니? 그는 왜 이런 글귀를 걸어 두고 보았을까? 일찍이 한적한 생활을 예찬한 바 있고 그는 또한 한가애(閑暇愛)를 사랑한 사람이었다. 자신의 두뇌가 서양적인 것이라면 그의 영혼은 중국적인 것이라고 자전에서 밝히고 있듯이 그는 창파오(중국식 두루마기)를 벗어버릴 수 없는 진짜 중국인이어서 그랬을까? 아니면 근면으로 고달퍼진 심신을 이제야 말하고 잠시 쉬고 싶었던 때문일까?

'함이 없이도 하지 못하는 것이 없다.'는 무위자연한 도가(道家)의 근본 정신이 깊이 배어 있기 때문일 거라고 필자는 추측해 본다. 그는 일상처럼 임어당 기념도서관의 뜨락에 누워 있다. 생전의 주택이 유택(幽宅)이 되어 버린 때문이다. 유택 맞은편에는 그가 생전 그렇게도 사랑했다는 첩첩 푸른 양명산의 봉우리가 건너다보인다. 무덤조차 자신의 기념도서관 뜨락에 허용했으니 정부는 그를 파격적으로 예우한 것임에 틀림없었다.

≪중국시보(中國時報)≫는 사설을 통해 그를 이렇게 추모하고 있다.

임어당 씨는 백 년 가까운 세월을 살아오면서 서양 문화에 깊이 물들었음에도 불구하고 국제적으로 우리 중국전통 문화 선양에 공헌한 가장 위대한 작가이며 학자였다고 일컬을 만하다. 그의 저서 ≪나의 조국 나의 겨레≫ 및 ≪생활의 발견≫이 세계 각국 언어로 번역되어 이 세상을 풍미한 이래, 중국에 대해 천박한 지식밖에 지니지 못하던 서양인들은 비로소 임어당을 통하여 중국의 실상을 알게 되었으며, 중국의 실상을 통하여 찬란한 중국의 역사 문화를 깨우치게 되었던 것이다. 더욱 귀중한 것은 한평생 영어와 영문학 세계에 침잠해 있으면서도 결코 서구화의 포로가 되지 않았으며, 다시 중국 문화로 되돌아올 수 있는 지적 용기, 동서 문화 어느 면에서나 온화하고 겸손한 태도를 모두 잃지 아니한 중국학자로서의 전형을 보인 인물이라는 점이다.

나는 중국학자로서의 전형을 보인 임어당의 모습보다도 만년에 대만으로 건너와서 썼다는 〈통쾌한 일, 스물네 가지(來臺後二十四快事)〉에서 보이는 자연인 임어당의 친근한 진면목에 더욱 마음이 이끌린다.

파티에 가서, 좌상이 모두 귀빈이지만 에어컨이 털털 목이 쉬어 너도나도 뻘뻘 땀을 흘리며 곤혹을 치를 때, 모두가 깍듯한 예의 범절이라 꼼짝못할 때, 이윽고 옷을 벗으라는 주인의 주문. 내 말이 '넥타이는?' 하면 그것도 알아서 하라는 주인의 말씀에 모두가 굉장한 사면을 받은 듯, 이 또한 즐겁지 않으랴! (…)

일곱 번째, 텔레비전에서 아이들의 합창을 볼 때, 어느 꼬마 한 녀석 신이 나서 입을 딱 벌리고 노래하더니 이윽고 천연스레 손가락으로 콧구멍을 후비거늘 이 또한 즐겁지 않으랴! (…)

열 번째, 꼬마가 수박이나 수밀도를 먹을 때, 수박물이나 복숭아물이 목구멍을 내려가느라 꿀꿀 소리가 들리고 침이 가슴으로 지르르 떨어지거늘 인생의 낙이 이보다 더할 수 있으랴. 이 또한 즐겁지 않으랴!

뚝뚝 흐르는 단물이 느껴진다. 젖은 손, 목구멍을 타고 내려가는 물소리. 삶이 온몸에 실려 있다. 이보다 더 정직할 수 있겠는가.

나는 그의 이름을 떠올리면 기분 좋은 장면이 눈앞에 그려진다. 보스턴 임대 아파트에서 보낸 신혼의 유학생 시절이다. 아내 취봉이 맹장수술을 받고 퇴원한 지 얼마 안 되어 복부 감염 증세를 일으켜 두 번째 수술을 받느라 그의 주머니는 바닥나고 말았다. 퇴원하던 날, 천지는 온통 새하얀 눈으로 뒤덮였고 그는 속수무책이었다. 임어당은 여기저기서 자료들을 주워 모아 썰매 한 대를 얼기설기 엮더니 아내를 태우고 집까지 끌고 갔다. 난관을 난관으로 받아들이지 않는, 어느 경우에나 슬기롭고 낙천적인 이 청년 유머 대사(大師). 아내를 썰매에 태우고 이국의 설원을 달리는 젊은 동양인의 모습을 상상해 보라. 가난하나마 정겨운 모습, 임어당이 떠나고 그의 아내 취봉은 11년을 더 살았다. 그녀는 남편이 선물한 팔찌를 언제나 몸에서 떼어놓지 않았다. 팔찌에는 제임스 휘트컴 레일리가 쓴 명시 〈늙은 연인An old sweetheart〉이 새겨져 있었다.

> 둘이서 한 마음, 근심이 무어랴
> 한 가닥 정념에 연연하느니.
> 세월도 쏜살같이 흘러가고
> 은빛 터럭도 이미 드물다.
> 저승길이 그대와 다르다면
> 천국도 내겐 삭막하리.
> 웃음일랑 남겨 두자
> 서로 다시 만날 때까지는.

임어당, 그는 현세의 삶에 온전한 가치를 두고 매 순간마다 참으로 즐겁게 살다 간 인생의 달관자였다.

그대는 저 물과 달을 아는가
- 소동파

중국의 대문장가인 소동파의 〈적벽부〉며 이백, 도연명의 시문과 만난 것은 고등학교 시절, 시인 김구용(金丘庸) 선생의 명강의를 통해서였다. 뜻이 깊고 문체가 유려한 고문(古文)을 통해 나는 문학의 향기에 취하고 얼마간의 자양분을 섭취할 수 있었다. 마음속으로 흠모해 마지않던 그분들의 자취를 찾아 중국 '강남문학기행'에 합류하게 된 것은 노란 납매와 홍매가 향기를 퍼뜨리는 중국의 춘절 무렵이었다.

당도에 들러 이백의 무덤에 술잔을 치고, 황산을 거쳐 서호에 닿은 것은 1999년 2월 27일 밤늦은 시간이었다. 가방을 들고 버스에서 내리니 추적추적 봄비가 내리고 있었다. 고단해 쉬고 싶었는데 인솔자 허세욱 선생은 30분 뒤에 "서호 산책 희망자는 호텔 로비에 모일 것"을 통고했다. 눕고 싶은 생각이 간절하여 그만 기권해 버릴까 하다가 나중에 서울 가서 앓을 때 앓더라도 하고… 나를 일으켜 세운 것은 다름 아닌 소동파의 이 시구였다.

물빛이 반짝반짝 개이니 마침 좋고
산색 어둑어둑하게 비 오니 기이롭네.
서호(西湖)를 서시(西施)에 견준다면
엷은 화장이거나 짙은 화장에도 모두 아름답네.

소동파

소동파가 항주자사를 지낼 때, 서호의 아름다움을 노래한 〈음호상 초정우후(飮湖上—初晴雨后)〉라는 시이다. 서호의 아름다움을 월나라 미녀 서시에게 비유하여 날이 개이면 개인 대로, 흐리면 흐린 대로 서호는 모두 아름답다는 요지이다. 동파는 서호를 '미인의 얼굴 가운데서 눈동자와 같다.'고 말했다.

호텔에서 우산을 빌려 쓰고 밖으로 나섰다. 불과 10여 분 만에 우리는 가로등 불빛이 수면에서 아름답게 흔들리는 밤 호수와 만났다. 서울보다 봄이 이른 그곳 호숫가의 버드나무에는 연두가 묻어 있고 가느다란 실가지는 비에 촉촉이 젖어 있었다. 봄비를 맞으면서 수면에 떠있는 불빛을 밟고 아치형의 구름다리를 지나자니 선경(仙境)이 따로 있겠는가 싶었다. "봄밤은 천금(千金)에 값한다."라는 소동파의 시구는 허사가 아니었다.

시인들은 앞 다투어 서호를 노래했다.

백거이와 소동파는 물론이요, 육조(六朝)의 사령운, 당대(唐代)의 이하, 유우석, 원대(元代)의 조맹부, 장가구. 청대(淸代)의 원매, 중화민국의 주자청, 유대백 등이 이곳에 와서 아름다운 시문을 남겼다.

백거이는 '봄에 호상(湖上)에서 서호'라는 시를 읊었다.

호상(湖上)에 봄이 들어 마치 그림 같구나.
산봉우리 둘러쌌고 물은 멀리 펀펀하다.
소나무는 산에 푸름이 천 겹인데
달은 물속에 점을 찍어 한 알의 구슬이다.
올벼는 푸른 담요의 실 끝을 뽑고
새 부들은 푸른 비단의 치마끈을 펼친다.
이 항주를 버리고 그대로 떠날 수 없어
이 시 한 수를 호수에 남기노라.

항주는 시인 묵객의 요람지며 창작의 공간이었다.

이곳을 지나던 마르코폴로도 항주가 세계에서 가장 아름다운 미항이라고 극찬했다지만 중국 사람들도 항주에 대한 자부심이 대단했다. '하늘에는 천당이 있고 땅에는 소항(소주와 항주)이 있다.'고 말할 정도였다.

아름다운 경치뿐만이 아니라 명소에 따른 문학작품에 대한 자부심도 포함되었을 것으로 생각된다.

청나라 때 시인 위원(魏源)은 서호의 밤을 이렇게 노래했다.

"맑은 호수는 비 내리는 호수에 미치지 못하고, 비 내리는 호수는 달빛 호수에 미치지 못하고, 달빛 호수는 눈 내리는 호수에 미치지 못한다." 그런데 우리는 그날 밤 봄비에 촉촉이 젖은 서호를 보고 다음날 아침은 맑은 호수까지 볼 수 있었다. 유람선을 타고 서호를 한 바퀴 도는 데는 두어 시간이 소요됐다. 호수에 떠 있는 배 안에서 어느 쪽을 둘러보아도 모두 한 폭의 그림 같은 절경이었다. 우리가 탄 배는 한 바퀴를 돌고 난 뒤 호심정(湖心亭) 앞에서 멈추었다. 호심정은 호수의 왼편에 있었고 오른편에는 완공돈(阮公墩)이라는 정자가 있었다. 그 가운데쯤에는 삼담인월(三潭印月)이 자리 잡고 있었는데 그것은 소동파가 소영주(蘇瀛洲)라는 작은 섬에 세 개의 석탑을 세우고 붙인 이름이다. 세 개의 석탑에 다섯 개의 구멍을 내고 거기에 촛불을 켜면 도합 15개의 불빛이 흔들린다. 수면에 그림자 지는 15개의 불빛까지 합하면 도합 30개의 달빛 같은 불빛. 게다가 하늘의 달과 물속의 달을 더하면 32개의 달이 인(印)을 친다는 것이다. 하나의 달이 일천 개의 강에 도장을 찍는 '월인천강(月印千江)'이다. 이러한 멋 속에 거사(居士 불교수행자) 동파는 심인(心印)의 본성자리를 놓치지 않았을 것이다. 이곳은 또한 명나라 문장가인 장대(張岱)의 수필 〈호심정간설(看雪)〉의 현장이기도 하다. 특히 그는 서호를 좋아하여 〈서호 7월 반몽억(半夢憶)〉이라는 글을 남겼다.

"… 작은 배에 가벼운 장막을 치며, 깨끗한 책상과 따스한 화로가 준비되어 있다. 차 끓이는 솥이 선회하면서 차를 끓이고 있다. … 친한 벗들과 고운 사람들이 달빛을 불러내어 함께 앉는다. 혹은 그림자를 나무 아래 숨기기도 하고 혹은 소란함을 호수 속으로 달아나게도 한다…"라는 아름다운 글이었다.

바다가 갇혀서 된 이 호수의 넓이는 5.6제곱킬로미터나 된다고 한다. 호면(湖面)의 높이는 일년 내내 변화가 없으며 전단강을 통해 흐르고 있다.

산이 서남북 간의 삼면을 병풍처럼 에워싸고 있고, 그 안에 일산(一山)·이제(二堤) 그리고 작은 섬이 3개나 되는데 굴곡이 많은 편이라 돌면 한

항주 서호의 소동파가 쌓았다는
소제(방파제) 기념탑

장 꽃잎처럼 계속 돌게 된다는 안내자의 설명은 운취가 있었다. 일산이란 서북쪽의 고산(孤山)을 말하며 이제란 당나라 때 이곳에서 항주자사를 지 낸 시인 백거이가 쌓은 제방, '백제(白堤)'와 소동파가 쌓은 '소제(蘇堤)'를 일컫는다. 백제는 호수 북쪽에 동서로 뻗어 있고, 소제는 호수 서편 부근 에 남북으로 뻗어 있었다. 호수 위로 백거이와 소동파가 쌓은 두 개의 제방이 가로질러 놓여있으니 서호는 그들에게 자부심이 될 만했다.

소동파는 항주와 인연이 깊었다. 재임 기간 동안에 정말 많은 일을 했다. 식수 공급시설과 병원을 세우는 등 지방 공중위생 설비를 설치하 는 한편, 염도를 준설하고 곡가를 안정시켰다. 그리고 20년 후면 완전히 갈대로 뒤덮여 담수의 공급원을 차단케 하고 말 서호를 재건한 것이다. 호수에서 파낸 쓰레기 흙더미를 가지고 직선 코스의 제방을 세움으로써 2마일이나 되는 보행 거리를 단축시켰고 경치 좋은 산책로도 만들었다. 이 제방에 여섯 개의 아치형 다리와 아홉 군데의 누각을 세웠다. 항주 백성들은 동파 생전에 그의 행적을 기리고자 누각 가운데 그의 초상을 모셔 놓고 생사(生祠)사당을 삼을 정도였다. 동파는 36세 때 항주 통판을 지냈고, 54세 때는 항주 시장으로 있었다. 이곳을 떠날 때 그는 이런 시 를 남겼다.

> 항주에 있기는 5년.
> 내 스스로 항주 사람이라고 생각하네.
> 산을 의지해 돌아갈 집이 없으니
> 서호 근처에서 살고자 하네.

본인 스스로도 항주를 제2의 고향이라고 말했지만 항주 백성들도 그 를 사랑하여 나중에 동파가 문자옥에 감금되었을 때, 시가지에다 제단을 쌓고 속히 그가 석방되기를 기원했다. 항주 사람들은 동파를 '항주 사람'

이라고 말한다. 동파 자신도 전생에 항주 사람이었을지도 모른다고 여러 곳에 써 두고 있다. 그리하여 항주는 거리마다 가게마다 오직 '동파'였다. 상호마다 물건마다 '동파'였다. 계속 간판의 '東坡'가 쫓아온다. 동파와 함께 거리를 걷는 기분이었다. 나는 항주에서 이렇게 동파와 만나고 있었다.

소동파(蘇東坡 1036-1101)의 본명은 식(軾)이며 자(字)는 자첨(子瞻)이다. 동파는 그의 호다. 쓰촨성(四川省) 메이산(眉山)에서 태어났다. 아버지 소순, 동생 소철과 함께 당송 8대가에 이름을 올린 대문장가다.

1170년 효종은 동파가 서거한 후 태사(太師)의 명예직위를 수여하는 성지를 내렸고 그에게 문충공(文忠公)이라는 시호를 수여했다. 황제가 직접 쓴 서문에는 그의 인물됨이 잘 나타나 있다.

··· 이제 그를 다시는 세상 사람들 가운데에서 찾아볼 수 없게 되었지만, 앞서 간 이 위대한 인물의 시문(詩文)들을 우리는 갖고 있다. ···그에게 태사의 명예작위를 수여하고자 하며, 그를 문인의 우두머리로 추대해 마지않는다. ··· 복잡한 개혁시기에 그는 국가의 부강을 꾀하는 항구책을 제기했으나 소인의 중상모략으로 영남, 해남 등에서 귀양살이를 했다. 그의 사람됨은 그가 조정에서 권력을 잡고 있을 때나 마찬가지로 조금도 변함이 없었다. 그는 나름대로 고금의 역사를 두루 연구했으며, 우주의 질서에 대해 깊이 이해하고 있었다. ··· 온 세상이 그대의 명성에 경의를 표하노니 영령이시여 구천(九泉)에서 일어나시게······.

그리하여 구천에서 일어난 동파는 문학을 사랑하는 모든 이들의 가슴에 지금도 살아 숨쉬고 있다. 인생은 짧지만 예술은 길다는 긍지를 우리들에게 갖게 해준 작가이다.

그가 살던 시대는 북송 말기였다. 북쪽으로 요나라, 서쪽으로는 서하

중국 성도 삼소사에 있는 소동파 동상

라는 외세가 대두되던 국가의 변란이 예고되던 불안한 시기였다. 안으로는 왕안석의 혁신 세력과 덕치·문치를 표방하는 보수 세력이 대립되던 시기였다. 동파는 당대의 문장가 구양수(歐陽修)·사마광(司馬光) 등과 함께 보수 세력의 입장에 섰다.

동파는 항주(杭州)의 통판을 거쳐 밀주·서주·호주의 지주를 역임한 바 있다. 이 기간 중 황제에게 올린 '호주사표(湖州謝表)'가 왕안석의 분노를 일으켜 4개월 동안이나 어사대의 감옥에 구금되기도 하고, 여러 차례 유배지를 전전해야 했다.

성격이 강직했던 그는 조정을 "매미들이 공중에서 떠들어 대고 있는 '황폐한 숲'에다 비유하며 "먹던 음식물에서 골라 낸 파리를 뱉어내듯이"라는 등의 풍자시를 계속 써댔던 것이다. 직언을 서슴지 않았다. 이에 한 어사가 정부를 모욕한 혐의로 그를 탄핵 기소했다. 동파는 소주 관청에서 공무를 보다가 압송되었다. 백성들의 울음소리가 끊이지 않는 가운데 배를 타고 떠나 어사대의 감옥에 갇혔다. 이곳에서 동파는 날조된 자신의 죄상을 끝끝내 인정하지 않아 심한 고문을 받았다. 이것이 글로 인해 화를 입은 '문자옥(文字獄)' 사건이다. 이때 아들 소매가 아무 일 없이 평온하면 야채와 고기로 만든 음식을 넣고 죽을죄로 판명나면 생선을 넣기로 약조하였는데, 그의 출타 중 이를 모르는 친구가 생선음식을 사식으로 넣었다. 동파는 물고기를 보자 가슴이 덜컥 내려앉았다. 사형판결로 오인한 그는 절명시를 쓴 뒤 죽음을 기다렸다. 죽음 앞에 선 최초의 중대한 좌절이었다. 삶과 죽음의 문제를 직면했던 동파는 그 시절을 이렇게 회상했다.

"세상의 일은 한바탕 꿈이니, 인생은 얼마나 처량하던가."

감옥에 구금된 지 136일, 가을에 들어갔다가 이듬해 봄, 출옥되었다. 죽음에서 생환한 그는 점차 무상(無常)과 공환(空幻)의 뜻을 되새기며 불교 쪽으로 기울었다.

원풍3년(1080) 정월 초하루, 동파는 황주로 좌천되었다. 친구의 도움으로 한 뙈기 버려진 땅을 일구어 개간하고 씨를 뿌렸다. 이 땅을 동파(東坡 동쪽언덕)라 이름을 짓고 스스로 동파거사라고 자호했다. 초가집 몇 칸을 들이고 설당(雪堂)이라 이름 붙였다. 그는 경제적으로 쪼들렸으나 모처럼 조운(朝雲)과 함께 한가한 나날을 보냈다. 조운은 동파의 부인이 항주에서 몸종으로 사들였는데 당시 그녀의 나이 겨우 12세였다. 소(蘇)부인의 시종에서 첩으로 승격한 총명하고 아름다운 그녀는 귀양지마다 동파와 동행했다. 동파는 만년의 귀양생활에 조운이 함께 동반해 준 데 대한 감사와 우의를 시로써 찬미했다. 시에서는 "… 내일은 단오절, 그대에게 난꽃으로 꽃다발을 만들어 달아 주고, 내 멋진 시 한 수 구상하리. 훌륭한 시 한 수 찾아내어 그대 치마 주름 위에 쓰리"라던 멋진 지아비였다.

그러나 조운은 혜주에 도착한 다음 말라리아에 걸려 34세의 젊은 나이로 죽고 말았다. 풍호의 산기슭에다 매장하고 그녀가 죽은 뒤 다시는 여자를 가까이 하지 않았다고 한다. 동파는 그녀를 기념하여 육여정(六如亭)을 지었다. '육여'란 ≪금강경≫의 "일체의 유위법은 꿈같고, 허깨비 같고, 거품 같고, 그림자 같고, 이슬 같고, 번갯불 같다는 '여몽환포영로전(如夢幻泡影露電)'을 말한다. 그는 조운을 기념하는 사(詞)에서 '높은 정(情)은 새벽 구름의 공(空)함을 따라 갔노라."고 적고 있다.

또한 그는 〈설니홍조(雪泥鴻爪)〉의 시를 지었다.

인간의 한평생이 무엇과 같은지 아는가?
녹는 눈 위를 밟고 있는 기러기 발자국 같네.
눈 위에 우연히 몇 개의 발자국 남기고서

다만 우연히 찍힌 몇 개의 발자국. 그마저도 곧 증발하고 나면 새들이 왔던 자취, 어디서 찾을 것인가.

'사람은 날아가는 기러기 같고 모든 일은 봄날의 꿈과 같다.'고 동파는 인생의 공(空)함을 이와 같이 표현했다.

그의 시문(詩文)에는 선(禪)적인 풍미가 흐른다. 이곳에서 선사들과의 잦은 교류는 그의 문학과 인생관에 큰 영향을 끼쳤을 것으로 생각된다. 이곳에서 불인요원(佛印了元) 선사와의 문답은 유명하다.

동파가 선사를 찾았다.

'여기에는 앉을 자리가 없으니 거사께서는 편한 대로 하시죠.'

'그럼 스님의 좌대를 빌려서 제 앉을 자리로 삼겠습니다.'

'저는 출가한 사람으로 4대(지수화풍)가 모두 비었고 오온(五蘊)도 존재하지 않으니 어디에 앉으시렵니까?'

말문이 막힌 동파는 약속대로 그의 옥대를 풀었고, 선사는 그에게 화두를 남겼다.

황주를 떠나 여주로 부임하는 도중 그는 여산을 지나게 된다. 동림사의 상총선사를 찾아가 법을 물었다.

"대관은 어찌 무정(無情)설법을 듣지 않고 유정설법만 들으려 하십니까?"라는 한 마디에 앞뒤 생각이 꽉 막힌 그는 무정설법이란 화두를 안고 정신없이 말을 달렸다. 어느 계곡에 이르러서다. 우렁찬 폭포 소리에 그만 막혀있던 가슴이 확 뚫리고 눈이 환하게 밝아졌다. 유명한 게송이 탄생되는 순간이다.

계곡의 물소리가 바로 부처님의 장광설이요

산색(山色)이 어찌 청정한 법신이 아니겠는가.
밤이 오자 팔만사천 게송을 설하니
훗날 남에게 어찌 다 전할 수 있으랴.

이 시에서 계곡을 흐르는 시냇물은 끝없이 미묘한 법문을 설하는데 나 같은 범부가 이 모든 게송을 어떻게 말해줄 수 있겠는가고 동파는 전심(傳心)할 수 없는 언어도단의 경지를 노래한다. 그의 오도시(悟道詩)는 다음과 같다.

도달해 보아야 별것 아닐세
여산은 여전히 안개로 덮이고
절강은 여전히 파도가 치네

도달해 보아야 달라진 것은 없다.
'여산은 여산, 절강은 절강일 뿐' 세계는 여전히 현상계 그대로였다.

동파는 이공린이 그려준 자화상 앞에서 이런 시를 썼다.

마음은 이미 재가 된 나무 같고
몸은 마치 매여 있지 않은 배와 같네
그대가 평생 한 일이 무엇이냐고 묻는다면
황주이고 혜주이고 담주라고 하겠네.

평생의 일이란 오로지 세 유배 지역인 황주, 혜주, 담주의 일이라는 것이다. 이곳에서의 역경계는 엄격한 자기 공부와 화두를 참구케 했다. '선(禪)의 마음은 끝끝내 공적(空寂)하다.'던 그의 심정을 헤아리게 한다.
동파는 황주에서 ≪역전(易傳)≫과 ≪논어설≫을 완성했다. 그리고 떠다니던 유랑 생활 중에서 또 빼어난 4편의 걸작을 탄생시켰으니 단사(短詞)인 〈염노교사(念奴嬌詞)〉, 〈적벽부(赤壁賦)〉 두 편과 〈기승천야유(記承天夜遊)〉가 그것들이다.

〈적벽부〉는 겨우 몇 백 자로써 우주 가운데 인간 존재의 왜소함과 자연의 무궁함을 실감나게 그려낸 명문이다. 운율적인 변화가 아름다운 산문형식의 글이며 인간의 회고, 달밤의 낭만, 게다가 불교와 ≪주역≫의 이치를 담고 있다.

동파는 황주성 밖 적벽에 나가 자주 강산을 유람했다. 삼국의 영웅 조조와 유비의 전쟁을 떠올리며 덧없는 그들의 자취와 인간의 무상함을 돌아다본다. 그를 따라 적벽강으로 들어가 보자.

임술년 추(秋) 7월 기망(16일)에 소자(蘇子)가 객과 더불어 배를 띄우고 적벽 아래에 노닐다. "맑은 바람은 서서히 불어오고 물결은 일지 않더라(淸風徐來 水波不興)." 장면 묘사에 이어 손님과 술잔을 나누며 명월의 시를 외우고 요조의 장을 노래한다.
"조금 있으니 달이 동산 위에 나타나 북두성과 견우성 사이를 배회하더라. 흰 이슬은 강 위에 비껴 내리고 물빛은 하늘에 닿아있다.(白露橫江 水光接天)"의 명구 앞에서 나는 잠시 숨을 고르게 된다. 일엽편주를 가는 대로 맡겨 아득한 만경창파를 넘어가노라니 호호(浩浩)하여 허공을 타고 바람을 탄 것만 같아 그치는 데를 알지 못하겠으며, 표표히 나부끼는 것이 마치 세간을 벗어나 홀로 서서 날개가 돋아 신선이 된 듯하네.
어떤 손님 하나가 퉁소를 부는데 그 소리가 원망하는 듯 사모하는 듯 흐느끼는 듯했다. 소자(소동파)가 어찌하여 그렇게 슬프게 부느냐고 묻자 객은 '달 밝고 별 드문데 까막까치 남으로 날아가네'라는 조조의 시를 읊더니. 진실로 일세의 영웅인 그는 지금 어디에 있는가? 객은 다시 말한다. "인간이 세상에 붙어 있는 것은 마치 하루살이의 짧은 삶을 천지간(天地間)에 의탁한 거와 같고, 아득한 '창해(滄海)의 일속(一粟)' 좁쌀 한 알이라. 내 일생의 수유(須臾)함을 슬퍼하고, 강산의 다함없음을 부러워하노라. 이 맑은 경치를 영원히 누릴 수 없으니 그것을 슬퍼한다."고 말하자 동파는 이렇게 위로한다.

"그대는 저 물과 달을 아는가? 흘러가는 것은 이와 같다지만 그러나 일찍이 가는 것만이 아닌 것을(逝者如斯 未嘗往也). 차고 비움이(盈虛) 저와 같으나, 마침내 소장(消長)할 수 없음이라."

물이 흐르되 다 흘러가버린 적이 없고, 달이 만월이 되거나 기울어 초생달이 되어도 달은 끝내 없어지거나 사라지지 않는다. 영허소장은 현상계의 작용일뿐, 본체는 변하지 않는다는 뜻이다.

우주에 대한 그의 설리(說理)를 더 들어보자.

"대저 그 변(變)하는 자, 스스로 볼진대 곧 천지도 일찍이 한 순간도 가만히 있지 못하는 것을. 그 변(變)하지 않는 자, 스스로가 볼진대, 곧 만물과 내가 모두 다함이 없음이라."

'변자이관지(變者而觀之)' 변화의 관점에서 본다면 세상의 그 어떤 것도 변하지 않는 것이 없다. ≪주역≫의 첫 번째 원칙인 변역(變易)이다. '불변자이관지(不變者而觀之)' 그 변하지 않은 관점에서 본다면 만물은 시시각각 변하되 그 가운데 영원히 불변하는 것이 있다. 그것이 불역(不易)이다. 만물을 변화하게 하는 그 이치는 변치 않는다는 것. 춘하추동으로 반복되는 사계절의 순환, 계절은 변하되 그 운행의 질서만은 어김이 없으니 변하되 변하지 않는 그 근거를 도(道)라 하며 이(理)나 태극(太極), 또는 진리(眞理)라고도 한다.

한번 밤이 되면 한번 낮이 되고, '한번 음(陰)이 되면 한번 양(陽)이 되는 것을 도(道)'라 하는데 일음일양 그 자체가 도가 아니고 한번 음이 되고, 한번 양이 되는 그 이유나 조건, 즉 음양의 근저에서 그것을 지탱하는 것이 바로 도라는 것이다.

강물은 주야로 흐르지만 끝내 줄어들지 않고, 달은 영허소장(盈虛消長)을 거듭하나 끝내 없어지지 않는다. 현상세계의 본질은 저 ≪반야심경≫의 '부증불감(不增不減)'처럼 늘지도 줄지노 않는다. 그러므로 불변의 관점에서 본다면 천지만물은 오직 하나의 근원이라, 나고 죽음이 따로 없다. 불생불멸(不生不滅)이다. 이때의 만물과 나는 영원한 것을. 어찌 인생이 짧다고 비탄에 잠길 필요가 있겠는가.

"강상(江上)의 청풍, 산간(山間)의 명월, 이를 취해도 금할 자 없으며 써도 다하지 않으니, 이는 조물주의 무진한 창고일러라." 그대와 내가 기꺼이 누릴 바로다. (이미 천지간의 아름다운 경치를 누리고 있는데 무슨 유감이 있겠는가?)

소동파의 말에 모두가 홀연히 깨우치고 계속 술을 마시며 이야기를 나누었다.

"술안주는 이미 바닥이 나고 술잔과 식기가 어질러져 있다. 배 안에서 서로 베개 삼아 누웠다가 동쪽에서 날이 밝아오는 것도 알지 못하더라."

이 글은 '소동파기념관'에서도 다시 읽을 수 있었다. 〈적벽부〉는 유려한 문장의 아름다움 외에도 인간과 자연, 순간과 영원, 변화와 불변(不變)을 함

기념관 마당의 소동파 석상

께 보는 철학적 향취가 드높은 글이다. 무엇보다 명문장 속에 직조된 변역(變易)과 불역(不易)의 이치는 그의 솜씨를 얻어 한껏 빛을 발하고 있다. 인구(人口)에 회자되는 까닭을 알 만했다.

소동파 기념관은 항주 시내에 있었다. 그는 생전에 자신의 초상화를 여러 차례 그리게 한 바 있는데 그 가운데서도 이공린이 그린 초상화를 좋아했다. 동파는 그림에서 지팡이를 옆에 두고 바위에 앉아 있다. 그가 약간 취했을 때의 모습으로 그런 자세로 앉아 있기를 좋아했다고 한다. 나른한 채로 앉아서 대자연을 관조하는. 그러나 내가 그의 기념관 마당에 들어섰을 때는 헌출한 헌헌장부가 수염발을 날리며 표연히 서 있었다.

소동파는 한 마디로 규정지을 수 없는, 다면(多面)의 얼굴을 가진 천재였다.

"우리는 소동파를 구제불능의 낙천가로, 혹은 위대한 인도주의자로, 또 백성들의 친구이자 위대한 작가로, 아니면 서예가이며 창조적인 화가로, 혹은 양주(釀酒) 시인가로 혹은 엄숙주의의 배격자로, 요가 수행자로, 한 사람의 불교도로, 유가적 정치인으로 혹은 황제의 비서로, 주선(酒仙)으로, 자비로운 법관으로, 당대의 시정(時政)에 대한 비판자로, 혹은 달빛 아래 배회하기를 즐기는 사람으로, 한 시인으로, 혹은 익살꾼 등으로 부를 수 있을 것이다. 하지만 이상의 것으로 소동파의 전부를 얘기했다고 볼 수 없다. 이에 덧붙여 중국에서 어쩌다 누가 소동파에 대한 얘기를 잠깐 꺼내기라도 하면, 중국인들은 으레 따뜻한 미소를 입가에 머금곤 한다는 사실을 추가하여 말한다면, 그의 특질을 가장 잘 표현했다고 할 수 있다."

임어당(林語堂)은 참으로 다양한 그의 여러 요소를 잘 지적해 냈다. 동파는 자신의 말대로 위로는 옥황상제와도 사귈 수 있으며, 아래로는 거지들과도 잘 어울릴 수 있는 사람이었다.

〈적벽부〉를 쓴 시인이요, 붉은 대나무를 그리고 오도자(吳道子)를 좋아하며 문인화를 수립한 화가요, 비축해 놓은 게 없어도 이웃이나 동료들에게 나누어 줄 줄 아는 따뜻한 마음씨의 소유자였다. 그리고 좀 고집스럽기는 해도 솔직했고 그의 말에는 언제나 위트가 넘쳤다. 지극히 단순하면서도 꾸밈이 없었고 소년처럼 늘 호기심에 가득차 있었다. 조운(朝雲)을 사랑한 로맨티스트요, 백성을 사랑한 현관이었다. 무엇보다 그는 슬픈 일이 닥치거나 곤경에 빠질 때에도 미소로써 불행을 받아들였다. 어떤 상황에서도 순간마다 최선을 다함으로써 매 순간을 즐기며 살았던 한 사람의 거사(居士)로서 나는 동파를 좋아한다.

머리를 약간 들어 하늘을 조망하는 〈적벽부〉의 시인 옆에서 나는 사진을 한 장 찍었다. 비록 체온은 없는 남정네지만 교실에서 〈적벽부〉를 외우며 흠모하던 소녀시절로 돌아가 그와 나란히 서서 사진을 찍으니 기분이 조금은 으쓱해진다. 살아 있었더라면 그와 무슨 말을 주고 받았을까? 〈적벽부〉의 한 구절을 외워 보였을까? 아득한 창해의 좁쌀 한 알을 읊조리면서 인생의 수유함을 슬퍼하고 장강(長江)의 다함없음을 부러워한다고 했을까?

기념관 벽을 따라 검은 돌에 새겨진 그림과 글씨를 감상하며 비랑(碑廊)을 한 바퀴 돌았다. 벽 상단에 〈적벽부〉가 눈에 띄자 아는 사람을 만난 듯 반가웠다.

서호의 아름다움을 노래한 〈음호상－초정우후〉라는 시가 있고, 태백산에 올라 용왕님께 기우제를 지낸 지 얼마 뒤 큰비가 사흘 동안이나 내려 시들었던 밀과 옥수수 줄기들이 다시 일어섰다는 일을 기념해 관사 뒤 정자를 '희우정(喜雨亭)'이라 명명하고 한 편의 비기(碑記)를 지었는데 그 〈희우정기〉가 거기 있었다.

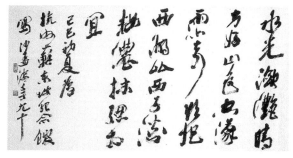

소동파의 ≪음호상-초청우후≫를 沙孟海 쓰다.

 … 하늘로 하여금 구슬을 뿌리게 한들 추운 사람에게 옷이 될 수 있겠는가? 하늘로 하여금 옥을 뿌리게 한들 배고픈 사람에게 한 톨 좁쌀도 될 수 없다. 한 번에 삼일 동안 내리는 것은 대체 누구의 힘인가? 백성들은 태수의 덕이라 하고, 태수는 공을 천자께 돌린다. 천자는 조물주에게로, 조물주는 자신의 공이 아니라며 하늘에 돌린다. 하늘은 아득하여 이름을 붙일 수 없는지라 내가 정자를 '희우정'이라 이름 짓는다고. 그 비문과 마주할 땐 그의 진면목을 만난 듯 반가움에 가슴이 떨려왔다.

 기념관에서 전시된 그림과 글씨를 감상했다. 특히 〈선유도〉에서 술잔을 높이 들고 시를 읊던 동파의 모습과 도저한 취흥에 물든 묵객들의 풍류가 멋스러웠다. 비파를 타는 여인 말고 동파 옆에 다소곳이 앉아 있는 여인이 조운이라고 한다. 바로 서호의 〈선유도〉인 것 같다. 밖에 나오니 맑은 바람이 상쾌했다. 어깨를 스쳐 지나가는 바람결에 그의 육성이 들려오는 듯했다.

 해남의 유배지에서 병고에 시달리며 태연자약하게 이르던 말,

 요즈음 나도 그의 말을 내 것으로 삼고 있다. 몸에서 마음을 자주 떼어내게 된다. "내게 아직 조물주가 부여해 주신 육신이 있으니, 운명이 명(命)하는 대로 영고성쇠의 끝없는 순환을 겪게 내버려 둘 따름"이라고.

 육체에서 정신을 떼어내 몸이 겪는 영고성쇠의 순환을 그가 지그시

내려다보는 것 같다. "죽는 것은 몸이지 내가 아니다."는 소크라테스 최후의 진술과도 비슷하다.

동파는 아메바성 이질에 걸려 근 한 달 동안이나 병상에 누워 있었다. 내버려두는 수밖에 별다른 방법이 없다고 여기면서 그는 약도 복용하지 않았다.

항주의 옛 친구가 줄곧 그의 곁을 지켰다.

마지막 시 한 수를 짓고 친구와 더불어 이승과 저승에 대한 이야기를 나누었다. 친구가 염불을 좀 외워보라고 권했다. 동파는 빙긋이 웃더니 능청스레 말했다.

"≪고승전≫을 읽었는데 그들도 결국엔 다들 죽었다는군!"

그는 아무렇지도 않게 우리가 죽는다는 사실을 말했다. 그런데 왠지 그 말은 화살촉으로 가슴에 와 박힌다. 나는 그것만큼 웅변으로 다가온 죽음의 말을 알지 못한다. 요즘도 길을 가다가 문득 멈춰 서게 되는 것은 이 말이 떠올라서다.

"최후에는 우리 모두 죽는다."

죽는다는 사실과 죽음 앞에서의 삶을 다시 생각하게 된다.

그가 말한 일세의 영웅, 조조는 어디에 있을까? 그는 또 지금 어디에 있는가? 동파거사와 같은 각도에서 하늘을 올려다보며 찍은 그날의 사진을 나는 지금 지그시 내려다본다. 그의 말대로 흘러간다고 하지만 일찍이 가는 것만이 아닌 것을……

간다간다 하지만 본래 그 자리요, 도착했다고 해도 본래 그 자리 인 것을. 가도 간 바 없고 와도 온 바 없다는 그 자리를 동파거사는 나로 하여금 생각하게 했다.

영원한 나그네, 바쇼芭蕉를 찾아
- 마쓰오 바쇼

가깝고도 먼 나라 일본, 하면 왠지 대립심부터 갖게 된다. 그럼에도 정서(情緖)의 동질감만은 또한 부인할 수 없다. 그들 문화의 원류가 우리에게서 비롯되었기 때문일 것이다.

수원지는 같으나 서로 다르게 피어난 꽃. 그럴수록 우리는 그들의 문학을 알지 않으면 안 된다. 보다 가까운 가시(可視) 거리에서 영향력을 서로 주고받기 때문이다. 더구나 일제 강점기를 거친 우리의 식자들은 당시 세계문학을 일서(日書)로 흡수했고, 자연스레 일본문학에 심취했다. 해서 나는 바쇼의 이름을 알기도 전에 어른들로부터 "아! 마츠시마여, 마츠시마여!"의 감탄사를 듣게 되었고, 마츠시마(松島)의 풍광을 진작부터 눈으로 확인하고 싶었다.

그동안 일본을 다녀올 서너 차례의 기회가 있었건만 그곳과는 잘 연결되지 않았다. 몇 해 전 동북 지방을 들렀을 때조차도 아오모리에서

이와테 현히라이즈미에 있는 바쇼의 동상

모리오카까지로만 제한되어 아쉽게도 발길을 접어야 했던 그 마츠시마의 숙원을 이제야 풀게 된 것이다.

≪에세이문학≫사가 기획한 해외문학기행 첫 나들이가 이루어졌다. 2004년 5월 26일, 우리 회원 33명은 서울을 출발한 지 두어 시간 만에 센다이(仙台) 공항에 닿았다. 시간은 정오 무렵, 바쇼뿐 아니라 수많은 시인들이 평생 여행하기를 꿈꾸었다는 무츠(陸奧). 그 동북 지방의 중심 도시인 센다이에 도착했다. 센다이 하면 마츠시마요, '마츠시마' 하면 또한 일본의 시성 바쇼(松尾芭蕉, 1644~1694)가 아닌가.

바쇼는 자신의 기행집 ≪오쿠로 가는 작은 길≫의 서문에서부터 이렇게 밝혔다.

여행용 바지의 해진 곳을 깁고, 삿갓 끈을 새로 달고 무릎 아래 경혈에 뜸을 뜨는 등, 여행 채비를 하고 있자니 마음은 어느새 예로부터 아름답기로 이름난 마츠시마 섬의 보름달에 먼저 가 있는 듯하다.

위에서도 알 수 있듯이 바쇼는 동북지방 여행의 목적 하나를 마츠시마로 꼽고 있다. 그러나 애석하게도 우리가 탄 버스는 마츠시마를 그대로 지나쳐 하나마키로 북진했다. 왜냐하면 3박4일의 짧은 일정 중에 서둘러 세 작가를 만나 보아야 했기 때문이다.

하나마키에서 미야자와 겐지(宮澤賢治) 그리고 다카무라 고타로(高村光太郎)의 오두막을 보고 다시 내려오면서 이시카와 다쿠보쿠(石川 啄木)의 기념관·제등가·신혼집을 찾아본 뒤 센다이로 돌아온 것은 5월 28일 하오였다. 버스에서 내려 신호등을 건너니 팻말 '바쇼(芭蕉)'가 먼저 눈에 띈다.

'바쇼의 교차로'라고 쓰여져 있다. 그것은 바쇼가 일찍이 센다이 성에 도착한 일을 기념해 오슈(奧州) 가도가 교차하는 센다이 중심지에 세운 나무 도표였다. 중국 항주에서는 어디를 가나 간판마다 '소동파'더니 센다이는 '바쇼'를 내놓고 있는 모양이다.

인솔자를 따라 처음 찾아간 곳은 즈이간사(瑞巖寺)였다. 절 입구에 다다르자 오른편 나무의자에 바쇼가 인형으로 앉아 쉬고 있다. 영낙없는 운수납자의 행색이다. 삭발한 머리에 모자를 쓰고 짚신의 끈을 발목까지 동여매고 봇짐 하나, 지팡이 하나에 의지한 채 걷고 또 걸어서 이 마츠시마를 찾아온 사람. 그는 한때 임제종 사찰에서 선(禪) 수행을 했고 특히 노장(老莊)에 심취했으며 이백과 두보를 좋아하였다.

1689년 5월 16일, 제자 소라(曾良)와 함께 에도(지금의 도쿄)를 떠나 일본의 동북 지방인 '오쿠(奧)'로 향했던 것이다.

그야말로 머나먼 변경의 하늘 아래에서 백발이 늘어날 만큼 고생하는 일이 있더라도, 그동안 들어보긴 했어도 눈으로 직접 본 적이 없는 명소와 유적지를 찾아 돌아보고 난 다음, 만약 살아 돌아온다면 더 이상 뭘 바랄 게 있으리.

그는 이런 소망을 안고 간신히 소카(草加) 역에 도착했다. 오슈 가도의 두 번째 역이다. 바쇼는 평생 동안 흠모해 마지않던 와카 시인, 사이교(西行) 법사의 자취를 찾아보고 싶어했다. 특히 와카의 명소인 이 동북 지방에 와서 변방에 산재해 있는 와카의 명소를 탐방하고 옛 시가에 읊어졌거나 전설의 무대가 된 장소, 산이나 강 또는 전쟁터나 묘지, 사원을 찾아 그곳에 얽힌 고사를 떠올리기도 하며 히라이즈미(平泉)에서 이복형에게 죽은 비운의 영웅 미나모토 요시츠네를 추모한다.

"여름 풀이여, 무사(武士)들이 공명(功名)을 꿈꾸던 자취"라는 하이쿠를 남기고 비극적으로 최후를 마친 사토 일가의 묘비 앞에서는 무사들의 영혼을 진혼한다. 남다른 감회와 풍광이 아름다운 그곳의 정취를 그는 많은 하이쿠로 남겼다.

하이쿠는 5·7·5의 17자로 대상의 어느 한순간을 포착해 내는 단형(短形) 시가(詩歌)다. 아무 설명도 없이 독자에게 불쑥 내던지는 하이쿠의 시세계. 독자는 문학적 상상력을 가지고 그 생략된 표현의 행간을 보완해 가면서 읽어야 묘미가 완성된다고 한다. 가령 바쇼의,

> 해묵은 연못이여.
> 개구리 뛰어드는
> 물소리

에서 '풍덩' 하고 정적(靜寂)이 깨어지고 만 본래의 그 적막(寂寞)함을 상상으로 다시 복원해 내는 경우가 그것일 것이다.

사실 은둔 생활을 박차고 그가 동북 지방을 향해 나그넷길에 오른 것도 자신의 문학을 위한 하나의 문학기행이라고 볼 수 있다. 그 성과물이 바로 ≪오쿠로 가는 작은 길≫이라는 책이다. 그는 여행을 통해 여러 지방에서 만난 문인들과 하이쿠 문학의 장을 마련하고 자신이 지향하는 하이쿠의 시적 세계를 전파하는 데 온 힘을 쏟았다.

당시 언어 유희에 가까웠던 하이카이(俳諧)를 예술로 완성시켰다는 평가를 받고 있다. 바쇼가 머물렀던 절, 즈이간사. 우리는 자그만치 수령

800년이나 된 거대한 삼나무 숲길을 밟고 들어가 그 절 법당에 참배했다. 그가 다녀간 흔적은 절 후원에 '바쇼 비'로 남아 있었다.

바쇼는 이곳에서 사이교 법사가 겐부츠(見佛) 법사 문하에서 공부한 일을 염두에 둔 탓인가. 이런 시를 남겼다.

마쓰오 바쇼의 비

> 법화경 설파하던 저 겐부츠 법사의
> 유적은 어디쯤일까
> 하고 그를 연모하는 마음이 일었다.

특히 다테 마사무네(伊達政宗) 가문과 유서 깊은 이 센다이 지방은 어디를 가나 그와 연결되어 있었다. 서암사와 오대당(五大堂) 역시도 센다이의 통치자였던 다테 마사무네가 재흥했다고 하며 중요문화재로 지정되었다.

우리는 옆으로 바다를 끼고 백사장을 밟으며 마츠시마의 해안을 따라 오대당에 이르렀다. 자각(慈覺) 대사가 오대명왕(五大明王)을 안치했다고 해서 붙여진 이름이다. 푸른 소나무와 어우러진 당우에서 내려다보는 마츠시마의 풍경은 가히 절경이었다.

하늘의 별처럼 이 마츠시마 만에 푸르게 떠 있는 크고 작은 섬은 무려 260여 개나 된다. 형상에 따라 재미있게 이름이 붙여졌다. 무장(武將)의 투구 모양을 한 가부도 섬. 몇천 년의 침식에 의해 괴기한 모양을 하고 있는 인왕도(仁王島)·금도(金島)·봉래도(蓬萊島), 짧지만 푸른 바다를 잇는 단청이 고운 붉은 다리, 도월교(渡月橋)를 지나니 거기가 오지마(雄島)였다. 특별한 달을 보기 위해서는 아마 이 다리를 건너야 했나 보다.

앙증맞게 예쁜 다리를 건너자 눈에 반갑게 들어온 오석 팻말은 '奧の
細道(오쿠로 가는 작은 길)' 그 아래 작은 글씨로 '雄島'라고 쓰여 있다.
이곳이 바로 그의 책 제목이 되고 있는 〈오쿠노 호소미치〉다. 좁다란
오솔길을 따라 오르니 곳곳에 바쇼의 시비가 보인다. 바쇼는 이곳 오지
마(雄島)의 풍경을 이렇게 적고 있다.

해는 벌써 정오에 가깝다. 배를 빌려서 마츠시마 섬으로 건너갔다. 시오
가마에서 마츠시마 섬까지는 뱃길로 20리 남짓 되는데 이윽고 오지마 섬
(雄島)의 해변에 도착했다. 예로부터 익히 알려져 있는 마츠시마 섬에 대해
서 언급하는 것은 새삼스러운 일 같지만 마츠시마 섬은 일본에서 풍경이
가장 아름다운 곳으로 중국의 동정호나 서호와 견주어도 결코 뒤떨어지지
않는다. (…) 무수한 섬들이 여기저기 흩어져 있는데 높이 솟아오른 섬은
하늘을 가리키는 듯하고, 낮게 옆으로 퍼져 있는 섬은 파도 위에 배를 깔고
누워 있는 것 같다. (…) 소나무의 푸름이 짙고, 나뭇가지나 이파리가 오랜
바닷바람에 시달려 휘어진 모습은 자연스럽게 만들어진 것인데도 마치 사
람이 일부러 휘게 해서 모양을 만든 것인가 생각될 만큼 아름다운 형상이
다.(생략)

그는 숙소로 돌아온 뒤 잠을 이루지 못했다. 선경(仙境)에라도 온 것
같은 기분이 들었다. 에도의 바쇼암을 떠나올 때, 친구가 마츠시마 섬을
소재로 지어 준 전별시를 꺼내 읽는다. 그리고 마츠시마를 읊은 산푸와
제자 조쿠시(濁子)가 지어 준 홋쿠도 꺼내 본다. 동행이던 소라는 이곳에
서 이런 시를 남겼다.

마츠시마여
학의 옷을 빌려 입고
날아오르라 두견새.

마침 울며 지나가던 두견새를 보고 소나무에 깃들인 학의 옷을 빌려 입고 날아오르거라 하는 감회를 노래한 듯싶다. 나는 시간을 거슬러 그들의 시심(詩心)과 해후하는 벅찬 감격을 누르며 잠시나마 오지마에 서 있었다.

바쇼암에 있는 바쇼 木像

눈앞에 바라보이는 나란한 두 개의 섬은 쌍자도(双子島), 그 가까이에 우아한 모습으로 떠 있는 것은 천관도(千貫島). 천관도는 마치 이집트의 스핑크스 같기도 하고 어찌 보면 푸른 바다에 몸을 반쯤 적시고 엎드려 있는 한 마리의 사자 같기도 했다. 정수리 위에 돋아난 소나무 한 그루가 특별해 보인다. 이 모습을 보고 바쇼는 말을 잃었던 것일까.

"마츠시마여! 아, 마츠시마여! 마츠시마여!"만을 거푸 세 번이나 불렀다. 해서 인구에 회자되고 있는 마츠시마.

300여 년 전, 바쇼가 이곳에 서서 바라보던 센간지마(千貫島)를 내가 서서 바라보고 있는 이 특별한 시간 여행. 바쇼 또한 사이교 법사가 버드나무 아래에서 하이쿠를 지었다는 아시노 마을을 찾아가 그 버드나무 아래에서 시를 짓고 또 능인(能仁) 법사가 머물러 시를 남긴 그 유적지를 방문해 사이교 법사의 하이쿠를 떠올리며 자신도 하이쿠를 남겼다. 이 모두가 감성으로서의 시간 여행이 아닌가.

바쇼는 진작부터 인생 자체를 하나의 시간 여행에 비유했다. 그는 '여행에 즈음하여' 자신의 책에서 이렇게 쓰고 있다.

해와 달은 영원한 여행객이고, 오고 가는 해(年) 또한 나그네이다. 사공이 되어 배 위에서 평생을 보내거나 마부가 되어 말 머리를 붙잡은 채 노경을 맞이하는 사람은, 그날 그날이 여행이기에 여행을 거처로 삼는다. 옛 선인들 중에도 많은 풍류인들이 여행길에서 죽음을 맞이했다.

사실 그가 흠모해 마지않았던 이백이나 두보, 그리고 일본의 유명한 와카 시인인 사이교 법사와 렝가(連歌)의 지도자였던 소기(宗祇)도 객사를 면치 못했던 것이다. 러시아의 톨스토이, 우리나라의 김삿갓, 프랑스의 랭보, 미국의 애드거 앨런 포 역시 나그넷길에서 숨졌다. 그뿐만 아니라 바쇼 자신도 여행길(오사카)에서 51세의 나이로 최후를 마쳤다.

41세에 바쇼는 "들판의 해골로 뒹구리라. / 다짐코 떠나가자니/ 바람은 살을 에이는도다"라는 하이쿠를 읊으며 비장한 각오로 노자라시(野ざらし) 기행을 떠나 '가시마 모데(鹿島詣)' 여행, '오이노 고부미(笈の小文)' 여행, 1688년 '사라시나(更科)' 기행, 1689년 '오쿠로 가는 작은 길'의 여행에 이르기까지 그의 생활은 거의 여행과 은둔의 연속이었다고 해도 틀리지 않으리라.

"가는 봄이여! 새 울고,
물고기의 눈에는 눈물"이라는 하이쿠로 시작하여 "가는 가을이어라"의 하이쿠로 끝을 맺고 있는 그의 기행집 ≪오쿠로 가는 작은 길≫을 보아도 바쇼의 인생 자체가 여행임을, 그리고 지나간다는 것의 덧없음, 애상(哀傷), 허무함, 이런 것들이 그의 문학에 근저를 이루고 있음을 알 수 있다.

봄의 첫날
나는 줄곧 가을의 끝을 생각하네.

아주 오래전에 나는 우연히 그를 이 시구와 만났다. 인생의 시종(始終)을 관통하는 명료한 이 한 마디에 붙들려 이따금씩 인생의 봄과 가을, 그리고 첫날과 끝에 대해 생각해 보게 되던 것이다.

"가는 봄이여!" "가는 가을이여!"

'여즉인생(旅卽人生)'이라던 나그네, 바쇼와 만나 이런 감회에 젖고 있었다.

에도를 떠나 6000여 리의 긴 여정을 5개월도 더 걸려서 걷고 또 걸어서 이 지방을 다녀간 사람 바쇼(芭蕉).

하긴 걷는 것만큼 확실한 체감이 다시 있을까?

우주를 온몸으로 교감하면서 '대저 하늘과 땅은 만물의 주막집이며, 시간(光陰)이라는 것은 백대(百代)의 지나가는 나그네'던 이백의 시구가 겹쳐온다. 임종에 이르러 쓰여진 그의 마지막 하이쿠.

여행길에 병 드니
황량한 들녘 저편을
꿈은 헤매이는도다.

들판에서 혼자 낙조를 만날 때처럼, 그 시구는 내 마음을 얼룩지게 한다.

2.
삶이란 움직이는
그림자일 뿐

보들레르
아쿠타가와 류노스케
폴 베를렌느
다자이 오사무
에드거 앨런 포
오스카 와일드

취해라, 술에, 시에 그리고 사랑에
- 보들레르

"파리에 가고 싶다. 그러나 파리는 멀리에 있다."

어느 시인은 그렇게 파리를 동경했다. 나는 지금 시인이 동경한 파리의 한 복판에 와 있다. 서울에서 가져온 묘지 안내도는 실제와 달라서 낯선 이국의 묘역을 한참 동안 헤매지 않을 수 없었다. 묘비들에 새겨진 이름을 읽어 내려가며 내 눈은 오직 보들레르(Charles −Pierre Baudelaire 1821 −1867)만을 찾고 있었다.

파리와 몽파르나스에 대한 갈망과 집착은 보들레르 때문이었다 해도 과언이 아니다. 김붕구 선생의 역저 ≪보들레르≫를 펼치면 머리말에 앞서 몽파르나스 묘지에 있는 보들레르 기념비 사진이 나온다. 턱을 괴고 사색에 잠긴, 그 아래 수의를 감고 누운 또 하나의 사내를 내려다보는 심상치 않은 눈빛, 몽파르나스 묘지는 그 사진 한 장으로 내게 입력되었다. 우리 집 서가에서 그의 이름과 이따금씩 눈을 맞추며 적지 않은 세월을 보내 온 보들레르, 왠지 그가 남 같지 않았다. 나는 아무라도 붙잡고 보들레르를 찾아 파리에 왔노라고 말하고 싶었다.

시계를 맡기고 안주 없이 빈속에 빼갈로 가슴에 불을 지피던 가난한 대학생 시절. 〈실험극장〉 동지들과 서울문리대 앞에 있는 진아춘에서 어울리고 있을 때였다. 불문학도인 C가 벌떡 일어나더니 혀 꼬부라진 소리로 이렇게 외쳤다.

취해라. 우리는 취해야만 한다.
술에, 시에, 그리고 사랑에.

그는 깃발처럼 간헐적으로 손도 흔들었다. 누군가가 되받아 술에, 연극에, 그리고 사랑에로 고쳐 말했다. 끔찍한 시간의 무게를 느끼지 않기 위하여 끊임없이 취해야 한다던 보들레르의 시였다. 원문이 '술에, 시에 또는 덕성에'임을 알게 된 것은 나중 일이었다.

삐거덕거리는 층계를 올라 진아춘 이층 다다미방에서 듣던 장대비 소리는 우리를 데카당스에 젖게 만들었다. 60년대에 쏟아져 들어온 전후 (戰後)문학과 세기말 현상도 당시 우리의 정서를 그렇게 지배했다. 보들레르의 단 한 권뿐인 시집 ≪악의 꽃≫을 "데카당스의 성전(聖典)과 같다."고 한 이는 그의 친구인 시인 고티에였다. 내 마음의 끌림은 그 때문이었는지도 알 수 없다. 빅토르 위고는 이 시집에 대해 "그대는 새로운 전율을 창조했다"라며 격찬을 아끼지 않았다. 20세기에 들어와 폴 발레리는 "보들레르는 영광의 절정에 있다. 300페이지도 못 되는 작은 책자 ≪악의 꽃≫은 가장 고명하고 가장 거대한 작품들과 그 평가를 다투고 있다."라고 찬탄한 바 있지만 사실은 베를렌느, 랭보, 말라르메 등 몇몇 상징파 시인들의 공감을 제외하고는 그는 거의 동시대인의 이해와 사랑

보들레르

보들레르 조각상

을 받지 못했다. 오히려 풍속을 문란케 한다는 이유로 고발되어 벌금형과 함께 시집에서 시 6편이 삭제되기도 했다.

그러나 보들레르 자신은 이 시집에 대한 자부심이 대단했다. 친구에게 보낸 편지에 "이 지독한 책 속에 내 모든 생각과 마음과 종교와 증오를 쏟아 놓았다."라고 적었을 정도였다. 어찌 보면 그는 이 한 권의 책을 세상에 남기기 위해 태어난 사람 같기도 했다.

고티에는 ≪악의 꽃≫을 이상(理想)에의 갈망, 배반과 반역, 우울과 무상(無常), 퇴폐와 신성 등의 무수한 모순을 집대성한 하나의 우주라고 보았다. 사실 보들레르만큼 복잡한 내면을 지닌 사람도 흔치 않으리라. 그는 내면(內面)일기 〈나심(裸心)〉에서 이렇게 쓰고 있다.

사람은 누구나 언제고 양쪽으로 향하는 두 마음을 동시에 지니고 있다. 하나는 신(神) 쪽으로, 또 하나는 사탄 쪽으로.

그는 아주 어렸을 때, 벌써 가슴 속에서 두 개의 모순된 감정을 느꼈다고 고백했다. "삶의 끔찍함과 삶의 환희"를. 이 말은 보들레르 자신의 실생활이나 작품 세계를 단적으로 드러내는 데 가장 적합한 말일 듯싶다. 일찍이 그는 삶의 고통을 감지했고 인생을 지옥으로 보는 한편, 잔인한 관능적 쾌감에 몸을 던져 전율했던 조숙한 천재였다. 어린 나이에 아버지를 잃고, 의부의 손에 이끌려 기숙사로 들어간 것은 11살 때로 "아! 내 넋은 금이 갔네"라며 당시의 심정을 토로했다. 가족과 친구들 사이에서조차 영원히 고독한 운명이라는 것을 느꼈다는 이 가엾은 소년이 태어난 집부터 나는 찾아보기로 하였다.

카르티에 라탱의 오트푀이유 가(街) 15번지는 찾기 어렵지 않았다. 생 제르맹 대로와 면해 있는 우측의 5층 건물이었다. 2층 건물 벽면에 "시인 샤를 보들레르가 1821년 4월 9일에 태어난 집"임을 알리는 표지판이 붙어 있었다. 예전에 책방이 있었다는 일층은 내부를 수리하느라고 주변이 부산스러웠다. 여기서 길을 건너면 생 제르맹 테프레 교회가 나오고 교회 뒤편에는 화가 들라쿠르아의 집이 있다. 들라쿠르아 미술관이 된 그의 집에서 마네가 그린 보들레르의 초상을 볼 수 있었다. 보들레르는 기품 있고 예술을 사랑하는 노신사, 자칭 화가였던 62세의 아버지와 신앙심 깊고 정숙하며 아름다운 28세의 어머니 사이에서 태어났다. 그의 미술에 대한 남다른 열정과 취미는 부친에게서 이어받은 것으로 추정된다. 생활이 곤궁해지자 손을 댄 미술 평론은 그후 ≪1845년의 미전평(美展評)≫으로 묶여져 나와 그를 19세기 최고의 미술평론가로 떠오르게 하였다.

호기심이 많고 반복적인 것에 싫증이 난 사람들은 추한 것에서 즐거움을 얻는다고 한다. 그것은 미지(未知)의 것에 목말라 하고 끔찍한 것들을

아주 좋아하는 신비스러운 감정 상태에서 온다는 것이다. 보들레르가
그랬다. 그는 추하고 기이한 것에서 아름다움을 발견했다.

"조금 기형(畸型)이 아닌 것은 잘 감지되지 않는 것 같다. 이로 인하여
파격, 다시 말해 예상 밖의 현상이 주는 놀라움은 아름다움의 특징이자
본질적인 부분이 되는 것"이라고 아름다움에 대한 자신의 견해를 밝히기
도 했다. 탐미주의자 보들레르는 아름다움이라면 그것이 신의 것이든,
악마의 것이든 개의치 않는다고 〈미의 찬탄〉에서도 스스로 선언한 바
있다.

오 아름다움이여! 이 엄청나고 무시무시하고, 순진한 괴물이여! (…) 너로
하여 세상이 덜 흉측해지고, 순간들이 덜 무겁게 된다면 네가 신(神)의 것이
든 악마의 것이든, 네가 천사이건 인어이건 그것이 뭐가 중요하겠는가?

그러나 보들레르 앞에 나타난 미의 대상은 천사도 아니고 인어도 아닌
흑백 혼혈녀 쟌느 뒤발이었다. 14년 동안 동거와 별거를 되풀이하며 애
증과 저주 혹은 사디즘과 마조히즘의 대상이었던 이 '검은 비너스'를 보
들레르는 자신의 시집 ≪악의 꽃≫에 자주 등장시켰다. 보들레르가 쟌느
뒤발을 만난 것은 팡테옹 근처의 삼류극장이었다. 결코 예쁘게 생기지도
않았고 극단의 말단 배우였던 흑백 혼혈인 그녀에게서 보들레르는 독특
한 미를 발견한다. 이미 정신도 육체도 찌들어 있는 심한 알코올 중독자
였던 쟌느 뒤발은 보들레르에게 자주 큰돈을 요구해 왔고 게다가 행실조
차 좋지 않았다. 이따금씩 부정을 저질러 그를 괴롭혔음에도 불구하고
보들레르는 병들어 비참하게 된 그녀를 끝까지 돌봐 주었다.

고뇌의 사념으로 시달리는 내 마음에
콱 찔린 비수와 같이 박혀 있는 너.(…)

뤽상부르 보들레르상

그 불결한 너에게, 나는 비끄러매었다.
수인(囚人)이 쇠사슬로부터 도망치지 못하듯이.

위의 시에서 알 수 있듯이 보들레르는 그녀에게 단단히 묶여 있었다. 대체 무엇이 이 위대한 시인의 혼을 사로잡은 것일까? 그로테스크한 그녀의 관능과 악. 거기에서 보들레르는 자유롭지 못했다.

보들레르는 '잔인성과 관능적 쾌감은 극도의 더위와 추위처럼 동일한 감각'이라고 생각했다. 그는 사랑의 유일한 즐거움, 즉 최상의 즐거움은 '악'을 확실하게 행할 수 있다는 데 있다고까지 말하였다. 쟌느 뒤발을 통하여 그는 '악'을 실험하고 그 실험에 도취되어 악이 내뿜는 미의 유혹에 전율하고 싶었던 것일까? 만약 보들레르 앞에 쟌느 뒤발이 나타나지 않았더라면 시집 ≪악의 꽃≫은 없었으리라고 보는 연구가들도 있다. 어머니에게 보낸 편지(1857년 7월 9일)에서 그는 이 책에 대해 명쾌하게 밝히고 있다.

≪악의 꽃≫이란 제목이 모든 것을 다 말하고 있듯이 이 책은 차디차고 불길한 아름다움으로 덮여 있습니다. 어머니, 이 책은 분노와 인내 속에서 만들어졌습니다.

보들레르가 말한 '불길한 아름다움'은 이 책의 중심 주제를 이루는 죽음, 우울, 서글픈 관능, 이교도적인 감수성, 그로테스크한 탐미주의, 죽음에 대한 강박관념 등이 아닐까 싶다. 그는 "우울은 아름다움의 빛나는 반려자라고 할 수 있는 반면, 기쁨은 아름다움에 대한 가장 저속한 장식물 중의 하나"라며. 이미 불행이 없는 아름다움이란 떠올릴 수도 없게 되었다고 말한다. 자신이 불행해지면 불행해질수록 자신의 긍지는 더욱 커진다는 것이다.

보들레르는 스스로 천형(天刑)에 처해진 시인이었다. 비너스로 일컬어지던 세 여인이 옆에 있었지만 그는 철저한 고독감과 생활의 곤궁, 절망, 매독의 재발, 히스테리와 분열증에 시달렸다. 때로는 깨진 자아의 거울로 자신의 얼굴을 보며 피를 흘렸고, 그리고 땅 위에 쓰러졌다. 그는 메피스토텔레스에게 영혼을 판 파우스트처럼 자신의 잠든 영혼을 깨우기 위해, 악마와 손을 잡는 일도 마다하지 않았다.

마약에 손을 대고 관능적 쾌락에 탐닉하며, 추악미를 예찬하고 방종과 낭비를 일삼아 금치산자(禁治産者)로 선고받아 인생에 있어서는 실격자가 되었으나 시에 있어서만은 그렇지 않았다. 병상에 누워서도 시작(詩作)에 서만은 구두점 하나까지도 완벽함을 추구하는 까다로움을 보였다.

그는 센 강 가운데의 섬, 생 루이도 피모당 관(Hotel Pimodan 현재 Hotel Lauzun)에 정착, 거기서 2년을 보냈다. 그의 시작(詩作)에 있어 절정을 이룬 아주 중요한 시기였다. 화가 봐사아르(Boissard)가 살던 이 피모당 관의 응접실에서는 밤마다 아쉬쉬(마약) 클럽의 모임이 있었다. 나는 광란의 밤을 떠올리며 후일 보들레르에게 〈인공낙원〉이라는 약물에 관한 논문을 쓰게 했다는 피모당관으로 발걸음을 옮겼다.

온갖 물리적 한계와 제약에 싸인 나약한 존재인 인간으로 하여금 모든 사물을 껴안게 되는 우주적 사랑 즉 우주적 일체감을 위해 그는 약물을 사용(試用)한다고 서슴없이 말했다. 예술 창작의 효과를 높이기 위해 영감제로 사용되던 아쉬쉬는 환각과 광란의 밤을 연출케 했다. 여자 옷을 입고, 립스틱을 진하게 바른 남장 여인들이 벌이는 무도와 시 낭독, 이 모임에는 빅토르 위고, 뮈세, 발자크, 고티에, 보들레르 등이 참석했고 마담 사바티에의 얼굴도 간혹 보였다. 기라성 같은 이름을 적어 나가며 동시대적인 이들의 합석이 부럽기만 했다.

예술은 그것이 추구하는 희귀한 목표에 걸맞는 희생이 따랐을 때에만 가장 강력한 효과를 얻는다는 그의 말을 떠올리며, 나는 로죙관을 찾아 시테섬에서 생 루이도(島)를 건넜다.

바로 눈앞에 또 하나의 다리, 쉴리 교가 나타났다. 그 다리와의 사이에 왼편으로 우뚝우뚝하게 세워진 건물들이 보였다. 웅장한 대저택의 나무 숲은 꺾여진 돌담을 끼고 길게 이어졌다. 〈랑베르관〉이라는 표지 밑에 루소와 데카르트가 살았다는 기록이 보이고 바로 다음 집에 화가 도미에가 살았다는 표지와 함께 숫자 9가 명기되어 있다, 11과 13 그리고 15번지를 지나니 바로 네 번째 집이 로죙관이었다. 당대의 유명 작가들이 예술혼을 불러들이기 위해 한 판 영혼의 굿판을 벌였던 앙쥬 17번지. 보들레르가 살던 그 집이었다.

내 키로 두 배가 족히 넘을 듯한 육중한 나무 대문 위에 붙은 〈호텔 드 로죙(Hotel De Lauzun) 1657〉이라는 명판이 말할 수 없이 반가웠다. 1657년에 지어진 이 집은 루이 14세의 총애를 받던 로죙 공의 소유가 되어 로죙관으로 불리다가 한때는 피모당 후작이 사들여 피모당관으로 불리기도 했는데, 1900년에 파리 시가 사들여 다시 로죙관으로 명명하고 파티 장소로 사용했다고 한다. 요일을 정해 일반 관람도 허용하는데, 내가 방문한 날은 해당 요일이 아니기 때문에 그의 방 안으로 들어갈 수는 없었다. 대신 작가 방빌의 기록을 떠올려 보았다.

이 훌륭한 건물에는 왕후들도 거처할만한 방이 많았지만 보들레르의 방은 그 자신의 모습 그대로였다. 그는 협소하고 천장이 높은 방을 골랐다. 창밖으로는 강물이 내다보였다. 빨갛고 까만 풀무늬 벽지의 벽에는 들라쿠르와의 그림이 걸려 있었다고 한다.

창문을 통해 보들레르가 자주 눈길을 보내던 센 강이 지금도 로죙관

앞을 흐르고 있다. 나도 강물에 눈길을 보내다가 4층 건물의 맨 꼭대기에 있었다는 그의 방을 올려다본다. 그는 죽음에 대한 강박관념 때문인지 죽음과 무덤에 대한 시를 특별히 많이 썼다.

"무덤과 파괴에 대한 생각을 모두 내쫓는 낙원에서 헤매고 있었다."는 그의 낙원의 방을 머리를 들고 올려다보자니 자꾸만 목젖이 아파 왔다. 〈파멸〉이라는 시도 이곳에서 쓰여졌지 싶다.

> 노상 악마가 내 곁에서 우글거린다.
> 만질 수 없는 공기처럼 나를 싸고 감돈다.
> 놈을 꿀꺽 삼키면 내 허파는 타는 듯하고
> 죄 많은 영원의 욕망으로 꽉 차버린다.
> 때로 놈은 예술에 대한 나의 큰 사랑을 눈치 채고
> 가장 매혹적인 여인으로 둔갑하여
> 위선자의 그럴듯한 구실을 가지고
> 내 입술을 더러운 미약(媚藥)에 맛들이게 만든다.

예술에 대한 나의 큰 사랑을 눈치 챈 '놈은 위선자의 그럴 듯한 구실을 가지고 더러운 미약을 맛들이게 한다'고 보들레르는 그놈의 정체를 빤히 응시한다. 그러면서 ',나는 칼이자, 상처',이며 '희생자이자 가해자'라는 이중적 자아의 모순을 냉정히 관찰하는 것을 잊지 않았다. 그는 진짜 시인이었다. 말없이 시간을 실어 나르는 센 강의 흐름을 한참 지켜보다가 나는 그 자리를 떴다. 이미 시간에 실려 간 그를 내 마음 속에서 복원해 보려고 했으나 부질없는 짓 같았다. 지나가는 것은 지나가게 내버려 두어야 할 뿐, 모든 것은 다만 이렇게 지나갈 뿐이라는 생각이 들어서다. 인생도, 사랑도, 아픔도…. 별안간 목이 말랐다.

해질 무렵, 보들레르의 생가에서는 15분 정도 떨어진 뤽상부르 공원을 찾았다. 사르트르와 보부아르가 함께 거닐던 공원, 우리 부부도 손을 잡고 다섯 살배기 보들레르가 늙은 아버지의 손을 잡고 걸었다던 길을 따라가 보았다. 라탱구 퀴타(학생가)에서 가까운 때문인지 젊은 대학생들이 많았다. 독서를 하거나 일광욕을 즐기는 이들의 모습이 눈에 띄고 입구 근처에서는 작은 음악회가 열리고 있었다. '시인의 뜰'이라는 이름대로 작가들의 동상이 군데군데 서 있었다. 스탕달을 기점으로 조르쥬 상드·들라쿠르아·베토벤·베를렌느·쇼팽·보들레르·파브르의 조상(彫像)이 타원형으로 이어진다. 예술 천국이다. 유독 베를렌느의 동상 앞에 많은 사람들이 운집해 있었다. 베를렌느의 동상을 끼고 왼쪽으로 굽어 드니 보들레르의 반신 석상이 마로니에 꽃이 붉게 핀 나무 그늘 아래 자리하고 있다. 어림잡아 높이 150센티미터는 될 듯한 석비에 〈등대〉의 마지막 연이 새겨져 있었다.

왜냐하면 주(主)여
오랜 세월을 구르고 굴러
영원한 당신의 가장자리에 와서 죽는
이 뜨거운 눈물은
우리의 존엄성에 대한
우리가 할 수 있는
가장 훌륭한 증명이기 때문입니다.

보들레르 그는 미치광이처럼 살았으나 누구보다도 존엄한 인간이었다.
그동안 자행된 '인간의 타락은 그것이 아무리 경악스러운 것이라 할지라도 인간의 무한성(無限性)에 대한 취약함을 입증하는 것(인공낙원)'이라는 그의 말을 빌어 보면 그것은 인간의 마지막 한계에 대한 도전인 것으

레르가 죽은 돔가 1번지 정신병원   보들레르의 묘

로 자신의 몸을 도구로 삼았던 한 예술인의 실험정신으로 읽혀진다.

자신의 몸을 온갖 도구로 소모하고 마침내 그는 브뤼셀에서 쓰러졌다. 반신불수의 몸을 이끌고 실어증에 걸린 채 마흔여섯 살의 나이로 파리에 돌아온 것은 1867년 7월 2일이었다. "영광스럽게가 아니면 결코 돌아오지 않겠다."던 파리에 그는 폐인이 되어 돌아왔다. 나는 그가 입원했던 돔(Dome)가의 정신병원 앞에서 어느 날 이른 아침 서성거리고 있었다.

정신병원에서 가족을 면회했던 내 어릴 적 기억은 그 시간을 고통스럽게 했다.

개선문의 왼쪽 편에 위치한 에투알 광장, 돔가 1번지. 대문 왼쪽에 세워진 표지판에 붉은 글씨로 '보들레르의 마지막 날들', 흰 글씨로 '1867년 8월 31일, 46세의 나이로 보들레르가 이곳에서 어머니 품에 안겨 죽었다.'라고 쓰여 있다. 일층 창가엔 쇠창살이 촘촘하게 쳐져 있고 붉은 덩굴장미가 그 위를 덮고 있다. 쇠창살과 장미. 그것도 내겐 ≪악의 꽃≫을 상징하는 것처럼 보였다. 이곳에서 지낸 약 두 달간의 정황을 유추해 본다. 어머니의 따뜻한 보살핌 속에서 요람기로 되돌아간 아기처럼 누워 그는 어머니의 품에서 숨졌다.

"어머니, 우리는 다시 행복해질 수 있을까요?"

이따금씩 그의 말이 아프게 떠오르곤 했다.

누군가는 여름을 환각(幻覺)이라고 말했다는데, 보들레르야말로 환각의 여름만을 살다가 간 생애가 아닌가 싶다. 봄과 가을과 겨울도 없이. 오직 그는 작열히는 태양 아래 숨막히는 폭염의 인생만을 살다 간 듯해서 가슴이 아파 왔다.

1867년 9월 2일, 그가 몽파르나스 묘지에 묻히던 날은 생트 뵈브, 아슬리노, 마네, 폴 베를렌느 등 60여 명의 친구들이 자리를 함께 하였다. 장례식이 치러지던 그 날은 비바람이 사납게 몰아쳤다고 한다. 나는 지금 그의 무덤 앞에 서 있다.

> 달팽이 우글대는 차진 땅에다
> 깊은 구멍 하나를 내 손수 파련다.
> 거기 한가로이 내 늙은 뼈를 묻어
> 망각 속에 잠들련다. 물결 속에 잠긴 상어 모양.
> 나는 유언도 싫다. 무덤도 싫다.
> 죽어 남의 눈물을 빌기보다는
> 나 차라리 살아서
> 뭇 까마귀 떼를 불러들여, 더러운 내 몸
> 샅샅이 쪼아 피 내도록 버려두리.
>
> ─ 〈쾌활한 주검〉 중에서

그의 시가 무덤 위에 겹쳐진다.

보들레르의 무덤은 사르트르의 무덤에서 멀지 않은 곳에 있었다. 묘비 맨 위에는 의부 오픽 장군의 기록이 적혀 있고 가운데에 있는 보들레르의 기록은 단 석 줄뿐. 섭섭하게도 이름과 출생과 사망 일자뿐이다. 그 밑에 어머니의 기록은 여덟 줄. 오픽 장군의 10줄의 기록 사이에 낀 보들레르의 처지가 조금은 딱해 보인다. 나는 누렇게 퇴색한 그의 묘비를 손바닥으로 쓰다듬었다.

"갈보들을 너무 사랑한 나머지 젊은 나이로 땅두더지 왕국으로 떨어진 자, 여기 잠들도다."라는 그의 묘비명 같은 것은 보이지 않았다.

그는 땅두더지가 아니라 드높은 창공을 날고 싶어하던 한 마리의 거대한 바닷새였다. "잃었던 자유를 향한 힘찬 비상"을 꿈꾸는 알바트로스였다. 거대한 몸집의 이 새는 큰 바람이 불어야만 두 날개를 펼치고 떠오르듯이 보들레르는 웅지를 갖고도 창공의 뜻을 펴지 못한 채, 속세의 몰이해로 따돌림 당한 자신의 운명을 새에 견주어 꿈꾸는 알바트로스를 그렸던 것이 아닐까. 추락한 알바트로스!

나는 준비해 간 장미 한 송이를 그의 무덤에 바쳤다. 무덤 위에는 바람에 날아갈까 봐 작은 돌멩이를 얹어 둔 쪽지들이 있었다. 보들레르를 좋아하는 사람들이 그에게 바치는 헌사였다. 셈해 보니 모두 열 한 장. 나도 메모지를 꺼내 "보들레르 씨에게"로 시작하여 간단히 몇 자를 적었다. 그러나 연서(戀書)는 되지 못했다.

묘지 북쪽 벽에 기대어 있는 그의 추모비는 김붕구 선생의 책에서 본 사진 그대로였다. 두 개의 조각상 중 수의(壽衣)를 감은 남자가 관 위에 누워 있고, 다른 하나는 벽과 닿아 있는 높은 석주(石柱) 위에 턱을 괴고 올라 앉아서 아래의 남자를 빤히 내려다보고 있는 음울한 조상이었다. 마치 우리들 자신 안에 있는 죽음을 들여다보라고 넌지시 말하고 있는 듯했다.

"두 손에 턱을 괴고, 높은 지붕 밑에서 나는 보리라." 하는 그의 《풍경》의 시구가 바로 이것이구나 싶었다.

그걸 바라보며 벤치에 오래 앉아 있었다. 그때 까마귀 떼가 내 머리 위를 낮게 선회하기 시작했다. 검은 물체는 금방이라도 내 어깨를 툭 하고 칠 것만 같았다. 검은 망토 자락을 휘두르는 까마귀는 보들레르의 화신이라도 되는 것 같았다. 까악!

그 순간 니는 "꾸아 꾸아 / 아무것도 아니다"라는 르나르의 시구가 생각났다. 그는 '꾸아'를 왜(Pourquoi)로 듣고 거기에 단답(短答)을 붙였다. 왜(?)라는 커다란 물음 앞에 인생은 결코 아무것도 아니라는 뜻 같다. 정말 아무것도 아닌 인생을 왜 보들레르는 그토록 격렬하게 온몸으로 부딪치며 살았던 것일까?

"영혼의 문제를 심각히 다루는 자만이 고통을 느낄 것이다. 바보처럼"이라고 노래하고 자신이 그것을 범해 버린 보들레르는 정말 바보가 아니었을까? 시인으로서 말을 잃어버리고 정신을 놓고 간 그는 정말 바보였다. "삶의 조건을 받아들이지 않은 인간은 누구나 자기의 영혼을 판다(인공낙원)"더니 마침내 그는 자신의 영혼을 팔아 버린 예술가가 되고 만 것이다. 그의 생애는 바로 예술가로서의 처절한 한 판의 결투였다. 공포의 비명을 외치는 한 판의 결투는 그러므로 '아름다움'에 바쳐진 순교에 다름 아니었던 것이다. 그는 순교자였다. 나는 여기까지 생각하고는 그만 눈시울이 뜨거워졌다. 까마귀 떼가 내 시야를 어지럽히는 그곳에 한참이나 서 있었다.

목숨과 바꾸어도 좋을 만한 '그 황홀한 불꽃'
- 아쿠타가와 류노스케

아쿠타가와 류노스케(芥川龍之介)는 '인생은 한 구절의 보들레르를 능가하지 못한다.'는 유명한 말로 자신의 창작 활동을 시작하여 '인생은 지옥보다도 지옥적'이라는 말로 일생을 마감한 작가이다.

평범하지 않은 한 작가를 이해한다는 것은 사실 얼마나 어려운 일인가. 더구나 요절한 천재 작가의 경우에는. 아쿠타가와는 겨울잠을 자는 누에처럼 내 안의 어둠 속 동굴에 오래 머물러 있었다. 그의 나이를 두 배로 산 지금에서야 날려보낸다. '벽에 날아와 앉은, 잠자리의 투명한 날개는 슬픔이어라' 친구가 그에게 바친 추모시다. 잠자리, 투명한 날개, 슬픔, 이 세 마디로 그의 이미지를 압축할 수 있을 것 같다.

아쿠타가와 류노스케

작가의 삶과 작품은 떼려야 뗄 수 없는 불가분의 관계다. 작가의 내면
화된 현실세계가 곧 작품으로 반영되기 때문이다. 특히 아쿠타가와 류노
스케의 만년에 해당하는 작품 ≪톱니바퀴≫, ≪어느 바보의 인생≫ 등은
절망적인 파국의 끝에서 쓰여졌다. 자살하기 직전에 쓰여졌으면서도 예
리한 의식에 의한 비판을 잊지 않고 있다.

≪톱니바퀴≫는 스스로 죽음을 선택하는 한 인간의 심상(心像)을 의식
의 흐름이라는 수법으로 그려내고 있으며 ≪어느 바보의 일생≫은 임종
의 지전에서 역(逆)조사 된 반생(半生)의 기복을 패배와 자조의 뜻을 섞어
써내려간 일종의 고백록이라고 할 수 있다.

죽음에 저당 잡힌 사람이, 스스로 죽음을 선택하면서 죽음으로부터
놓여나는 그 심리적 과정을, 그리고 '죽음과 놀고 있다'는 놀라운 그 평정
심을 나는 작품 속으로 들어가 만나보고 싶었다.

삶이 어떻게 문학으로 이어지는가?

삶이란 고통의 상태에서 끊임없이 죽어가는 거라던 쇼펜하우어의 견
해를 아쿠타가와 그는 '사바고(娑婆苦)'로 대신했다.

'인생의 비극 제1막은 부모자식이 되었다는 데서부터 비롯된다.'는 통
절한 그의 일갈과 '인생은 지옥보다도 지옥적'이라는 인생에 대한 통찰
은 더 이상 추락할 수 없는 심연의 지점에까지 우리를 내려놓는다. 유서
에서 발견된 그의 시 한 구절이 오랫동안 나를 멍하게 하였다.

'자조(自嘲)의 눈물방울이여, 코앞에 땅거미만 지네.'

아쿠타가와 류노스케는 1892년 3월 1일 도쿄 교바시(京橋)의 이리후네
정(入船町)에서 니바라 도시조(新原敏三)의 장남으로 태어났다. 용의 해, 용
의 달, 용의 날, 용시(辰年辰月辰日辰時)에 태어났다고 하여 류노스케라는
이름이 지어졌다. 생후 7개월 경, 어머니가 정신이상을 일으켜 외삼촌인

아쿠타가와가 살던 집의 주소를 찾아간 곳.

아쿠타가와 도쇼(芥川道章)의 양자로 가게 되었다. 어머니의 광기가 유전
될지도 모른다는 공포감은 평생 그를 괴롭혔고 결국 그를 자살로 몰고
가는 하나의 원인이 되기도 하였다.

양자로 간 집은 생활은 윤택하지 못했으나 문예를 사랑하는 분위기의
가정이어서 덕분에 문학적 감수성이 풍부한 소년으로 자라게 되었다.
1917년 제1고등학교를 거쳐 도쿄제국대학 영문과에 입학하여 2등으로 졸
업했다. 재학 중에 구메 마사오(久米正雄), 기쿠치 칸(菊池寬) 등과 함께 동인
잡지 ≪신사조(新思潮)≫를 펴냈으며 1916년 동인지에 발표한 단편소설
〈코〉가 나쓰메 소세키의 격찬을 받음으로써 화려하게 문단에 등단했다.
나쓰메 소세키는 그를 아껴 장녀 후데코의 사윗감 제1후보로 꼽았으며
"공부를 하고 있습니까, 뭔가를 쓰고 있습니까? … 모쪼록 유명해지십시
오. 단지 멍하니 있어서는 안 됩니다. 우직한 소처럼 묵묵히 앞으로 나아
가는 것이 가장 중요합니다."라는 격려의 편지를 보내기도 했다. 그러나

그는 나쓰메 선생이 제시한 '우직한 소'가 되지 못하고 불 속에 뛰어든 불나비처럼 35년 4개월이라는 짧은 생애를 스스로 끝내고 말았다.

1927년 7월 24일 이른 아침, 그의 자살 보도는 일본 문단에 엄청난 충격을 주었고 그의 죽음을 둘러싸고 많은 논의가 있었다. ≪오사카 아사히 신문≫은 그의 자살을 '거대한 시대의 그림자'로 다루었고 잡지 ≪중앙 공론≫에서 '아쿠타가와 류노스케 씨의 죽음과 예술'이란 특집란에 오야마 이쿠오는 〈실천적 사기 파괴의 예술〉이라는 글을 썼다. 사실 그의 자살은 '한 시대의 종언'을 상징하기에 충분한 예감을 불러 일으켰던 것이다.

아쿠타가와는 〈어느 옛 친구에게 보내는 수기〉에서 자살의 동기를 'ぼんやりした 不安'이라고 쓰고 있다. 도대체 '몽롱한(혹은 막연한)불안'이란 무엇이며 그것 때문에 사람이 자살할 수 있단 말인가? 적지 아니 궁금했다. 더구나 철저히 준비된 7통의 유서를 남기고 한 점 흐트러짐도 없이 자살의 방식을 취한 그를 두고 아쿠타가와 류노스케다운 '귀면(鬼面)의 예술의 완성'이라고 평가하는 사람들도 있었다.

아쿠타가와의 자살은 결코 즉흥적이거나 충동적인 것이 아니었다. 그 자신 2년 내내 죽음만 생각했다고 술회하듯 오랜 사유를 거쳐 스스로 도달한 결론이었다. 친구 구메 마사오에게 보낸 유서에 이렇게 적고 있다.

'… 아무도 아직 자살자의 심리를 있는 그대로 쓴 자는 없다. (중략) 나는 자네에게 보내는 마지막 편지 속에 똑똑히 그 심리를 전하고 싶다. 내가 자살하는 동기는 (중략) 뭔가 내 장래에 대한 단지 멍한 불안이다. 마인렌더(염세주의 철학자)는 추상적인 말로 교묘하게 죽음으로 향하는 도정(道程)을 그릴 것이다. 하지만 나는 좀 더 구체적으로 같은 것을 그리고 싶다. (중략) 내 ≪어느 바보의 일생≫ 속에서 대부분 나타나 있다고 생각한다. (중략)

첫째로 어떻게 하면 괴로워하지 않고 죽을까 하는 것이었다. (중략) 그리고 내가 생각한 것은 자살하는 장소였다. (중략) 그러나 나는 수단을 정한 후도 거의 생에 집착하고 있었다. 따라서 죽음으로 뛰어들기 위한 스프링보드(spring board)를 필요로 했다. (중략) 마지막으로 내가 궁리한 것은 가족들이 눈치 채지 않도록 교묘하게 자살하는 것이다. (중략) 나는 냉정하게 이 준비를 마치고 지금은 단지 죽음과 놀고 있다.(하략)'

그는 집이 팔리지 않을까봐 제국호텔에서 약을 먹었으나 실패했고 스프링보드로 아내의 친구와 동반 자살을 계획했으나 그 또한 실패로 돌아갔으며 자살의 방법은 미적(美的) 견지에서 목을 매지 않고 수면제를 복용한다고 했다. 가족들이 눈치 채지 못하도록 시간을 배열한 그의 죽음 연출 솜씨는 소름끼치도록 냉정하다. 마지막으로 준비를 마친 뒤 '지금은 단지 죽음과 놀고 있다'는 그의 차분한 평정심을 뭐라고 해야 할까.

그의 죽음은 한마디로 운명의 한계를 수용한, 즉 손을 놓아버림의 자유라고나 할까. '자유는 산꼭대기의 공기와 비슷하다. 어느 쪽도 약한 자에게는 견디어 낼 수가 없다.'던 그가 택할 수 있는 유일한 방법이기도 했다.

아쿠타가와는 운명을 '유전' '환경' '우연' 이 세 가지 조건에 의해 좌우된다고 규정한 바 있다. 그의 운명도 이 세 가지의 조건에서 자유롭지 못했으니 '유전, 환경, 우연'은 종횡으로 그의 운명을 옭아매기 시작했던 것이다.

첫째는 유전의 공포였다. 둘째는 복잡한 가정환경이며 셋째는 연속적으로 이어지는 우연한 사건들로 해서 죽음의 선택은 불가피해 보였다. 자살의 충분조건이라고나 해야 할까. '자살이냐? 발광이냐?' 막다른 골목에 서 있던 그는 우연히 골동품상에서 '박제된 백조'를 보게 된다. 그것은 목을 치켜들고 서 있었지만 누렇게 벌레 먹어 있었다. 그는 곧 자신의 일생을 생각하고는 눈물과 냉소가 북받쳐 오는 것을 느낀다. "그의 앞에 있는 것은 단지 발광이거나 자살뿐이었다. 그는 어두워지는 거리를 홀로 걸으면서 서서히 그를 맞이하러 오는 운명을 기다리기로 결심했다."라고 ≪어느 바보의 일생≫에서 적고 있다.

유서에 밝힌 '몽롱한(막연한)불안'이란 것도 그가 목격했던 광인(狂人)으로서의 어머니 모습과 그 자신 광인이 될지도 모른다는 불안 의식, 그리고 예술과 생활, 여성에 대한 불안 모두를 포함한다고 밝혔다.

그의 운명을 좌우한 첫 번째 요인은 유전이다. 그의 어머니는 아쿠타가와가 태어난 지 7개월 만에 정신이상을 일으켰다. 자라면서 미치광이의 자식이라는 자각이 무섭게 그를 괴롭혔고 산송장으로 10년을 산 어머니의 모습은 유전의 공포를 느끼게 했다. 유전의 두려움을 안고 있던 그에게 발광(發狂)이란 실로 고통의 대상이 아닐 수 없었다. 여기에 자살을 하도록 박차를 가한 사건은 친구 우노 고지(宇野浩二)의 발광이었다. 정상적으로 사고할 수 없는 것은 작가에게 얼마나 치명적인가. 그는 모파상과 고골과 조나단 스위프트를 떠올린다. 그리고 발광이 가족들에게 얼마나 큰 어려움을 주는가를 이 친구를 통해 다시 한 번 확인한다. 그렇다면 자신에게 발광이 찾아오기 전에 스스로 목숨을 끊는 길밖에 남아있지 않다는 결론에 도달한다. 모파상을 보고 더욱 자살을 결심한 게 아닌가 생각된다.

모파상은 소설 ≪벨 아미≫에서 '나는 15년 전부터 뭔가를 갉아먹는 도둑처럼 날 괴롭히는 죽음을 느끼고 있다.'고 적고, 자신이 미칠까봐 오랫동안 두려워했으며 광기가 지닌 신비에 대해서 여러 편의 글을 남기기도 했다. 〈광기 광인 광기〉, 〈미친 여자〉, 〈오를라〉 등이다.

"제가 점점 미쳐간다고 생각하시면 말씀해 주십시오, 미치느냐 죽느냐 사이에서 머뭇거릴 필요가 없습니다. 전 이미 결정을 했으니까요."라고 의사에게 말한 모파상을 그는 염두에 두었던 것이 아닐까?

'미치느냐? 죽느냐?'를 아쿠타가와는 '단지 발광이냐 자살이냐?'로 바꾸어 말했던 것이다.

그는 《암중 문답》에서 '아쿠타가와 류노스케! 아쿠타가와 류노스케! 너의 뿌리를 단단하게 내려라. 너는 바람에 흔들리고 있는 갈대이다. 상황은 언제 변할지도 모른다. 오직 꽉 밟고 있어라. 그것은 너 자신을 위해서다. 동시에 또 너의 아이들을 위해서다. 자만하지 마라. 동시에 비굴해지지도 말아라. 지금부터 너는 새로 시작하는 것이다.' 라고 결의를 다지며 자신을 일으켜 세우려고 안간힘을 쓰지만 그가 도달한 결론은 자살이었다.

'인생이란 광인(狂人)의 주최에 의한 올림픽 대회와 비슷한 것이다. 우리는 인생과 싸우면서 사는 법을 배우지 않으면 안 된다. (…) 이와 같은 게임의 어처구니없음에 분개를 금치 못하는 사람은 서슴지 말고 울타리 밖으로 걸어 나가면 된다. 자살도 또한 틀림없이 한 편법이다. 그러나 인생의 경기장에 머무르기를 원하는 사람은 상처를 두려워하지 말고 싸우지 않으면 안 된다'고 《난장이의 고백》에서 말하고 있지 않은가. 아쿠타가와는 세상 게임에 어처구니없는 분개를 느끼며 링 밖으로 스스로 걸어 나왔던 것이다.

인간적인, 너무나 인간적인 것은 대개는 틀림없이 동물적이다. '인간적인 것에' 경멸을 느끼면서도 사랑을 느끼기도 한다. 어찌 보면 그것은 사랑이라기보다는 연민일지도 모른다. 하지만 인간적인 것에도 동요되지 않게 되었다고 한다면 인생은 도저히 참고 살아가기 어려운 '정신병원'으로 변할 것 같다고도 적고 있다.

《걸리버 여행기》를 썼던 영국의 조나단 스위프트는 비참한 말년을 보냈다. 스위프트는 발광하기 조금 전에 꼭대기만 말라죽은 나무를 바라보며 '나는 저 나무와 비슷하다. 머리부터 먼저 못 쓰게 될 거야.'라고 중얼거렸던 적이 있었다. 아쿠타가와는 이 일화가 생각날 때마다 전율을 느끼면서 스위프트만큼 머리가 좋은 당대의 귀재(鬼才)로 태어나지 않은 것을 남몰래 행복하게 여긴다고 말했지만 실은 그렇게 될까봐 그는 몹시 불안해하고 있었다.

유전의 공포는 그의 ≪갓파(河童)≫라는 작품에서도 이렇게 희화되고 있다. 아버지 갓파가 전화를 거는 것처럼 어머니의 생식기에 입을 대고 "너는 이 세상에 태어날 거니 말 거니? 잘 생각해서 대답하렴." 하고 커다란 소리로 묻자 뱃속의 아이는 '저는 태어나고 싶지 않아요. 무엇보다 아버지의 유전은 정신병뿐이지만 무척 무섭거든요.' 그러자 산파가 곧 임산부의 생식기에 두꺼운 유리관을 넣어 액체를 주입하자 어머니의 배는 털썩 하고 줄어들었다고 쓰고 있다. 죽기 넉 달 전에 쓰여진 〈갓파〉는 가공의 동물을 이용하여 인간 사회의 통렬한 허상을 묘사하며 '결국 갓파는 갓파일 뿐이다'라는 즉 '인간은 인간일 뿐'이라는 것으로 이어지는 극도의 절망감을 묘사하며 광기의 유전에 떨고 있는 그의 심정을 나타낸 것이다.

실제로 아쿠타가와는 갓난 아들에게 '이 녀석은 무엇 때문에 태어난 것일까? 이 사바 고통에 넘치는 세계에 — 어째서 이 녀석은 나 같은 걸 아버지로 하는 운명을 타고 난 것일까?'라고 되묻던 아버지였다.

삶에 회의적이던 그는 길을 걸을 때에도 자살에 대한 많은 생각을 품고 다녔다.

'자살에 대한 몽테뉴의 변호는 많은 진리를 내포하고 있다. 자살하지 않는 자는 않는 것이 아니라 자살하지 못한 것이다.'

'죽고 싶으면 언제라도 죽을 수가 있거든. 그럼 시험삼아 한 번 해보지

그래.'

이런 단상들은 그의 ≪난장이의 독백≫에서 들을 수 있다.

'자살이란 인간이 너무 지쳤을 때, 도망가려고 열어 놓은 문과 같다.'
던 모파상을 떠올리며 그 마지막 선택 앞에서 그는 또 얼마나 고뇌하였
던가.

나는 왜 어린 아쿠타가와의 내면을 주목하게 되는지 알 수 없었다.
감수성이 여린 이 소년은 남몰래 혼자 스미다(大川을 가리킴) 강가에 자주
나가곤 했다. 강물을 볼 적마다 왠지 모르게 눈물이 흘러내릴 것 같은
말하기 어려운 위안과 적막을 느낀다고.

'이 위안과 적막을 맛보기 위해 나는 무엇보다 대천(大川)의 물을 사랑
하는 것이다. … 특히 밤에 선박의 가장자리를 둘렀다가 소리도 없이
흘러가는 검은 강물을 응시하면서 밤과 물 사이에 떠도는 죽음(死)의 호
흡을 느낄 때, 얼마나 나는 의지할 곳 없는 적막감에 휩싸이는지…'

그의 심상에 드리운 의지할 곳 없는 적막감과 어두운 그림자는 어린
나이에 체험한 생모의 발광사와 모성의 결핍이라는 비극에서 비롯되며
그것은 그로 하여금 페시미즘과 니힐리즘 쪽으로 기울게 하였다. 인간
본연의 생존고(生存苦)라 하겠다.

그가 태어난 1892년은 액(厄)년이었다.

일생 중 운수가 모질게 나쁜 해, 혹은 재난을 맞기 쉽다고 하는 해로,
일본에서는 남자 25, 42, 62세, 여자는 19, 33세를 일컫는데 그를 낳은
해의 아버지는 42세(後厄)어머니는 33세(大厄)로 이런 액년에 태어난 아이
는 형식적으로나마 길에 내다 버리지 않으면 훗날 그 아이에게 큰 액이
낀다는 관습에 의해 어느 교회 앞에 버려지게 된다. 물론 아기를 줍는
부모를 미리 짜두었지만 이런 사건은 어두운 그림자를 그의 생애에 깃들

이게 한다.

그의 첫 번째 불행은 어머니 후쿠가 정신 이상을 일으켜 그를 키울 수 없게 된 사건이다. 아쿠타가와는 외가에 맡겨져 외삼촌의 양자로 키 워진다. 광인이 된 생모의 모습은 평생 그의 심상에 어두운 그림자를 드리우게 했다. 그렇다면 그의 어머니는 왜 광인이 되었을까? 어머니 후쿠가 죽은 나이는 43세였다. 딸 둘을 낳은 뒤 막내로 아들을 낳았지만 그가 태어나기 전 해에 큰딸을 잃고 만다. 바라던 아들이건만 액년에 태어난 자식을 '버린 자식'으로 만들어 거리에다 내다 버린 슬픔. (핏덩이를 내놓기엔 여간 쌀쌀한 날씨가 아니었다.) 그런 후쿠의 불안 위에 석 달쯤 지나서 그녀가 제일 의지하며 좋아하던 오빠가 갑자기 죽었다. 오빠 도오토쿠가 죽은 지는 다섯 달, 아쿠타가와가 생후 7개월이 되던 때 갑자기 정신착란 증세를 일으킨 것이다. 그 이면에는 새롭게 떠오르는 사업가로서의 남편은 방탕한 생활을 하며 아쿠타가와와 같은 나이의 서 자가 있다는 것이 전해졌다. 이 모든 것이 마음의 병이 되어 몸 상태가 좋지 않은 산후와 겹쳐 그런 상태에 이른 것으로 보인다.

여자의 생애 중 자녀의 참척과 남편의 외도만한 상처가 또 어디 있으 랴. 포류질이던 나의 어머니는 어린 두 아들의 참척, 게다가 6·25 피란 중 다섯 살짜리 딸 하나를 거적에 싸서 내다버려야 했다. 분방한 아버지 의 외도를 안으로 삭이며 감정을 드러내지 않던 어머니가 어느 날인가부 터 이상해지기 시작했던 내 어린 날을 떠올리게 했다. 여동생과 동갑인 이복동생은 쌍둥이로 입적되어 취학통지서를 받을 수 있었다. 그의 생모 처럼 어머니도 말씀이 없는 분이었다. 나는 천재적인 작가로서의 아쿠타 가와를 물론 좋아하지만 내 무의식은 광인의 어머니를 둔 그의 고통에 동참된 것이 아니었나 싶기도 했다.

≪죽은 자의 명부(点鬼簿)≫에 의하면 생모 후쿠는 시바구의 니이하라

집안(친가)에 칸막이로 가두어진 감옥 같은 2층 방에 있었던 듯하다고 그는 적고 있다.

'어쨌든 한 번은 나의 양어머니와 일부러 2층으로 인사하러 갔는데 갑자기 머리를 담배 파이프로 맞았던 일을 기억한다.'고 쓰고 있다. 친정 올케인 토모가 양모가 되어 손잡고 온 것이 싫었던 것일까? 아니면 아들이 다시는 오지 못하도록, 자신의 모습을 보이기 싫어 일부러 그랬을까? 죽을 때에는 정을 뗀다고 하는데 그럴려고 하나밖에 없는 아들을 담배 파이프로 아프게 머리를 때렸던 것일까? 자꾸만 어린 아쿠타가와의 마음을 어루만지게 되는 것이다. 후쿠의 죽음은 병 때문이라고 하기보다는 쇠약했기 때문이라고 한다. 세상으로부터 격리되고 운동부족으로 자연히 쇠약해져 죽은 것으로 보인다니 그의 상심이 어떠하였을까? 그가 만 10세 되는 가을의 일이었다.

7월 24일은 아쿠타가와가 죽은 날이지만 우리 어머니의 기일이기도 하다. 그날은 토요일이라서 다른 날보다 퇴근이 일렀다. 집에 돌아오니 여름 방학식을 마치고 돌아온 동생들은 모두 보이지 않았다. 방에 가방만 던져져 있는 채.

늘 그렇듯 오수에 들어계신 줄만 알았던 어머니는 빈집에서 혼자 운명을 하셨던 것이다. 왕진 온 의사는 사인을 심장마비라고 했지만 혹시나 자살은 아닐까? 그 벙어리 냉가슴은 오래도록 나를 괴롭혔다. 7월 24일, 그 여름날 오후, 45년 전 일이건만 모든 게 생생하다. 부고를 알리러 후원으로 나왔을 때, 마당 한 편에 목을 길게 뺀 핏빛 칸나와 눈이 딱 마주쳤다. 현실감을 잃은 내게 그것은 '죽음'의 통고와도 같았다. 죽은 닭목아지를 처음 보았을 때의 전율 같은 것이랄까. 발밑이 잠시 흔들렸다. 화단 주변과 내 마음 안자락에 깊숙이 스며들던 어두움. 나는 그 죽음의 그림자들을 기억한다.

피란 중에 내다버린 내 여동생, 뇌염으로 죽은 바로 내 밑의 남동생, 어머니의 죽음뿐만이 아니라 내가 좋아하는 작가들의 대부분은 여름에 죽었다. 죽음에 관한 기억들이 유독 여름의 끝자락과 맞닿아서인지 여름은 언제나 나를 인생 저편(죽음)에 서게 한다. 여름 꽃을 좋아하는 사람은 여름에 죽는다더니 다자이 오사무(太宰治)도 여름을 넘기지 못하고 집 앞에 있는 다마카와 상류로 뛰어들었다.

7월 24일 아쿠타가와의 음독자살, 6월 13일 다자이 오사무의 투신자살, 그의 시체가 발견된 것은 6월 19일 마침 39세가 되는 그의 생일날 아침이었다고 한다. 어렵게 자살을 선택한 반 고흐와 아쿠타가와의 나이는 눈부신 30대의 중반이었다.

정신병원에서 숨진 모파상, 보들레르, 그리고 슈만도 여름을 벗어나지는 못했다. 이들은 모두 40대였다.

'인생은 쓰라려 쓰라려 쓰라려!' 매미의 울음을 그렇게 들은 일본의 시인 이싸(一茶)처럼, 목청 찢어지게 울 수 있는 고작 며칠이 전부인 그들의 삶을 돌아보게 한다. 나는 그들이 실제로 숨진 마지막 장소와 묘지를 찾아다닌 적이 있었다. 어떤 기운이 나를 그쪽으로 내몰았던 것일까. 전과자가 은밀하게 범죄 현장을 찾듯 내 발길이 닿은 곳은 정신병원이거나 불행한 삶을 살다간 작가들의 관련 장소였다. 보들레르가 숨진 돔가 1번지의 정신병원, 모파상이 숨진 블랑쉬 박사의 병원. 시인 네르발이 목을 맨 파리의 비에유 랑떼른느의 골목길을 더듬거리고 반 고흐, 고골, 다자이 오사무, 가와바타 야스나리, 미시마 유키오, 아쿠타가와 류노스케의 자살을 상기하면서 고통의 의미를 되새기고 그들의 문학과 죽음을 이해하려고 애썼다.

나는 그들의 절망으로 그동안 내 슬픔을 치유하면서 인생을 쓰다듬는 버릇을 키워 온 셈이다. 어떠한 삶도 인생에는 가능하며 인간에게 일어나는 것은 어느 것이라도 이상한 일이 아니라는 것을 이해하게 했다. 그 가운데서도 아쿠타가와는 내가 발설하지 못하는 아픔을 털어놓게 했다. 그래서 더욱 동병상련의 정을 느끼게 되는 것인지도 모른다.

'인생은 지옥보다도 지옥적'이라는 그의 말을 반추하며 그가 숨진 다바타의 집을 찾아가고 있었다. 어머니의 제삿날 땀을 뻘뻘 흘리며 남동생의 이사 간 집을 찾기 위해 언덕을 오르내리던 일이 떠올랐다. 7월 24일, 아쿠타가와가 죽은 날이기도 하다. 어둑한 화단에 서 있던 내 모습이 떠오른다. 그때의 여름이 등 뒤에서 느껴진다. 그러나 지금은 12월의 싫지 않은 햇볕을 받으며 그의 집을 찾아가는 중이다. 아쿠타가와가 스물두 살 때 이곳으로 이사 와서 14년을 살던 집. 대학을 졸업하고 작가가 되고, 결혼해서 세 아들을 낳고 이제는 노인이 된 양부모와 어릴 때부터 맡아 그를 키워준 이모를 부양해야 하는 가장으로서의 삶이 이어진 곳이었다. 댓살에 눈을 찔려 사팔뜨기가 된 이모 후키는 평생 독신이었다. 아쿠타가와에 대한 지극한 사랑과 집착만큼이나 또한 그에게 상처를 안겨 준 인물이기도 하다. 이모의 반대로 첫사랑이 실패했으며 어린 아들은 제쳐놓고라도 이모의 주전부리를 빠뜨리면 안 되는 관계였다. 자살하기 얼마 전쯤, 사토 하루오에게 '내 생애를 불행하게 한 사람은 이모지. 무엇보다 나의 둘도 없는 은인인데 말이야.'라고 털어놓았던 것도 주목할 만 하다.
그것은 오아나 류이치에게 보낸 유서에서도 나타난다.

"… 물론 나는 죽고 싶지 않다. 그러나 사는 것도 고통이다. 타인은 부모와 처가 있는 몸이 자살하는 얼간이에 대해 웃을지도 모른다. 어쩌면 내가 혼자라면 자살하지 않을지도 모르지. 나는 양자가 되어 제멋대로 말을 한 일이 없다.(아니 그럴 수 없었다는 것이 옳다.)

나는 양부모에게 해온 효행이라고 할 만한 것에 대해 후회하고 있다. 그러나 이것도 나로서는 어떻게도 할 수 없는 일이었다. 지금 내가 자살하는 것도 일생에 단 한번 하는 내 멋대로인지도 모르겠다. 나도 다른 청년들처럼 여러 가지 꿈이 있었다. 그러나 지금 와서 생각하니 필경은 광인의 아들이었을 뿐이었겠지. 현재 나는 내 자신에게는 물론 모든 것에 대해 혐오감을 일으킨다.”

양자라는 위치는 그에게 훗날 도화인형으로서밖에 살지 못했다는 자조적인 태도를 낳게 하였다. 자살의 한 요인이 되었을 만큼 양자라는 등짐의 무게로 그는 괴로워하였다. 아쿠타가와가 열한 살 때, 생모 후쿠가 사망하자 친가에서 언니 후쿠를 돌보던 막내이모 후유는 동생을 낳았고 계모로 아쿠타가와 가(家)에 정식 입적되었다. 두 명의 아버지와 네 명의 어머니(생모, 양모, 계모, 이모) 사이에서 인간의 지독한 에고이즘을 그는 직시하게 된다.

한편 작가로서 장래가 촉망되자 그를 다시 찾아 가려는 친부와 뜻이 이뤄지지 않으면 할복해 버리겠다며 한사코 그를 뺏기지 않으려는 양부와의 사이에서 결국 복잡하게 얽힌 관계는 어린 그에게 어떤 그늘로 심상에 남게 되었을까? 오죽하면 ‘인생의 비극의 제1막은 부모자식이 됐다는 데서부터 비롯되었다.’는 말을 하였을까? 그들의 관계는 손에 쥐면 손마디가 아프도록 몇 겹의 굵은 동아줄로 꼬인 매듭처럼 느껴진다. 그래서일까? 나쓰메 소세키의 도달점에서부터 출발된다는 아쿠타가와의 문학 근저에는 늘 인간에 대한 회의가 짙게 깔려 있었다. 그의 문학은 인간에 대한 회의에서 시작한다. 그 회의주의에는 인간 불신의 에고이즘이 자리 잡고 있다.

어디까지가 인간인가를 되묻게 하는 작품, ≪나생문≫은 굶주림이라는 회로를 통하여 인간의 한계를 묻는다.

어느 날 해고된 하인이 비를 피해 누각에 올라갔다가, 죽은 사람의 몸에서 머리카락을 뽑고 있는 노파와 마주친다. 처음에는 분노하지만 '살기 위해 어쩔 수 없다.'는 말에 그는 노파의 입은 옷을 벗겨 어둠 속으로 달아난다는 줄거리다.

그가 응시한 것은 구원의 여지가 없는, 인간의 에고이즘이다.

23세에 발표한 ≪나생문≫은 구로자와 감독에 의해 영화로 만들어져 베니스 영화제에서 대상(1951년)을 받기도 한 수작이다.

나쓰메 소세키는 인간의 에고이즘을 칙천거사(則天去私-하늘의 순리를 본받고 나를 버린다)의 경지에서 해결을 보려고 한 것에 반해, 아쿠타가와는 에고이즘을 구제 불가능한 인간의 숙명으로 보고 있다. 그 같은 부정적 견해는 ≪거미줄≫이나 ≪나생문≫ 등에서도 나타나고 있지만 그보다 '인생은 지옥보다 더 지옥적'이라는 극언은 아무래도 암울한 그의 인생 전반을 대변하는 것 같아 마음이 편치 않았다.

신주쿠에서 지하철 야마노테 선(線)을 타고 다바타(田端)역에서 내렸다. 간판이 눈에 띄어 '다바타 문사(文士)기념관'을 먼저 들렀다.

1949년부터 화가, 도예가, 작가들이 모여들어 예술가촌이 형성되었는데 1914년 학생이던 아쿠타가와 류노스케가 전입한 뒤 소설가 무로사이세이, 기쿠치 칸, 호리 다쓰오, 고바야시 히데오 등이 모여들어 문사촌을 형성했다. 그 중심인물은 아쿠타가와 류노스케였다. 예술가들의 회화, 조각, 도예, 문인들의 원고, 서간, 초판본 등을 전시 코너에서 볼 수 있었다. 자유롭게 관람할 수 있는 13분짜리 그에 관한 비디오도 준비되어 있었다.

첫 단편집 오란다서방판

화면 속에서 흰 러닝 차림의 젊은 아빠는 두 아들들과 장난치다가 별안간 원숭이처럼 나무 위에 오른다. 그 모습이 얼마나 재빠르던지 천진한 아이들은 그저 멍하니 올려다본다. 그런 아이들을 두고 떠나다니… 비디오로 본 그의 어머니의 모습은 아쿠타가와와 비슷했다. 날카로운 눈빛과 좁고 긴 얼굴. 선병질적인 괴기가 감도는 깡마른 체구의 모습. 아쿠타가와는 유달리 머리가 크고 눈빛이 형형한 미남이었다. 글을 쓰려는 자가 자신을 부끄러이 여기는 것은 죄악이라면서 ≪어느 바보의 일생≫에서 광인이 된 어머니의 이야기를 이렇게 털어 놓기 시작했다.

"나의 어머니는 광인이었다. 나는 한 번도 어머니에게 어머니다운 친근함을 느껴 본 적이 없다. 나의 어머니는 머리를 빗으로 감아올리고 언제나 시바(芝)에 있는 나의 생가에 홀로 앉아 담배 파이프로 뻐끔뻐끔 담배를 피우고 있다. 얼굴은 작지만 몸도 왜소하다. 얼굴은 또 어떤 이유에서인지 전혀 생기가 없는 회색빛을 하고 있다. 나는 언젠가 세이쇼오키(西廂記)를 읽으며 흙과 진흙의 역한 냄새라는 어구를 만난 순간 갑자기 나의 어머니 얼굴을 - 마르고 가녀린 옆얼굴을 떠올렸다."

'마르고 가녀린 옆얼굴'이라는 구절에서 나도 내 어머니의 얼굴이 떠올랐다. 이북(통천)에 친정을 둔 어머니는 외톨이로서 언제나 홀로였고 담배로 가슴에 시린 한을 풀어내던 옆모습이 후쿠와 겹쳐졌다. 동병상련이랄까. 이 대목에서는 나도 어쩔 수 없이 감상적으로 되고 만다. 어머니도 후쿠처럼 50을 못다 채우고 황망히 이승을 떠나셨다. 어머니의 제삿날은 미상불 이들 모자가 함께 따라오는 것이다. 이런 상념에 젖어 다바타 435번지, 비디오 속 그의 집안 풍경을 눈에 담는다.

이층 서재에 '아귀굴(我鬼窟)'이라고 쓴 현판 글씨가 '세기말의 악귀'를 떠올리게 했다. 그는 하이쿠에 '아귀'라는 호를 사용했다. '아귀(我鬼)'라고 부친 그의 심중을 헤아리면서 문사촌 기념관에서 나와 그가 숱하게 다녔을 가파른 왼쪽 층계를 올랐다. 그리고 앞에 놓인 다리를 건넜다.

'참을 수 없다. 끝까지 견뎌낼 수 없다.'고 생각하면서 실의에 차 땅만 내려다보고 걸었을 그의 집 언덕길에 들어섰다. 다바타 435번지를 찾아 동네 어귀를 몇 바퀴나 돌았다. 비디오로 본 그의 2층 집과 은행나무, 단풍나무 등이 우거진 100평짜리 정원을 상상하면서. 또 서재에 걸렸던 액자 '我鬼窟'을 생각하면서. 손에 주소를 든 채 그의 집을 찾고 있었다.

안내책자에 예술가들의 이름과 그들이 살았던 위치에 빨간 동그라미로 표시가 되어 있어 쉽게 찾으리라 싶었는데 같은 주소에 다른 건물이 들어서 있었다. 약간 높은 지대였지만 아늑한 동네였다. 좁은 골목에 단층 목조가옥이 나지막한데 3층짜리 빌라 건물은 좀 생뚱맞아 보였다.

타일 벽에 씌여진 'GRANDIR 田端(1-20)',만 사진에 담아 왔다. 이 근처가 그의 집이 아닐까 해서.

다시 그의 죽음에 대해 알아보자.

그의 자살 세 번째의 요인은 꼬리를 물고 우연히 일어난 사건들이었다. 그는 학교를 졸업한 해, 해군기관 학교의 위탁 교관으로 취임했다가 1919년 오사카 마이니치 신문사로 자리를 옮겼다. 아쿠타가와는 신문사 해외 시찰원 자격으로 1912년 3월 하순에서 7월 초순까지 중국 각지를 여행하게 된다. 평소 중국문학을 좋아해 기대가 컸건만 여행은 출발부터 문제였다.

감기에 걸려 도쿄에서 시모노세키를 향해 출발했지만 기차 안에서 갑자기 열이 올라 출발을 미룬 채 오사카에서 일주일 정도를 체재할 수밖에 없었다. 몸이 회복되기도 전 상해로 출발해서인지 도착한 다음날부터 건성 녹막염으로 약 3주일 동안 병원 신세를 졌으며 음식과 기후가 맞지 않고 더구나 그곳의 위생상태가 좋지 않아 방문하는 곳마다 몸에 탈이 났다. 당연히 일정에 차질이 생겼고 중국인들의 배일(排日) 감정도 문제였다. 현지에서 직접 본 중국의 모습을 일본으로 보내 신문지상에 싣기로 하였던 약속도 이행되지 못했다.

귀국 후 마이니치 신문사에 대한 임무 완수, 밀린 원고 등을 견뎌내기에는 그의 건강이 너무도 쇠약해져 있었다. 게다가 요양 차 문학 선배인 난부 슈타로와 함께 유가와라에 갔는데 그가 히데 시게코와 특별한 관계인 것을 알게 된다. 동물적 본능이 강한 히데 시게코에게 당한 처지라서 아쿠타가와는 말할 수 없는 수치심을 느껴야 했고. 공공연하게 알려진 그녀와의 사건이 몹시 그를 괴롭혔다.

중국 여행 후 건강을 회복할 틈도 없이 일이 밀려있는 데다 신경쇠약까지 겹쳐 1921년 말은 수면제 없이는 잠들 수 없게 되었고 수면제 과다 복용에 의한 부작용이 심각하게 뒤따랐던 것이다.

1922년, 신경쇠약, 위경련, 장염, 발열, 심근 경색, 불면, 신경쇠약 악화로 결국은 환각, 환청으로 고통을 당하기 시작했다.

1921년 이후 특히 관동대지진 이후 격동기를 맞은 일본 문단에서는 기존 문학 유파를 부정하는 새로운 유파가 탄생하기 시작했다. 이른바 신감각파와 프롤레타리아 문학이다. 당시의 문단은 자연주의 문학의 왜곡, 굴절된 형태로 〈사소설〉이 엄연히 자리를 잡고 있던 시대였다. 그러나 다이쇼(大正)문학을 대표하는 〈사소설〉은 그 안에 많은 문제점을 안고 있었다. 사회성이 결여될 수밖에 없었다. 아리시마 다케오(有島武郎)는 유산계급인 자신이 재산을 포기하지 않고서는 무산계급인 제4계급이 될 수 없음을 깨닫고 소유농장의 해방, 사유재산을 포기하기에 이른다. 자신의 사상과 생활까지도 자아실현의 도구로 삼은 것이다. 불과 2년 후 그는 재산을 포기한다고 해서 결코 제4계급이 될 수 없다는 뼈아픈 인식으로 절망을 선언한다. 그의 선언은 문학에 대한 절망으로 이어진다. 문학은 자아를 실현하는 그의 삶 자체이기 때문이었다.

1923년 6월 9일 연인 히타노 아키코와 가루이자와 별장에서 목을 매어 자살한다. 아리시마 다케오의 자살은 패배가 될 수밖에 없지만 작가로서 어떻게 살아야 할 것인가, 강한 의구심을 다이쇼(大正)문단에 던져놓은 일대 사건이라고 할 수 있었다. 그로부터 4년 후의 아쿠타가와의 자살과 함께 아리시마 다케오의 자살을 다이쇼 문학의 종식으로 보기 때문에 그의 자살을 '거대한 시대의 그림자'로 다룬 것이고 한 시대의 종언(다이쇼 문학)을 상징하기에 충분한 예감을 제기했다고 평가했다. 아쿠타가와는 당시 그가 처한 문학적 위기를 극복하고자 이야기성을 부정하는 '줄거리 없는 소설'을 주장하고 그 표현 방법으로는 시적 정신을 강조했다. 1927년 2월 아쿠타가와가 다니자키 준이치로의 작품과 관련하여 '줄거리의 재미있음에 예술성을 인정할 수 있을지 의문'이라는 문제를 제기했다. 이로써 문예논쟁이 시작되었다. 그것이 그의 심신의 소진을 불러왔다. 몸은 점점 쇠약해져 갔고 처남의 객혈, 숙부의 식도암 사망, 그가 중매했던 이들의 파경, 그중에서도 그를 가장 힘들게 한 것은 ≪근대일본 문예독본≫을 위해 온 힘을 쏟았지만 너무 순수한 문예 독본으로 만들어진 것과 문부성의 검증을 받지 못해서인지 판매에 성공하지 못했던 것이다. 정신적 충격이 컸다. 게다가 그가 큰돈을 벌어 서재를 새로 지었다는 소문이 나돌았다. 결벽증이 심한 데다 예민한 성격의 그로서는 감내하기가 무척 힘들었다. 인세로 10엔짜리 수표를 빠짐없이 120명에게 모두 분배했다. 기쿠치 칸은 그가 얼마나 힘들어했는지 이 사건이 자살을 서두르게 한 하나의 요인이 되었다고 언급했다. 〈어느 한 친구에게 보내는 수기〉에서 '나는 2년간 죽는 것만 생각하고 있었다.'는 바로 그 2년이 이 시기에 해당된다.

지친 몸을 이끌고 구게누마로 떠나기 전인 1926년 4월 15일, 서양화가인 오아나 류이치에게 자살 결심을 고백한다. 구게누마에서도 건강은 회복되지 못하고 수면제 과다복용으로 한밤중에 50분씩이나 헛소리를 하는 때도 있고 환각, 환청, 환시는 나날이 더해졌다.

눈이 떠질 때, 어러 친구늘은 모두 얼굴만 크고, 몸은 코 정도로 작은 채 갑옷을 입고 대부분 웃으면서 사방팔방에서 양 눈 사이로 뛰어온다는 것이다. '내 머리는 아무래도 이상하다.'고 그는 친구에게 적어 보낸다. 길을 걷다가도 누군가 이쪽으로 걸어오면 자신에게 항의하기 위해 오는 것 같은 피해의식에 시달렸다.

'남편은 혼자 산보하는 것도 불가능했다.'고 후미부인은 회고했다. 설상가상으로 1926년 누나(히사)의 집에서 화재가 발생했다. 시가 7천 엔 정도의 집에 3만 엔이라는 거액의 보험에 들어있었다. 이 화재 사건으로 매형 니시카와 유타카는 보험금을 노린 방화 협의로 구속되고, 위증죄가 밝혀져 변호사 자격은 상실된 채 결국은 철도 자살로 목숨을 끊고 만다.

가장을 잃은 누나 일가를 떠맡아 보살필 수밖에 없었고 니시카와가 남긴 엄청난 빚까지 떠맡게 되었다. 1927년 4월 다니자키 준이치로와의 사소설 논쟁에 휘말리게 되었으며 1927년 5월 말, 친구 우노 고지의 발광을 목격하며 자신의 환각, 환청이 정신이상의 전조 증상으로서 발광으로 이어질 거라는 심한 공포감을 느낀다. 이런 불안의 극점에서도 혼신을 다해 작품을 썼다.

《톱니바퀴》에서는 뇌신경이 망가지는 자의식을 평론가 히로츠의 말대로 '미진도 없이 냉정하게' 그는 서술하고 있다.

"내 시야 속에 묘한 것을 찾아냈다. 묘한 것을? - 그것은 끊임없이 돌고 있는 반투명한 톱니바퀴였다.

톱니바퀴가 점차 수를 늘여서 시야를 반쯤 막아 버리다 사라지면 언제나 나는 두통을 느끼게 된다."

이렇게 되풀이되는 환각과 환청에 마지막 때가 가까워 온 것을 느낀 그는 '누군가 내가 잠들어 있는 동안에 가만히 목 졸라 죽여 줄 사람은 없을까?'라며 작품을 끝맺고 있다.

≪톱니바퀴≫ 외에도 〈겐카쿠산본〉, 〈신기루〉, 〈갓파〉, 〈세 개의 창〉, 〈암중문답〉, 〈어느 바보의 일생〉은 마지막 해(1926년)에 씌어졌다. 그중에서도 자살하기 한 달 전에 씌어진 〈어느 바보의 일생〉을 나는 몇 차례나 다시 읽었다. 보다 작가의 심적 나상(心的 裸像)에 근접할 수 있었기 때문이다. 몇 대목만 추려 본다.

그는 (네르발처럼) 창가에 끈을 매고 죽으려고 했다. 하지만 끈에 머리를 넣어 보자 약간 죽음이 두려워졌다. 그것은 절대로 죽을 찰나의 고통 때문이 아니었다. 그는 두 번째로 회중시계를 들고 시험 삼아 죽는 시간을 재기로 했다. 그러자 잠시 고통스러운 후 모든 것이 흐릿하기 시작했다. 그 순간이 지나가기만 한다면 죽음에 들어가는 것임에 틀림이 없었다. 그는 시계바늘을 조사하고 그가 고통을 느끼는 것은 1분 20초였음을 알 수 있었다. 창밖은 캄캄했다. 그러나 그 어둠 속에 거친 닭 울음소리도 들렸다. 〈44 죽음〉

교수형을 기다리고 있는 프랑소와 비용의 모습이 그의 꿈속에 나타나곤 했다. 〈46 거짓〉

그는 열서너 살의 아이의 시체를 바라보며 왠지 부러운 느낌에 가까운 것을 느꼈다. "신들에게 사랑을 받는 자는 요절한다." 〈31 대지진〉

죽음이 그에게 가져다 줄 평화를 생각하지 않을 수 없었다. 〈48 죽음〉

친구가 발광한 후, 두세 번 그를 방문하였다. "너와 나는 악귀가 씌어 있는 거야. 세기말의 악귀라는 것이 말이야." 언젠가 이 친구에게 보낸 테라코타 반신상을 생각했다. 그것은 친구가 사랑한 〈검찰관〉을 쓴 작가의 반신상이었다. 그는 고골이 발광을 한 것을 생각하고 뭔가 그들을 지배하고 있는 힘을 느끼지 않을 수 없었다. 〈50 포로〉

하나의 마른 수수를 보고 - 길이가 긴 마른 수수는 밀라붙은 잎이 달린 채, 두툼한 흙 위로 신경과도 같이 가는 뿌리를 내놓고 있었다. 그것은 물론 상처받기 쉬운 그의 자화상임이 틀림없었다. 그러나 이런 발견은 그를 우울하게 할 뿐이었다.
"이미 늦었어. 하지만 여차하면… " 〈22 어느 화가〉

그의 펜을 쥔 손이 떨리고 있었다. 뿐만 아니라 침까지 흘리고 있었다. 그의 머리는 0.8그램의 베로날을 복용했다가 깨어났을 때 이외에는 한 번도 멀쩡하지 않았다. 그것도 멀쩡했던 것은 30분인가 1시간 정도였다. 그는 단지 어두컴컴한 속에서 그날그날을 보냈다. 바꿔 말하자면 '이가 빠진 가는 검을 지팡이'로 한 채. 〈51 패배〉

1927년 6월 유고(遺稿)

≪어느 바보의 일생≫은 첫 장 〈시대〉로 시작하여 마지막 51장 〈패배〉로 끝난다. 첫 장 〈시대〉는 이렇게 전개된다.

어느 책방에서 사다리에 올라가 신간서적을 찾고 있었다. 모파상, 보들레르, 스트린드 베리, 입센, 쇼, 톨스토이 … 그곳에 꽂혀 있는 것은 책이라기보다는 오히려 세기말 그 자체였다. 그는 사다리 위에 앉은 채, 책 사이로 움직이고 있는 점원과 손님을 내려다보니 그들은 이상할 정도로 작았다. 뿐만 아니라 불쌍해 보이기까지도 했다.

"인생은 보들레르의 시 한 구절을 능가하지 못한다."는 생각을 하며 사람들을 내려다보고 있었다. 첫 장을 요약한 것이다.

그가 좋아한 작가들. 보들레르, 스트린드 베리, 조나단 스위프트, 모파상, 고골은 실제로 환각과 자살 미수, 발광의 상태를 겪은 이들로서 모두 예술지상주의자들이었다. 그 외에 오스카 와일드, 아나톨 프랑스 등을 그는 좋아했다.

자신의 삶을 '패배'로 규정짓고 자살로 마감하긴 했으나 예술을 항상 삶보다 우선순위로 했던 아쿠타가와 류노스케. 그의 예술지상주의적인 탐미 정신은 ≪지옥도≫에서 완성된다.

호리카와 대감의 명을 받아 '지옥도' 병풍을 그리게 된 요시히데는 인간이 불에 타 죽는 고통을 표현할 수 없어 대감에게 실제 상황을 만들어 보여 달라고 부탁한다. 결국 대감의 미움을 산 요시히데의 딸이 선택되어 지옥에서 수레와 함께 타 죽는다. 불에 타 죽는 젊은 여인의 고통스런 모습을 보고 그는 지옥도를 완성한다. 화가 요시히데를 통하여 예술에 대한 절대성이 비인간적일만큼 강렬하게 묘사되고 있다.

'영혼은 예술에게만 있고 인간에게는 없다.'는 견해를 오스카 와일드는 〈도리언 그레이의 초상〉에서 주인공의 입을 통해 말하고 있다. 인생을 예술로, 그것도 유미주의적 예술로 바꿔보려고 시도했으나 도리언의 파렴치한 비도덕성으로 인해 결국은 파멸할 수밖에 없다는 결론을 내리고 있는데 이 또한 작가의 삶과 일치하며 아쿠타가와의 〈지옥도〉의 경우에서도 그 결말이 다르지 않다.

예술에서 종교적인 도덕성을 강조하는 톨스토이를 평가절하하며 오스카 와일드는 예술이 삶을 주도해야 한다고 강조했다.

오스카 와일드가 선언한대로 아쿠타가와는 '예술을 위한 예술'을 지향하며 미(美)의 이면에 숨겨진 악마적인 것을 파헤치려고 했다. 그는 세기말 풍조에 이렇게 동조하면서 예술로써 인간 불신의 사바고(娑婆苦)를 극복하고자 애썼던 것이 아닐까?

아쿠타가와는 인생의 지루함을 깊숙이 꿰뚫고, 보잘것 없는 일상사를 초극해 나가는 데 예술의 효용성이랄까, 거기에 가치를 두고 인생의 지루함을 예술로써 극복하고자 하였다. 작가의 '진짜 인생의 증명'은 쓴다는 행위 속에서만 존재하고 나머지 일상생활은 모두 인생의 번뇌에 지나지 않는다며, 창조 행위에만 절대 가치를 부여했던 사람이었다.

'죽음의 매력을 느끼기만 하면 그때부터 쉽게 그 권외로 빠져나갈 수가 없다. 뿐만 아니라 동심원(同心圓)을 빙빙 돌듯이 조금씩 조금씩 죽음 앞으로 다가서는 것'이라던 아쿠타가와는 실제로 죽음 앞으로 다가가기 위해 눈에 띄지 않게 준비했던 것이다. 자살을 실행에 옮긴 날이 7월 24일이었던 것은 당시 집필 중이던 〈속(續)서방의 사람〉이 이날 완성되었기 때문이다. 죽기 일주일 전부터 심상한 그의 행적을 따라가 보자.

7월 17일, 아내 후미와 관극을 보고 돌아오는 길에 금시계를 사준다.

7월 18일, 친구 오아나 류이치를 방문, 방석 밑에 50엔을 두고 나온다.

7월 21일, 정신병원에 입원한 우노 고지의 집을 방문하여 가족에게 자살할 위험도 있다고 하니 모쪼록 신경을 써야 한다며 부탁 하고 옴.

그날 오아나 류이치를 방문, '그 다리를 나한테 좀 만지게 해주게.' 하면서 그의 절단된 오른 발에 손을 얹고 '자네 생활은 부럽구나.' 한숨을 내쉬며 '나는 자네가 나의 어머니를 대신해서 태어난 사람이 아닌가라는 생각이 드는군.'

오아나의 생일이 어머니의 생일과 같은 날이라고 그는 몇 번이나 말하더라는 것이다. 아쿠타가와는 화가인 오아나에게 책 장정을 맡겼으며 탈저증으로 수술할 때 보증을 서주기도 했다. 이는 어머니에 대한 보상 심리이거나 육친의 정에 대한 대리만족 같은 게 아니었을까 생각된다.

7월 22일, 오후에는 주치의 시모지마의 진찰을 받고 수면제 과다복용의 주의를 받는다. 그날 밤 집에 찾아온 오하나 류이치와 밤늦게 죽음에 관한 이야기를 나누고 조카 구즈마키 요시토시에게도 '오늘 밤 죽는다'라고 말함. 하지만 그는 그날 밤 자살하지 않았다. 쓰던 원고가 끝나지 않았기 때문이다.

7월 23일, 아침 9시경에 일어나 아침식사로 달걀 반숙 4개와 우유 두 컵을 마셨다. 2층 서재로 올라가 집필에 열중.

생의 마지막 점심 식사는 후미 부인과 세 명의 아이들과 담소를 나누며 함께 했고 오후에는 내방객들과 저녁식사를 마쳤다. 그 날 밤늦게까지 〈속 서방의 사람〉을 써서 완성시켰다. 잠자리에 들기 전 오전 1시경, 이모 후키에게 단책(短册)을 건네주며 '이것을 내일 아침 시모지마 씨에게 전해주십시오. 선생님이 왔을 때 내가 아직 자고 있을지도 모르겠는데 자고 있다면 나를 깨우지 말고 그대로 아직 자고 있으니까. 라고 전해주십시오.' 라고 말함. 이모에게 건넨 마지막 말이었다.

아쿠타가와는 새벽 2시경 침실에 들었다. 인기척에 잠을 깬 후미가 '여보 약은?' 수면제를 먹었는지 확인하자 '아, 그런가?' 하면서 잠시 나갔다가 다시 돌아왔다고 한다. 자연스러움을 가장하기 위한 것으로 이미 그때는 치사량의 베르날을 먹은 뒤였다.

새벽 6시경, 후미 부인이 이상을 느끼고 바로 주치의 시모지마와 친구 오나아 류이치에게 알렸다. 달려온 주치의가 청진기를 귀에 대고 잠옷을 걷어 올리자 봉투에 든 편지가 떨어졌다. 유서였다. 오전 7시를 조금 지나 그의 사망이 세상에 고지(告知)되었다.

후미 부인 앞으로 된 유서는 2통이었고 '살릴 궁리는 절대로 무용, 절명 후 오나아에게 알릴 것, 자살로 결정되었을 때는 유서(기쿠치 앞)를 기쿠치에게 전해줄 것 등 사후에 관한 언급이 많았다.

유서 〈나의 아이들에게〉의 전문을 옮겨 본다. 어린 아들을 두고 떠나는 아비의 간곡한 당부는 무엇이었을까?

유서 '나의 아이들에게'

1. 인생은 사(死)에 이르는 싸움이라는 것을 잊지 말라.

2. 따라서 자력(自力)에 의지하는 일을 잊지 말라. 너희들의 자력을 키우는 일을 중히 하라.

3. 오아나 류이치를 부친으로 생각하라. 따라서 오아나의 교훈을 따를 일이다.

4. 만일 이 인생의 싸움에서 패했을 때에는 너의 부친처럼 자살해라. 단지 너희 부친처럼 남에게 불행을 끼치는 일을 피하라.

5. 황망한 천명(天命)은 알기 힘드나 노력하여 너희들의 가족에 의지하지 말고 너희들의 욕망을 포기하라. 이것이 반대로 너희들을 후년에 평화롭게 하는 길이 된다.

6. 너희들의 모친을 연민하라. 그런 그 연민 때문에 너희들의 의지를 굽히지 말라. 이것이 오히려 너희들로 하여금 후년 너희 어머니를 행복하게 만든다.

7. 너희들은 모두 너희들의 부친처럼 신경질에서 벗어날 일이다. 특히 이 일을 주의하라.

8. 너희들의 부친은 너희들을 사랑한다.

세 아들의 나이는 8살, 6살, 3살이었다. 아버지를 쏙 빼닮은 문학적 재능이 뛰어난 둘째는 2차대전 때 전사하고, 큰아들은 극작가 연출가, 막내는 작곡가가 되었다.

오전 7시경 주치의 시모지마에 의해서 죽음이 정식 확인된 후, 소식을 전해들은 지인, 문단 관계자, 신문기자 등이 속속 이 집에 모여들었다. 그날 오후 구메 마사오가 〈어느 옛 친구에게 보내는 수기〉를 모두들 앞에서 낭독함으로써 자살이 실제로 공표된 셈이었다.

> 구메 마사오 군(久米正雄)
> 나는 이 원고(≪어느 바보의 일생≫)를 발표할 것인가 말 것인가는 물론 발표하는 시기와 기관도 자네에게 일임하려고 생각하고 있다 (…) 나는 지금 가장 불행한 행복 속에 살고 있다. 단지 나처럼 나쁜 남편, 나쁜 아들, 나쁜 아버지를 가진 자들이 불쌍하게 느껴진다. 이제 안녕. 나는 이 원고 속에서는 적어도 의식적으로 자기변호를 하지 않았다고 생각한다. (…) 모쪼록 이 원고 속의 나의 바보 같은 모습을 웃어주기 바란다.
> 1927년 6월 20일
> 아쿠타가와 류노스케

구메에게 보내는 유서는 〈어느 바보의 일생〉 권두에 적혀 있다.

아쿠타가와의 자살은 격동의 시기, 또 전환(戰患)의 시기를 살았던 지식인의 자살이라는 점에서 '사회적 사건'으로 연일 크게 보도되었다. 그만큼 그의 자살은 '시대의 의미'를 묻는 자살이기도 했다.

장례식은 7월 27일, 문단 관계자 백 수십 명을 포함하여 천5백여 명의 조문객이 모인 가운데 다니나카(谷中) 제장(祭場)에서 집행되었다. 고마고메역에서 내려 소메이 레이엔(深井 靈園)을 향해 10분가량 걸어 올라갔다. 다니나카 장례식장은 묘역 바로 근처에 있었다.

아쿠타가와의 자살 소식을 듣고 달려온 그의 친구 사이토 모키치는 즉석에서 추모시를 지어 애도했다.

> 벽에 날아와

앉은 잠자리의
투명한 날개는 슬픔이어라.

제장(祭場)을 지나는데 기쿠치 칸의 '아쿠타가와 류노스케여!'로 시작
되는 조사와 여기저기서 흐느끼는 소리가 허공중에서 들리는 듯했다.

아쿠타가와의 유해는 화장되어 자안사(慈眼寺)에 안장되었다. 자안사
를 가려면 소메이 묘역을 통과해야 한다. 소메이(深井) 묘역은 규모는 크
지 않았지만 나무가 우거져 고적한 분위기가 감돌았다. 시인이며 조각가
인 다카무라 고타로도 이곳에 잠들어 있었다. 묘역의 큰 길을 따라 조금
걸어 들어가니 막다른 곳에 자안사가 있었다. 띄엄띄엄 늘어선 묘비만
없다면 여염집과 다를 바 없어 보였다.

오아나 류이치가 설계한 그의 묘비는 자안사
바로 입구에 서 있었다.

'芥川家之墓'

짧은 겨울해가 비껴가는 어스름 속에서 나는
잠시 그와 마주하고 있었다. 유서를 쓰면서 '나
는 지금 가장 불행한 행복 속에 살고 있다.'는
그가 떠올랐다.

'아쿠타가와 류노스케'

하고 눈으로 이름을 따라 부르니 그가 말을
걸어오는 것이다.

'인생은 참으로 낙장이 많은 책과 같아요.'

그러자 뜯어진 책의 낱장이 잠시 내 눈앞을
어지럽힌다. 낙화처럼 흩어진다. 사소설 논쟁을
벌여 그를 괴롭히던 다니자키 준이치로도 공교

아쿠타가와 묘비

롭게 자안사에 안장되었다. 낙화 같은 목숨들이었다. 칼날의 이가 빠진 가느다란 검을 지팡이로 한 채 단지 어두컴컴한 속에서 그날그날을 보냈다는 이 작가의 절망을 끌어안는다. 왜 벽에 날아와 앉았을까? 투명한 날개의 잠자리여. 그것은 '슬픔'일 수밖에 없었는가? 나는 그가 날아와 앉은 벽의 의미를 생각했다.

7월 24일 새벽, 창백하게 눈감은 남편의 얼굴을 내려다보며 '여보 오히려 잘되었네요.'라고 중얼거리던 후미 부인의 모습도 눈에 잡힐 듯했다. '도깨비라도 좋으니까 남편이 만나러 와 준다면'하고 남편을 그리워하던 후미 부인은 41년 뒤 이곳으로 올 수 있었다.

아쿠타가와가 세상에 남긴 마지막 하이쿠.

　　自嘲, 水洟や鼻の先だけ暮れのこる
　　'자조(自嘲)의 눈물방울이여, 코앞에 땅거미만 지네.'

맨 정신으로 쓴 유서의 이 한 구절로 나는 그와 통절하게 만난다. 자기의 생애가 끝나려 하는 것을 또 한 사람의 자기가 멀리 떨어져서 조소하며 바라본다는, 자신의 인생이 조금 남아 있으나 곧 어둠 속으로 사라질 것이라는, 역시 자의식이 강한 아쿠타가와다운 구(句)라고 하겠다.

그는 비에 젖어 아스팔트 위를 걷고 있었다. 눈앞에 밝은 선을 그으며 자줏빛 불꽃이 올라왔을 때. 인생을 되돌아보며 '아무 것도 바라는 것이 없었다.'고 했다. 아무것도 바라는 것이 없었다는 그의 말을 왠지 곱씹게 된다.

'하지만 이 자줏빛 불꽃만은 ─ 하늘의 황홀한 불꽃만은 목숨과 바꾸어도 좋았다.'고 〈불꽃놀이에서〉 쓰고 있다.

모파상은 기름이 떨어진 램프처럼 죽음을 맞이했다고 하지만 아쿠타가와는 캄캄한 밤하늘에 '황홀한 불꽃'으로 섬광을 긋고 홀연히 사라진 별이라고나 할까. 목숨과 바꾸어도 좋을만한 그 황홀한 불꽃 ― 나는 그의 예술혼 앞에, 뜨거운 경배를 드렸다.

예술로써 인간의 사바고(娑婆苦)를 극복하고자 한, 눈물겨운 삶과 오직 쓴다는 작가적 행위로 자신의 삶을 증명해 보인 아쿠타가와 류노스케. 그를 생각하면 뭔지 모를 환희와도 같은 고통이 내 안에서도 지나간다.

선택된 황홀과 불안, 이 두 가지 내게 있으니
- 폴 베를렌느

문학에 대한 열정으로 가슴이 뜨겁던 나의 20대는 1960년과 맞물린다. 4 · 19가 일어난 해라서인지 '4월은 잔인한 달'이 자주 우리들 입에 오르고 그해 1월 카뮈의 교통사고 소식은 우리를 안타깝게 하였다.

실존주의와 부조리 문학이 풍미하던 1960년대의 중심에는 카뮈와 사르트르가 있었다. 당시 일본에서는 태평양전쟁이 종식되면서 패전의 허탈과 혼미함 속에서 전후파 작품들이 속출하기 시작했고 나는 그때 다자이 오사무(太宰治)와 만날 수 있었다. 귀족의 몰락과 퇴폐의 미를 그린 ≪사양≫에서 순수한 한 영혼의 실패와 패배할 수밖에 없는 작중인물을 통해 결국 우리들 모두는 생의 패배자가 아닐까 하는 생각을

폴 베를렌느 초상화

갖게 해주었던 것이다.

전후(戰後)의 퇴폐주의와 데카당스, 적당한 방기(放棄)로 이어지는 허무주의와 자학. 이런 것과 맞물려 내 20대의 문학적 센티멘털리즘 속에는 다자이 오사무와 폴 베를렌느(Paul Verlaine(1884-1896))가 들어 있었다.

5년 전 1월, 일본의 동북 지방 아오모리의 눈길을 뚫고 다자이의 기념관을 찾아갔을 때, 그의 집 뒤에 있는 호야공원에서 나는 베를렌느와 마주쳤다. 다자이의 문학비에는 그가 애송하던 베를렌느의 시구 석 줄이 적혀 있었다. 이 우연을 어떻게 설명해야 할까, 가슴이 마구 뛰었다.

> 선택된
> 황홀과 불안
> 이 두 가지 내게 있으니.

그의 서재에서 보았던 다자이의 친필임에 틀림없었다. 불문학을 전공했던 다자이도 베를렌느를 좋아했던가 보다. 이것을 두 사람의 공통점으로 삼을 수도 있겠다.

인생에 대한 근원적인 비애감, 실의와 우울, 관능과 고뇌, 마약과 환각, 황홀과 불안으로 이어지는 나약함과 탐미주의로 일별할 수 있다. 유류상종(類類相從)이라고 했던가. 영혼도 동질의 정서끼리 같은 유파로 나눌 수 있겠다. 보들레르의 장례식에 참석한 폴 베를렌느. 사실 보들레르만큼 복잡한 내면을 지닌 사람도 흔치 않을 것 같다. 그는 내면 일기 〈나심(裸心)〉에서 이렇게 적고 있다.

> 사람은 누구나 언제고 양쪽으로 향하는 두 마음을 동시에 지니고 있다. 하나는 신(神) 쪽으로, 또 하나는 사탄 쪽으로.

그리고 그는 아주 어렸을 때 벌써 가슴속에서 두 개의 모순된 감정을 느꼈다고 적고 있다. "삶의 끔찍함과 삶의 환희를." 여기에 "선택된 황홀과 불안"을 배치시켜 본다. "이 두 가지 내게 있으니."

폴 베를렌느의 인생도 늘 이런 '두 마음'이었다. 선과 악 사이에서 그리고 아르튀르 랭보와 아내 사이에서 괴로워하였다. 허긴 어려서부터 까닭 모를 비애감이나 불행한 예감은 보들레르도 마찬가지였다. 보들레르는 가족과 친구들 사이에서조차 영원히 고독한 운명이라는 것을 느꼈다고 했으며 의붓아버지 손에 이끌려 기숙사로 들어갈 때 "아, 내 넋은 금이 갔네."라고 탄식했다. 겨우 나이 11살 때였다.

스스로 천형(天刑)에 처해진 시인 보들레르나 스스로 저주의 시인이 된 베를렌느. 또한 베를렌느처럼 동성애로 불행하게 된 오스카 와일드. 오만무례한 그도 어린애다운 순수함 때문에 파멸된 사람이었다. 그리고 보들레르가 에드거 앨런 포의 작품 속에서 내밀한 유사성과 그 일치를 발견하고는 흥분했다고 하듯 이들은 모두 한 유파로 묶을 수 있겠다.

회한과 굴욕으로 얼룩진 일생을 살았으나 베를렌느는 죽기 직전 시왕(詩王)에 선출되었다. 문학에서는 이겼으나 인생에서는 패배자. 그의 일생은 온몸으로 문학에 바쳤던 순교에 다름 아니었다.

파리에 체재하는 동안 나는 소르본느 대학 근처에 있는 베를렌느의 집과 멀지 않은 뤽상부르 공원을 가끔 찾았다. 토

뤽상부르 공원 안에 있는 폴 베를렌느의 동상

론에 열을 올리며 보부아르와 사르트르가 걷던 공원. 어린 보들레르가 아버지의 손목에 이끌려 산보하던 곳을 마음으로 짚어 보며 '시인의 뜰'을 거니는 행복에 잠겼다. 플로베르·조르즈 상드·생트 뵈브·스탕달·베를렌느·보들레르·쇼팽·베토벤·들라크루아·파브르의 조상(彫像)이 세워져 있었다. 예술 천국이다. 베를렌느의 동상을 끼고 왼쪽으로 굽어드니 보들레르의 반신 석상이 자리잡고 있었다.

두 사람은 멀지 않은 곳에 있었다. 베를렌느의 조상은 뤽상부르 공원 좌측 담 북편 화단에 있었다. 하얀 풀꽃에 둘러싸여 호감이 가는 얼굴은 아니지만 우뚝하게 세워진 몸체 위에 최영 장군처럼 눈썹을 치켜뜨고 묵묵히 아래를 좌시하고 있다. 흉상 아래 조각된 여인은 누구인지 모르겠다. 시인 말라르메가 그의 1주기에 부쳐 지은 〈묘석〉이라는 시구가 떠올랐다.

　　　이제 막 우리들의 방랑자로부터 벗어나서
　　　고독하게 뛰어다니는 베를렌을
　　　누가 찾는가!
　　　그는 풀 속에 숨어 있다.

　　　얕은 여울이라고 비난을 받는 죽음을
　　　입도 대지 않고 단숨에 마셔 버리지도 않고
　　　다만 선선히 수긍하고 죽음을 잡은 베를렌이여

시의 후반부다. 냉이꽃 같은 흰 풀꽃에 둘러싸여 굳은 표정으로 서 있는 그를 올려다보며 나는 말라르메의 말대로 그가 "다만 선선히 수긍하고 죽음을 잡았을까?"를 생각해 보고 있었다.

이 글을 쓰기 위해 작가별로 이름을 적어 둔 사진 봉투에서 그의 사진을

폴 베를렌느의 집

꺼냈다. 큼직하게 확대된 사진은 "La Maison de Verlaine"가 붉은 휘장에
간판 글씨로 적혀 있는 제법 큰 식당이다. 하단에 찍힌 날짜는 2000년 5월
15일이다. 남편이 찍어 준 사진 안에 나는 노천 테이블에 조금 심각하게
앉아 있었고 내 뒤에 베를렌느의 사진이 인쇄된 메뉴판이 걸려 있는 게
보인다. 식당 왼쪽 기둥에는 "1844년 3월 30일 메츠에서 태어난 폴 베를렌
느가 1896년 1월 8일 이 집에서 죽었다."라는 표지판이 나붙어 있고, 그
아래 어니스트 헤밍웨이가 1921년부터 1925년까지 이 건물에서 살았다는
석판이 걸려 있다. 그는 몽파르나스의 로통드 카페나 소르본대학이 가까
운 생 미셸 거리의 카페에 앉아 틈틈이 글을 쓰곤 했다. 헤밍웨이도 베를
렌느 때문에 이 집에 왔었을 것이고 나도 그들 때문에 가슴이 벅찼다. 그
는 벅찬 가슴을 친구에게 이렇게 적어 보냈다. "만약 당신이 젊은이로서
파리에 살아 보게 될 행운이 충분히 있다면, 그렇다면 파리는 이동하는
축제처럼 당신의 남은 일생 동안 당신이 어디를 가든 당신과 함께 머무를
것이다." 내게도 지금 파리는 헤밍웨이의 말처럼 그렇게 기억되고 있다.

베를렌느의 이름을 알게 된 것은 고등학교 불어 시간에서였다. 베를렌느는 음악을 말하는 시인이며 단어는 노래하는 시라는 설명을 들었던 기억이 어슴프레하다.

> 가을날, 비올롱의 긴 흐느낌.
> 단조로운 울적함에 마음 아파라.
> 종 울리면 가슴이 메어 파리해진 채
> 지나간 날 돌아보며 눈물 짓는다.
> 그래서 나는 모진 바람에 떠 날려
> 여기저기 뒹구는 낙엽 같아라.

프랑스 사람이면 초등학교 때부터 배워서 이 시를 모르는 사람이 거의 없다고 한다. 박옥줄 선생의 〈가을의 노래〉 원어 낭송은 입 안에서 방울을 굴리는 듯 아름다웠다. 그러나 내가 여름 방학에 시화(詩畵)로 꾸며 걸어놓고 본 것은 〈거리에 비 오듯 내 마음 속에 눈물비 오네〉였다.

> 거리에 비 오듯 내 마음속에 눈물비 오네.
> 가슴속까지 파고드는 이 쓸쓸함은 무엇이뇨.(생략)
> 배반한 이도 없는데 이 슬픔은 어인 탓일까.
> 무슨 이유인지 알 수 없음이 가장 큰 나의 번뇌니
> 사랑도 없고 미움도 없는데 그저 내 마음은 아프기만 하다.

천성이 나약한 그는 스스로를 제어하지 못하면서 이렇게 울고 아파하며 탄식하였다.

어디에서부터 잘못된 것일까? 그의 광기 어린 지옥 생활은. 공병 대위인 아버지와 양조업을 경영하는 부잣집 딸인 어머니 밑에 외아들로 태어나 사랑을 독차지하며 자랐다. 파리 대학 법학부를 중퇴하고 파리 시청에 근무하면서 시를 쓰기 시작, 22세 때 처녀 시집 ≪토성인의 노래≫로 데뷔했고, 26세에 마틸드 모테와 결혼하였다.

결혼한 지 불과 1년, 신혼의 보금자리로 아르튀르 랭보를 불러들인 것이 화근이었다. 우편으로 배달되어 온 랭보의 시는 그를 매혹시켰다. 여비를 동봉하며 당장 오라는 답장을 써 보냈다.

"오너라. 그대 위대한 영혼이여. 그대를 부르는 사람이 있다. 그대를 기다리는 사람이 있다."

이 한 통의 편지로 베를렌느의 가정은 무너지기 시작한다. 베를렌느는 랭보의 재능을 알고 있었다. 뭐니뭐니해도 두 사람의 관심은 사실 시에 있었다. 영악스런 천재 시인 랭보에게 그는 매달리게 되었고 빠져들게 되었다. 랭보는 착란과 고통과 광기의 갖가지 형태를 도구로 사용하여 위대한 병자로, 죄인으로 위대한 저주의 인간으로 되고 싶어 했다. 그것을 통해 자신이 지고한 현자가 되기를 바랐다. 그를 대표하는 '착란'은 스스로를 꿰뚫어 보는 착란이었지만 베를렌느의 경우는 늪에서 헤어나지 못하는 허우적거림의 착란이었다. 벌써 열여섯 살에 훌륭한 시를 쓰고 열아홉 살에 시를 버리고 떠난 랭보 역시 나그네길에서 숨을 거둔다. 류머티즘과 매독의 합병증으로 절단한 오른쪽 다리가 악화돼서였다. 37세로 천재시인의 생애도 마감된다. 천재성과 방약무인의 행동으로 베를렌느를 매료시킨 이 조그만 악우에게 이끌려 그는 밤마다 술에 만취하여 방탕을 거듭했고, 탈선을 나무라는 아내마저 학대하였다.

술이 깨면 부끄러워하고 후회하면서도 랭보와 어울리면 다시 이성을 잃었다. 가족을 등지고 랭보와 가출하기에 이른다. 랭보의 시집대로 '지옥의 계절'이 시작된다. 벨기에로 런던으로 이어진 이들의 남색 동거 생활은 열 살 아래이던 랭보의 주도로 이어졌고, 베를렌느는 나이 어린 '지옥의 남편'에게 굴종하는 '광기의 처녀'가 되어 있었다. 불화로 헤어졌다가 다시 합쳐지는 광기의 연속으로 이어졌다. 그러는 동안 베를렌느는 아내에게 이혼 소송을 당하고 랭보에게 결별 선언을 듣게 된다. 절망한 베를렌느는 술에 만취해서 랭보를 권총으로 쏘았다. 총알은 랭보의 오른손을 스치고 상처를 입히는데 그쳤지만 위기를 느낀 랭보가 경찰의 보호를 요청하는 바람에 그는 감옥에 갇히는 신세가 되고 만다. 그들의 1년 여에 걸친 '지옥의 계절'은 종말을 고하고 2년 간의 감옥살이를 마치고 출소하나 이혼 소송이 끝난 뒤였다.

그는 벨기에의 감옥 안에서 신을 찾는다. 가톨릭에 귀의했으나 안정된 생활은 오래 가지 않았다. 술과 동성애. 노트르담 중학교 교사로 근무하면서 제자 류시앙 테티노프와 뜻이 맞아 영국으로 달아난다.

4년 후 테티노프도 죽고 그는 거듭되는 주벽 난동으로 몇 차례 감옥과 자혜병원의 신세를 지며 추하고 욕된 삶을 이어 나갔다. 결국 심한 알코올 중독과 왼쪽다리의 중증 관절염에 시달리며 제대로 움직이지도 못하는 채 창녀 외제니 집에 얹혀살았다. 어떤 기록을 보면 "워낙 의지가 박약한 탓인지 출소 후 또다시 한 미소년과의 동성애에 빠지는 등 추문과 빈궁의

비참한 생활을 보내다가 52세에 데카르트 가의 어느 낡은 집에서 동거생활을 하고 있던 창녀가 지켜보는 가운데 세상을 떠났다. 당시 폐렴을 앓던 그는 이미 간경화·심장병·제3기 매독으로 인해 다리를 저는 등 고통을 받았다."라고 적고 있고, 프랑수아 포르셰가 쓴 ≪사실대로의 베를렌느≫에서는 그의 임종 모습이 더 가엾게 묘사되어 있다.

차리의 바티뇰 공동묘지에 있는 베를렌의 무덤

1896년 1월 7일 저녁, 그는 마지막 성례(聖禮)를 받았다. 밤에 그가 일어나고 싶어 하자 곁을 지키던 외제니 크랑츠가 말리다 못해 화가 나서 욕을 퍼붓고는 병자를 내버려 둔 채 술을 마시러 나가 버렸다. 이튿날 새벽, 베를렌느는 발가벗은 채 죽어 있었다.

그의 시신은 파리 북단의 바티뇰 공동묘지에 묻혔다. 묘비는 그만두고 흔한 표지판 하나 없어 찾기는 쉽지 않았다. 이 세상에 묘표 하나 세우지 못하고 떠난 모차르트가 음악으로 우리를 구원하듯 그의 시 또한 그러하리라고 믿는다.

나는 그의 다정한 친구 코페(Francois Coppée, 1842－1908)가 쓴 ≪베를렌느 시집≫ 서(序)를 그의 무덤에서 읽어 주고 싶었다.

슬프다. 어린애와 같이 그는 아무런 방어도 없었거늘, 생은 그것을 누누이 요구하여 비참하게도 상해(傷害)를 입은 것이다. 그러니 고통이란 원래 천재의 배상이니, 이 말은 아마도 베를렌느를 두고 한 말이다. (생략) 나는 증명한다. 자기 예술과 노력 속에 모든 것을 아끼지 않는 폴 베를렌느의 청춘의 벗들은 만일 자기가 베를렌느와 같이

영원히 존재하는 몇 페이지의 작품을 남겨 자기의 무덤 위에 불휴의 월계가 꽃핌을 보게 된다면, 모든 환락과 행복된 생활의 허영을 버리고 이 가엾은 렐리안의 빵 없는 낮과 잘 곳 없는 밤을 달게 받으리라 생각한다.(생략)

불쌍하고도 영광스러운 시인이여. 그는 마치 나무 잎새와 같이 노래함보다는 탄식이 더 많았었다. 내가 언제나 사랑하던, 또 나를 언제나 잊지 않았던 박행(薄幸)한 벗이여!(생략)

데카르트 가(街) 37번지, 그가 죽어 나간 집에서 그날의 정황을 그려보며 나는 남편과 마주앉아 짙어 가는 어둠 속에 서서히 잠기고 있었다. 전등에 불이 켜지고 이윽고 홀 안쪽 벽 전면에 새겨진 그의 시 〈하늘은 지붕 위로〉에도 불이 들어왔다. 붉은 동판에 새겨진 글씨도 불그레 한잔 술이 오른 듯해 보였다.

베를렌느의 집에 있는 시 동판

오, 그곳의 너, 무엇을 하였기에
끊임없이 울고만 있느냐.
말하라, 그곳에 있는 너, 무엇을 하였더냐?
너의 젊은 날을 어떻게 보냈더냐?

그의 육성은 자꾸만 나를 향한 물음으로 다가왔다.
"너의 젊은 날을 어떻게 보냈더냐? 어떻게 보냈더냐…?"

젊은 날, 문학에 대한 열망을 잠재우고 그저 앞만 보고 달려온 세월. 인생의 본문이라야 고작 결혼해서 부모 노릇, 자식 노릇으로 다 가버린 시간이었다. 그러다 어느 날 갑자기 퇴직 인생이 되어 버린 남편과 나. 스스로를 보상받기 위해 우리는 한 달 간의 파리행을 결심했다. "너무나도 짧은 우리들의 여름, 그 발랄한 광명이여!"를 외치던 보들레르의 무덤도 찾아보고 작열하는 태양 아래 한번도 눈부시게 빛나지 못했던 내 젊은 날을 쓰다듬으며 목마른 사람처럼 그리움만 안고 이곳에 달려왔다. 파리. 특별한 볼 일이 있는 것도 아니고 그저 예술가들의 자취를 더듬고 그 언저리를 배회하면서 마치 인생의 본문에 대한 주석을 확인하는 것 같은 심정이라고나 할까. 기쁠 것도 슬플 것도 없다던 모파상처럼 인생이란 항용 회한과 눈물뿐인 것을 새삼 확인하면서 '베를렌느의 집'에 앉아 가엾게 죽은 그를 생각했다. 그의 영혼이 내 의식 속으로 뚫고 들어와 일시적으로 나는 그가 된 듯한 기분이 들었다. 그가 느끼는 감정 그대로를 느껴보고 싶었다. 왁자하게 떠드는 젊은이들 틈에 끼여 아무렇지도 않게 그곳에 앉아 있었지만 왠지 흠신 뚜드려 맞듯 크게 한번 취하고 싶은 심정. 눈끝에 매어 달린 물방울처럼 인생이라는 것이 그렇게 무화(無化)되어 버리도록 죽을 만큼 한번 취하고 싶었다.

나에게는 하루하루가 만년(晚年)이었다
- 다자이 오사무

아오모리의 사양관을 찾아서

참 이상하다. 평소에 잘 잡히지 않던 형상이나 어떤 기억도 눈을 감고 있으면 오롯이 떠오를 때가 있다. 기억 속 어두운 동굴 계단을 내려서면 미로(迷路)가 저절로 찾아지는 때처럼. 전생(前生) 여행 같은 이 기억 놀이를 위해 이따금씩 나는 눈을 감아 본다. 일본의 혼슈 지방, 최북단에 있는 아오모리로 향해 가는 비행기 속에 앉아서도 나는 눈을 감았다. 내가 아오모리라는 지명을 접하게 된 것은 1960년대 ≪일본전후문제작품집≫에서 다자이 오사무(太宰治)의 이름을 알게 되면서부터였다. 거기에 소설 ≪사양(斜陽)≫이 수록되어 있었다. 특히 시인이던 신동문 씨의 번역 문장은 너무도 아름다워 숨막히는 순간의 절망의 미를 그대로 우리에게 옮겨다 주었다. 그 시절 어느 해 가을, 무교동의 어느 대폿집에서 우연히 다자이를 좋아하는 사람들끼리 모이게 되었다. 시인 고은 씨가 나를 신동문 씨에게 소개해 주었다.

"다자이를 몇 번이나 읽었습니까?"

대뜸 던진 그의 첫 마디였다. 그리고 이어령 씨와 동창인 그의 아내 진 여사는 다섯 번인가를 읽었다고 말했다. 그날 밤 우리는 다자이의 혼이 씌운 듯 우에하라 선생의 '키로칭'을 흉내내며 실컷 떠들고 웃고 퍼마셨다. 함께라고 하지만 결코 나눌 수 없는 제 몫의 고통에 대해 각자 속으로 괴로워하며 미친 듯이 떠들어댔던 것 같다. 삶이 힘들고 그만큼 고통스리웠던 때였다. 힘에 닿지도 않는 어학 실력이지만 욕심이 나서 나는 다자이의 소설을 모두 일어본으로 구했다. 특히 그의 유서나 다름 없는 ≪사양≫이나 ≪인간 실격(人間失格)≫은 마치 죽은 동생의 일기장 이라도 되는 것처럼 지금껏 소중히 간직하고 있다.

다자이 오사무(太宰治). 그는 도호쿠(東北) 지방 끝에 위치한 아오모리현 쓰가루(津輕)에서 태어났다. 도쿄대학 불문과를 다녔으며 집안은 귀족의 명문가로 세금을 제일 많이 내는 대단한 부자이기도 했다. 1909년에 태어 나서 1948년에 죽었다. 그 무렵, 천황 히로히토의 무조건 항복으로 태평 양전쟁은 종식되나 일본에서는 패전의 허탈과 혼미 속에서 전후파(前後派) 작가들이 속출하게 되었다. 그들은 기존의 도덕과 윤리, 문학관 등의 권 위에 반발하는 작품들을 써내기 시작했다. 그중에서도 귀족의 몰락과 퇴 폐의 미를 그린 다자이 오사무의 ≪사양≫과 그의 자전적 소설 ≪인간 실격≫은 순수한 한 영혼의 실패와 패배할 수밖에 없는 작중 인물을 통 해 결국은 우리 모두 패배자가 아닐까 하는 생각을 내게 깊게 해주던 작품이기도 하다. 본인의 의지와는 아무 상관없이 펼쳐지는 운명 앞에서 나 역시 심한 상실감과 좌절을 겪고 있을 때였다.

1960년대는 유난히 내게 힘든 시기였다. 일요일마다 절에서 하던 경전

공부며 극단〈실험 극장〉에서의 연극 활동, 당시 국문과 학생이었던 나는 이시카와 타쿠보쿠의 시에 심취하고 두보와 베를렌느의 시를 벽에 써 두고 암송하며 문학을 사랑하고 있었다. 그런데 어느 날 카프카의 〈변신〉에서처럼 갑자기 서울 시청 공무원으로 변신하게 되었고, 어머니의 돌연한 별세로 소녀가장이 되어야만 했던 암울한 시절. 베틀의 천을 가위로 자르듯 모든 것은 일시에 중단되고 말았다. 자지러진 핏빛 칸나의 꽃잎마저 전율스럽던 그해 여름, 나는 다자이를 읽고 또 읽었다. 동병상련이랄까? 현실에 적응하려고 애쓰면서도 상처만 받게 되는, 그리하여 자신의 생생한 상처에 손가락을 찌르고서 상처의 깊이를 재는 것 같은 자기 혐오의 고백, 자학의 정신, 거기에 다자이의 윤리가 싱싱하게 풍기는 유례없는 다자이 예술의 깊이를 이해할 수 있게 되면서 나는 퇴폐의 나락으로 떨어진 그의 행적마저도 가슴으로 끌어안을 수 있을 것 같았다. 사실 그의 작품들은 데카당하게 몸부림치며 죄의식과 니힐에 몸을 달구는 애가(哀歌) 아닌 것이 없었다. 이제 그를 찾아가는 아오모리 행 역시 어찌 보면 허무의 벽을 짚던 내 젊음이 고스란히 담겨 있는 그늘 한 점 없던 그 땡볕의 1960년대를 향해 거슬러 올라가고 있다는 느낌조차 들었다.

저 파아란 하늘의 파도 소리가 들리는 근처에
나는 무엇인가 소중한 물건을 잃어버리고 온 것 같다.

타니가와 슌따로의(谷川俊太郎) 시(詩)대로 나는 지금 잃어버린 시간을 찾아서 투명한 과거의 정거장으로 향하고 있는 셈이었다. 정확히 출발 두 시간 뒤, 일행은 동북 지방 아오모리 공항에 닿았다. 1999년 1월 17일 정오였다. 이 지방을 오쿠(奧)라고도 일컫는데 그것은 단지 지방 이름을

뜻할 뿐만 아니라 "저 깊고 먼 아득한 곳 또는 미지의 땅"을 의미한다고
한다. 그만큼 지리적으로 기후적으로 고립된 오지의 땅이다. 저 깊고 먼
아득한 곳. 무엇이 나로 하여금 이곳에까지 오게 한 것이었을까? 그것은
다름 아닌 한 번 일으킨 내 마음, 한 생각의 일어남이었다. 철없던 시절
에 품었던 다자이에 대한 그리움 때문이 아니었나 싶다.

아오모리는 눈의 나라였다. 일주일 전부터 시작하여 열흘 동안이나 내
린 눈으로 사방 어디를 둘러보아도 설국(雪國) 아닌 곳이 없었다. 나무와
지붕 위에는 하얀 눈이 솜처럼 얹혀 있다. 우리의 1960년대보다 더 낙후
된 시골. 이 지방에서 태어난 작가들, 다자이 오사무, 미야자와 겐지, 그리
고 이시카와 타쿠보쿠의 생가와 기념관을 찾아보려는 계획이 3박 4일의
일정으로는 무리한 것임을 알기 때문에 긴장되기도 했고 때에 따라서는
포기해야 할 부분도 있다는 것을 염두에 둘 수밖에 없었다. 공항 안내소
아가씨와 일정을 의논했더니 월요일은 어디든지 휴관이며 다카무라 고타
로오의 기념관은 동절기를 맞아 장기 휴관에 들어갔다는 것이다.

아오모리에서 하나마기(花卷)로 내려가 먼저 겐지와 고타로오를 보고
그곳에서 다시 북상하면서 시부타미(渋民)에 들러 타쿠보쿠를 보고, 아오
모리로 와서 다자이 기념관을 둘러보고 공항으로 나아갈 심산이었으나
그 이튿날이 월요일 휴관이어서 스케줄을 완전히 바꿔야만 했다.

그날은 일요일이었고 시각은 오후 1시 무렵이었다. 다자이의 기념관
은 5시까지 문을 연다고 한다. 지체 없이 길을 나섰다. 서투른 말로 몇
번씩 되물어가며 기차와 버스를 갈아타고 고쇼가와라(五所川原)역에
내렸다. 4시가 가까워지니 입 안에 침이 마른다. 밖은 벌써 어두워지려
한다. 우리는 비싼 택시를 타지 않을 수 없었다. 나는 초조와 기대로
마음이 편치 못했다. 이윽고 가네기(金木)란 팻말이 보이더니 이내 사양
관(斜陽館)이란 표지판이 나왔다. 보나마나 그의 대표작인 〈사양〉에서

연유된 것이리라. 가슴이 뛰기 시작했다. ≪사양≫의 작중 인물 나오지와 그의 누나 가즈코를 내가 어찌 모른다고 하랴. 마음속에 끌어안고 살았던 피붙이 같은 그들을 만나러 가는 듯한 친밀감으로 나의 감정은 설핏 고조되고 만다. 그의 집 앞에 드디어 당도하였다. 얼마나 별렀던 곳인가.

시곗바늘은 4시가 조금 지나 있었다. 서둘러 입장권을 끊고 집안으로 들어갔다. 겉보다는 내부의 규모가 대단했다. 다자이는 이 집에 대하여 〈고뇌의 연감(年鑑)〉에서 이렇게 쓴 적이 있다.

아버지는 몹시 큰 집을 지었다.
풍정(風情)도, 아무것도 없이 다만 크게 지었다.

과연 그의 표현대로 큰 집이었다. 1층에 방이 11개 278평, 2층에 방이 8개 116평. 부속 건물과 연못이 딸린 정원 등 택지 약 680여 평이나 되는 호저(豪邸)였다. 한때는 남의 손에 넘어가 여관 〈사양관〉이던 이 집을 가네기마찌에서 사들여 가네기 지정 유형문화재로 지정하고 복원 공사를 벌려 '가네기 다자이 오사무 기념관 사양관(金木町太宰治記念館 斜陽館)'으로 개관한 것은 평성(平成) 10년 4월 17일의 일이라고 한다.

1층 전시실에는 다자이에 관한 비디오가 돌아가고 있고 다다미가 깨끗한 화실(和室)에는 글씨나 그림의 족자들이 격조 있게 걸려 있다. 2층 전시실에는 그의 육필 원고, 저서, 장서, 필기 도구, 가재 집기, 가족 사진, 그가 입던 의복, 검은 망토 등이 진열되어 있다. 전시실에 들어서니 실물대의 그의 사진과 곧바로 마주서게 된다. 속으로 나는 친화력을 불러일으켰으나 의외로 그는 무표정한 얼굴이었다. 핏기라고는 없는 창백한 얼굴에 검은 망토를 두른 탓인지 순간, 드라큐라 백작이 연상되기도 했다. ≪인간 실격≫에서 다자이는 주인공의 모습을 세 장의 사진으로 풀어 설명하고 있는데 그것은 다름 아닌 다자이 자신의 모습이기도 한 것이다.

한 장은 열 살 전후 한 남자 아이 사진인데 그는 누나와 사촌들 속에 둘러싸여 고개를 삼십도 가량 왼쪽으로 기울이고 추하게 웃고 있다. 왠지 싫은 아이다. 아이의 웃는 얼굴은 볼수록 기분 나쁘게 느껴진다. 주먹을 단단히 틀어쥔 그것은 웃는 얼굴이 아니다. 원숭이가 웃는 얼굴이다.

두 번째 사진은 미모의 학생이 단정한 학생복을 입고 능숙한 미소를 짓고 있는데 어딘가 모조품 같은 느낌이 든다. 어쩐지 이 사진도 괴담에서와 같이 기분 나쁘게 느껴진다.

세 번째 사진은 도무지 나이를 알 수 없는 반백인 듯한 머리로 더러운 구석방에 앉아 화롯불을 쬐고 있는 사진인데 이번에는 웃고 있지 않다. 화로에 두 손을 쬐고 있으면서 자연스럽게 죽어 있는 듯한, 참으로 꺼림칙하고 불길한 냄새가 나는 사진이다. 무어라 말할 수 없이 보는 사람으로 하여금 소름끼치게 하고 기분 나쁘게 만든다. 나는 이제까지 이런 이상한 사나이의 얼굴을 본 적이 역시 한 번도 없었다.

어릴 때부터 병약했던 다자이는 막내여서 언제나 맨 끝자리에 앉아 식사를 했다. 방안은 어둠침침했고 열댓 명의 가족이 묵묵히 밥을 먹는 광경은 언제나 으스스한 느낌을 주었다고 그는 술회했다. 대인공포증이 점점 심해진 그는 어릿광대짓을 해서 가족들을 웃겼고, 체조 시간에는 일부러 철봉에서 떨어져 친구와 선생님까지 웃음을 터뜨리게 만들곤 했던 묘한 아이였다.

그는 가면과 허위로써 연기를 하고 있는 또 하나의 자신을 빤히 직시하면서 위와 같이 썼던 것이다. 이러한 자의식에 저항하고 부끄러움에 몸부림치면서 마약중독과 자살 미수, 끝내는 미치광이가 되어 정신병원에 입원하게 되고 만다.

나 또한 ≪사양≫의 여주인공처럼 그때 허허벌판에 서 있었다. 그때 나는 소설 속 나오지의 유서를 읽고 또 읽었다.

≪인간실격≫의 요오조오나 ≪사양≫의 나오지는 바로 다자이 자신의 모습이었고 다른 한편으로는 나의 어떤 내면의 모습이기도 하여서 때로는 거울을 보는 듯한 전율마저 느끼며 그 유서를 거듭 거듭 읽어내려갔던 것이다. 실제로 다자이는 여러 번의 자살을 기도하면서 나오지를 빌려 자신의 유서를 이렇게 쓰고 있다.

> 누님 안 되겠어요. 먼저 가요.(…)
> 나라는 풀은 이 세상의 공기와 태양 속에서는 살기 어렵습니다. 살아가기에는 어딘지 한 군데 모자라는 점이 있습니다. 부족한 것입니다. 오늘까지 살아온 것도 큰 노력이었습니다. (…) 강한 세력에 밀려서 지지 않으려고 마약을 쓰며 미치광이가 되어 저항했습니다.(…)
> 나는 놀기만 하였지만 조금도 즐겁지가 않았습니다. 쾌락의 임포텐츠인지도 모르지요. 나는 오직 귀족이라는 자신의 헛도깨비에서 이탈하고 싶어서 놀고 미치고 거칠어진 것입니다. (…) 어젯밤의 술도 말짱히 깨었습니다. 나는 맨 정신으로 죽는 것입니다. 다시 한 번 안녕하십시오.
> 누님, 나는 귀족입니다.

자신이 귀족이라는 긍지를 눈물겹게 되뇌이면서 죽을 수밖에 없었던 그의 심경에 나는 백 번 천 번 동조하고 아니 그것을 동경하기조차 했다.

다자이 오사무는 아버지가 가난한 농민과 친구들의 가족을 착취하여 부자가 된 것임을 알았을 때, 자신이 대지주의 아들이라는 사실에 죄의식을 갖게 된다. 병약한 어머니의 지병 때문에 하녀들의 보살핌 속에서 성장한 그는 나르드니키(토지 해방 운동) 공산주의 운동에도 참여하였지만 회의와 위화감으로 상처만 받고 거기에서도 나오게 된다.

가장 어리석은 형태로 자신을 멸망시키는 일만이 오히려 사회에 대한 유일한 봉사라고 생각하면서 그는 심한 자학의 길로 빠져들었다. 그리고 어느 죄수의 아내인 긴자의 여급 쓰네꼬와 자살을 꾀하였다. 세상에 지쳐 버린 서로를 확인한 두 사람은 가마쿠라의 밤바다에 뛰어들었다. 여자만 죽고 다자이는 구조되었고 그는 죽은 쓰네코가 그리워서 엉엉 울었다고 쓰고 있다. 이 사건으로 고향의 생가와는 완전히 의절되고 자살방조죄로 그는 연행된다. 평생 죄의식을 갖게 만든 사건이었다. 가마쿠라 산사에서도 목매달아 죽으려고 자살을 시도했으나 미수에 그쳤다. 세 번째 가서야 그는 정말로 죽을 수 있었다. 한때는 스탠드바 마담의 남첩(男妾) 같은 생활도 하였고, 작은 아파트의 방을 하나 빌려 춘화나 만화 같은 것을 그리면서 생계를 잇기도 했다. 그림 소질은 뛰어났던 것 같다.

"나는 인간이다. 인간적인 것은 무엇이나 내게 이상하지 않다."라는 몽테뉴의 말이 아니더라도 그의 못된 기행이나 괴벽을 나는 끌어안을 수 있을 것 같았다. 그는 인간이었고 더구나 순수한 인간이었으며 마약으로 차가워진 손바닥 아래로 더운 피가 흐르고 있는 섬세한 작가였다.

낡은 그라프 속에 들어 있는 사진 한 장.

대지진으로 사방이 타다 남은 벌판인데 유까다를 입은 여자가 혼자서 지친 듯이 앉아 있었다. 나는 가슴이 타서 재가 되는 것같이 그 처참한 여자를 그리워했다. 사나운 정욕조차 느꼈다. 비참과 정욕은 등과 배 같은 것인 모양이다. 숨이 멎을 듯이 괴로웠다. 시든 벌판에서 코스모스를 만나면 나는 그것과 똑같은 고통을 느낀다.

① 다자이 오시무(생가) 기념관
② 다자이 오사무의 생가에 있는 비디오의 작가
   모습

　다자이의 일기 중 한 토막이다. 까닭 없이 가슴이 타서 재가 되는 고통
이 내게도 옮겨진다. 놀라운 감수성과 따뜻한 인간애. 그리고 무엇보다
파가니니나 보들레르와 같은 괴이한 천재성, 그의 사진 앞에 서서 내면
의 어떤 울림이 피어나기를 기다리고 또 그가 내게 말을 걸어오기를 기
다렸다. 그러나 사진 속의 그는 시간 뒤편에 박제된 천재의 모습일 뿐이
었다. 그런 그를 찾아 눈길을 헤치고 이 허름한 시골 마을을 찾아 왔단
말인가. 조금은 허망했다. 그것은 좌절의 그늘 한 점 없던 어느 시기와
의 결별을 뜻하는 것이기도 했다. 기념관 앞에 있는 가게에 들러 ≪인간
실격≫의 육필 원고 사본을 기념으로 한 장 샀다.
　〈인간 실격〉이란 작품으로 다자이가 결국은 패배한 것이 아니라 승리했다고 말하지만 퇴색한 사진에서는 이미 패배도 승리도 없는 무상한 세월의 무게만이 느껴질 뿐이었다. 참으로 이상했다. 그를 바라보는 동안 내 마음도 이상하리만치 담담해졌다. 사느라고 열정도 한 풀 꺾인 나이에 이르러 이곳에 오게 된 탓일까? 무참한 전화(戰禍)의 여인에게서 그가 느꼈다던 정욕 같은 것은 내게서 일어나지 않았다. 이제서야 비로소 나는 다자이를 놓아 보낼 수 있을 것 같았다. 그것은 잃어버린 시간 속에 포함된 나의 좌절과 상실감에 대한 해방과 화해 같은 것이라고 할 수 있다.

다자이 기념관 뒤쪽에 있는 호야(芦野)공원에는 다자이의 문학비가 있었다. 타원형의 좌대 위에 올려져 있는 문학비는 높이 4미터. 맨 위에 검은 불꽃이 있고 그 속엔 도금한 불사조가 조각되어 있다. 불사조는 불 속을 날며 낡은 몸을 태우고 500년에 한 번 환생한다는 그리스 신화에서 차용한 것으로 다자이의 환생을 소망하는 의미가 담겨있다고 한다. 묘비에는 다자이가 애송한 프랑스의 상징파 시인 베를렌느의 시구 석 줄이 적혀 있었다.

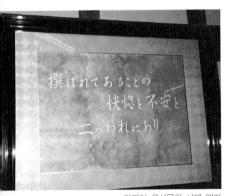
다자이 오사무의 서재 액자

선택된
황홀과 불안,
이 두 가지 내게 있으니.

자택 서재에서 그의 친필로 보았던 이 글귀는 다자이의 자화상 같다는 인상을 지울 수 없었다. 황홀과 불안, 정욕과 비참은 등과 배 같은 것이어서 그는 어느 쪽에서도 괴로워하였다. 시든 벌판에서 코스모스를 만나도 그는 고통을 느꼈고 작은 바람에도 늑골이 울렸다. 그의 다감(多感)은 세상을 살아 내기에는 큰 장애였다. 나오지의 말대로 그는 이 세상의 공기와 태양 속에서는 살기 어려운 풀이었다.

"누님, 나는 귀족입니다."를 뇌이며 맨 정신으로 죽을 수밖에 없었던 사람을 혈육처럼 가슴에 품고 나는 작열하는 태양 아래에 서서 얼마나 생을 안타까워하였던가.

아득히 세월은 흘러가고 그 어디쯤에 다자이가 살고 간 흔적이 남아 있는 것만 같아 눈길을 헤치고 예까지 찾아왔으나 찬 겨울밤, 눈 위에 푸른 달빛. 나는 빈 하늘만 올려다보았다. 언제고 그의 무덤을 찾으리라고 별렀다. 가네기 마찌의 팸플릿을 찾아 사양관에 전화로 그의 무덤에 대해 물었다. 한 시간 뒤, 팩스 송신이 도착되었고 거기에는 그의 무덤 사진과 약도가 첨부되어 있었다.

다자이의 무덤을 찾아서

신주쿠에서 JR 중앙선을 타고 미타카 역에서 내렸다. 2004년 12월 14일 사양관을 다녀온 지 5년만이었다. 이른 아침, 대합실을 빠져나오니 공기는 차고 거리는 깨끗했다. 도쿄 외곽이라 그런지 한적한 시골 맛이 난다. 중앙로 입구의 꽃가게에 들러 국화 두 다발을 사가지고 선림사(禪林寺)를 찾았다. 경내엔 목탁 소리가 울려 퍼졌다. 법당을 끼고도니 금새 묘지 안내판이 나왔다. 경내엔 모리 오가이와 다자이 오사무의 무덤 약도까지 그려져 있었다. 절 후원의 작은 묘역이었다. 온통 꽃에 둘러싸인 비석에 태재치(太宰治)라는 글자가 크게 써있었다. 본명 쓰시마 슈지(津島修治) 대신 다자이의 필체로 그의 필명을 새겼다. 노란 국화와 흰 국화를 섞어 만든 꽃다발을 그의 무덤 앞에 바쳤다. 나의 20대를 온통 지배한 작가. 어떤 때는 〈사양〉의 가즈코와 나오지처럼 생각되던 사람이었다. 그로부터 45년이란 세월 뒤, 그의 무덤 앞에 서니 아득한 과거의 정거장에 홀로 버려진 느낌이었다. 사진을 여러 장 찍었다.

매년 그의 생일(6월 19일)이면 이 묘소에서 다자이를 추모하는 '앵두기(櫻桃忌)가 열린다고 한다. 다자이의 제자인 다나카 히데미쓰는 스승의 묘소에 와서 자살했다.

사람은 누구나 자기 혼자의 생애를 홀로 살고, 자기 혼자의 죽음을 홀로 죽는다. 왜 히데미쓰는 하필 이곳에 와서 죽었을까?

나는 묘비에 새겨진 그의 이름을 무연히 바라본다. 다자이 오사무(太宰治). "태어나서 죄송해요."라던 그의 얼굴이 떠오른다.

죽음은 개체적 고독이다. 몸이 아파서 잠 들 수 없는 밤, 나는 뒷방에서 혼자 아파하시던 아버지의 그 무서운 고독을 떠올린다. 누구나 그런 과정을 거쳐 죽음에 이르리라는 생각을 단단히 하게 된다. 조금씩 아픔을 카운트다운 하며 그것이 왔을 때, 당황하지 않도록 낯을 익혀 두어야 겠다는 생각으로 무장한다. 다자이가 건너다볼 수 있는 맞은편엔 그가 존경하는 작가 모리 오가이(森鷗外)가 누워 있다. 간단히 참배하고 절을 나왔다.

"죽으려고 생각했다. 올해 설날, 옷감을 한 필 받았다. 새해 선물이다. 천은 삼베였다. 쥐색 줄무늬가 촘촘하게 박혀 있었다. 여름에 입는 거겠지. 여름까지 살아있자고 생각했다."라는 〈잎〉의 구절이 자꾸만 머리 속에서 맴돌았다.

다자이는 6월 13일 밤 야마사키(山崎富榮)와 다

마카와(玉川) 상류에 뛰어들었다. 기이하게도 그의 39세 생일이던 6월 19일 이른 아침에 유체가 발견되었다. 그의 집에서 멀지 않은 거리였다. '여름에 입는 거겠지, 여름까지만 살아 있자고 생각했다.'는 구절이 이상하게 마음을 흔들었다. 나는 비장한 심정으로 그가 뛰어내린 투신장소를 찾아갔다. 그러나 옥천의 맑은 물은 간데없고 하천은 웅덩이처럼 메워져 잡풀만이 우거져 있었다. 다만 그의 고향인 아오모리 가네기마찌에서 가져온 조그만 옥녹석(玉鹿石)으로 만든 조그만 무명비가 그 장소임을 입증하고 있었다. 무명비 옆에 다가가 앉으니 그의 인생의 자취가 너무나도 초라하게 느껴졌다.

"다자이의 정사(情死)는 마음이 아프다든지 슬프다든지 말하기보다는 더 한층 견딜 수 없이 암울한 생각을 우리들에게 느끼게 한다. 그것은 생전에 그의 소설이 나타내고 있던 세계의 해명을 몸으로써 증명했던 것 같다. 말하자면 정사(情死). 그 자체가 다자이가 원했던 최후의 무도(舞蹈)였던 것 같다. 이러한 감개를 실감한 사람은 나 한 사람만이 아닐 것이다. 다자이는 아쿠타가와(芥川)가 생애의 끝판에 도달한 지점에서부터 출발하고 있다."라고

다자이 오사무의 익사장소

말한 사람은 후쿠타란 작가였다. 정사(情死), 최후의 무도. 그 속내의 암울함을 더듬게 된다.

다자이는 문화나 부끄러움에 대한 설명을 우(優)자로 풀이했다. 인변(人)에 슬퍼한다는(憂) 우(優)는 다른 사람의 슬픔, 쓸쓸함에 민감한 것.

상냥함이며 인간으로써 가장 뛰어난 일이 아닐까? 더 나아가 약자의 패배자 입장에 머물며 부끄러움을 철저히 인식하는 일이라고 여겼다. 그리고 약자가 살아가는 데 있어 쓸쓸함과 적적함, 외로움을 이해하는 것이 인간으로써 부드러움이며, 그것이 문학이고 문화라는 예술론을 펼치기도 했다.

〈인간 실격〉에서 토로하듯 그는 가정과 사회 적응의 실격자였다. 그러면서도 부끄러움에 민감한 의식의 틀로 인간다운 인간이 되고 싶어 했다. 그의 문학은 스스로 패배해가는 자신의 모습을 긍정하는 입장에서 꽃을 피운 문학이라고 할 수 있다. 다자이의 위대함은 자신을 끝없이 파괴해 갔던 그의 삶의 여정에 있다. 모든 것을 잃고, 모든 것을 버린 자의 평안, 즉 무심한 경지를 그는 추구했던 것이 아닐까.

허영도 명예도 야망도 다 떨쳐 버릴 때 얻어지는 안심입명. '자연 속에서 작게 살아가는 것의 고독, 준엄함' 이것이 그가 지향했던 삶의 방식이었다. 미타카 골목길을 걸으며 나는 〈인간 실격〉의 주인공 요오조를 통해 그의 심정을 전해 듣고 있었다.

"다만 모든 것은 지나갑니다." "행복도 불행도 없이 지나가는 것만이 인간 세계에 있어서 유일한 전쟁"이던 그의 심정을 유추하며 56년 전, 그가 걸었던 골목길을 천천히 돌아 나왔다.

'인생이란 생각한 것처럼 그렇게 좋은 것도 아니고 나쁜 것도 아니라는' 모파상의 말이 그때 떠올랐다.

모파상의 43년, 그의 일생도 좋은 것만은 아니었다. 39년 다자이의 인생 또한 그랬다. 우울한 비관론자, 인생을 몸으로 견디어 낸 사람들이다. 그들의 고통을 생각하며 미타카 거리를 어슬렁거렸다. 다자이가 〈사양〉을 집필하던 곳은 미타카 역 근처였고, 조금 떨어진 곳에 그가 손님을 접대하던 술집 천초(千草)가 있었다. 폐병으로 드나들던 단골 약국이며,

〈인간 실격〉을 쓰고 〈굿바이〉 초고를 남긴 채, 아이들을 두고 집을 나선 구거는 하연작(下連雀) 3정목(丁目)에 있었다. 다자이의 발자취가 이사를 다닌 여러 군데에 남아있었다. 미타카 역에서 다마카와 상수 하류로 내려가는 길은 잘 다듬어진 산책코스였다. 그가 투신한 곳은 집필실에서 멀지 않았고 벗어놓은 신발처럼 남쪽 도로 위에 무명비(無銘碑)가 있었다. 비석을 쓰다듬으니 손끝에 와 닿는 차가운 감촉은 마약으로 체온보다 낮은 그의 손바닥 같았다. 아무 글자도 쓰여 있지 않는 무명비. 그 옆에 앉아 있으려니 그의 속말이 아프게 들려왔다.

"당시 나에게는 하루하루가 만 년이었어요." 그것이 나에게는 '내게는 하루하루가 죽음이었어요.'로 들려왔다.

자살은 그에게 있어 하나의 테마였다. 자신은 파멸되어야 할 인간이라고 생각한 다자이 오사무, 뿐만 아니라 그는 져서 파멸하는 그 흥얼거림이 우리들의 문학이 아닐까? 라고 되묻고 있는 것이다. 선뜻 약자 편에 서서 타인의 쓸쓸함과 괴로움에 민감했던 사람, 그는 스스로 '인간 실격자'라고 자칭했지만 누구보다도 가장 인간다운 사람이 아니었나 싶다.

그의 하루하루는 만년(晩年)이었는데 요즘 나의 하루하루는 어떠한가?
어느새 칠십 나이에 이르러 서른아홉 살의 그의 만년을 되짚어보고 있다. 사람에 따라 어느 나이건 그렇게 느끼는 사람에게 만년은 만년인 것이다.

삶이란 움직이는 그림자일 뿐
- 에드거 앨런 포

에드거 앨런 포(Edgar Allen poe 1809~1849)를 처음 알게 된 것은 고등학교 시절 그의 단편소설 〈검은 고양이〉를 통해서였다. 괴기스러우면서도 짜릿한 전율, 소설을 읽고 난 뒤의 느낌은 어쩐지 바로 에드거 앨런 포의 인상과 일치했다. 음울한 영혼, 괴기스러운 전율, 이것이 그에게서 받은 첫인상이었다. 포의 주인공들은 모두가 어두운 의식의 지하실에서 악몽을 꿈꾸며 유혼(遊魂)으로 떠돌고 있는 듯하다.

≪검은 고양이≫에서는 남편에게 살해당한 아내가 벽 속에 있고 ≪어셔가의 몰락≫역시 지하실에 생매장당한 여인이 누워 있다. 무엇이 그의 영혼으로 하여금 어두운 심연과 고뇌와 광기와 몰락에 탐닉하게 하였을까? 실제로 그는 작품 속 인물들처럼 불운하게 살았으며 죽음조차 기이하다.

에드거 앨런 포가 〈에너벨리〉를 썼던 그의 마지막 집

그는 어린 신부와 세 들어 살던 포오덤 코티지를 나간 후 다시는 돌아오지 못했다. 볼티모어 거리에서 쓰러져 객사한 불운한 그의 일생을 떠올리며 늦더위가 숨을 턱턱 가로막는 8월에 나는 그의 집을 찾아 나섰다. 뉴욕 퀸즈에서 맨해튼 북쪽인 브롱스(Bronx) 지구로 향했다. 72번가에서 지하철 D선을 바꿔 타고 할렘가를 지나 포오덤(Fordham)역에서 내렸다.

값싼 의류를 파는 노점 상인들이 인도까지 점유하여 세일을 외치고, 거리에는 색색으로 물들인 냉차 장사들이 늘어서서 가뜩이나 목마른 나를 유혹한다. 그러나 갈증을 참고 걷기로 했다. 그를 만나려면 이까짓 고통쯤은 왠지 참고 치러내야 할 통과의례처럼 느껴졌다. 목이 몹시 말랐다. 포의 오두막이 포오덤 대학 근처라고 하기에 우선 학교부터 찾아갔다. 애써 찾아가니 경비는 그런 사람은 알지도 못한다고 고개를 내젓는다. 애타게 몇 번씩이나 되묻는 우리가 딱해 보였던지 경비실 본부로 연락을 취하더니 그리로 가보라는 것이다. 나이 든 경비 책임자는 친절하게 자동차까지 내주며 기사에게 우리를 데려다 주도록 부탁했다. 포의 오두막은 학교에서 멀지 않은 거리에 있었다. 포오덤 역보다 차라리 킹스브릿지 역에서 내렸더라면 더 가까울 뻔했다. 철책 안에 하얀 나무집이 보였다. 헌신적인 아내 버지니아와 천재 시인이 살던 집. 그녀는 죽기 1년 전, 성 발렌타인 기념 선물로 남편에게 사랑의 시를 써서 바쳤다. 시의 첫줄 대문자는 에드거 앨런 포의 이니셜을 따서 지었다.

"사그러져 가는 내 폐는 오직 당신의 사랑으로 치유될 수 있어요."라는 구절도 보인다. 포가 그녀를 데리고 이 포오덤 커티지(오두막)로 온 것은 그녀에게 받은 헌시에 대한 보답인 것처럼 보인다고 한 것은 안내 책자에서 읽은 내용이다. 버지니아의 시신 앞에서 오열하던 포는 이 집에서 그녀를 위해 시 〈애너벨리〉를 썼다.

> 옛날 오래 오래전에 바닷가 한 왕국에
> 애너벨리라 불리는 한 소녀가 살았답니다.
> 이 소녀는 날 사랑하고 내게 사랑받는 것
> 이외에는 다른 아무 생각이 없었답니다.
> 나는 어렸었고 그녀도 어렸었답니다.
> 바닷가 이 왕국에,
> 그러나 우리는 사랑 이상의 사랑으로 사랑했었고
> 나와 나의 애너벨리는 천국의 날개 돋친 천사들마저
> 그녀와 나를 질투할 만한 사랑으로 사랑했었답니다.
> (…)

포가 사촌 여동생인 버지니아 클램을 사랑하여 결혼한 것은 그녀의 나이 열네 살, 포의 나이 스물일곱 살 때였다. 어리고 어린 신부였다. 그러나 포의 음주벽은 갈수록 심해지고 거기다 불손하고 방종한 성격이

가세하여 일정한 직업, 일정한 주거지 없이 이곳저곳
을 떠돌아야 했다. 그래도 포는 작품만은 꾸준히 쓰
고 있었다. 35세 때 그의 시 중 가장 걸작이라 일컫는
〈까마귀〉를 발표하여 명성을 굳혔고 ≪브로드웨이
저널≫의 편집 및 발행인이 되어 오랜 소망을 이루었
으나 재정난으로 곧 문을 닫아야 했다.

죽기 전 40세에 찍은 은판화

　생계는 말이 아니었고 버지니아의 건강은 악화일
로였다. 1846년에 포는 복잡한 뉴욕 시내를 떠나 공기
좋고 한적한 이 포오덤 마을로 이사 왔다. 이 바닷가
왕국에서 두 사람은 사랑 이외에는 다른 아무 생각도
없이 사랑 이상의 사랑으로 사랑했건만 채 일 년도
안 되어 그의 어린 신부는 딴 세상 사람이 되고 말았다. 1847년 1월 30일.
흰 눈 속에 덮인 이 작은 오두막집에서 25세의 나이로 생을 마감한 버지
니아 클램.

　　　이것이 이유였지요. 오래전, 바닷가 이 왕국에
　　　바람이 구름으로부터 불어와
　　　나의 아름다운 애너벨리를 싸늘히 한
　　　그리하여 그녀의 귀한 친척들이 와서
　　　나로부터 그녀를 데려가 바닷가 이 왕국에 있는 무덤에 가둬 버렸습니다.
　　　천국에서 우리의 반만큼도 행복하지 못한 천사들이
　　　그녀와 나를 시기한 것이었습니다.
　　　그렇습니다. 그것이 이유였습니다. 바닷가 이 왕국에 있는 모든 사람들이
　　　알고 있듯이, 바람이 밤에 구름으로부터 불어와
　　　나의 애너밸리를 싸늘히 죽인.
　　　그러나 우리들의 사랑은 훨씬 더 강했습니다.
　　　우리보다 나이 많은 사람들의 사랑보다

우리보다 현명한 많은 사람들의 사랑보다도.
그래서 천국의 천사들도
바다 밑의 악마들도
나의 영혼을, 아름다운 애너밸리의 영혼으로부터
떼어놓을 수 없었습니다.
그러기에 달빛이 비칠 때면
아름다운 애너밸리의 꿈이 내게 찾아들고
별들이 떠오르기만 하면 애너밸리의
빛나는 눈동자를 나는 느낀답니다.
그래서 밤새도록 나는 내 사랑—내 사랑,
내 생명, 내 신부의 곁에 눕는답니다.
그곳, 바닷가 무덤에서
철썩이는 바닷가 무덤에서.

— 〈애너밸리〉

버지니아를 잃고 1849년까지 포는 3년 동안 이 집에서 몹시 고통스런 나날을 보냈다. 밤마다 바닷가 무덤에서 신부의 곁에 드러눕는 에드거 앨런 포. 그는 자신의 견딜 수 없는 병적 상태를 이렇게 쓴 바 있다.

　내가 네게 작별을 고할 때 가졌던 슬픔의 고뇌를 너는 보았고, 너는 느꼈다. 그때의 우울한 내 표정을 너는 기억할 것이다. 재앙을 예견하는 그 무섭고 끔찍한 표정을. 그때 나는 진정으로, 진정으로 느꼈다. 심지어 그때에도 이미 죽음이 다가오고 있음을, 그를 앞서 간 그림자에 내가 연루되어 있음을, 아무것도 확실히 기억나지 않지만, (…) 나는 침대로 가서 길고 긴 끔찍한 절망의 밤 내내 울었다. 날이 새자 나는 일어나서 마음을 달래기 위해 쌀쌀하고 맑은 공기를 쐬며 빠른 걸음으로 주변을 산책했다. 그러나 아무 소용이 없었다. 악마가 나를 여전히 괴롭혔다. 마침내 나는 아편 팅크 7g 정도를 입수했다. (…) 나는 너무 심한 병에 걸려 있다. 몸과 마음이 너무 지독하게 병들어 있어 내가 이 무시무시한 흥분을 가라앉히지 않으면 살아

1875년 11월 17일 웨스트민스터 공동묘지에서의
에드거 앨런 포 이장식

갈 수 없을 것 같은 느낌이다. (…) 이 상태가 계속된다면 내 목숨이 끊어지
거나 아니면 어쩔 수 없이 미쳐 버리고 말 것이다.

포의 고통스러운 생의 마지막 현장이요, 우주 이론에 관한 산문시 ≪유
레카≫와 또 ≪우라룸≫을 썼던 작품의 산실이 철책 안, 저 건너편에
있건만 나는 안타깝게도 팻말 앞에서 되돌아서야 했다. 팻말에 써 있는
'Poe cottage(the home of) Edgar Allan Poe.' 그 아래 작은 글씨로 토요일은
오후 1시에서 4시, 일요일은 1시에서 5시, 수요일과 금요일에는 예약 전
화를 하라는 지시문과 전화번호가 적혀 있었다. 그날은 마침 목요일이어
서 되돌아설 수밖에 없었다. 그 다음 일요일의 개장 시간에 맞춰 나는
다시 포오덤 마을을 찾았다. 이번에는 어렵지 않게 그의 하얀 집 층계에
오를 수 있었다. 두근거리는 가슴으로 문을 두드렸다. 젊은 청년이 문을
열고 웃으며 맞아 준다. 2달러의 입장료를 내고 우선 안내 책자와 기념

엽서부터 몇 장 샀다. 안으로 들어서자 오른쪽에 관련 자료가 전시되어 있다. 작은 목조 건물이었다. 1층에는 작은 부엌과 거실, 침실이 있다. 거실의 벽난로 앞에는 포가 앉았던 흔들의자와 소탁자 두 개, 그리고 책장 앞에 등잔불과 책 한 권이 놓여 있다.

옆에 딸린 아주 작은 침실이 가엾은 버지니아가 숨을 거둔 곳이다. 창문이 닫힌 빈 방에는 아주 작은 침대, 장난감 같아 보이는 작은 탁자와 의자 하나 그리고 거울이 전부였다. 정말이지 손바닥만 한 방이었다. 반 고흐가 누웠던 방만큼이나 가슴이 막혀 오는 좁은 방이었다. 싸늘한 시신이 되어버린 신부 옆에서 오열하였을 포의 모습이 그려진다.

방을 나서니 거실 왼쪽 귀퉁이에 세워진 에드거 앨런 포의 동상이 우리의 마음을 다 안다는 듯이 빤히 내려다보고 있다. 영화배우 데이빗 닛분을 닮은 것 같기도 하고, 사립 탐정 같기도 한, 꼭 집어 표현할 수 없는 묘한 느낌을 주는 그런 얼굴이다. 작은 통로를 따라 2층 계단을

오르니 좁다란 구석방 옆에 포의 서재가 있다. 접이식 의자 열네댓 개가 놓인 그 방은 영상 자료실로 〈애너밸리〉의 시가 그림을 곁들여 소개되고 있었다.

해마다 이 집에서는 포의 시 낭독회가 열린다고 한다. 원래 포의 오두막은 킹스브릿지 로드 쪽에 있었는데 포오덤 마을이 뉴욕 시로 편입되어 인구가 늘어나고 새 아파트들이 들어서면서 낡은 포의 집이 그 사이에 끼게 되자 1912년 뉴욕시가 사들여 지금의 자리로 옮겨 당시 모습대로 복구하였다고 한다. 포가 살아 있을 때와 똑같은 가구며 소품들로, 즉 1840년경의 것으로 모두 배치했으며 벽의 페인트 빛깔까지도 그가 살아 있을 때의 기분이 들도록 같은 것으

에드거 앨런 포의 묘지

로 하였다는 설명이다. 버지니아의 장례 모습을 비디오로 막 보고 나왔다. 상가(喪家)를 다녀 나온 기분이었다. 영상 자료실 벽면에 붙은 또 한 장의 사진이 눈길을 끈다. 포의 무덤 사진이다.

웨스트민스터 교회 볼티모어라고 쓴 글자 아래, 하얀 묘비 중간에 포의 부조가 동판으로 새겨져 있고 맨 아랫부분에 'Edgar Allen Poe'라는 이름이 보인다. 그 앞에 빨간 장미 한 송이가 비스듬히 놓여 있다.

두 살 때 천애 고아가 된 포는 그의 아내 버지니아와 장모이자 숙모인 마리아 클램과 함께 지금 볼티모어의 웨스트민스터 장로 교회 묘지에 묻혀 있다. 묘지 안쪽에 있던 무덤을 나중에 문 앞으로 옮겨온 것이라고 한다. 한 가지 이상한 일은 해마다 포의 생일인 1월 19일이 되면 그의 무덤 앞에 반쯤 마시다 남은 브랜디 병이 어김없이 놓여진다는 사실이다.

우연히 나는 그의 오두막을 찾기 두 달 전, 그의 작품을 소개한 옴니버스 영화 〈죽음의 영혼(Histories Extraordinaries)〉을 보았다. 오랜만에 별 4개가 붙은 명화를 감상했다. 유럽의 명장 페데리코 펠리니, 루이 말, 로제바댕이 각기 각색 연출한 옴니버스로 포의 단편 〈토비 다미트〉 〈윌리암 윌슨〉 등이 소개되었다. 분열된 이중적 자아를 다룬 테마로 윌리암 윌슨 역으로 분한 알랭 드롱의 연기와 신비에 싸인 고성(古城)의 야성적 성주(城主) 역을 맡은 제인 폰다의 연기도 볼 만했다. 이 영화의 작중 인물들은 모두 죽음의 손에 의해 조종되는 '죽음의 영혼들'인 것이다. 영화계의 올림포스의 신으로 추앙되는 토비 다미트는 영국에서 로마에 도착하여 기자 인터뷰를 갖는다. 왜 마약을 하냐는 기자의 질문에 그의 대답은 "정상인이 되려고요" 했다. 순간 나는 온몸에 소름이 돋았다. 실제로 포도 마약과 알코올 중독 환자였다. 또한 그의 작중 인물들도 대부분 포처럼 모두 알코올 중독자이거나 아니면 신경쇠약 환자로 술에 취해

악몽을 꾸는 그런 사람들이었다. 그렇다면 에드거 앨런 포도 정상인이
되기 위하여 마약을 했더란 말인가?

　그는 40세가 되던 해, 버지니아 주 리치먼드에서 문학 강연을 마치고
오두막으로 귀가하던 중 돌연히 볼티모어의 거리에서 쓰러졌다. 행인들
에 의해 인근 병원으로 옮겨졌고, 사흘 만에야 정신이 들었다. 머리에
총 한 방을 쏘아 주면 좋겠다고 그는 말했다.

　"오, 하느님! …우리가 보는 것은 한낱 꿈속의 꿈입니까? 꿈속의 꿈처
럼 보이는 것입니까?"

　그는 장자(莊子)처럼 이렇게 중얼거리고는 귀찮은 듯 다시는 눈을 뜨지
않았다.

　영화에서 토미 다미트도 중얼거린다.

　"삶이란 움직이는 그림자일 뿐!"

　영화를 보는 내내 나는 토미 다미트가 포를 보는 것 같아서 처연한
심정을 거둘 수 없었다.

　그의 집 마당에 내려서서 집 주변을 돌아보며 서너 바퀴를 돌았다.

뒤뜰에는 커다란 노르웨이 단풍나무가 서너 그루 서 있었다. 그 위에 앉은 참새 떼가 나와 눈을 맞추려 한다. 그때 포의 시 〈까마귀〉의 마지막 구절이 떠올랐다.

다시는 포옹할 수 없으리(Quoth the raven—Nevermore).

잊었던 것이 용케도 생각난 듯이 '네버모어'라는 말이 머릿속에서 울려왔다. 그는 결코 살아서는 다시 이곳으로 돌아오지 않으려고 일부러 죽을 만큼 폭음을 했던 것은 아니었을까? 포의 집을 나와 모퉁이를 돌 때까지도 '네버모어'가 나를 따라 오는 것이었다.

슬픔이 있는 곳에 성지(聖地)가 있다
- 오스카 와일드

페르 라셰즈 묘지의 남쪽 89번 구역 끝에서 영국 작가 오스카 와일드 (Oscar Wilde, 1857~1900)의 이름을 찾아내기는 어렵지 않았다. 여느 묘지와는 판이하게 다른, 흰 대리석의 조각 작품이 눈길을 끌었다. 높이 3미터, 폭 2미터는 더 될 듯한 웅장한 직사각형의 대리석에 파라오 형상을 한 젊은 남자가 부조되어 있다. 묘비 중앙의 상단은 날개로 가득 차 있고 하단엔 여자들의 입술 자국이 별처럼 박혀 있다. 립스틱의 빛깔과 입술 모양이 각기 다른 그 숱한 키스 마크라니. 이토록 많은 키스 세례를 받고 있는 오스카 와일드는 어떠한 사람이었으며 이 키스 마크는 대체 무엇을 의미하는 것일까, 갑작스런 궁금증에 사로잡혔다.

19세기 말 영국 문단의 귀재였고 연극계의 기린아였으며 번뜩이는 기지와 해학에 넘치는 유미(唯美)적 담론으로 세인의 이목을 끌었던 사교계의 총아, 멋쟁이, 동화작가, 비평가, 예술지상주의자, 가면의 사도, 역설가, 남색가, 죄수번호 C33의 익명으로 〈옥중기〉와 〈레딩 감옥의 노래〉를 썼던 작가, 단막비극 〈살로메〉와 장편소설 〈도리언 그레이의 초상〉을 발표하여 19세기 말 데카당스 문학의 대표 주자가 된 사람. 그러나 그 어떤 호칭으로도 오스카 와일드의 사람됨을 잘 말했다고 보기는 어렵다. 보르헤스는 그를 두고 '악의 습관이나 불행에도 불구하고, 끄떡도 않는 순진무구를 계속 지니고 있는 사나이.'라고 평하였다.

그렇다. 보르헤스의 평가대로 그는 자신의 순수함 때문에 파멸된 사람이었다. 어린애다운 순진함과 때로는 방약무례한 오만함과 부주의한 경솔함은 그의 운명을 파멸로 몰아넣는 무기가 되었건만 그는 자중하기는커녕 독설과 무례를 그만두지 않았다. 단춧구멍에 해바라기를 꽂거나 둥근 금손잡이가 달린 등나무 지팡이를 들고 피카디리를 산책하는 등 멋을 부렸고 댄디즘적인 행동을 수없이 하여 많은 일화를 남기기도 하였다.

미국 순회강연을 위해 입국 절차를 밟을 때, 세관원이 그에게 신고할 것을 묻자 "신고할 것이라고는 나의 천재성밖에 없다."라고 말했던 그는 기지와 오만에 찬 진짜 천재였다. '소돔의 신사'라고도 불렸다.

소돔이란 창세기 19장에 나오는 이방의 마을로 근친상간과 온갖 악덕이 자행되던 매음굴을 지칭하는 것인데 왜 그에게 이런 불미스런 이름이 붙은 것일까? 승승장구하던 그의 운명이 하루아침에 급전직하로 전락되고 만 것은 법정으로까지 비화된 남색 사건 때문이었다.

1895년 5월 그는 영국 법정으로부터 유죄 판결을 받았다. 알프레드 더글라스라는 동성애적 경향을 가

오스카 와일드

진 귀족 미소년과의 남다른 관계 때문이었다. 더글라스 경의 부친 퀸즈 베리 후작이 "남색한을 자처하는 오스카 와일드에게"라는 모욕적인 명 함을 보낸 것이 발단이 되어 와일드가 먼저 그를 명예훼손으로 고발했던 것이다. 퀸즈베리 후작이 체포되었을 때 와일드는 더글라스와 함께 몬테 카를로를 여행하는 중이었다. 그러나 퀸즈베리 후작에 대한 기소는 각하 되고 반대로 와일드가 체포되어 이튿날 호로웨이 감옥에 갇힌다. 영국의 법정은 그의 소행이 사회의 미풍양속을 해쳤다며 2년의 징역을 선고했 다. 하루아침에 와일드는 자유와 지위를 잃어버렸다. 그리고 금치산자 로 파산을 선고받고 가족과도 절연되었을 뿐만 아니라 만인의 조소의 대상이 되고 말았다. 레딩 감옥에서 그는 꼼짝없이 중노동을 하며 2년 동안의 옥살이를 치러야 했다. 옥중에서 와일드는 어머니의 부보를 전해 듣게 된다. 시인이며 비평가이던 그의 어머니는 어린 아들에게 그리스와 이탈리아의 고전 문학을 지도하던 자상하고 교양 높은 부인이었다. 아들 의 불명예가 죽음을 재촉했을 것이라고 추측하는 사람들이 많았다. 그는 옥중에서 비애의 아름다움에 대해 또 예수 그리스도의 수난의 의미를 되새기면서 눈물로 참회하는 〈옥중기(獄中記)〉를 썼다.

> 고뇌란 하나의 기다란 순간이다. 그것을 계절로 나눌 수는 없다. 우리는 다만 그 계절의 느낌을 기록하고, 그 계절들이 되돌아오는 것을 적어 둘 수 있을 뿐이다. 죄수들에게는 시간 그 자체가 진행하는 것이 아니고 회전할 뿐이다. 그냥 고통이라는 하나의 축의 주위를 맴도는 것처럼 생각된다.(…) 슬픔이 있는 곳에 성지(聖地)가 있다.

그는 유달리 슬픔과 아름다움에 대해 민감했다. 와일드가 〈도리언 그 레이의 초상〉이란 소설을 발표하자, 비도덕적인 타락한 소설이라느니 난로불 속에 던져 버려야 마땅하다는 등의 비난이 쏟아졌다. 이에 분개한 와일드의 답변은 그의 예술론이라고 할 만큼 중요한 내용들을 담고 있었다. 여기에서 와일드는 예술의 무용성(無用性)을, 또는 비도덕성을, 즉 '예술을 위한 예술'을 선언한다. 그는 예술이 삶을 주도해야 한다고 강조한다. 그러므로 예술은 그에게 있어 삶이나 자연보다 우선했다. 그리고 아름다움보다 진리를 더 사모하는 예술가는 아직 예술의 지성소(至聖所)에 이르지 못한 자라고 폄하했다. 그가 ≪포트 나이틀리 리뷰≫지에서 발표한, 결국은 이 소설의 서문이 되고 만 내용을 잠시 주목해 볼 필요가 있겠다.

예술이란 아름다운 것의 창조자이다.
예술을 드러내고 예술가를 숨기는 것이 예술의 목적이다. (…) 아름다운 것 속에서 아름다운 의미를 찾아내는 자는 교양이 있는 인간이다. 이런 사람들에겐 희망이 있다. 이런 사람들이야말로 미적인 것이 단순히 '미(美)'를 의미하는 선택된 사람들이다. 윤리적인 책이라든가 불륜의 책이라든가 하는 것은 없다. (…) 예술가의 윤리적 공감이란 스타일에 관한 허용하기 어려운 매너리즘이니까. 병적(病的) 예술이란 없다. 예술가는 모든 것을 표현할 수 있으니까. (…) 무릇 예술이란 전혀 무용(無用)한 것이다.

이러한 주장으로 그는 빅토리아조 시대의 공리주의적 문학에 반기를 든다. 유미주의 문학의 가면을 씌운 〈도리언 그레이의 초상〉이란 작품으로 그는 영국 중산층의 도덕에 대해 과감히 맞섰던 것이다.
모럴리스트인 화가 배질 홀워드는 20세의 청년 도리언 그레이에게서 최고의 미를 발견하여 정성껏 그의 초상화를 그리기 시작한다. 그러나 이 그림에 깃든 것은 예술가의 넋이 아니라 도리언의 넋이었다. 도리언은 향락주의자인 헨리 워어튼 경의 쾌락주의의 영향을 받아 인생을 향락하기 시작한다. 쾌락에 탐닉하고 점점 악에 물들어 간다. 그러나 헤더

더블린에 있는 오스카 와일드의 동상

머튼이라는 순진무구한 처녀를 알고 나서부터는 지난날의 악행을 후회하게 된다. 피에 물들어 추하게 늙어 버린 초상화를 그는 스스로 나이프로 찢으려 했다. 그런데 막상 죽은 것은 도리언 자신이며, 뒤에는 아름다움에 빛나는 초상화가 남는다.

서문에서도 말한 바와 같이 "예술을 드러내고 예술가는 숨기는 것이 예술의 목적"이라던 취지와도 부합되는 이 소설은 부도덕한 것이 아니라 오히려 매우 도덕적인 작품이라고 보인다. 초상화에 그려진 도리언과 실제 도리언 간에 빚어지는 이중적 인격의 자아를 다룬 선과 악의 상극에서, 끝내는 미의 승리를 그린 작품이라고 할 수 있다. 훗날 와일드는 이 작품을 회고하며, 화가 배질은 동성애에 이끌린 자신이었고, 주인공인 미소년 도리언 그레이는 자신이 되고자 한 이상형의 인간이었으며 악의 유혹자 노릇을 하던 헨리경도 다름 아닌 와일드 자신이었다고 말했다.

오스카 와일드는 "영혼은 예술에게만 있고 인간에게는 없다."라는 지론을 도리언의 입을 통해 말하고 있으며 인생을 예술로, 그것도 유미주의적 예술로 바꿔 보려는 시도를 꾀했으나 도리언의 파렴치한 비도덕성으로 인해 결국은 파멸할 수밖에 없다는 결론을 내리고 있는데 이것은 불행하게도 작가의 자전적 삶과도 일치하고 있다. 그는 동성애에 대한 자신의 집착이 파멸을 가져오리라는 것을 진작부터 예감하고 있었던 것 같다. 그의 비극적인 운명 의식은 어쩌면 이미 어린 시절부터 시작되었는지도 모른다. 옥스퍼드 대학 시절 뉴디게이트 상을 받은 바 있는 그의 시 〈라베나〉는 한때 서로마 제국의 수도이던 아름다운 도시에 관한 것이었다. 이 시는 라베나의 몰락을 주제로 쓰여졌으며, 그의 시 〈헬라스〉 또한 예술가의 비극적 운명을 암시하고 있다. 그는 아름다움의 본질은 슬플 수밖에 없다는 사실을 자신의 생애와 몸으로 입증해 보인 셈이라고나 할까.

감옥에서 석방된 그의 나이는 43세였고 날짜는 5월 19일이었다. 와일드는 옥중에서 결심한 대로 프롬프 오라토리 수도원에 가서 새로운 인생을 시작하고 싶다는 편지를 냈으나 수도원은 거절의 답신만을 보내왔다. 두 손에 얼굴을 파묻고 몹시 흐느껴 울었다는 오스카 와일드는 주저 없이 그날로 영국을 떠났다. 그것이 고국과의 마지막 결별이었다. 만약 수도원에서 그의 청을 들어주었다면…? 하고 생각하다가 나는 고개를 젓고 만다. 어차피 그의 인생의 마지막 장은 비극일 것이기 때문이다. 여기에 또 한 사람의 얼굴이 떠오른다. 동성애에 빠져 있던 시인 폴 베를렌느도 오스카 와일드처럼 2년형에 처해졌었다. 그의 인생의 마지막 장도 비극으로 끝났다. 창녀 위제니의 방에서 혼자 치르는 쓸쓸한 임종이었다.

오스카 와일드는 자신의 운명을 전락시킨 더글라스와도 헤어져 1898년 1월부터 1900년 11월 30일까지 파리의 빈민가 하숙에서 3년 동안 고생하다가 결국 그곳에서 비극적인 생애를 마감하고 만다. 19세기가 저물어

오스카 와일드의 묘

가는 세기말 무렵이었다. 사망 진단을 한 의사는 서류에 뇌막염이라고 기입했고, 그의 장례에 참가한 사람은 가톨릭 신부와 로스, 그리고 하숙집 주인 뒤보리에뿐이었다.

그는 처음에 파리의 교외 바뉴 묘지에 묻혔다. 수목도 없고 인적조차 드문 쓸쓸한 곳이었다. 그러나 예술가를 사랑하는 파리 시민들은 그를 그곳에 두지 않았다. 조각가 제이콥 엡스타인이 만든 이곳의 대리석 무덤으로 옮겨진 것은 1992년의 일이지만, 연보에 의하면 페르 라셰즈 묘지로 옮겨진 것은 1909년으로 되어 있다. 묘비 아래의 검은 동판은 영어와 불어로 이렇게 적고 있다.

'오스카 와일드의 기억을 존중하여 주시고 이 무덤을 훼손하지 말아 주십시오. 이것은 역사적인 기념물로 법에 의해 보호되며 1992년에 송환되었습니다.'

이 무덤을 훼손하지 말아 달라고 한 것은 그 숱한 키스 마크, 심지어 소년의 허벅지 깊숙한 곳까지 닿아 있던 입술 자국을 우려한 것이 아닌가 싶기도 했다.

"난 너의 입에 입을 맞추었다.
요까나앙, 난 너의 입에 입을 맞추었다"

날개를 가득 편 오스카 와일드의 묘지에 조각된 미소년은 〈살로메〉의 요까나앙이 아닐까? 그러니까 오스카 와일드 묘비의 수많은 입술자국은 죽어서 다시 태어난 살로메들의 짓궂은 소행이었던 셈이다.

〈살로메〉가 파리에서 출판된 것은 그의 나이 39세 때였고 영국에서 상연 금지당한 이 작품이 파리에서 초연된 것은 그가 감옥에 있을 당시

1896년, 뤼네뽀에 의해서였다.

〈살로메〉는 그가 죽은 뒤 2년 후에 막스 라인하르트가 그의 소극장에서 연출하여 성공을 거두었고, 리하르트 슈트라우스가 작곡한 오페라가 드레스덴의 왕실극장에서 대성공을 거두었다.

유대의 공주, 에로디아스의 딸인 살로메, 관능의 야차와도 같은 살로메는 젊은 선지자 요까나앙을 보자 한눈에 반하고 만다.

"요까나앙! 난 네 몸뚱이에 반했다. 너의 몸은 희다. 초동이 한 번도 낫질한 적이 없는 초원의 백합꽃처럼… 너의 입처럼 붉은 것은 없다. 너의 입에 입을 맞추자."
"안돼! 바빌론의 계집 같으니! 소돔의 계집 같으니, 안돼. (…) 저주를 받아라. 근친상간한 어미의 딸 같으니, 저주를 받아라."

그러나 '주(主)의 선발자'인 요까나앙은 그녀에게 비난을 퍼부으며 멀리한다. 작은 아버지이자 의부인 에로드 왕은 어느 날 살로메에게 자신을 위해 춤을 추면 원하는 걸 무엇이라도 들어주겠다고 약속한다. 이에 살로메는 요까나앙의 머리를 요구하고 얼마 후 은방패 위에 요까나앙의 머리가 담겨져 나온다. 살로메는 두 손으로 요까나앙의 머리를 받아 붙잡고 외친다.

"요까나앙, 난 지금 입을 맞출 테야. 난 내 이빨로 익은 과일을 깨물듯 너의 입술을 깨물 테야. (…) 넌 죽어서 너의 머리가 내 것이로구나. 난 이걸 내 멋대로 할 수 있다. (…) 난 너의 아름다움에 목말랐어. 난 너의 몸뚱이에 굶주렸어. 넌 나의 혈관에 불을 질렀다. 아! 어째서 너는 나를 안 보았니? 요까나앙! 나를 보기만 했더라면 너는 나를 사랑했을 터인데. (…)" "요까나앙, 난 너의 입에 입을 맞추었다. 너의 입술 위엔 매운 맛이 있었구나. 그건 피맛이었다. 그러나 아마 그건 사랑의 맛일 거야. 사랑의 맛은 맵다고들 하는데…. 그러나 무슨 상관이야! 요까나앙. 난 너의 입에 입을 맞추었다!"

한 줄기 달빛이 살로메 위에 떨어져 그를 비춘다.

"이 계집을 죽여라." 에로드가 살로메를 죽일 것을 명하자 병정들이 달려들어 살로메를 방패로 눌러 죽인다.

목이 잘린 요까나앙을 안고 살로메가 그의 입술에 키스할 때 와일드의 악마적 유미주의는 그 정점에 이른다. 퇴폐적이고 병적인 이 작품 〈살로메〉는 〈도리언 그레이의 초상〉과 더불어 세기말 문학의 대표로 손꼽힌다. 그의 인생은 패배로 끝났지만 그의 작품은 끝내 고전으로 살아남았다. 그의 세기말적 문학은 그를 20세기 모더니즘의 선구자로 만들었던 것이다. 그의 무덤 앞에서 나는 평론가 손튼이 말한 데카당스의 의미를 다시 한 번 되새기며 그것을 그에게 헌정하고 싶었다.

데카당은 상반된, 그리고 분명히 양립할 수 없는 것에 끌려든 사람이다. …다른 한편으로는 영원한 것. 이상적인 것. 비세속적인 것을 그리워한다.

오스카 와일드, 그는 바로 그런 사람이었다.

3.

난 홀로 살았다

고골
안톤 체호프
유진 오닐
사무엘 베케트
기 드 모파상
가와바다 야스나리
미당 서정주

맨 위 천장에서 사다리가 흔들려요
- 고골

모스크바 쉐레메체보 국제공항에 내린 것은 2005년 6월 3일 밤 9시 무렵이었다. 섬머타임 적용으로 일단 다섯 시간을 벌긴 했지만 빠듯한 문학기행 일정 때문에 아침부터 서두르지 않으면 안 되었다.

싱그러운 초하의 아침, 〈닥터 지바고〉를 쓴 파스테르나크의 생가를 둘러보고 막심 고리키, 톨스토이, 푸시킨의 집을 본 뒤, 고골이 잠든 보노제비치 수도원을 참배하고 페테르부르크로 떠나야 하는 일정이었다.

모스크바 서쪽에 위치한, 석벽으로 둘러싸인 공원묘지에 고골과 체호프가 잠들어 있었다. 한때 연극에 빠져 있던 학창시절, 체호프의 〈벚꽃동산〉이나 고골의 〈검찰관〉은 우리 〈실험극장〉 단원에게 빼놓을 수 없는 텍스트이기도 했다. 〈검찰관〉은 문고판이어서 내 가방에 오래 머물러 있었다. 뜨거운 이름들이다. 특히 고골에 대한 나의 관심은 특이한 그의 죽음 때문이기도 했다. 굶어죽었다는 설과 산 채로 가사상태에서 생매장

파스테르나크는 페레델키노의 이 집에서 1939년부터 1960년 죽을 때까지 살았다. 2층 오른쪽 끝방이 〈의사 지바고〉를 쓴 서재이다.

된 것이 아닐까 하는 끔찍한 의혹이 마음에 걸려 있었기 때문이다. 그의 관 속을 들여다 본 사람들은 똑바로 누워 있어야 할 유골이 완전히 비틀려 있는 것을 보고 아마도 생매장된 것이 아닐까 하고 추정했던 것이다.

러시아 문학을 서구문학 수준에까지 끌어올린 사람은 천재시인 푸시킨이었다. 푸시킨은 과거 러시아 문학의 성과를 집대성하여 다양한 장르에 걸쳐 후세에 규범이 될만한 작품들을 남겼다. 그는 근대문학의 기초를 확립했고 고골은 이를 완성한 작가이다. 푸시킨이 조화에 넘친 시적인 미에 보다 많은 관심을 돌린 데 반해 고골은 현실생활 속의 추악하고 더럽고 우스꽝스러운 것에 예리한 시선을 집중하고 일상생활의 여러 현상을 완벽에 가까운 정확한 법으로 묘사함으로써 푸시킨의 뒤를 이어 러시아 리얼리즘의 굳건한 기반을 이루어 놓았다. 푸시킨을 근대 문학의 아버지라 한다면 고골은 그 어머니라고 할 수 있다. 또한 고골은 이른바 비판적 리얼리즘의 창시자로서 러시아 문학에 생기를 불어넣은 작가이기도 하다.

도스토예프스키가 "우리는 모두 고골의 《외투》에서 나왔다"고 말했듯이 그는 러시아 산문소설의 확립에 지대한 공헌자이기도 하다.

1840년대부터 도스토옙스키, 톨스토이, 투르게네프, 체호프 등이 고골이 제시한 길을 걸으면서 러시아 문학의 황금시대를 열어 갔던 것이다. 그런 그가 왜 하필 굶어서 자살을 해야만 했을까? 그의 정신적 고뇌는 무엇이며 작가로서 그가 추구한 이상과 절망. 그 심리적 괴리에 나는 관심이 모아졌다. 43세라는 길지 않은 그의 생애의 궤적을 드문드문 따라가 한 작가의 절망과 구원의 부재 사이에서 고뇌했던 고골을 이해하고 싶었다.

니콜라이 바실리예비치 고골(Nikolai Vasil'evich Gogol 1809 – 52)은 남러시아 우크라이나 폴타바 주, 소로친쯔이에서 태어났다. 엄밀히 말하자면 그는 우크라이나 사람이다. 아버지는 우크라이나 카자크의 피가 섞인 귀족이었고 어머니는 지체 높은 귀족 가문의 태생이었다. 아버지 바실리이는 몽상가에다 연극공연을 주관하는 아마추어 예술인이었고 어머니 마리야는 매우 감상적이며 신앙심이 돈독한 부인이었다. 미신적 성향이 강했으며 그는 죽어서 심판을 받고 죄인이 치러야 하는 영원한 고통에 관한 이야기들을 아들에게 강조했는데 후일 고골은 자신의 의식 내면에는 이러한 죄와 벌에 관한 종교의식이 뿌리깊이 자리 잡고 있음을 고백한 바 있다. 고골이 《죽은 혼》을 집필하는 과정에서 겪게 되는 고통도 이것과 무관하지 않다. 네진 고등학교를 졸업한 고골은 원대한 꿈을 안고 페테르부르크로 상경하여 자비로 시집 《간스 큐헬카르쩬》을 출판했다. 비평가들의 혹평이 따르자 서점의 책을 전부 사들여 소각해버렸

고골의 무덤

다. 본디 선병질이고 심약한 그는 독일 뤼벡까지 갔다가 결심을 바꿔 귀국한다. 우크라이나의 지방 이야기를 엮은 ≪디카니카 근교 야화≫를 발표했을 때, 푸시킨의 격찬으로 문단에서 인정을 받게 된다. 우크라이나의 지방 이야기를 엮은 두 번째 작품집 ≪미르고로드≫를 출간. 이 속에 율브린너가 주연한 ≪대장 부리바≫도 들어있다.

페테르부르크의 수도 이야기를 다룬 작품집 ≪아라베스크≫를 출간. 여기에는 〈광인일기〉, 〈초상화〉, 〈넵스키 대로〉 등이 있는데 〈초상화〉에서 작가 자신의 모습과 그의 예술관을 들여다볼 수 있었다.

〈초상화〉 제1부에서 화가 차르트코프는 아름다움에 대한 열정과 회화적 진실에 대한 신앙에 가까운 믿음을 가진 유능한 화가였다. 자신의 재능과 가능성을 돈이라는 마력과 교환하고 결국 미(美)에 대한 신앙의 전적인 부정과 허무주의에 빠져 자신의 재능에 한계를 느끼고 위대한 명화를 파괴하는 악마적인 발작을 일으키는데, 이는 종교적인 도덕성을 상실한 예술가가 파멸에 이른다는 귀결인 것이다. 고골은 예술에서 도덕성을 강조했다.

"미적 쾌락은 하급의 쾌락이다. 완전한 만족을 주는 것은 오직 도덕상의 행복뿐이며 완전한 행복은 여기서 얻을 수 있다."라는 톨스토이의 예술론과 그의 의견이 일치하기도 했다. 때문에 이 소설 제2부에서 친구인 화가는 고리대금업자의 영혼이 깃든 초상화를 그린 화가가 자신의 죄를 씻기 위해 페테르부르크를 떠나 수도원에 입적하여 고행과 금식의 생활을 통해 자신의 영혼을 성결케 함으로써 구원에 도달하고 마침내 〈예수의 탄생〉이라는 성화를 완성한다. 그러나 차르트코프는 자신의 내부에서 분열된 두 개의 상반된 가치와 욕망 사이에서 갈등을 겪고 타락과 죄악 그리고 저속함으로 상징되는 페테르부르크 도시의 희생물로 서서히 파멸된다. 페테르부르크와 차르트코프의 갈등은 차르트코프의 죽음으로 끝난다. 최후의 승리는 페테르부르크가 차지한 것으로 나타난다.

고골의 ≪초상화≫는 오스카 와일드의 ≪도리언 그레이의 초상≫을 연상케 한다. 50년가량 뒤늦게 태어난 오스카 와일드가 이 작품의 영향을 받지 않았을까 하는 생각도 든다.

모럴리스트인 화가 배질 홀워드는 20세의 미남 청년 도리언 그레이의 초상화를 그리기 시작하나 그림에 깃든 것은 예술가의 넋이 아니라 악에 물든 향락주의자 도리언의 넋이었다.

초상화에 그려진 도리언과 실제 도리언 간에 빚어지는 이중적 인격의 자아를 다룬 선과 악의 상극에서 끝내는 미의 승리를 그린 작품이라고 할 수 있다. 그는 "아름다움보다 진리를 더 사모하는 예술가는 아직 예술의 지성소(至聖所)에 이르지 못한 것"이라고 말하며 예술이 삶을 주도해야 하다고 강조했다.

예술에서 종교적인 도덕성을 강조했던 고골 역시 미에 대한 신앙의 부정과 구원의 부재로 고뇌하던 차르트코프처럼 그리고 도리언처럼 파멸에 이르르고 만다.

1836년에 발표된 희극 ≪검찰관≫은 뇌물을 받기 좋아하는 페테르부르크의 부패관리 이야기다. 보수적 관료주의 계열의 페테르부르크 비평가들은 이 작품을 체제에 대한 도전으로 그를 맹렬히 비난했고, 자유주의적이며 이상주의적인 모스크바의 비평가들은 단순히 예술작품의 경계를 넘어선 위대한 현실 고발의 작품으로 높이 평가했다. 그러나 결핵으로 투병하던 그는 논쟁과 비난의 충격을 이기지 못하고 기진맥진하여 쓰러졌다. 의사의 전지 요양을 권유받아 푸시킨의 힌트로 싹텄던 〈죽은 혼〉의 막연한 구상을 가지고 외국으로 떠났다. 푸시킨은 그에게 제도상의 모순을 폭로하는 ≪검찰관≫, ≪죽은 혼≫의 모티브를 직접 제공하기도 했다.

≪죽은 혼≫은 고골의 걸작품인 동시에 그의 마지막 작품이다. 그는 17년이란 긴 시간을 여기에 매달렸다. 원래는 단테의 ≪신곡≫처럼 3부작을 계획했고 〈지옥〉편에 해당하는 제1부를 발표하면서는 이렇게 말했다.

"장편소설 ≪죽은 혼≫은 무척 스케일이 크고 독창적인 플롯입니다. 실로 가지가지 인물들이 모여 있습니다. 여기에는 전 러시아의 모습이 나타날 것입니다. 이것이야말로 나의 본격적인 작품입니다."

고골이 창안해 낸 ≪죽은 혼≫의 주인공 치치코프는 이미 죽었지만 서류상으로 살아있는 농노들(죽은 농노)을 헐값으로 다량 매입하여 그 것을 담보로 금융기관에 저당 잡혀 일확천금을 계획한다. 전국을 돌아다니다가 다섯 명의 지주들을 만난다. 거짓투성이의 허풍선이 불량배 노즈드료프, 인색한 쇼바케비치, 농노를 공짜로 넘겨 준 마닐로프. 수전노로 전락한 늙은 지주 플류쉬킨, 교활한 여지주 코로보차카. 이 다섯 명의 지주는 그들이 소유한 부와 지주로서의 신분과는 관계없이 천박한 실상을 보여준다. 1차 여행을 마친 치치코프는 그 후 시내로 돌아와 죽은 농노에 대한 등기수속을 마치고 재판소에서 10만 루블을 지불하고 농노들을 매입했다는 서류 수속까지 끝내고 대지주가 되려고 하나 그 바로 직전에 비밀이 탄로되어 도망친다는 줄거리이다. 이 작품에서 고골은 주인공 치치코프와 함께 러시아 국내를 여행하면서 많은 도덕적 불구자(지주 등)를 찾아내어 예리한 풍자로 추악상을 들춰냄으로써 러시아의 사회제도와 국가조직을 통렬히 공격했던 것이다.

≪죽은 혼≫이 몰고 온 열광은 작가로서의 자긍심을 갖게 했지만 고골은 그것이 불러일으킨 비상한 센세이션에 당황하고 공포에 사로잡혀 42

고골리는 고골례보의 저택 옆에 서 있는 이 오두막에서 《죽은 혼》의 일부를 썼다.

년 로마로 달아난다. 이 무렵 그는 러시아 정교도로서의 종교적 자각과 작가로서의 괴리현상이 심각하게 대두되기 시작했다. 고골은 지금까지 보여 왔던 혼돈과 무질서의 세계가 아니라 구원된 미래의 세계를 제시하고 태도를 변경했던 것이다.

비속하고 천박한 치치코프라는 인간이 개심하고 정화되는 과정을 그리려고 했다. 그러나 그의 능력은 천박한 인간의 속성을 예리하게 분석하고 문학적 형상으로 옮기는 데만 뛰어났지 비범한 인물이거나 천사같이 선량한 인물을 그리는 데는 번번이 실패였다. 고골은 이상화된 모습의 치치코프와 러시아 현실을 조화롭게 융화시킬 수 없었다.

제2부의 집필은 그를 더욱 고통스럽게 만들었다.

그는 예술적인 묘사를 통해서 자기 종교적인 사상을 표현하는 것은 자기의 재능과 맞지 않는다는 사실을 깨닫고 심한 자기혐오에 빠진다. 1845년 우울증의 발작을 일으켜 제2부의 원고를 모두 소각해 버린다.

종교와 문학의 갈등에 둘러싸인 참담한 고통의 나날이었다. 48년 재차 ≪죽은 혼≫의 제2부를 쓰기 시작했으나 작가로서의 혼을 악마에게 매도하였다는 죄악감, 신비적인 천벌의 사상에 사로잡혀 불안과 번민으로 견딜 수 없게 되자 예루살렘으로 순례의 여행을 떠난다. 그는 주 예수의 무덤 밑에서 울며 한 밤을 밝힌 일도 있었다. 그러나 여행도 그에게 구원을 가져다주지는 못했다. 극도로 쇠약해진 몸으로 모스크바로 돌아와 무일푼인 채 병상에 눕지 않으면 안 되었다. 모스크바 시내의 알렉산드르 톨스토이 집에서 3년 동안 기거했다. 어쩌다 정신의 평정을 되찾으면 원고를 써나갔다. 그의 목적은 독자를 신의 세계로 인도하는 것이었다. 고골은 악마의 유혹인 문학을 포기하지 않으면 지옥의 업고(業苦)를 면치 못할 것이라는 고해신부로부터 위협을 받고 일주일 동안의 단식과 기도 후 어느 날 밤, 갑자기 광란 상태에 빠져 몹시 울면서 제2부 원고를 모두 불 속에 던져버렸다. 제1부가 나온 1842년부터 10년, 첫 초고를 불태운 1845년부터 7년 동안 각고의 노력을 기울인 제2부가 한순간에 재로 변했다. 고골은 심한 우울증에 빠져 그해 3월 4일, 오전 8시경 고통스런 삶을 끝냈다. 그의 나이 43세였다. 그의 유해는 다릴로프스키 수도원에서 이곳 보노제비치 묘역으로 이장된 것이었다. 이 묘지는 국가 유공자들만 묻힐 수 있다고 한다. 후르시쵸프도 이 곳에 묻혀있다는 안내자의 설명이 뒤따랐다. 프로예즈드 거리에 버스를 대고 우리는 묘지로 향했다.

묘역 안으로 들어서니 시원스레 뻗어난 길, 왼편으로는 납골을 모신 위패와 사진, 그 앞에 각가지 꽃들이 줄지어 있고 오른편엔 녹음 짙은 나무들이 늠름하게 늘어서 있다. 동양풍의 낯설지 않은 일반 납골 묘역을 지나 안으로 들어서니 유럽풍의 묘비와 부조가 아름다운 무덤들이 나왔다.
고골과 체호프의 무덤은 제2구역 중간쯤에서 서로 마주보고 있었다.

꽃다발이 놓인 직사각형 묘석에 고골의 이름이 써있고 원기둥 위에 자리 잡은 그의 반신상은 모처럼 평화로워 보였다.

흰 망토를 어깨에 걸치고, 깊숙한 눈에 콧수염을 단 그의 얼굴을 올려다보니 얼굴에 붙은 거머리 떼를 떼어달라고 소리치던 고통스러운 모습은 찾을 수 없었다. 고골은 거머리들이 코에 달려 스멀스멀 기어 다니고 있다는 망상에 평생 시달렸다고 한다.

"사다리 좀 줘요.… 맨 위 천장에서 사다리가 흔들려요.…"

그의 음성이 들리는 듯했다. 고해신부로부터 위협받은 '악마의 유혹인 문학'을 버리지 못해 천국으로 이르는 계단의 맨 위 사다리에서 고골은 흔들린다고 소리쳤던 것이다. 맨 위에서 하필 사다리가 흔들리다니…그것은 〈죽은 혼〉 제2부의 원고를 집필할 때에 겪었던 그의 고통스런 절규로 들렸다.

러시아 정교도로서 종교적인 자각과 작가로서의 괴리 상태에서 고뇌하던 고골은 〈초상화〉에서 차르트코프처럼 될 수밖에 없었던 것이 아닌가한다. 오스카 와일드의 ≪도리언 그레이의 초상≫에서처럼 실제로 도리언은 죽고 아름다움에 빛나는 초상화가 남듯이, 그리하여 만신창이의 고골은 죽고 그의 ≪죽은 혼≫이 세계 문학의 금자탑으로 우뚝 남은 것이 아닐까 생각됐다.

≪죽은 혼≫은 고골의 인생과 문학과 종교가 담겨있는 그의 모든 것이었다.

원주(圓柱)에는 "위대한 러시아의 언어 예술가 니콜라이 바실리예비치 고골에게 −소련 정부로부터"라는 문구가 새겨져 있었다.

'위대한 러시아의 언어 예술가'인 그에게 묵념을 드리는데 비틀린 관속의 시신이 감은 눈 속에서 자꾸만 어른거렸다. 문학이 무엇이길래? 제단에 바쳐진 그의 예술혼이 몹시 안타깝게 생각되는 순간이었다. 무심한 듯 하늘은 맑고 드높았다.

난 홀로 살았다
- 안톤 체호프

안톤 체호프(Chekhov Anton Pavlovich 1860−1904)는 19세기 러시아 문학의 최고의 소설가이자 극작가이다.

그의 유해가 모스크바로 옮겨져 노보제비치 수도원 묘역에 묻힌 것은 1904년 7월 9일의 일이다. 결핵 때문에 남부독일의 바덴바일러에서 요양하다가 7월 2일 그곳에 있는 호텔 좀마에서 사망했다. 그의 관은 초록빛 화물차로 운구되었다. 그 운구차의 글자들은 '굴 수송화물'이라고 쓰여 있었다. 이 작가의 마지막 가는 길을 지켜보기 위해 많은 군중들이 역전으로 몰려들었다. 체호프의 관 뒤에는 만주에서 같은 시각에 운구되어 온 켈러 장군의 관이 뒤따르고 있었다. 그래서 군중들 가운데 일부는 체호프가 군대장으로 장례가 치러지고 있는 줄 알고 크게 놀랐다고 한다. 노보제비치는 국가에 공헌한 유공자들의 묘역이었기 때문이다.

작가이며 의사인 체호프는 누구보다도 몸 안에서 느껴지는 병의 징후

① Taganrog에 있는 안톤 체호프가 태어난 집,
사진출처: Alexandre Mirgorodskiy

② 안톤 체호프

에 대해 민감했다. 어느 날 병상에 누워 체온계로 장난을 치며 기침을 하다가 그는 이런 말을 한다.

"죽기 위해 산다는 것은 매우 불쾌해. 그러나 우리의 생명이 끝나기도 전에 죽는 것을 의식하고 사는 것은 매우 어리석지…."

그의 말대로라면 나는 어리석고 그는 불쾌할 테다. 죽기 전에 미리 죽어 보는 것. 그것이 어리석은 일인가? 삶에 탄력을 보태기 위해 죽음 쪽에서 삶을 바라보자는 것이 나의 입장이었다. 그러나 체호프는 실제로 죽기 위해 살고 있는 폐결핵 말기 환자였다.

그는 몹시 살고 싶어 했다. '난 살고 싶어'를 입에 달고 다녔다.

그런 그가 가을만 되면 각혈이 심해져 멜리호보의 집을 팔아야 했다. 따뜻한 기후를 찾아 흑해의 연안 도시 얄타에 새 집을 지어 그곳에서 5년을 살았다. 이 집에서 〈귀여운 여인〉 〈개를 데리고 있는 부인〉 외 희곡 〈세 자매〉와 〈벚꽃 동산〉을 썼다. 그러나 끊이지 않는 기침 때문에 그의 전문의 카를 에왈드 박사는 더 따뜻한 바다 가까운 요양지를 권했다. 체호프는 남부 독일의 바덴바일러를 향해 가면서 "거기서 죽으려고요." 했다. 1904년 5월 1일, 고국을 떠난 지 만 두 달 뒤, 그는 더 이상 이 세상 사람이 아니었다.

'거기서 죽으려고요.' 그는 이미 자신의 죽음을 알고 있었다. 생명이 끝나기도 전에 죽는 것을 의식하고 산다는 것은 어리석다고 했지만 몸이 스스로 그 한계를 알고 있는 것이 아닐까? 그의 말대로 죽기 위해 산다는 것은 정말 불쾌한 일일 것이다.

'거기 가서 죽으려고요' 힘없는 그의 표정이 그려진다. 나는 지금 그의 단아한 묘비 앞에 서 있다. 방금 본 고골의 웅장한 묘비와는 퍽 대조적이다. 고골의 것이 남성적이라면 체호프의 묘비는 여성적이다. 섬세한 자신의 문학의 미를 응축시킨 듯 작고 간결하며 아름다웠다. 두어 평 공간에 자리 잡은 유택. 하얀 대리석비에 배흘림으로 처리된 청동 장식의 뾰족 지붕은 승전고를 울리며 돌아온 개선장군의 투구 같기도 하다. 묘비의 두부가 뾰족한 것은 아마도 그의 출생지인 타간로그가 아조프 해 북안에 뿔 모양으로 뾰족하게 튀어나온 것을 상징한 것일지도 모르겠다. 체호프의 얼굴은 작은 청동판에 새겨져 있었다.

'지방 귀족에게나 어울릴법한 수염 뒤에 슬픔과 아름다움은 하나이며 똑같은 존재라는 생각을 불러일으키는 얼굴을 숨기고 있었다.'는 그의 인물평을 생각나게 했다. 슬픔과 아름다움은 하나, 그것은 깨지기 쉬운 투명한 얼음조각 같은 그의 인상에 들어맞는 말이기도 하였다.

'가냘픈 육체는 갑자기 시들어버리고, 그 변덕스러운 아름다움은 꽃가루처럼 흩어져버리는 것'이라고 체호프는 적고 있다. 꽃가루처럼 흩어져버린 그의 육신이 잠든 묘비를 내려다본다. 인생이 얼마나 부서지기 쉬운가를 그는 잘 알고 있었다.

체호프는 차이코프스키의 부음을 듣고 깊은 나락에 빠진 듯했으며 얄타에 온 라흐마니노프의 피아노 연주도 그를 슬픔에 잠기게 하였다. 그

모스크바 노보데미치 체호프 부부의 묘

날의 심정을 수첩에 이렇게 적었다.

> "나는 무덤에서 혼자 잠들게 될 것이다.
> 그와 마찬가지로 난 홀로 살았다."

죽기 3년 전에 만나 결혼한 올가 크니페르는 여배우였다. 체호프의 나이는 41세였다. 그녀는 남편의 병상을 돌보지 않았다. 이들 부부를 본 사람들의 말에 의하면 두 사람은 언제나 따로 지냈다고 한다. 체호프는 각혈로 가득한 타구를 들고 있었고, 파티복을 차려입은 올가는 네미로비치라는 극작가의 품에 안겨 파티를 즐기고 있었다는 것이다.

체호프는 말년을 얄타에서 보냈다. 바다를 바라보며 피를 토한 후, 어떤 책에서 이런 글귀를 옮겨 적는다.

> "우리는 잠시도 쉬지 못하고 다른 사람을 위해 뼈빠지게 일할 것이다.

그리고 시간이 되면 체념을 하고 눈을 감을 것이다, 그 후 무덤 뒤에서 자신은 고생했고 눈물을 흘렸으며 삶은 쓸쓸하다고 말하겠지."

그의 음성이 들리는 듯했다. 44년이란 길지 않은 그의 생애가 마치 스크린 자막에서처럼 고생, 눈물, 쓸쓸한 삶이란 글자로 내 눈앞을 스쳤다.
"당신 편지가 없으면 난 완전히 꽁꽁 얼어버릴 거요. 실내에 있어도 바깥에 있는 것처럼 너무 추워요."
그가 아내에게 이런 편지를 보내면 그녀의 대답은 이러했다.
"우리가 같이 살면 아마 당신은 곧 나에게 싫증을 느낄 걸요. 그래서 난 탁자나 의자와 바를 바 없는 사소한 물건이 될 거예요. (…)우리는 둘 다 불완전하기 때문에 둘이 하나가 되는 건 불가능해요."
그러자 체호프는 그 말이 맞을지도 모르지만 '사랑은 언제나 미완성'이라고 답했다. 사랑뿐이겠는가. 인생의 결말도 완전하게 다스려지지 않는 '화수미제(火水未濟)로 끝나고 마는 게 아닌가 한다. 그런 때문인지 체호프의 작품 대부분은 속시원한 결말이 없다. 그의 드라마에는 끝이 보이지 않는다. 시간은 흐르고 지루한 일상이 지속될 뿐이다. 그는 삶의 불행을 포착하는 능력이 뛰어났으며 우리 인간이 얼마나 덧없는 존재인가를 잘 알고 있었다. 사람들은 그의 작품을 '웃기는 비극(comic tragedy)'으로 아주 비극적인 상황에서 희극성을 발견하게 된다고 평가하지만 사실 그는 페시미스트다. 내게 그런 생각이 들게 했던 것은
"난 사람들이 싫어. 오래 전부터 아무도 사랑하지 않았지."라는 작중 인물을 통한 그의 진심 어린 고백 때문이기도 했다. 실제로 그는 그랬다. 체호프는 자신이 만든 이미지와 상상의 세계만을 좋아했다. 그것은 어둠과 고독으로 가득한 세계였다.
그의 무덤 앞에 서니 '나는 오래전부터 아무도 사랑하지 않았지.'라는

말이 날카롭게 폐부를 파고든다. 나 또한 그것이 어떠한 심정인가를 알 수 있었기에.

'난 홀로 살았다.'라는 과거완료로 처리된 하나의 삶. '무덤에서 혼자 잠들게 될 것'이라는 그 홀로라는 단독자(單獨者)로서의 자각이 내 눈길을 멎게 했다. 그러나 러시아 정부는 더 이상 체호프를 홀로 두지 않았다. 그가 여기에 묻힌 지 5년 뒤, 다닐로프스키 수도원에 매장된 고골의 유해를 이곳으로 옮겨 와 그와 마주보게 하였던 것이다. 지하세계에서 지금 이 두 사람은 무슨 대화를 나누고 있을까? 고골은 체호프에게 당신이 쓴 〈관리의 죽음〉은 내가 쓴 〈외투〉와 닮았다고 표절 시비의 논쟁이라도 벌이는 것은 아닐까. 그러나 관료주의를 풍자한 두 사람은 통쾌하게 마주보고 웃을 것만 같다. 회계검사관인 체르바코프는 어느 날 밤, 오페라 공연장에서 심한 재채기가 터져 나왔다. 그는 피해를 준 고관을 만나 사과하려고 여러 번 시도했다. 두 번째 방문 후 집에 돌아와 제복도 벗지 않은 채, 그는 소파에 눕더니 죽어버렸다. 그가 갑자기 죽어버렸을 때, ≪외투≫의 주인공 아까끼예비치를 패러디화 한 것으로 볼 수 있었기 때문이다.

44세와 43세의 비슷한 나이로 세상을 떠난 젊은 작가들, 둘 다 폐병을 앓으며 러시아의 폭압정치에 절망하고, 원고지와 씨름하던 소설가이며 극작가인 두 사람. 만년이 고독하고 불행했던 그들을 나는 마음속으로 뜨겁게 추모했다.

〈벚꽃 동산〉의 작가 체호프와 〈검찰관〉의 작가 고골, 그들 앞에 서다니… 시공을 초월한 이 위대한 문학혼과의 만남이 그저 꿈만 같다.

그도 행복한 시절이 있었을까?

가난의 대물림과 병약한 체질. 어려서부터 체호프는 세파를 혼자 감당해야 했다. 그의 할아버지는 농노였다. 돈을 모아 시민의 권리를 샀지

2008년 새로 단장한 Taganrog의 동상

만 그 때문인지 체호프의 작품에는 농노가 자주 등장한다. 아버지는 식료품점을 운영하다가 파산하게 되자 식구들을 데리고 모스크바로 야반도주했다.

열여섯 살이던 체호프는 혼자 고향에 남겨져 고학으로 중학교를 마쳤고 궁핍한 생계를 위해 모스크바 대학 의학부에 입학했다. 한 줄에 5코페이카를 쳐주는 원고료를 모아 가족의 생계를 보탰으며 밤낮을 가리지 않고 글을 써댔다.

스무 살이던 1880년부터 7년 동안 쓴 글이 무려 500여 편에 달한다고 하니 초인적인 노력과 그의 가정형편을 짐작할 만하다.

졸업 무렵 그는 작가로 제법 이름이 나 있었다. 문단의 원로인 그리고로비치의 격려에 힘입어 그의 작품세계는 풍자적 소품에서 벗어나 희극적인 삶의 내면에 감추어진 영혼의 고뇌와 존재의 불가해성을 천착해 들어갔다. 자신의 회의를 반영한 〈초라하고 쓸쓸한 이야기〉 〈광야〉 등으로 확고한 지위를 쌓았으며 결핵을 앓으면서도 시베리아를 횡단, 사할린 섬으로 가 유형수의 실정을 조사하고 〈사할린 섬〉을 발표하여 그의 문학에 사회적인 폭과 깊이를 더하게 했다. 여행 후, 병이 악화되었다. 그는 휴양지 얄타에 가서도 자신의 남은 생명력을 창작에 쏟아 부었다.

체호프의 작품은 극적인 사건을 도입하기보다는 지극히 일상적인 설정 속에서 이야기가 전개된다. 그는 사건이 있더라도 그 자체의 외부적인 측면보다는 사건을 받아들이는 인간의 다양하고도 모순된 반응에 주목했다. 최후의 걸작품인 〈벚꽃 동산〉만 해도 그렇다. 낭비벽으로 벚꽃 동산을 잃게 된 라넵스까야 부인이 주인공인데 등장인물들은 자신의 역할에만 몰두하며 주변인물의 고통이나 희망에는 마음을 쓰지 않는다. 그들은 아무런 행위도 하지 않은 채, 러시아의 더 나은 미래만을 기대한

다. 그래서 ≪벚꽃 동산≫은 각 등장인물의 단독 연극을 보는 것 같다는
평도 있었다. 그들의 고백은 극중인물과 연계되지 못하고, 가장 중요한
것은 설명할 수 없다는 사실을 어느 순간 깨닫게 한다. 무언가 각자 자신
의 고통을 고백하지만 그것은 상대를 향한 것이 아니라 마치 객석을 향
한 것 같았다. 내적 본질의 불일치, 작가는 그것을 말하고 싶었던 것이
아닐까 짐작해 본다.

〈벚꽃 동산〉은 라넵스까야 부인이 기차에서 내려 벚꽃 핀 고향집에
돌아왔다가 가을에 다시 떠나가기까지의 과정을 그리고 있다. 봄에서
가을로, 기차역에서 기차역으로 이어진다. 그녀는 현재 아무것도 없이
모든 것을 과거에서만 사는 노부인이다. 그의 청춘, 가족생활, 벚꽃 피는
동산 - 이 모든 것은 수년 전에 비극적으로 끝을 맺었다. 남편과의 사
별, 어린 아들의 익사사고, 영지는 경매에 붙여지고 이런 고통에서 벗어
나려고 젊은 연인을 따라 파리에 정착했으나 라넵스까야는 부도덕한 애
인에게 실망하고 벚꽃 동산에 돌아왔지만 경매 날짜를 통고받게 된다.
그녀는 정원을 내다보며 이렇게 혼자 중얼거린다.

'오 내 어린 시절, 순수했던 시절! 이 꼬마 방에서 잠들곤 했었는데, 난
바로 여기서 저 벚꽃 나무를 바라봤었어. 매일 아침 행복 속에 깨어났는데,
그때나 지금이나 똑같아. 변한 게 아무것도 없어. 온통 온통 새하얗구나!
내 벚꽃 동산! 수많은 어두운 가을들과 겨울들을 보내고 넌 다시 새로운
젊음과 행복이 충만하구나, 하늘의 천사들이 떠나지 않았던 거야⋯ 만약
내 가슴과 어깨에서 내 무거운 짐을 벗어버릴 수만 있다면 내 과거를 잊을
수만 있다면!'

경매에서 벚꽃 동산은 이 집의 농노였던 로빠한에로 돌아갔다. 벚꽃
동산의 전성기는 지났으니 이젠 정원을 새로운 시대의 요구에 맞춰 개조

하고 별장시설로 재건해야 보존이 가능하다는 현실 계획안을 그는 진작부터 내놓고 있었다.

어쩌면 작가는 전 러시아를 재건, 개혁해야 할 그런 정원으로 본 것인지도 모른다. 러시아의 혁명을 앞둔 새벽시간에 대한 이야기이기 때문이다. 등장인물들은 기차역으로 가기 위해 퇴장하고 라넵스카야와 그녀의 오빠인 가에프만 무대에 남는다. 이때를 기다린 듯 둘은 서로 얼싸안고 누가 들을까 봐 숨 죽여 조용히 흐느낀다. 가에프는 절망감으로 '내 동생 내 동생'을 외친다. 라넵스카야는 '사랑하는 나의 동산, 정답고 아름다운 내 동산! 내 삶이, 내 젊음이, 내 행복이 … 안녕!'을 고하며 두 사람은 퇴장한다.

텅 빈 무대. 문마다 자물쇠 잠그는 소리가 들리고 이윽고 마차 떠나는 소리가 들린다. 87세 된 병약한 집사 파르스가 무대에 등장한다.

'잠겼어, 모두 떠나 버렸어. 날 잊은 거야.'

그의 마지막 대사가 오래도록 잊히지 않는다.

'산 것도 같지 않은데 인생이 훌쩍 지나가 버렸어. 좀 누워야겠어. 기운이 하나도 없어. 하나도 없어. … 이런 머저리, 얼간이 … '

그 마지막 대사는 체호프 자신에게 그리고 우리 모두의 마지막에 해당되는 것처럼 생각된다. 파르스는 움직이지 않은 채, 누워있고 먼 하늘에서 마치 끊어진 듯한 슬픈 소리가 들리더니 사라졌다. 적막 속에 도끼로 벚꽃 나무 베는 소리가 간간이 들리고, 천천히 막이 내렸다. 턱 턱 나무 찍는 도끼 소리는 내 가슴 위로 지나갔다. 잘려나가는 나무토막은 사람마다 상징하는 그 의미가 다를 테지만 관객들은 쉽게 자리를 뜨지 못했다.

체호프는 극중 인물들의 엉뚱한 대화로 선문답 하듯 웃음기를 유발하며 스스로 〈벚꽃 동산〉을 인생희극이라고 규정지었지만, 서로 어긋나는 불일치의 희극성이 도리어 내게는 깊은 단절로 비극성을 느끼게 했다.

　토월극장에서 이 작품의 연출을 맡은 지차트콥스키는 '체호프는 죽음을 평화이자 축제라고 생각한 것 같다.'며 질병과 통증으로 가득 찬 그의 삶 자체가 비극이었기에 그래서 웃음이 필요한 것이라며 체호프의 드라마에서 웃음은 샴페인 거품처럼 올라왔다가 사라진다고도 했었다. 거품의 실체란 사실 얼마나 허약한 것인가.

　〈벚꽃 동산〉에서도 로빠한은 헤어져야 할 시간, 사람들에게 샴페인을 따른다. 이별의 예식처럼. 그는 그것을 강조했다. 체호프 자신도 최후의 순간이 되자 의사를 불러 달래서 그에게 샴페인을 따라주고 "샴페인을 안 마신 지 오래되었습니다."라고 했다. 그런 다음 그는 영면에 들었다.

　그러나 그의 최후의 말은 "이히 슈테르베(나는 죽는다.)"였다. 아내와 독일인 의사 사이에 앉아있던 체호프는 연극에서처럼 또박또박 두 음절을 발음했다고 한다. 러시아 사람인 그가 왜 독일어로 마지막 말을 남겼을까? 독일인 의사를 염두에 둔 탓인가, 아니면 그의 아내, 올가를 배제하려는 의도에서였는지 사실 좀 궁금하기도 하다.

　'나는 죽는다.'와 '나는 홀로 살았다.'가 한마디의 짝패로 딱 들어맞는다.

　그의 묘비 앞에 서서 '나는 오래전부터 아무도 사랑하지 않았지.'라고 말하던 그 사람을 생각했고 그리고 그런 나를 또 생각했다. 얼어붙은 그의 마음을 위로 하는 듯 따스한 봄볕이 그의 묘비를 감싸안고 흘렀다.

짧은 인생으로의 긴 여로
- 유진 오닐

어느 해 초가을 밤, 또 하나의 연극 무대처럼 수은등이 드문드문 켜진 남산 언덕길을 내려오면서 느꼈던 그 스산했던 기분은 아직도 잊히지 않는다. 혼자가 아니더라도 입을 떼기가 어렵도록 참담한 심정이 되었던, 오닐의 자전적 연극 〈밤으로의 긴 여로〉를 보고 나오는 길이었다. 무대의 마지막 장면은 한동안 뇌리에서 떠나지 않았다. 그로부터 15년쯤 지난 뒤 김용림 씨 주연으로 세종문화회관 소극장에서 한 번 더 그 무대를 보았건만 젊은 날 본 무대가 어제의 일인 듯 생생이 떠오르는 것은 첫 번째인 충격 탓도 있겠지만 목소리 좋은 최상현 씨의 에드먼드 연기와 길게 땋은 머리채를 늘이고 한밤에 망령처럼 나타난 흰 웨딩 가운 차림의 황정순 씨의 섬뜩한 독백이 갑작스런 충격으로 각인되었기 때문이다. 속앓이 환자처럼 이따금씩 나는 오닐의 가족을 생각하곤 했다. 폐병을 앓는 문학청년 에드먼드와 마약으로 고통을 받는 그의 어머니의

오닐의 〈밤으로의 긴 여로〉의 무대로 이어진 그가 살던 뉴런던의 집

이야기가 남의 일 같지 않아서였다.

　1960년 대학생으로 구성된 극단 〈실험극장〉의 일원으로 주머니가 가
난했던 우리들은 동국대학교 강당을 빌려 연극을 연습하곤 했다. 그 무
렵 동대 연극과 학생들의 공연으로 본 오닐의 작품 〈동으로 카디프를
향하여〉가 유진 오닐(Eugene O'Nell 1888-1953)과의 첫 만남이었다. 당
시 동국대학교 2학년생이던 김흥우 교수가 주연을 맡았다. 그 뒤 고려대
학교에서 오닐의 작품 〈상복이 어울리는 엘렉트라〉가 공연되었는데 고
대 재학중인 우리 〈실험극장〉 동인들이 주요 멤버였다. 그 뒤 손숙과
유인촌 씨의 〈느릅나무 그늘의 욕망〉도 좋았지만 그래도 내게 있어 오닐
은 오직 〈밤으로의 긴 여로〉였다. 영혼의 깊은 무의식에 어떤 동질의
원형이라도 자리 잡고 있었던 것은 아니었을까. 아무튼 그의 작품은 나
에게 상당한 공감과 많은 위안과 카타르시스를 제공해 주었다.

　수년 전에 잠시 맨해튼에 들렀을 때, 그의 자취를 찾아 그리니치 빌리

유진 오닐의 무덤

지 거리를 어슬렁거렸던 적이 있다. 그가 27세 때 술집 넛클럽(nut club)에서 빈둥거리던 때의 체험을 살려 4시간짜리 연극 〈얼음장수 오다〉를 썼고, 그 작품은 이곳 '서클 인 더 스퀘어(Circle in the square)'에서 공연되었다고 해서 그 극장을 찾아보고 싶어서였다. 쉐리든 스퀘어(Sheriden square)에 있다는 그 극장을 찾아 그리니치 빌리지 4번가를 몇 번씩이나 오르내렸다. 극장은 영화배우 제임스 딘이나 오닐이 즐겨 찾던 술집 루지즈 타번(Lousies Tavern) 옆이라고 했는데 애써 찾아가 보니 극장은 간 곳 없고 그 자리에 슬론즈 수퍼마켓 간판이 대신하고 있었다.

2001년 8월 15일, 뉴욕 케네디 공항에 내리면서 이번에야말로 그의 행적을 찾아보리라고 단단히 마음먹었다. 그의 자전적인 작품 〈밤으로의 긴 여로〉를 따라 그의 내면 여행을 시도해 보고 싶었던 것이다.

미국에 도착한 다음 날 피곤을 무릅쓰고 아침부터 타임스 스퀘어 43번가를 찾았다. 뮤지컬 〈시카고〉 등 극장 대형 간판들이 눈길을 끌었다. 뉴욕 타임즈 건물을 지나 브로드웨이와 43번가가 교차되는 네거리에서 신호등을 건넜다. 바로 눈앞에 검은 대리석 건물이 우뚝 다가서고 문 위에 1500이라는 숫자와 함께 'JVC'라는 붉은 글자가 눈에 들어왔다. 바로 그 건물이었다. 검은 대리석 돌기둥에 새겨진 네모난 동판에서 오닐의 얼굴과 그의 이름을 보았다. 이름 아래 출생연도와 사망연도가 쓰여 있고, 셋째 줄에 '미국의 위대한 극작가'가 태어난 곳이 이 바렛 하우스 부지였다고 명기되어 있다. 바렛 하우스는 당시 배우들을 위한 콘도형 호텔이었고 그의 부모는 떠돌이 극단의 배우였던 것이다. 오닐은 1988년 10월 16일 이 호텔 236호실에서 태어났고 공교롭게도 호텔 방에서 숨을 거두었다. 그는 얼마나 호텔 생활을 지겨워하였던가?

오닐은 〈밤으로의 긴 여로〉에서 말한다.

작가의 분신인 둘째 아들 에드먼드로 하여금, "그래, 뉴욕의 호텔에서 여름을 지내는 것보다 낫군… 우리 집이라고는 이것이 처음이지 아마." 라고 말하게 한다. 뉴런던의 별장은 오닐에게 추억의 집이었으며 어른이 된 그는 집에 대하여 남다른 애착을 갖는다. 노벨문학상을 수상하고 난 뒤 그는 샌프란시스코에서 약 35마일 떨어진 댄빌의 새 집을 장만하여 이사한다. 약 20만 평의 숲이 울창한 산기슭에서 내려다보이는 계곡의 경치는 절경이었다. 오닐은 친구에게 이렇게 자랑했다.

"우린 정말 이상적인 집을 갖게 되었어. 지금까지 보았던 집 중 가장 아름다운 경치가 보이는 집 말일세. 도시 근교 같지 않은 순수한 시골이야. 샌프란시스코 도심에서 자동차로 불과 50분 거리야. 샌프란시스코는 내가 제일 좋아하는 미국 도시야. 난 도시라면 싫어. 사유지 도로를 따라 집으로 들어간다네. 전기로 조종되는 대문은 집안에서 단추를 눌러 열고 닫는다네."

오닐은 새 집에 '타오 하우스'라는 이름을 붙였다. 타오(道)는 중국어로

'삶의 바른 길'이라는 뜻이다. 오닐 부부는 정원을 설계하고 수영장을 만들기 시작했다. 의욕이 대단하였다. 그러나 그 무렵부터 갑자기 병세가 악화되었다. 처음에는 파킨슨병으로 진단이 났으나 후에는 알 수 없는 희귀병으로 판정되었다. 대부분의 전문의들은 퇴행성 병으로 간주했다. 신경과 근육을 지탱할 수 없을 정도로 뇌세포가 점차 파괴되어 정신은 맑았지만 팔, 다리, 심지어 혀와 목구멍이 운동과 조절 기능을 잃어갔다. 종이를 집으려고 손을 내밀면 엉뚱하게 손이 머리 위로 올라가고 앞으로 나가려고 하면 뒤쪽으로 비틀거렸다. 흡사 무엇이 뒤로 잡아당기는 것 같았다. 말을 할 때 혀가 입천장에 닿으면 목소리가 마치 개구리 울음처럼 나왔다.

1939년 두 손에 심한 마비 증세가 나타났다. 젊었을 때도 손은 약간 떨렸다. 오닐은 어머니로부터 물려받은 증상이라고 믿고 있었다. 이제 손이 떨려 글을 쓸 수조차 없게 되었다. 그는 떨림을 막고 글자가 삐뚤어지지 않도록 글씨를 일부러 조그맣게 썼다. 보통 200자를 채울 수 있는 한 장의 종이에 오닐은 1,000자를 썼다. 그 때문에 오닐의 원고 대부분은 확대경을 사용해야 읽을 수 있었다. 창작열은 여전히 뜨거웠으나 그는 글자를 더 이상 쓸 수가 없었다. 타자기도 이용할 수 없었다. 아프면 말 없이 창가에 앉아 명상에 잠기기도 했고 때로는 하루 종일 말 한마디도 하지 않았다.

오닐은 고통의 침묵 속에서 1914년 〈밤으로의 긴 여로〉를 최종적으로 손질했다. 그는 이 작품을 사후 25년까지 공개하지 말 것을 당부했다. 그러나 그가 타계한 지 3년 뒤에 스톡홀름에서 초연되어 큰 호응을 얻었고, 사후 네 번째의 퓰리처상을 수상했다. 이 연극의 주인공들, 곧 연극 배우인 제임스 티론은 실제 오닐의 아버지이고, 마약 중독자인 아내 메리는 그의 어머니, 알코올 중독자인 형 제이미는 그의 형이며 폐병을 앓는 병약한 둘째 아들 에드먼드는 바로 오닐 자신이었다. 이렇게 티론가의 가족 네 명 사이에서 벌어지는 애증극이 바로 〈밤으로의 긴 여로〉이다. 이 작품에서 오닐은 사실 그대로 어머니를 마약중독자로, 형을 알코올 중독자로 그렸으며 아버지 제임스와 형 제임스 2세의 본명까지도 감추지 않았다. 이 작품을 쓰는 2년 동안 오닐은 정신적, 육체적으로 무척 고통스러워 했다고 한다. 과거의 비밀을 폭로하는 죄의식 때문에도 그랬지만 과거를 되살리는 것이 말할 수 없이 괴로웠기 때문이라고 오닐의 아내 칼로타는 말했다. 그녀는 뒷날 '남편은 내 침실로 와서 자기 가족에 관한 것을 쓰고 있다면서 밤새도록 이야기했다. 마치 자기 자신에게 이야기하듯이. 나는 듣고만 있었다. 작품을 쓰기 시작하자 매일 큰 고통을 당하는 사람 같았다. 그는 저녁때면 울어서 눈이 빨개진 채 서재에서 나왔다.'라고 오닐의 당시 모습을 회상했다.

오닐의 몸이 떨리는 증세는 점점 심해졌다. 더는 미룰 수 없는 사람처럼 그는 서둘러 최선을 다해 이 작품을 쓰기 시작했다. 고해성사를 하는 것 같은 심정으로 '피와 눈물'로 썼다고 그는 말했다.

그후 오닐의 생활은 고통의 연속이었다. 아버지의 반대를 무릅쓰고 나이 많은 희극배우 찰리 채플린과 결혼한 외동딸과도 의절하고, 첫 손자인 오닐 3세는 태어난 지 석 달 만에 급사하고 장남 유진 오닐 2세가 자살함으로써 오닐의 슬픔은 더욱 깊어진다. 게다가 만년에 공연된 작품이 실패하자 현역에서도 물러난 작가로 간주되고 말았다.

그럼에도 그는(죽기 3년 전), 또 보스턴 매사추세츠 마블헤드 넥크의 절경지에 저택을 구입했다. 바다를 옆구리에 낀 도시 세일럼은 아기의 맑은 눈동자처럼 아름다웠다. 세일럼 근처의 마블헤드, '바위 끝 골목'이란 곳에 있는 오닐의 집은 절해고도와 다름없었다. 동갑내기인 세 번째 아내 칼로타는 중증의 관절염으로 이미 약물중독 된 상태였다. 오닐은 눈 속에서 현관문을 열고 나오다가 쓰러졌다. 구급차로 세일럼 병원으로 실려 갔다. 칼로타는 병원에서 정신을 잃고 말았다. 그녀는 정신병동으로 옮겨졌다. 세일럼 병원에 6주 이상 입원하면서 판단력을 상실한 칼로타를 오닐은 보스턴 정신과 전문의인 무어의 충고를 따라 금치산자로 선고하는 뜻밖의 일을 저지르고 말았다. 뭔지도 모르고 시키는 대로 서명한 그는 상황을 인지하고 소송을 취하했으며 칼로타에게 곧 사과했다. 칼로타는 빚을 정리하기 위해 마블헤드의 집을 팔고 보스톤으로 옮기기로 했다. 보스톤 셸튼 호텔의 특실 401호가 이제 오닐의 집이 된 것이다. 오닐은 원래 호텔이라면 질색이었다. 어린 시절 자신의 불행은 호텔 생활이 주범이라는 강박관념을 그는 갖고 있었던 것 같다. 그러나 오닐은 불안한 자신의 건강과 관절염이 심한 칼로타가 더 이상 집 관리 문제로 골머리를 썩게 하지 않겠다는 배려로 이 제안에 동의했던 것이다. 셸튼 호텔에서 숨을 거두기까지 2년 가까이 그는 거의 방 밖을 나가지 않았다.

찰스 강이 내려다보이는 조그만 방에서 오닐은 안락의자에 앉아 강을 보든지 차량의 행렬을 지켜보는 것으로 대부분의 시간을 보냈다. 가끔씩 묵은 연극 잡지를 들추기도 했다. 오닐은 칼로타, 의사, 변호사, 호텔 지배인밖에 만나지 않았다. 그는 서서히 세월 밖으로 밀려나고 있었다.

1953년 초겨울 밤, 오닐은 자신의 죽음에 대해 이야기하기 시작했다. "다른 사람이 내 작품에 손대면 안 되지. 수정, 삭제, 가필… 절대 안 돼." 오닐은 시나리오 상태에 있는 6편의 연작극 원고를 가져오게 했다. 원고를 찢기 시작했다. 그는 연작극 노트와 시나리오를 파기하고 나서 삶을 포기했다. 절망 속에서 '왜 빨리 죽지 않는지 모르겠다.'고 소리치면서 울었다고 한다. 그는 고통 속에서 천천히 다가오는 죽음을 기다렸다. 1953년, 65회 생일이 지나고 한 달 뒤부터 그는 식음을 전폐했으며, 급성 폐렴의 고열로 숨을 헐떡이며 다음과 같이 외쳤다.

젠장, 호텔 방에서 태어났다가 빌어먹을, 호텔 방에서 죽다니.

그의 마지막 말이었다. 1953년 11월 27일. 그는 유언대로 뉴런던의 가족 묘역이 아닌 보스턴 외곽의 포레스트 힐스에 묻혔다. 그를 돌보던 간호사와 의사가 동석해 장례는 세 사람에 의해 치러졌다.

2001년 8월 25일, 나는 세일럼에서 태어난 삭가 나타니엘 호손의 생가와 유적지를 둘러 본 뒤, 유진 오닐이 누워 있는 보스톤 외곽의 포레스트 힐스(Forest Hills) 공동묘지로 향했다. 한낮의 더위가 다소 진정된 오후 5시 무렵, 우리는 중세의 고성 같은 웅장한 대문 앞에 닿았다. 대문 안에 들어서서 서북 방향으로 차를 몰았다. 묘역의 크기는 걸어서 갈 수 없는 규모였다. 휴가를 내어 안내를 맡아 준 질녀가 관리실에 가서 지도를 받아 왔다. 관리인이 내 준 지도를 따라 여신 조각상을 기점으로 삼았다.

유진 오닐의 생가터

십자가를 가슴에 안은 여신상 뒤편에 커다란 소나무가 있고 그 뒤에 오늘의 무덤이 숨바꼭질하듯 숨어 있었다. 키 작은 월계수가 조촐한 묘비를 에워싸고 있다. 지척에 두고도 그의 무덤을 찾는 데 무척 애를 먹었다. 묘석의 높이는 약 1.3미터, 폭은 약 2미터의 이탈리아산 대리석이었다. 가장자리는 거칠거칠했지만 잘 깎아 다듬은 앞면에는 그의 이름과 출생일 사망일이 새겨져 있고 17년 뒤에 와서 묻힌 칼로타의 이름과 출생일, 사망일도 새겨져 있다. 맨 마지막 줄에 '평화로이 잠들다(Rest in Peace)'가 한 줄 첨가되어 있었다. 부디 그렇기를 빌었다. 그때 에드거 앨런 포가 생각났다. 포는 보스턴에서 유랑극단 배우의 아들로 태어나 뉴욕의 포오덤 오두막집에서 나와 리치몬드 거리에서 쓰러졌다. 오닐은 유랑극단 배우의 아들로 뉴욕에서 태어나 보스턴에 와서 죽었다. 공교로운 이 뒤바뀜. 그리고 거리에서 태어나 거리에서 열반에 든 석가모니와 호텔 방에서 태어나 호텔 방에서 죽은 오닐이 겹쳐져 왔다. 그러나 그것이 무슨 상관이랴. 오닐은 그토록 아름답게 가꾼 대저택을 소유하지 못하고 포레스트 공동묘지의 작은 한 구석을 차지했을 뿐이다. 살아서 삶의 행적이 중요한 것이지 들에 내다 버린들 한갓 헌옷에 지나지 않는 시신 따위가 무엇을 알겠는가 싶다. 그러나 내게 영혼의 깊이를 더해준 작가 시인들의 무덤은 내게는 성지나 다름없다고 생각된다. 그들이 남긴 불꽃 같은 정신을 찾는 내게 그들이 묻혀 있는 유택은 또 하나의 생명을 창조하는 진흙이나 다름없었다. 나는 오닐의 무덤 앞에서 명복을 빌고 그가 처음으로 안착했다는 뉴런던에 있는 집을 찾아 코네티컷 주로 자동차를 몰았다.

미국 동부의 아름다운 휴양지로 손꼽히는 뉴런던에 닿은 것은 저녁 6시가 조금 지나서였다. 템즈 강에는 장난감 같은 배들이 그림처럼 묶여 있고 붉은 해가 물결 위로 번지기 시작했다. 숙소를 구하지 못해 서둘러

첫 희곡, Bound East for Cardiff가 매사추세츠 주의
프로빈스타운의 부두에 있는 이 극장에서 처음으로 공연

오닐의 '몬테크리스토 카티지'를 찾았다. 입구에 '몬테크리스토 카티지'라고 쓴 안내판이 반갑게 서 있었다. 어스름한 저녁시간을 배경으로 한 하얀 집이 무대 위에서 보던 집 같다. 연극배우인 오닐의 아버지는 몬테크리스토 백작에서 오랫동안 주역을 맡았기에 거기에서 이름을 따왔다고 한다. 정면에서 바라본 이층집은 무대 위에 세워 둔 낯익은 세트를 보는 것과 같았다. 거기 오닐이 에드먼드로 분장하고 서 있을 것 같은 착각.

무대의 막이 오르면 티론 가의 거실이 나오고 왼편에 이층으로 오르는 계단이 있을 것이다. 오닐 일가는 모처럼 1912년의 여름, 이 별장에 다 모였다. 24세이던 오닐은 그때 뉴런던의 신문 〈델리그래프〉의 수습기자로 입사하여 시를 습작하고 있는 중에 폐병이 발견되어 요양소로 가려던 참이었다.

오닐은 이때의 일을 27년이 지난 후 〈밤으로의 긴 여로〉로 쓰기 시작했다. 잠깐 서서 바라보는 동안에 그 하얀 이층집은 금세 어둠 속에 잠겨버리고 만다. 조명이 꺼진 빈 무대에 형체만 어른거리는 느낌이었다.

티론 가의 모든 비극은 제임스 티론이 아내가 해산할 때, 돌팔이 의사를 고용하여 마약중독에 걸리게 한 데서 비롯되는 것처럼 보인다. 마약을 끊어 버리지 못한다고 비난을 받는 메리는 에드먼드를 낳을 때 제임스가 돈을 절약하기 위해 돌팔이 의사를 고용한 데 그 책임을 돌린다. 병적이고 퇴폐적인 시를 좋아하며 음울한 생각을 갖고 있다고 아버지로부터 질책을 듣는 에드먼드는 어머니로부터 물려받은 섬세함과 신체의 허약성, 그리고 형으로부터의 나쁜 영향에 잘못을 전가할 수 있으며, 제이미가 어른이 되도록 자리를 잡지 못하고 술집에나 다니며 퇴폐적 생활을 하는 것도 사실은 아버지 때문이며, 인색함 때문에 비난을 받는 제임스 또한 가난하게 자란 자신의 성장 환경에 그 책임을 돌릴 수 있을 것이다. 잘못과 책임의 고리가 서로 맞물려서 진정 누구의 책임인지 모를 정도가 되고만다. 모든 상처는 가족에게서 비롯된다. 가족 간의 비난, 책임 전가. 집안이 기울면서 반목(反目)으로 흩어지게 된 식구들. 마치 우리 집안의 가족사를 보는 것 같아서 나는 그 연극을 끝까지 지켜보기가 어려웠다. 어쩌면 메리의 말처럼 인생이 가장 많은 책임을 져야 할지도 모른다.

안개가 짙게 끼고 연일 무적이 울어대는 어느 여름날, 오닐의 어머니가 상용하던 모르핀이 떨어지자 견디다 못해 잠옷 바람으로 뛰쳐나가 템즈강에 투신하려고 했다는 대목을 떠올리며 이층 다락방에 눈길을 준다. 〈어셔가의 몰락〉에서처럼 괴괴한 어둠이 정적을 휩싸 안는다. 오싹한 한기가 느껴진다.

'몬테크리스토 커티지'의 팻말에 명시된 입장 시간은, 일요일은 오후 1시부터 5시까지였다. 나는 다음날 1시까지 버틸 수 없어 서운하지만 그냥 돌아서야 했다. 다시 무대의 마지막 장면으로 돌아가 보자.

오닐 3부자는 온갖 어려움과 수치를 무릅쓰고 고백과 용서를 통해 어렵사리 화합을 일구어 낸다. 그러나 이 모두를 한 순간에 뒤엎고 마는 반전. 별안간 이층에서 쇼팽의 왈츠곡을 연습하는 피아노 소리가 들리고 전기료를 걱정하는 티론의 인색함 때문에 거의 꺼진 상태에 있던 샹들리에에 모두 불이 밝혀진다. 소녀 시절로 되돌아간 메리는 웨딩 가운을 걸친 채 이층 계단을 내려오며 피아노 연습을 해야 한다는 내용을 현재

시제로 말한다.

"내가 여기에 무얼 찾으러 왔지? 내가 요새 정신이 나갔나 봐. 항상 꿈꾸는 사람처럼 잊어 먹으니… 내가 찾는 게 뭐지? 뭔가를 잃어버린 것 같은데…"

라고 메리는 계속 중얼거린다. 어쩌면 그녀는 잃어버린 옛날의 자신을 찾아 헤매고 있는지도 모를 일이다. 과거로의 여행이었다.

평론가 프레드릭 카펜터는 말한다. 제목이 암시하듯 극적 행동이 아침에서 밤으로 진행되고 있지만 식구 네 명의 등장인물이 겪는 내면적인 여행은 각각 다르다. 이 심리적인 밤으로의 여행이 각자에게 다른 여행이라고 지적하면서, 어머니 메리에게는 '마약과 안개와 환상으로의 슬픈 여행'이며, 형 제이미에게는 '냉소와 절망으로의 희망이 사라진 여행', 그리고 아버지 티론에게는 '잘못된 길로 빠지는 비극적 여행'이지만 에드먼드, 즉 오닐에게만은 그것이 '밤을 넘어서는 여행'이며 이 극이 그에게 있어서는 '오이디푸스와 같은 발견의 극'이라고 말한다.

유진 오닐, 그는 이 드라마를 통해 밤으로부터 빠져 나와 빛으로 나아가는, 그리하여 과연 그에게 밤을 넘어서는 여행이 되었을까? 나는 그의 뜰에 서서 아픈 마음으로 유추해 보고 있었다. 과거를 회상하는 것은 때로 가슴 아프다. 그러나 살아 있다는 것이 무엇인가. 타인의 고통을 통해 아픔을 넘어서려는 극복의 의지. 과거로의 내 여행기인 이 책에도 그런 뜻이 포함되어 있다. 연극에 대한 열정으로 불타던 내 영혼의 순수 시대를 그리워하며 문학청년 에드먼드인 유진 오닐을 찾아다녔던 것이다.

오닐을 괴롭힌 병명을 알고 싶어 그의 아내 칼로타는 부검을 의뢰했다. 겉보기에는 파킨슨병 같지만, 소뇌의 세포가 서서히 퇴행하는 희귀

병을 앓고 있었던 것으로 판정이 내려졌다. 유전병이냐에 대한 결론은 내려지지 않았지만, 부검에서 밝혀진 바로는 최초의 징후가 대개 손의 떨림과 언어 장애다. 오닐의 어머니 엘라, 형 제이미 그리고 오닐의 아들 유진이 손을 떨었던 것으로 나타나 있다. 유진의 이유 없는 자살도 혹시 이것과 관련되었던 것은 아니었을까?

오닐은 자신의 불행을 너무나도 잘 알고 있었다. 그럼에도 오닐은 자신에게서 생명이 빠져 나갈 때까지 천천히 오는 죽음을 고통 속에서 최선을 다해 기다렸다. 결코 죽음을 피하려 하지 않았다. 나무에 생채기를 내며 강타하는 듯한 죽음의 폭풍을 그는 온몸으로 맞이했던 것이다. 이것이 오닐의 위대한 점이다. 그가 마지막 호흡을 몰아쉰 것은 안개 낀 뉴런던의 무적(霧笛)소리가 간간이 들려오는 오후 4시 39분이었다.

어둠에 잠겨 버리는 몬테크리스토 커티지 앞에 서서 나는 40년 전, 그날의 무대 ≪밤으로의 긴 여로≫를 회상했다. 이 작품을 쓰는 동안 저녁때면 울어서 눈이 빨개진 채, 서재에서 나왔다는 그의 모습을 상상하면서 삼선교에서부터 종로 4가까지 히로뽕을 사기 위해 울면서 걸었던 내 어린 시절이 떠올라 목구멍까지 울음이 차올랐다. 가운의 몰락과 동생의 죽음으로 어머니는 다급하게 약을 찾았고, 그 와중에서 나는 한 주먹씩 먹어야 했던 파스와 나이드라지드. 오닐의 고통에 무심히 지나칠 수 없었던 내 아픔을 이제야 털어놓는다. 혼자 연극을 보고 내려올 때의 그 스산하던 남산의 초가을 밤 냉기도 좀체로 잊히지 않는다.

아무 일도 일어나지 않았다
- 사무엘 베케트

   평온하게 잠 든 수백 기의 무덤을 지키기라도 하듯 몽파르나스 한가운데에는 영면(永眠)의 천사 조각상이 우뚝 서 있다. 날개를 펄럭이며 방금 땅에 착지한 것 같은 이 청동 천사상은 조각가 다이용의 작품이라고 한다. 이 조각상을 중심으로 길은 사방으로 나 있고, 왼쪽 방향의 보들레르 추모 석상과 이어지는 길 중간쯤에 사무엘 베케트가 누워 있다. 묘비도 없는 매끄러운 직사각형의 검은 대리석 무덤은 생전에 그의 인상처럼 차갑고 일체의 군더더기가 생략되어 있다.

SUZANNE BECKETT

1900 ~ 1989

SAMUEL BECKETT

1906 ~ 1989

베케트 부부는 약속이나 한 듯 나란히 한 해에 이곳으로 왔다. 부인 스잔이 먼저 이곳에 와 묻혔고 같은 해 1989년 12월 22일, 해를 넘기지 않고 베케트도 따라와 묻혔다. 6년 연상인 이 프랑스 여인 스잔과 금슬이 좋았던 모양이다. 기록에 의하면 직계가족이라고는 아무도 없는 가운데 베케트의 장례가 치러지고 하관식이 진행되었다고 한다. 어찌 보면 베케트의 죽음은 자신의 작품에서처럼 아무도 오지 않고 아무도 떠나지 않고 아무런 일도 일어나지 않은 가운데 그냥 치러지는 일상사 같기도 하다.

아무 일도 일어나지 않았다.

〈고도를 기다리며〉의 첫 구절이다. 나 역시 그 작품으로 베케트를 기억한다.

40대 초반 어느 여름 날, 나는 매표소 앞에 장사진을 이룬 대열 속에 끼어 있었다. 손으로 볕을 가리고 땡볕에 서서 기다리다가 본 임영웅 씨 연출의 무대였다. 머릿속이 멍멍해지는 그야말로 충격적인 작품이었다.

영화 〈엘비라 마디간〉이나 〈디어 헌터〉를 보고 나왔을 때처럼 뒷맛이 씁쓸했다. 거리로 나와 백주의 대낮에 던져진 것 같은 그때, 나는 연극을 본 당혹스러움으로 인해

검은 대리석이던(2000) 베케트의 묘가 7년 뒤에 달라진 모습

아무 말도 할 수 없었다. 아니 입을 떼고 싶지 않았다. 친구와 묵언으로 긴 거리의 땡볕 속을 걸어 나왔다. 그리고 나서 기국서 씨의 무대로 다시 본 것은 10여 년이 지난 뒤였다. 항용 범죄자가 범죄의 현장을 찾아 맴돌듯, 우리 내면에는 고통을 싫어하면서도 이상하게 그것을 확인하고 싶어 하는 욕구가 있다. 그의 연극이 그랬다. 베케트의 작품은 인생이라는 거울에 비친 딱한 우리의 모습을 여실히 재현해 놓고 있다. 그러니 그것은 고통을 보는 것이었다. 무대를 향한 열정을 잠재운 지 30여 년, 제법 세월이 훌쩍 흘렀다. 그런데 그의 무덤 앞에 이렇게 서게 되다니. 무미건조한 회랑을 돌아 미로의 긴 무대를 빠져 나온 것처럼 허허롭다. 만일 인생을 3막 5장이라고 한다면 겨우 3장만 남은 나의 무대가 아니던가. 또한 암전(暗轉)으로 끝나 버릴 수도 있는 무대일지도 모르는 그런 나이에 베케트의 무대를 떠올리며, 나는 지금 그의 무덤 앞에 서 있다.

막이 오르면 텅 빈 무대에 말라 비틀어진 나무 한 그루가 서 있고 에스트라공이 벌판 한가운데 앉아 꽉 낀 장화를 벗기려고 안간힘을 쓰고 있다. 블라디미르가 들어오자, "되는 일이 없어, 할 일이 없어"라고 투덜댄다. 이 말은 극의 주제로서 몇 차례나 되풀이된다. 떠돌이 두 남자는 지금 '고도'를 기다리는 중이다. 그들은 기다리는 인물이 어떤 사람인지도 모르면서 그가 와야만 구원을 받는다고 철석같이 믿고 있다. 그러나 그는 나타나지 않는다. 고도가 오늘은 오지 않지만 내일은 꼭 온다는 전갈이 전해지며 제1막이 끝난다. 다음날도 거의 같은 일들이 되풀이되다가 연극은 막을 내린다. 나타날 가능성이 거의 희박한 고도를 기다리는 동안 그들은 무대 위에서 갖가지 어릿광대의 해프닝을 벌인다. 어젯밤에도 이곳에서 만난 그들은 아무 할 일이 없는데도 동작을 꾸며댔다. 그런 행위는 오늘도 계속되지 않으면 안 되었다.

제2막도 같은 무대이다. 달라진 게 있다면 고목이 잎사귀를 달고 있다는 것뿐이다. 또 포조가 시력을 잃고, 럭키는 벙어리로 변하는데 이는 시간의 흐름과 함께 의식이 해체되는 것을 상징한다. '언제부터 럭키는 벙어리가 되어 버렸느냐'는 블라디미르의 물음에 포조는 다음과 같이 중얼거린다.

"그런 질문은 집어치워. 빌어먹을 시간 같은 것을 가지고 나를 괴롭히는 일은 쓸데없는 일이야. 언제! 언제! 어느 날, 그것으로 충분치 않은가. 다른 날과 똑같은 어느 날, 어느 날 그 녀석은 벙어리가 됐다. 어느 날 나는 장님이 됐다. 어느 날 나는 귀머리가 될 것이다. 어느 날 태어났다. 어느 날 죽을 것이다. 같은 어느 날, 같은 어느 시간, 그것으로 충분치 않다는 건가. (조용한 말투로) 어쨌든 여자들이 무덤을 올라타고 아기를 낳는 것과 같은 거야. 그리고 한순간 햇빛이 반짝이고, 그리고 또 밤이 찾아오지. 그것뿐이다."

인생은 어쩌면 그것뿐일지도 모른다. 한 순간의 햇빛과 그리고 금세 어둠의 밤이 찾아오는 것. 그리고 여자들은 무덤을 올라타고 죽음 위에서 아기를 낳는 일. 출생과 사망으로 이어지는 낮과 밤 같은 것 말이다.

제1막과 제2막의 사이에서 달라진 것이 있다면 고목이 잎사귀를 달고 있다는 것뿐이다. 계절의 변화, 시간의 흐름을 상정하는 것 같다. 에스트라공은 블라디미르를 나무 옆으로 끌고 가서 "우리 목을 매면 어떨까?"라고 제안한다. 둘은 심심풀이 장난으로 자살 흉내내기를 한바탕 벌려 본다. 그러나 뒤끝은 언제나처럼 썰렁하기만 하다. 유희의 끝은 언제나 막다른 골목길에서의 절망 같은 것. 에스트라공의 대사가 이어진다.

에스트라공 : 나 이런 생활 계속 못하겠어.

사무엘 베게트

블라디미르 : 그런 얘긴 누구나 하지.
에스트라공 : 서로 헤어지는 게 어때? 좀 낫지 않을까?
블라디미르 : 내일 목매달기로 하지. (잠시 후) 고도가 오지 않는다면 말이야.
에스트라공 : 오면 어떡하구.
블라디미르 : 우린 구원받게 되지

(사이)

블라디미르 : 자, 떠날까?
에스트라공 : 응, 가세나.

그들은 움직이지 않고 서 있는데 막이 내린다. 〈고도를 기다리며〉의 끝 장면이다.

떠나지도 못하고, 죽지도 못하는 엉거주춤한 존재들을 거기 세워 놓고 막이 내린다. 장장 두 시간에 걸쳐 그들이 보여준 '기다리는 것'을 위한 시간 보내기. 그만 코끝이 찡해 온다. 연금으로 노후를 보내고 있는 황혼의 인생에 있어서는 더더욱 그렇다. 특별히 할 일도 없이, 그러나 무엇인가를 꾸며대야 하는 동작처럼, 쓸데없는 짓으로 시간을 죽이고 있는 우리의 모습과 무엇이 다른가? 이 작품은 죽음으로 가는 동안 우리가 할 수 있는 일이란 무엇인가를 나로 하여금 생각하게 한다. 시간과 죽음에 대해.

〈고도를 기다리며〉는 1953년 1월 5일, 좌석이 100개밖에 되지 않는 몽파르나스의 소극장 〈바빌론〉에서 초연되었다. 아방가르드 연극의 본고장이었던 파리의 연극 비평가들도 이 애매모호한 연극을 어떻게 이해해야 할지 몰라 고개를 갸우뚱거렸다. 그런가 하면 '이 작품은 놓쳐서는 안 되는 경험'이라는 소문이 문인들 사이에서 나돌기도 했다. 극작가 장 아누이가 이 극을 '프라델리니 어릿광대가 펼쳐 나가는 파스칼의 팡세' 라고 명명하자 마틴 에슬린은 사람들은 자기 눈으로 '이 괘씸하고 무례 한(아무 사건도 일어나지 않음을 지칭) 연극을 관람하고 다음 파티 장소 에서 자신들이 실제로 이 모독의 희생자임을 확인하기 위해 극장에 갔노 라고 말했다. 어쨌든 연출가 로제 블랭(Roger Blin)에 의해 연극은 대성 공을 거두었다. 300회 이상의 공연을 했으며, 세계 20개 국어로 번역되어 1950년대 부조리극이 유행하는 계기가 되었다. 비평가들은 제각기 이 낯선 연극에 앙티테아트르(반연극), 부조리극 등의 여러 이름을 붙였고 베케트는 루마니아 태생의 극작가 이오네스코와 함께 앙티테아트르의 기수가 된다. 이오네스코의 무덤은 베케트의 무덤에서 멀지 않은 위치에 이웃해 있었다.

어떠한 극적인 행위도 전개되지 않는 반(反)연극적인 요소를 가지고 있는 이들의 작품은 언어의 해체가 곧 현실의 해체임을 나타내고 있는 것이 그 특징이었다.

1969년 베케트는 아내와 튀니지아에서 요양 중일 때 노벨문학상 수상 자로 선정되었다는 소식을 들었다. 당시 유력한 후보 작가는 다름 아닌 그의 친구 이오네스코였다. 이오네스코는 베케트보다 작품과 소재가 다 양했고 통렬한 블랙 유머 등으로 비평가들에게 평판이 높았다. 그러나 예상을 뒤엎고 새로운 소설과 연극의 형식으로 현대인의 고갈된 상태를 고양된 상태로 전환시켜 놓은 업적이 평가되어 베케트에게 그 상이 돌아 갔던 것이다.

베케트는 1938년 32세의 나이로 프랑스로 귀화한 이래 처지가 비슷한 제임스 조이스의 비서로 일했으며 〈조이스 론〉 〈프루스트 론〉 등을 썼 다. 오늘날 대표작으로 손꼽히는 전후 소설 3부작 〈몰로이〉 〈말로온은 죽다〉〈명명하기 어려운 것〉을 집필하여 이미 소설가로 완성된 작가였으나, 〈고도를 기다리며〉로 첫선을 보일 때까지 그의 이름은 신비에 싸여 있었다.

영국의 불문학자 제임스 크노울슨이 펴낸 베케트의 전기 〈저주받은 명성(Damned to fame)〉에 의하면, 베게트는 자신의 아버지가 세상을 떠난 뒤 정신병원 치료를 거의 2년이나 받았다고 털어놓고 있다. 병의 원인을 그는 가족 관계로 풀이했다. 자신에게 지나치게 집착하는 어머니를 통해 애증이 섞인 끈끈한 감정과 부인 스잔에게 느꼈던 그와 같은 죄의식과 연민의 정을 일생 동안 떨치지 못했다고 술회했다. 흔히 결벽증이 심한, 감정의 균형 감각이 어려운 사람에게 일어나기 쉬운 정서장애가 아닐까 싶기도 하다.

그는 트리니티 대학의 토머스 루드모즈 브라운 교수의 주선으로 1928년부터 3년 동안 명문 에콜 노르말 슈피리외에서 영어 강사 생활을 했는데, 이 무렵 오닐은 죽음의 문제에 사로잡혀 있었다. 당시 많은 예술가들은 죽음을 찬미했고, 실제로 자살을 실행한 사람도 꽤 있었다. 제1차 세계대전의 후기 증후군으로도 진단할 수 있다. 이러한 분위기에서 베케트는 죽음의 운동을 주도하던 발터 로웬펠스로부터 쇼펜하우어의 염세주의의 세례를 받는다. 염세철학의 영향은 그의 인생관과 문학에 그대로 반영되었다. 그래서 작중 인물들은 지하의 세계에서 끊임없는 도피 행각을 벌이고 있고, 죽음의 그림자를 짙게 드리우며 신성불가침의 고독에 빠져 있다. 그의 작품 〈막판의 장기놀이〉의 첫 대사는 작중 인물 클로브가 갑자기 객석을 향하여

"끝이다. 끝이야, 끝나려 하고 있어. 아마도 끝날 것이다."

라고 외치면서 시작된다. 〈한 편의 독백〉에서의 첫 대사는 "탄생이 그에겐 곧 죽음이었어."라고 시작되고 있다. 〈고도를 기다리며〉의 후반부에

서 포조와 블라디미르에 의해 되풀이되는 죽음과 삶은 쌍생아라고 보는 의식이 아마 그것일 것 같다. 그가 소설이나 희곡을 통해 끈질기게 추구해 왔던 테마 역시 죽음과 시간의 문제, 인간 존재의 부조리성이 아닌가 한다. 대체로 베케트 문학의 주제는 다음 질문으로 집약될 수 있을 것 같다.

"지금 어디 있지?/ 지금은 언제지?/ 지금 누구지?"
〈명명(命名)하기 어려운 것〉의 서두다.
〈막판의 장기놀이〉에서 "지금 몇 시지?"라고 작중인물 함이 문자 클로브는 "언제나와 같은 시간이지."라고 천연스레 대답한다. 그러니까 어제와 오늘은 이미 의미를 상실한 개념의 시간인 것이다.

인간 파멸의 근원을 파헤치는 차원 높은 염세주의라고 어느 연출가가 그의 문학을 정의한 바도 있지만, 사실 인간이란 파멸할 수밖에 없는 존재가 아니던가. 나 또한 이제 나의 '고도'를 기다리지 않는다. 아무것에도 비중을 두지 않으련다. 아무것도 기다리지 않으련다. 희망의 전령사를 마음속에서 놓아 버린 지 이미 오래이다. 옆구리께로 허전한 바람은 가끔씩 지나가지만 쓸쓸한 여백에 길들여지고 이미 편안해지고 있다.

고도가 누구이며 무엇을 의미하는가라고 그의 작품을 미국 무대에 올린 연출가 알랭 슈나이더가 베케트에게 물었을 때, 그는 내가 그걸 알았더라면 희곡 속에서 설명했을 것이라고 시치미를 뗐다. 그러나 여기에서 고도를 모른다는 베케트의 진술은 새로운 하나의 의미를 드러내 놓는다. 우리가 고도를 아는 순간 우리의 시간은 이미 충만해진다. 왜 그런가 하면 자신이 누구이며 무엇을 의미하는가를 알게 되면 우리의 행위는 목적과 방향을 갖게 될 것이기 때문이다. 베케트가 통찰한 인간의 시간은 결코 채워질 수 없는 성질의 것. 〈고도를 기다리며〉에서처럼 인간의 기다림이란 텅 비어 있는 무대의 시간만이 진정한 시간이라는 것이다. 충만한 시간을 누리고 있다고 믿고 있는 사람의 시간은 거짓된 시간이라는 견해가 또한 베케트의 해석인 듯 여겨진다. 그의 작품은 가혹하게도 우리에게 희망이나 위안 따위는 안겨 주지 않는다. 오히려 그는 더 큰 절망과 회의로, 보다 근원적인 물음 앞에 우리를 다가서게 할 뿐이다. 그리고는 시치미를 뗀다.

"아무도 이곳에 온 일이 없고 아무도 여기를 떠나지 않았으며 아무런 일도 일어나지 않았다."라는 그의 메시지를 전해 받으며 나는 잠시 아득한 우주의 한 점 지구별이라는 행성에서 외롭기 그지없는 나그네가 된 기분이 들었다. 사람은 이 세상에 태어나 죽는다. 그 삶이나 죽음에 대한 이유도 모르고 시간에 의해 종당엔 사라진다. 그 뜻 모를 텅 빈 시간만이 아무것도, 아무도 대답해 주지 않는 인간의 삶을 알고 있는 것일까.

몽파르나스 묘지의 한가운데에 서서 나는 베케트에게 묻고 싶었다. 고도는 언제 오는가를. 그러니까 여태까지의 내 삶은 아무것도 아니었으며 내게는 아무런 일도 일어나지 않았던 것이다. 무화(無化)다. 순간 내 발걸음은 허방을 딛는 듯했다. 나는 입 속으로 낮게 되뇌고 있었다.

'리엥 아 훼르(Rein a faire)'

아무 일도 일어나지 않았다.

바다 위를 떠도는 조각배보다도 더 고독하고 불안한 존재
- 기 드 모파상

파리에 도착한 날, 내가 처음 만난 이름은 모파상(Guy De Maupassant 1850 −1893)이었다. 샹제리제 거리의 벽보에서 그에게 집을 마련하도록 부를 가져다 준 소설 〈메종 텔리에〉가 연극 포스터로 붙어 있었다. 〈La Maison Tellier〉를 소리 내어 읽으며 모파상의 이름에 반가운 미소를 보낸다.

기 드 모파상

영국의 작가 서머셋 모음은 모파상을 19세기 최고의 단편작가라고 말했다. 러시아에서는 모파상을 '프랑스의 체호프'에 비교하고, D. H 로렌스는 '영국의 모파상', 오 헨리는 '미국의 모파상'이라고 했다. 19세기는 온통 모파상이었다. 그러나 화려한 명성에 걸맞지 않게 쓸쓸히 정신병원에서 혼자 죽어 간 모파상. 불현듯 그를 만나보고 싶었다.

모파상의 묘가 있는 몽파르나스 묘지는 에밀 리차드 거리를 사이에
두고 큰 묘역과 작은 묘역으로 나뉘어진다. 묘지의 안내도를 보니 모파
상의 무덤은 작은 묘역에 있었다. 보들레르와 베케트를 만나보고 뒷문으
로 빠져나가니 거기가 바로 작은 묘역의 입구였다.

녹음이 짙어서일까, 아니면 석실(石室)이 많아서일까, 큰 묘역보다 칙
칙하고 괴괴하며 음울한 기운마저 감돌았다. 석실은 공중전화 부스처럼
고만고만한 크기였다. 지도에 의하면 모파상의 무덤은 보들레르의 추모
석상 뒤편 그 어디쯤일 것이나 도무지 눈에 띄지 않았다. 그런데 갑자기
하늘이 흐려졌다. 사방이 어둡기 시작하니 마음이 바빠진다. 남편은 지
도를 들고 무덤 사이의 샛길을 누비며 모파상의 이름을 찾았다. 후드득
빗방울이 어깨를 때린다 싶더니 금세 굵은 비가 쏟아졌다. 좁은 샛길에
서 두 사람이 우산 하나로 지나기는 어림없다. 남편은 우산을 내게 건네
주고 비를 맞으면서 여기저기 묘비에서 모파상의 이름을 찾고 있었다.
유령이라도 나올 듯한 컴컴한 묘역에 사람이라고는 우리 단 두 사람뿐.
무서워서 울지도 못하는 어린아이처럼 나는 속이 상했다.

잃어버린 남의 목걸이 때문에 10년 동안이나 고생을 한 〈목걸이〉의
여주인공처럼 모파상은 이번에는 나를 애먹이려나 보다. 숨바꼭질을 하
자는 듯이 그는 숨어서 나오지 않았다.

굵은 빗줄기는 갑자기 우박으로 변했다. 근처에 있는 고인돌처럼 생
긴 조각 아래로 들어갔다. 우리나라에서 보던 우박보다도 더 큰 얼음
조각들이 발밑으로 튀어 올랐다. 얼음 조각은 알사탕만 했다. 남편도 내
가 있는 쪽으로 황급히 뛰어 들어왔다. 바지 아랫단과 신발은 젖어서
엉망이었다. 세찬 빗줄기는 기세를 더해 갈 뿐, 달리 모면할 방도가 없었
다. 하는 수없이 우리는 가까이에 있는 남의 석실 안으로 들어갔다. 두
사람으로 꽉 차는 정사각형의 좁은 공간, 음습한 벽에 몸이 닿지 않게

하려면 바짝 붙어 설 수밖에 없다. 그렇게 서서 우리는 비가 멎기를 기다렸다. 무덤 안에는 여섯 사람의 이름이 내리닫이로 주욱 적혀 있었다. 갑작스러운 침입객에 놀랄까 봐 나는 그들의 이름을 향해 가벼운 목례를 보냈다.

갑자기 추워지면서 한기가 느껴졌다. 갇힌 채 할 수 있는 일이란 창밖을 내다보는 일밖에 없다. 무덤 사이의 골을 타고 흘러 내려온 물은 삽시간에 무릎 높이쯤 불어나더니 순식간에 하수구로 빠져나갔다. 그 빠지는 물줄기에 우리는 각자 눈길을 주고 있었다. 반복되는 물의 흐름 위로 곱게 삭아 버린 어느 여인의 얼굴이 떠올랐다. 모파상의 대표작 〈여자의 일생〉의 주인공인 쟌느.

쟌느는 윤이 나는 블론드 머리를 가진 소녀로 귀족다운 품위를 지니고 있었다. 17세 때까지 수도원의 기숙사 생활을 하고 나온 순진무구한 이 아가씨는 이성에 대한 동경으로 가슴이 두근거렸다. 줄리앙에게 청혼을 받았다. 모든 것은 그녀가 꿈꾸던 대로 진행되었다. 그러나 신혼여행에서 돌아온 줄리앙은 약혼 시절의 그 예의바른 신사, 줄리앙이 아니었다. 옷은 농부 같은 옷을 입고 모든 재산권은 손아귀에 거머쥐고, 심지어 아내의 저금마저도 빼앗고, 나중에는 침실도 각각 따로 썼다. 쟌느를 더욱 괴롭힌 것은 남편이 식모 로자리의 방에서 나오는 것을 목격해야만 했던 일이다. 아들 폴이 진 빚 때문에 정든 저택마저도 남의 손에 넘겼다. 다만 혼자서 늙어 가고 있을 뿐인 그녀에게 어느 날 갓난애가 품안에 들어온다. 폴이 낳은 딸애였다. 아기를 손으로 받을 때, 갑자기 휘황한 광선에 쏘인 것 같은 느낌이 들었다고 쟌느는 말한다. 울어대는 아기의 볼에 입맞춤을 멈추지 않으면서 그녀가 나직이 중얼거린 말.

"인생이란 생각한 것처럼 그렇게 좋은 것도 아니고 나쁜 것도 아니다."

행, 불행의 기로에서 나 또한 얼마나 되뇌이던 말인가? 그렇게 절망을 수용하는 데에 이르기까지 그녀의 일생이 다 걸렸던 것이다. 쟌느의 연령에 가까워진 나는 과연 뭐라고 말할 수 있을까? 세상사란 마음먹은 대로 되지 않는다는 것을 하나씩 체험하게 되면서 한 가지씩 욕망을 덜어 나가는 게 요즘 인생에 대한 내 견해이기도 하다. 사실 인생을 바라보는 모파상의 시선은 더욱 더 절망적인 것이었다. 그의 작품의 결미는 언제나 불행으로 끝난다. 그러나 작품 못지않게 더 불행했던 것은 실제 그의 삶이었다. 정신병원에서 발광사(發狂死)한 그의 최후를 떠올리면 어느 것이 먼저인지 모를 정도로 삶과 문학이 맞물려 가고 있었다. 모파상의 소설 속에 등장하는 여주인공

파리 몽소공원의 동상

들의 결혼 생활은 모두 하나같이 불행했다. 이것은 작가가 어린 시절에 경험했던 어머니와 아버지의 별거 생활에 연원을 둔 것 같다. 몹시 방탕한 생활을 했던 부친과 그로 인해 온갖 괴로움을 당한 어머니의 실상을 목격하면서 결혼에 대한 회의가 그를 독신으로 만들었을 가능성도 배제할 수 없다. 그러면서 모파상의 작품에 등장하는 여주인공들의 대부분은 남편 이외의 정부(情夫)들과 밀통을 하고 있다. 그것도 남편의 친구이거나 친지들을 상대로. 그럼에도 아무런 갈등 없이 그들은 돈독한 우정 또한 잃지 않고 살아가고 있다. 그러나 그의 여주인공들은 남자들로부터 끝내는 쓰라린 배신을 맛보아야 했으며, 상당한 심적 고통을 겪었다.

간통에 뒤따르는 사생아 문제에 모파상은 남다른 관심을 보였다. 그 자신이 사생아를 출생시킨 장본인이어서일까. 사생아를 주제로 한 〈걸

인〉〈아들〉〈뻬에르와 쟝〉 등의 많은 작품을 볼 수 있다. 모파상은 애비가 누구인지 밝혀지지 않은 그들에게 물질적으로는 궁핍하지 않게 배려했으나 끝까지 친자식으로는 인정하려 들지 않았다. 그래서 모파상은 독신이었으며 후손이 없다고 연보에 소개되고 있다.

"쓰레기장에 오물을 버리듯이 시골 교회 마을에 내동댕이쳐진 비참한 삶을 살아가는 사생아는 죽어 없어져야 옳은가?"라고 모파상은 문제를 제기하면서 어린이의 권익을 옹호할 것을 외쳤다. 그런 그가 정작 자기 자식을 받아들이지 않은 것은 잘 납득이 되질 않는다. 왜일까? 더구나 하나뿐인 남동생 에르베도 정신병원에서 죽어 완전히 절손(絕孫)된 상태였음에도 불구하고.

나는 이것을 먼저 그 집안의 냉정한 성격 탓으로 생각해 본다. 모파상의 어머니 로르는 모파상이 정신병원에 감금된 이후로 한 번도 찾아오지 않은 것은 물론이고 아들의 장례식에도 참석하지 않았다. 아버지의 모습도 물론 보이지 않았다. 장례 때 가족이라고는 단 한 사람도 없었다. 다만 죽은 동생 에르베의 처남인 판톤 박사가 유족을 대표하고 있었다. 로르는 아들이 숨을 거두기도 전에 그가 끔찍이 아끼던 배, '벨아미 호'마저 팔아 치웠다. 냉정한 어머니로 인한 모성 결핍, 결손 가정 그리고 그가 보불전쟁 때 목격한 참상들이 그의 신경성 질환과 관련된 것은 아닐까 생각해 본다. 성장기의 불우한 경험들로 집적된 그의 인생관은 자연히 염세적이고 다분히 냉소적이며 삭막할 수밖에 없을 것 같다.

나는 사후의 존속을 믿지 않는다. 내가 믿는 것은, 끊임없이 경신되는 세기를 꿰뚫고 무수한 성신(星辰) 사이에 차 있는 보편적인 영원한 생명이다. 우리들 조그만 개인에 대해서 말하자면, 그것이 개체인 한 완전히 소멸되어야 하며, 또 그 사실 앞에 체념해야 한다. 그리고 만약 그밖에 무엇이 남는다면 그것에 대해서는 나는 아무것도 모른다는 사실뿐이다.

모파상이 죽은 정신병원이 터키대사
관저가 되었다.

발자크 집에서 보이는 붉은 깃발이 있는
터키대사 관저가 모파상이 죽어나간
정신병원이다.

모파상 병원이 보이는 발자크 정원

모파상은 위의 일기에서처럼 한 개체로 완전히 소멸되는 것을 원했다. 그 자신 한 개체로 끝나고 싶어 했다. 왜 그런 생각을 하게 되었으며 그가 자식과의 인연줄을 왜 놓아 버렸나 하는 심정도 조금은 짐작이 된다. 한 개체로서 당대로 끝나기를 원했던 그의 인간적인 절망이 도리어 가여워지기까지 했다.

옆에서 하수구에 말없이 눈을 주고 있는 남편도 언젠가 내게 이런 말을 한 적이 있다.

"우리의 가장 큰 실수는 자식을 낳은 일이오."

듣기가 한편 거북했으나 다른 한편으로는 공감되던 부분이었다. 부모라도 나누어질 수 없는 제 몫의 고통에 대한 안타까움이요, 대비(大悲)에 근원을 둔 연민임을 안다. 그러나 어찌하랴. 중국의 작가 노신처럼 자식을 위해서는 묵묵히 소가 되는 수밖에 없지 않은가.

그때 힘든 침묵을 깨고 남편이 먼저 입을 열었다. 프랑스 하수도 시설에 대해 칭찬하더니 ≪레 미제라블≫의 주인공이 하수구로 빠져나오는 장면을 설명해 준다. 이제 모파상은 포기해야 하겠구나 하고 체념을 하고 있었다. 한 시간 반 가량이나 흘렀을까? 하늘은 웬만큼의 노여움을 풀어낸 듯 빗줄기는 다소 수그러들기 시작했다.

"이게 무슨 벌이람?"

누군가가 무덤 찾아다니는 내 못된 버릇을 고쳐 주려고 이렇게 가둬 두는 게 아닌가 싶은 생각도 들었다. 우리는 작은 우산 하나로 어깨한 쪽씩을 적시면서 그 묘지를 빠져나왔다. 횡단보도를 건너자 바로 찻집이 보였다. 따뜻한 차를 주문하고 젖은 옷을 말렸다. 한 시간 가량이 또 지났다. 그러자 이번에는 어이없게 해가 반짝 웃는다. 반갑다기보다는 얄미웠다. 먼저 일어난 쪽은 남편이었다. 다시 가보자는 것이다. 나는 미안한 마음으로 뒤를 따랐다. 남편은 아까보다 익숙하게 무덤

사이를 누비기 시작한다. 이번에는 내가 발자
국을 떼기가 싫어졌다. 왠지 신명이 한풀 꺾이
고 만 상태였다.

"여기다!"

보물이라도 발견한 듯이 남편은 큰 소리로 외
치더니 바쁜 손짓으로 나를 불렀다. 두 개의 흰
원기둥이 높다랗게 떠받치고 있는 묘표 위에 우
리가 그렇게도 애타게 찾던 글자가 싱거우리만
큼 커다란 글씨로 쓰여 있는 게 아닌가.

GUY DE MAUPASSANT.

무덤은 녹색 철책으로 둘러싸여 있고 그 안에
키 작은 노란 꽃과 어울린 보라색 엉겅퀴 한 대
가 높게 솟아 있었다. 둘레에선 제일 아름다운

무덤이었다. 두 개의 원기둥 사이에 대리석 표

모파상의 무덤

지판이 있고 거기에 모파상의 생몰 연월일이 적혀 있었다.

1893년 7월 8일 모파상의 유해가 이곳에 묻힐 때, 에밀 졸라는 연설
대신 모파상이 쓴 긴 편지를 읽었다고 한다. 모파상은 플로베르에게 문
학 수업을 받은 사제의 연이 있었는지라 그가 죽은 직후에 이런 편지를
썼던 것이다.

나는 플로베르를 얼마나 생각하고 있는지를 당신에게 말할 수는 없을 것
입니다. 그는 나에게 붙어 다니고, 나를 쫓아다닙니다. 그의 추억이 끊임없
이 나에게 되살아납니다. 그의 음성이 지금도 들리고, 그의 몸짓이 지금도
눈에 선합니다. 헐렁헐렁한 갈색 옷을 입고, 내 앞에 서서 양팔을 쳐들고
지껄이는 그의 모습이 쉴 새 없이 눈에 아른거립니다.….

코안경 속으로 눈이 벌개진 에밀 졸라는 부지중에 말이 빨라졌다.
"모파상 그이만큼 문사(文士) 냄새 안 나는 사람은 없었습니다. 도리어
짐짓 문학에 대해서는 말하지 않으려고조차 했었습니다. … 문단에서
떨어져서 살고 싶어 했었습니다. 명성 따위를 탐내는 것이 아니라, 생활
을 위해서 쓴다고 말했었습니다. 그것은, 우리들처럼 주야로 문학에 미
친 인간에게는 약간 뜻밖이었습니다.….
(에밀 졸라는 잠시 말이 목구멍에 걸렸다.) 그러한 그가, 이럴 수가
있습니까, 정신 착란에 빠졌습니다. 그 모든 복, 그 모든 건강이, 이 저주
스러운 것으로 해서 한꺼번에 무너졌습니다.… (죽음에 대한 그 자신의
공포를 극복하기 위해서 졸라는 주제를 확대시켰다.)
그는 이 세상에서 살았던 가장 행복하고, 또 가장 불행한 인간의 한
사람으로서, 또 우리들의 인간성이 희망을 품을 수 있는 동시에 좌절되
는 것임을 통감시키는 인간으로서, 그리고 또 사람들의 열애를 받고, 귀
염을 받고 그리고 눈물에 싸여서 죽어 간 형제로서 언제까지나 남을 것
입니다."

1893년 7월 8일 모파상의 장례식 날의 정황을 상상해 보면서 누군가의
배웅을 받으며 떠나기 마련인 우리들의 최후를 짐짓 생각해 보게 된다.
뒤바뀌면 차라리 좋으련만 남편을 먼저 배웅하게 될 날이 올지도 모른다
고 생각하니 갑자기 안경 밑이 흐려 왔다. '구혼여행'이라고 해도 좋을
이번 여행에서 무엇에 홀린 듯 우리는 너무 묘지만 보고 돌아다녔다.
나는 무엇보다 남의 무덤 안에서 남편과 함께 죽음을 공유했던 침묵의
한 시간 반을 잊지 못할 것이다. 죽음이 갈라놓을 때까지 우리 사이에
남아 있는 시간은 과연 얼마나 될 것인가. 자꾸만 콧등이 매워 왔다.

이 글을 쓰기 위해 나는 봉투별로 정리해 놓은 사진을 꺼냈다.

모파상의 무덤을 찾아간 날짜는 2000년 5월 14일이고, 그가 1년 반 동안 갇혀 있다가 죽은 팟시 지구의 정신병원을 찾은 날은 2000년 5월 26일 자로 사진에 적혀 있다. 라데팡스에서 아침 일찍 집을 나섰다. 모파상이 숨을 거둔 병원을 찾아가면서 정신병자인 모파상을 실제로 만나는 것도 아닌데 기분이 비장해졌다.

한때 랑바르 공작부인이 살았다는 성관의 주소는 베르통가 17번지. 이 귀족이 참수당한 구저에 병원을 차린 것은 에스프리 블랑슈 박사이며, 모파상을 맞이한 사람은 그의 아들인 에밀 앙트완 블랑슈였다. 의사들은 그가 1876년에 초기 매독에 걸린 것으로 추정했다. 그때 모파상의 나이는 26세였다. 안질을 통해 신경계통 자각 증상이 벌써부터 나타났다. 에밀 졸라가 주재하는 문학 서클인 '메당의 저녁'에 〈비곗덩어리〉가 발표되면서 플로베르의 격찬과 함께 문단의 주목을 받기 시작한 기 드 모파상.

안질로 고생하면서 3년 뒤 ≪여자의 일생≫을 발표, 톨스토이의 찬사와 더불어 세계적인 호평을 받게 된 것이다. 그러나 증상은 35살 때부터 부쩍 심해지기 시작했다. 신경계통의 비정상적인 증상이 나타나 편두통, 불면증, 현기증에 시달려 눈동자가 퍼지기도 했다. 코카인, 몰핀, 대마초 등 마약을 닥치는 대로 복용했다. 어떤 날은 거미가 습격한다고 여름철인데도 창문을 꼭 닫았고, 또 어떤 날은 자기 몸 속에 보석이 들어 있다 하여 화장실 출입을 며칠씩이나 하지 않은 적도 있었다. 또 어떤 날은 "예수 그리스도는 내 어머니와 함께 잤기 때문에 나는 신의 아들"이라고 외쳐댔고 "나는 신에게 검은 매독을 전염시켜서 죽일 테다."라고 악을 쓰기도 했다.

1892년 1월 1일 밤, 모파상은 머리에 대고 방아쇠를 당겼다. 그러나 하인이 총알을 빼 두었기에 무사할 수 있었다. 그는 다시 면도칼을 들어 자신의 목을 긋고는 거울 앞에서 무표정하게 웃어 보였다. 하인이 달려 오고 의사가 붕대를 감아 목에서 흐르는 피를 멈추게 하였다. 모파상의 정신착란은 신경성 매독에서 비롯된 것으로 1월 7일, 그는 정신병원에 수감되었다. 모파상이 숨을 거둔 곳은 맨 꼭대기 층의 15호실이라는 기록이 있지만, 병원은 간 곳이 없었고, 붉은 깃발이 펄럭이는 터키 대사관 저가 대신 자리 잡고 있었다. 터키 대사관 뒷집은 발자크의 집이었다.

발자크의 집 마당에 들어섰다. 담 아래 깃발이 정면으로 눈에 들어온다. 발자크의 집에서는 세르게 겐토르와즈의 시선으로 본 〈인간희극〉 코메디 휴먼의 그림전이 열리고 있었다. 라일락꽃이 떨어지고 포도넝쿨이 싱그럽게 뻗어나기 시작한 그의 정원에 서서 나는 모파상이 감금되었던 집을 바라보았다. 마음이 착잡했다. 마당 한가운데 세워진 동상, 발자

기드 모파상의 임종 장소를 표지판

크도 나와 같은 마음인 것처럼 보인다. 우리가 카메라를 들고 이 집 둘레를 배회하는 모습이 이상해 보였던지 아까부터 정복 차림의 경비요원이 계속 우리에게서 눈을 떼질 않는다. 팽팽한 긴장감마저 들었다. 발자크의 집에서 나와 왼쪽 모퉁이를 돌아 내려갔다. 모자이크처럼 된 돌바닥에서 발소리가 크게 났다. 그 소리마저 신경에 거슬린다. 둥근 곡선으로 올려지은 터키 대사관저. 3층집 벽에는 무심한 담쟁이 넝쿨이 푸르다. 우리를 주시해 오던 남자에게 다가가 미리 양해를 구하고 사진을 한 장 더 찍었다.

'모파상이 이곳에서 1893년에 죽었다'는 표지판을 넣고.

부질없는 짓이겠으나 '정신병원'이라는 단어는 항

용 나를 그냥 지나칠 수 없게 만들곤 했다. 1880년에서부터 1890년까지 10년 동안 그는 작가로 살았다. 병세 악화로 진통제를 자주 사용하면서 단편 360편, 장편소설 6편, 여행기 3권, 희곡, 평론, 그 밖의 전기 등 수많은 작품을 남겼다.

알렉상드르 뒤마 피스의 말이 아니더라도 그의 죽음은 '문학에 있어서의 큰 손실이었다.'

서로 약속이나 한 듯 무더운 여름날 모파상은 7월에, 보들레르는 8월에 정신병원에서 죽었다. 그리고 몽파르나스의 큰 묘역, 작은 묘역에 서로 나뉘어 누워 있다. 다행히 보들레르는 어머니의 따뜻한 간호를 받으며 아기처럼 편히 눈을 감았을 것이지만, 혹독하게 외로운 그 최후의 날, 모파상은 그 순간을 어떻게 맞았을까?

콩쿠르 박사는 다음과 같이 전한다.

쇠약해지고, 핏발 선 눈은 빛을 잃고, 등은 구부러지고, 손은 여위어서 하얘진 모파상은 이미 서 있을 수가 없었다. 6월 14일에 다시 경련을 일으켰다. 이제는 마지막이다 싶었으나, 심장이 용케 견디었다. 28일에는 새로운 경련이 그를 혼수상태에 빠뜨렸다. 그러나 그는 다시 한 번 정신이 들어 한쪽 눈을 뜨고 한쪽 손을 움직였다. 1893년 7월 6일, 오전 11시45분에 그는 숨을 거두었다.

어두워! 어두워! 어두워!

그의 마지막 말이었다. 당시의 나이는 43세.

수많은 여성 편력에도 불구하고 그는 참으로 고독한 작가였다. 우울한 비관론자, 페시미스트(Pessimist)였다. 나는 그가 자신의 요트 벨아미 호를 타고 지중해안을 돌면서 썼다는 〈수상(水上)〉의 한 구절을 잊지 못한다.

허공에 떠 있는 지구가, 바다 위에 떠도는 조각배보다도 더 고독하고 불안하며 인간은 종족에서 종족으로 정액(精液) 속에 유전하는 불변의 본능을 지닌 산 기계에 불과하다.

산 기계로 존재하느니 차라리 죽은 인간이 되는 편이 그에게는 더욱 위로가 되지 않았을까 하는 생각을 하면서 우울한 마음으로 나는 그 딱딱한 돌길을 걸어 나왔다. 프레지던트 케네디 가를 지나 베르 아케임 다리 위에 섰다. 모파상이 있던 병원 자리를 다시 눈으로 짚어 본다. 우측으로는 멀리 터키 대사관저의 빨간색 깃발이 내려다보이고 좌측 앞에는 에펠탑이 서 있다. 그리고 지금 다리 위에 선 우리의 발 밑으로는 센 강이 흐르고 있다. 한 줄기 바람처럼 파문을 일으키며 통증이 다 지나갈 때까지. 그대로 서 있었다.

나는 멀리 보이는 모파상이 숨져 간 그 병원에 눈을 준 채 잠시 화석이 되었다.

생을 관통한 허무의식
- 가와바타 야스나리

'가와바타 야스나리[川端康成]하면 우리는 대개 두 가지의 경우를 떠올린다. 첫째는 노벨문학상을 받은 일본 최초의 작가라는 것과 둘째는 어느 날 돌연히 자신의 집무실에서 가스를 입에 물고 자살을 하였다는 충격적인 사건이다.

1972년 4월 16일, 그가 즈시[逗子] 마리나 맨션의 집무실에서 가스 자살하였다는 보도는 전 세계의 독자들을 놀라게 하였다. 유서조차 남기지 않았기 때문에 자살의 원인은 확실치 않다는 것이다.

그러나 뒷이야기들은 분분했다. 일설에는 꽃집 아가씨에게 후한 임금을 지불하고 집필실에서 일하게 했는데 일은 시키지도 않고 매일 그 미모만을 쳐다보아서 시선을 견디지 못한 그 아가씨가 그만두었는데 그것이 상심되어 실연 때문에 자살했다는 이야기도 있었고, 수면제 등 약물과다에 의한 사고사로 추정한 사람들도 있었다. 며칠 뒤 파리에서 미팅

스케줄이 잡혀 있었기 때문에 자살했을 리가 없다는 주장이었다.

노벨문학상 수상작 설국의 무대 유자와

1968년 10월 일본의 노벨문학상 수상 작가 탄생은 우리에게도 경이였다. 선망과 시샘 반반으로 ≪설국≫을 펼쳐들던 때가 떠오른다.

"국경의 긴 터널을 지나자 밤의 바닥은 희었다."

방의 바닥이 희다니 너무도 인상적인 서두였다. 눈앞에 펼쳐지는 아름다운 밤 풍경은 마치 동화의 나라로 우리를 데려가는 것 같았다. 어딘가 비현실적인 가상의 세계로 이끌려 들어가는 것 같은 묘한 인상이었다.

만년의 가와바타의 문단 이력은 꽤나 화려했다. 시가 나오야의 뒤를 이어 일본 펜클럽 회장에 취임하고 국제펜클럽 집행위원회에 참석하러 유럽으로 건너가 T.S 엘리어트와 F.모리악 등과 만나고 작품 〈산소리〉, 〈설국〉, 〈천우학〉, 〈호수〉, 〈잠자는 미녀〉가 영화화 되고 국제 펜클럽 대회로부터 「괴테 메달」을 받았으며 프랑스 정부로부터 예술문화훈장을 받았고 1970년 6월 타이페이에서 개최된 아시아작가 회의에 참석하여 강연, 잇따라 서울에서 개최된 국제 펜클럽 대회에도 참석했다. 내가 가와바타 야스나리 씨를 처음 뵙게 된 것도 그 무렵이었다.

무더위가 한창인 1970년 7월 중순, 서울 신세계백화점 구내 화랑에서 열린 노산(鷺山) 이은상 선생의 시화전에 잠깐 들렀는데 노산 선생은 기모노 차림의 깡마른 어느 노인과 전시장 한가운데서 마주 서 계셨다. ≪설국≫의 표지에서 보았던 가와바타 씨였다. 유난히 큰 눈에 은회색

머리를 넘겨 빗어 이마를 시원하게 드러낸 모습이었다. 잠자리 날개처럼 바스락 소리를 낼 것 같은 앙상한 어깨와 깡마른 얼굴, 시원하게 큰 눈은 휑하게 비어있는 듯하면서도 찬바람이 일 것 같은 어떤 귀기 같은 게 느껴졌다. 당시 그는 일흔두 살의 노인이었다.

가와바타의 작품 세계는 일본 정서에 가장 투철하고, 어떤 종류의 귀기(鬼氣)와 청정(淸淨)한 차가움을 느끼게 하는 일본 특유의 미학이 있다고 평가되는 것도 내가 받은 첫인상과 무관하지 않았다. 국제 펜클럽대회에서 만난 임어당은 그를 두고 '얼음을 탄 드라이진처럼 차갑고 달콤한 사람'이라고 평했다.

그의 죽음은 노벨상 이후의 구설과 그가 문학적 딜레마를 극복하지 못한 것으로 보는 이들이 많다. 평론가 중에는 일본을 대표하는 근대 문학가 중에서 아예 그를 빼버리자는 사람도 있었다. 그러나 그것은 일본 문단의 치열한 내부의 각성의 소리일 테고 가와바타는 눈의 나라, ≪설국≫으로 우리를 안내하면서 내게 인생은 쓸데없는 노고(勞苦)라는 허무의식과 도로(徒勞)라는 생각을 떨칠 수 없게 했다. ≪설국≫의 모두 일절, '눈빛은 거기까지 가기도 전에 어둠 속으로 삼켜져 버렸다.'는 구절도 그렇게 다가왔다.

"국경의 긴 터널을 지나자 밤의 바닥은 희었다.
신호소에 기차가 멎었다. 저쪽 편 좌석에서 처녀가 일어나 와서 시마무라〔島村〕의 앞의 창문을 열었다. 눈의 냉기가 흘러 들어왔다. 처녀는 창문에 꽉 차게 상반신을 내밀고 멀리 외치듯이 "역장니임, 역장니임!"
등을 들고 천천히 눈 위를 걸어오는 남자는 목도리를 코끝까지 여미고 귀에는 방한모 모피가 내려져 있다. 벌써 그런 추위인가 하고 시마무라는 밖을 내다보니 철도 관사인 듯한 판잣집이 산기슭에 뜸뜸이 흩어져 있을 뿐, 눈빛은 거기까지 가기도 전에 어둠 속으로 삼켜져 버렸다."

이 작품은 시마무라(島村)라는 무용 연구가가 눈 많은 온천장을 찾아들면서 시작된다. 그는 3년 동안 세 번 이곳에 왔다. 고마코(駒子)라는 어린 게이샤에게 마음이 끌리나 여자를 적극적으로 어떻게 하려는 것도 아니었고, 그것이 헛되고 보람이 없음을 알면서 자기를 인생의 아웃사이더로 바깥에 두고, 고마코나 어린 요오코(葉子)라는 아이에게서 순간적으로 나타나는 순수한 미에 끌려 그것의 추구자로서 행동할 따름이다. 시마무라는 병든 청년을 간호하는 처녀의 얼굴이 저녁 경치가 바라보이는 유리창에 얼비치는 모습을 보고 비현실 속의 아름다움에 감명 받는다. 그 어린 아가씨 요오코에게 간호를 받고 있는 환자는 고마코의 약혼자 유키오였다. 작품은 이 네 사람에 관한 이야기다.

시마무라는 고마코가 켜는 샤미센 소리에 허무한 도로(徒勞)라고도 생각되는, 애처롭게 여겨지는 고마코의 존재 방식이 넘쳐흐르는 것을 느끼게 된다. 오직 깨끗한 겨울 아침에 아주 맑게 멀리 눈이 쌓인 산까지 똑바로 울려 퍼져 간 그 소리는 그들의 의식의 매체가 되어 있었다. 샤미센 소리가 눈 위에서 흘러나와 멀리 눈이 쌓인 산으로 사라져 간 것처럼 고마코 자신의 생도 눈 고장에서 태어나 눈 쌓인 산으로 사라져 가는 것이라고 그녀는 생각한다. 인생도 무(無)로 사라져 버리는 것을 그는 샤미센 소리에서 생각해 내고 있었던 것이다.

시마무라와 고마코는 헤어지기 위해서 만났다. 두 사람은 어두운 밤, 마을의 돌계단을 오르고 있었다. 거기서 그들은 불길이 아랫마을 한가운데서 솟아오르고 있는 것을 발견한다. 마을의 누에고치 창고에서 불이 난 것이다. 화재 현장에 도착했을 때, 2층에서 불 속으로 떨어지는 여자의 몸을 목격하게 된다. 요오코였다.

요오코를 떨어뜨린 2층의 좌석에서 큰 나무가 두세 개 쳐져 내려 요오코의 얼굴 위에서 타기 시작한다. 요오코는 쏘는 듯이 아름다운 눈을 감고 있었다. 턱을 내밀고 목덜미의 선이 늘어져 있었다. 불길이 창백한 얼굴 위로 춤추고 지나갔다. 몇 해인지 전에 시마무라가 이 온천장으로 고마코를 만나려고 오던 기차 안에서 요오코의 얼굴 한복판에 야산의 등불이 켜졌던 때의 모습을 문득 회상하고 시마무라는 또 가슴이 떨렸다. 그 순간에 고마코와의 세월이 비쳐진 것 같았다. 뭔지 애절한 고통과 비애도 여기에 있었다. 고마코가 시마무라 곁에서 뛰어나가고 있었다.

> "…그 필사적인 긴장한 얼굴 밑에 요오코의 승천할 듯한 얼굴이 축 늘어져 있었다. 고마코는 자신의 희생인지 형벌인지를 안고 있는 듯이 보였다. (…) 시마무라가 다시 땅을 꽉 밟고 눈을 들었을 순간에 쏴ー 하는 소리를 내며 은하수가 시마무라의 몸속으로 흘러 떨어지는 듯했다."

소설은 이렇게 끝을 맺고 있다.

가와바타의 작품에는 언제나 끝에 가서 죽음이 등장한다. 죽음과 사랑은 인생의 양대 문제로 어느 작가나 다루고 있는 문제이기는 하지만 유독 가와바타의 경우에는 죽음이 모든 작품의 모티브를 이루고 있다. 예를 들자면 ≪아름다움과 슬픔과≫에서의 남녀 동반 자살 사건, ≪푸른 바다 검은 바다≫에서의 나의 자살, ≪바다 불놀이≫에서의 쓰키코와 도리코의 동반 자살. ≪설국≫에서의 요오코의 죽음, ≪이즈의 무희≫에서 동행하던 할머니의 아들과 며느리의 죽음, ≪무지개 몇 번≫에서는 다케미야 소년의 자살, ≪잠자는 미녀≫에서 살갗이 검은 처녀의 죽음, ≪산소리≫에서는 신고의 친구 자살, ≪여자라고 하는 것≫에서는 구니코의 자살 등. 이처럼 그는 죽음을 천착한 작가였다. 자살, 자살, 자살.

심상치 않다. 그는 왜 이렇게 죽음과 자살에 집착하는 것일까?

"가와바타는 아버지 어머니 할머니 누나 그리고 할아버지 등 계속된

가와바타 야스나리

육친의 죽음으로 인해 「장례식의 명인」이라 불리어질 만큼 비극적인 인생개안(開眼)과 연결되어 있다. 그러나 그의 정신 구조는 고아 근성과 자포자기 하는 심상 등 그대로 긍정할 수 없는 면도 지니고 있다. 이러한 이중 인격성을 간파하지 않고는 가와바타 문학의 진수에 도달할 수 없다."는 것을 가와바타 문학연구회 회장인 하세가와 이즈미(長谷川泉)가 지적한 바 있다.

가와바타는 1899년(메이지 32년) 6월 11일 오사카시 덴마(天滿) 고노하나쵸(此花町)에서 태어났다. 의사이던 부친 에이키치(榮吉)는 32세에 폐병으로 죽고 어머니마저 이듬해 폐병으로 세상을 떠나버려 2년 7개월짜리 고아가 된 가와바타는 조부모에게 맡겨진다.

유달리 죽음에 집착한 그의 작품을 이해하기 위해서는 먼저 가와바타가 어떻게 육친들의 죽음을 경험했는가를 알아 볼 필요가 있을 것 같다.

가와바타는 ≪기름≫, ≪부모에게 부치는 편지≫ 등에서 죽은 부모의 문제를 다루고 있다. 이들 작품 속에서 주인공인 나는 "두세 살 때에 죽은 부모를 기억하고 있지 않다. 단, 아버지의 사진이 한 장 남아 있어서 아버지의 얼굴을 볼 수 있었다."라고 서술하고 있다. 어머니의 경우는 사진 한 장 남아있지 않다고 했다. 할머니에 대해서는 ≪부모에게 부치는 편지≫, ≪할머니≫, ≪고원(故園)≫, ≪소년≫, ≪생각할 것도 없이≫, ≪낙화유수≫ 등에 서술되어 있다.

이들 작품 속에 보이는 가와바타와 할머니와의 관계는 다음과 같다.

가와바타가 네 살이 되었을 때 그는 조부모에게 맡겨지고 누나 요시코는 이모에게 맡겨졌다. 가와바타는 그로부터 4년 후 할머니가 죽을 때까지 눈이 잘 보이지 않았던 할아버지 미야로(당시 61세)와 할머니 칸(당시 63세)과 셋이서 살게 되었다.

≪할머니≫라는 작품에서 주인공인 나는 할머니에 대한 명확한 기억은 두 가지밖에 없다. 내가 무슨 일 때문에 할아버지를 매우 화나게 하자, 눈이 먼 할아버지가 일어나서 나를 때리려 했다. 그때 할머니가 나대신 맞아, 마지막에는 셋이 함께 울었다는 이야기다. 또 하나는 할머니가 죽는 날의 일이다.

"나는 할머니의 다리가 차가워져 간 것이 그녀의 죽음의 상태였다."라고 서술하고 ≪장례식의 명인≫에서는 "나는 죽어가는 할아버지의 얼굴에서 죽음 그 자체의 실체를 발견했다."라고 쓰고 있다. 할아버지는 73세에 죽었다.

가와바타가 일곱 살 때 할머니가 죽자, 그는 할아버지와 적막한 집에서 둘이서 살게 된다. 할아버지가 죽기까지의 8년간이었다. 그 사이에 이모에게 맡겨졌던 누나가 죽는다. 가와바타의 나이 열 살 때였다. 할아버지와의 둘만의 생활은 ≪16세의 일기≫, ≪부모에게 부치는 편지≫, ≪소년≫, ≪고원≫, ≪낙화유수 초롱≫ 등에 잘 그려져 있다.

한편 15세인 누나의 죽음에 대해 ≪장례식의 명인≫, ≪부모에게 부치는 편지≫라는 작품에서 이렇게 쓰고 있다.

누나는 큰어머님 집에 맡겨져 따로따로 성장했기 때문에 나는 누나가 있다는 것조차 잊고 살고 있었습니다. 그러므로 누나의 죽음까지도 할아버지의 죽음을 통해서 느꼈을 뿐이었습니다만, 그 할아버지도 누나의 임종은 보지 못했던 것으로 기억하고 있으며, 나를 장례식에도 데려가지 않았습니다. 누나는 나와 떨어진 후부터 죽을 때까지 한 번 할머니의 장례식 때문에 고향에 왔고, 또 한 번은 할머니가 죽은 뒤 얼마 안 있어 내가 큰어머니를 따라서 친척을 방문했을 때로, 전부 두 번 누나와 만났습니다. 그래서 나는 여덟 살이었을 때도 누나의 모습의 특징 하나 생각해 낼 수가 없었습니다.

≪장례식의 명인≫에서 가와바타는
'누나의 죽음 소식을 할아버지에게 알릴 수가 없어서 편지를 두세 시간 숨기고 있다가 결심을 하고 읽어드렸다.'고 쓰고 있으며
"할아버지의 죽음에 의해서 처음으로 자기 집 불단(佛壇) 앞에서 살아 있다고 하는 감정을 가지게 되었다."라고 쓰며 할아버지의 장례식에 대해서는 다음과 같이 언급했다.

장례식 날 많은 조문객들로부터 조문을 받고 있던 중, 나는 갑자기 코피가 콧구멍을 흘러내려 오는 것을 느꼈다. 깜짝 놀라 띠 끝으로 코를 누르고 뜰로 맨발인 채 뛰쳐나가 포석(鋪石) 위를 달렸다. 사람들의 눈이 닿지 않는 나무 그늘의 높이 3척 정도의 큰 정원석 위에 반듯이 누워, 출혈이 멈추기를 기다렸다. 늙은 떡갈나무 잎 사이에서, 눈부신 햇빛이 새어나와 푸른 하늘의 가느다란 조각을 바라다 볼 수 있었다. 코피가 난 것은 태어나서 처음이라 해도 좋았다. 이 코피가 할아버지의 죽음에서 받은 내 마음의 아픔을 나에게 가르쳐 주었다. (……) 그때까지는 할아버지의 죽음 그 자체나 그 후 내 자신에 대해서 진지하게 생각해 보지 않았었다. 나 자신은 약해져 있다고 생각하지 않았었다. 그러나 코피가 나의 기를 꺾었다. 거의 무의식적으로 뛰쳐나간 것은 나 자신의 약한 모습을 보이고 싶지 않았기 때문이다. (…… 정원석 위는 할아버지 사후 3일째에 처음으로 갖는 자신만의 조용한 시간이었다. 그때 외톨이가 되었다고 하는 불안감이 어렴풋이 마음에 떠올랐다.

할아버지의 죽음을 계기로 외톨이가 되었다고 하는 불안감과 지금까지와는 다른 고아로서의 고독감, 그 무렵 고독했던 자기 자신을 그는 ≪생각할 것도 없이≫에서 이렇게 쓰고 있다.

"어린애인 내가 왜 자주 풍경을 보러, 동이 트는 것을 보러, 쓸쓸한 산으로 혼자 간 것일까?"

할아버지가 죽은 것은 가와바타가 중학교 2학년 때였다. 그는 '할아버지 사후 작가가 되고자 하는 마음이 꽤 현실적으로 다가와 잡지에 투고를 시도해 보았다.'고 적고 있다. 가와바타에게 있어서 글을 쓴다는 것은 자기 고독의 원천을 찾아내는 것이었으며 죽음에 상처받은 마음의 심층을 노정하는 일에 다를 바 없어 보였다. 부모의 부재에 의한 마음의 음영을 극복하는 하나의 수단으로서 문학을 발견했고 그 속에서 자기 존재의 근원을 발견해 갔다고 할 수 있다.

그의 ≪16세의 일기≫, ≪사자(死者)의 서≫, ≪장례식의 명인≫, ≪뼈줍기≫, ≪시체 소개인≫, ≪위령가≫, ≪임종의 눈≫, ≪산소리≫, ≪스미타가와≫ 등 수많은 작품이 죽음과 영혼의 문제에 깊이 관련되고 있음을 알 수 있다. 대부분의 작품들은 자신을 주인공으로 설정하고 자기의 연령과 비슷한 인물로 또 자기가 살았던 구체적 장소를 작품의 무대로 삼고 있다. 작품 속에 나타난 모든 장소는 그가 살았던 장소의 전부로 볼 수 있다. 이 같은 차원에서 생각해 볼 때 가와바타의 자살은 그 거대한 주인공의 자살로 생각할 수 있다. 그리고 이 거대한 작품은 대부분 주인공의 죽음으로 끝이 나고 있다.

가와바타의 작품에는 여행, 온천, 여관, 거울, 유리, 강, 게이샤, 광대, 가설극장, 눈, 자살이 심상 이미지를 이루고 있다. 그것의 도달점은 고독, 허무, 도로 의식, 세상이란 연극이 공연되는 가설무대로 귀결되고 있다. 그의 데뷔작 ≪초혼제일경≫만 해도 곡마단 처녀 오미쓰가 매일 반복해서 원도를 그리는 동안에 따분함, 고독, 피로 속에서 현실을 일종의 꿈으로 받아들인다. '인생이란 꿈이며 세상이란 연극이 공연되는 가설무대'

라는 인식은 그의 사생관(死生觀)에 기초하는 것이 아닌가 한다.

≪설국≫에서 "저녁 풍경을 배경으로 한 거울의 비현실적인 힘에 사로잡힌" 시마무라. '힘'이란 죽음을 통하여 생을 인식하고 생 그것은 허무이며 현실이 바로 비현실이라고 할 때, 인생은 한 토막 꿈으로 환치된다. 어쩌면 나도 꿈속에서 그를 찾아가는 꿈을 꾸고 있는 것인지 모른다는 생각이 들었다.

자살 현장인 마리나 맨션과 그의 무덤을 찾아서

가와바타는 38세에 가마쿠라(鎌倉)로 옮겨와서, 74세로 이곳에서 생을 마감했으며 그의 시신은 가마쿠라 레이엔(靈園)에 잠들어 있다.

가마쿠라에 도착한 시간은 2004년 12월 15일 점심때였다. 터미널 부근에서 요기부터 하고 택시로 제1의 목적지인 마리나 맨션을 찾았다. 멀지 않은 거리였다.

남극의 정취를 방불케 하는 거리 풍경. 키 큰 야자수가 가로수로 늘어섰고 서양풍의 흰 건물, 그 앞에 '즈시 마리나 본관'이라는 큼지막한 간판이 보인다. 세련된 조경, 옥외 수영장, 요트가 정박해 있는 바다가 한눈에 들어왔다. 남국의 어느 리조트에 들어온 것 같았다. 가와바타의 집필실은 어디쯤에 있었을까. 1972년 4월 16일 밤, 그가 가스 호스를 입에 물고 시신으로 발견된 장소는 몇 층일까? 눈으로 건물을 짚어 나가다가 경비원에게 혹시 가와바타 씨가 살던 집이 어디냐고 물었더니 자기들도 모른다는 것이다. 이사 오는 사람들을 위해 덮어둔다고 한다. 굳이 알려면 건물을 관리하는 사무실로 가보라고 한다. 그냥 떠나오기가 서운해 사무실을 찾아갔다. 한국에서 가와바타 씨를 찾아 온 우리에게 그 직원은 대단히 정중했다. 차를 대접하고 또 가마쿠라 공원묘지로 가는 버스 정류장까지 안내해 주었다. 갑작스런 비로 우산까지 빌려 쓰고 버스를

① 가와바타의 집필실이 있던 가마쿠라의 마
  리나 맨션
② 가와바타가 자살한 마리나 맨션

탔다. 그러나 그가 자살한 장소는 끝내 알 수 없었다. 버스로 달리는 시
골 풍경을 감상하며 종점 가마쿠라레이엔에서 내렸다. 비는 멈추고 산은
옅은 안개에 잠겨 있었다. 묘역은 중앙을 가로지르는 도로의 좌우, 양편
으로 배치되어 있고 까마귀가 무리지어 공중을 무섭게 선회했다. 도로변
에는 동백나무에 분홍 겹동백이 곱게 피어있고 층계에는 벚나무가 늘어
서 있었다.

　묘역을 사등분하자면 가와바타의 묘지는 오른쪽 아래에 있었다. 5구
−0−82번이다. 전망 좋은 상단에 위치한 그의 무덤 우측에 '川端康成家
의 墓所'란 팻말이 있고 좌측에 범어가 새겨진 석탑, 그 석탑 뒤에 '가와
바타 가의 묘'가 있었다. 웅장한 대리석 비다. 꽃병에 소담스런 국화와

백합은 방금 꽂은 듯 싱싱했다. 일본 국위를 선양한 노벨문학상 수상자에 어울리는 예우 같았다.

　나는 무덤 앞에서 오래전에 보았던 그의 얼굴을 떠올리며 합장 배례를 드렸다. 죽음에 대해 곰곰이 생각해 보면 결국 병으로 죽는 것이 가장 좋다고 말한 그가 자살을 택한 것이다. 그러나 가와바타는 〈다케다 린타로와 시마키 켄사쿠〉에서 중요한 단서를 제공하고 있지 않은가.

　　"죽음의 직접적인 원인을 볼 수 있는 죽음은 싫다. 그러나 죽음의 원인이라는 것은 그 사람의 전 생애라고도 생각할 수 있다."

　주목할 만한 말인 것 같다. 죽음의 방식은 전혀 직접적인 원인을 타인에게 보이지 않는 것, 그것은 자신의 죽음에서도 완전히 그대로였다. 여기에서 나는 사고사가 아닌 자살임을 확신할 수 있었다. 가와바타에게 있어 죽음을 생각하는 것은 곧 작품을 쓰는 일이며, 작품 속에서 등장인물의 죽음을 살고 그는 그 죽음을 지워 나갔다. 가와바타는 "작품을 쓰는 일은 자기 내부에서 허무의식이라고 하는 독을 제거하는 것"이라고도 말했다. 그러나 그는 허무를 짊고 그것을 넘어서지는 못했다.

　1972년 3월 7일, 급성 맹장염으로 수술을 받고 퇴원한 지 꼭 한 달 만에 그는 자살을 결행한 것이다. 거울 앞에서 움푹 꺼진 두 눈을 바라보며 쇠퇴해져 가는 몸을 그는 더 이상 지탱하고 싶지 않았을는지도 모른다. 어느덧 74세의 노인이 된 그는 〈16세의 일기장〉에 썼던 것처럼 쇠잔해져만 가는 할아버지의 쓸쓸한 삶을 이미 자신의 몸 안에 옮겨와 살고 있었던 것은 아닐까?

　몸 안에 깊숙이 스며든 비애의 그림자, 마음속 그늘을 어찌 우리가 다 안다고 말할 수 있겠는가. 나는 생각해 본다. 그의 삶 속에 어떤 형태

가마쿠라에 있는 가와바타 야스나리의 무덤

로든 각인되었을, 문풍지의 울림보다 더 추웠던 겨울 밤 그 외딴 집 풍경
을. 병든 노인의 오줌을 받아 내는 한 소년과 그것을 한없이 미안해 하시
던 할아버지의 모습은 그에게 지울 수 없는 인생의 풍경으로 떠오르고
있었을지도 모른다.

　나는 유난히 서늘한 그분의 이마와 함께 괴기 서린 눈을 떠올리면서
심층 내부에 켜켜이 쌓여 있을 복잡한 자의식의 균열을 다만 심정적으로
추정해 볼 뿐이었다.

　이제 더 이상은…?

　이때 무성음(無聲音)의 'no more'가 그의 제스처로 내 눈앞에 그려지는
것이다. 그의 자살을 납득할 수 있을 것 같았다.

　오랫동안 그의 의식을 지배했던 작가로서의 원관념은 죽음이었다. 하긴 내가 작가들의 무덤 앞에 서게 된 것도 그것과 무관치는 않다. 육친의 사별과 이 우주에 나 하나라고 하는 단독자로서의 고립감. 특히 인생은 쓸데없는 노고라는 '도로(徒勞)의식'에 나는 얼마나 그에게 공감하였던가. 지금도 그것에는 변함이 없다.

그의 무덤 앞에서 합장을 풀고 고개를 들어 먼 하늘을 올려다 본 순간, '쏴— 하는 소리를 내며 은하수가 시마무라의 몸속으로 흘러 떨어지듯 했다.'는 장면이 내 의식으로 옮겨져 들어오고 있었다.

괜찮타 … 운명들이 모두 다 안끼어드는 소리
– 미당 서정주

미당 선생은 한 세기가 저무는 2000년 성탄절 전야, 첫눈이 곱게 내리는 밤 11시 서울 삼성의료원에서 85세를 일기로 조용히 영면에 드셨다. 그분의 타계를 애도하는 기사가 연일 신문에 보도되고 반드시 끝에 가서 혹처럼 나붙는 '친일과 신군부와의 타협'으로 이어지는 은근한 질책과 폄하, 우리 모두가 그렇기 마련이지만 더욱 노후가 적막하기만 했던 그분 만년의 봉산산방을 떠올리면 〈자화상〉이란 시 마저 예사로이 읽히지 않았다.

그해 들어 제일 춥다는 1월 13일, 혹한을 무릅쓰고 나는 선생의 생가와 유택을 둘러보고 싶어 고창행 버스에 올랐다. 쨍하게 추운 날은 그것대로의 정취가 있을 법이기도 하지만 무엇보다 선생의 〈자화상〉이란 시의 구절을 나는 차가운 머리로 만나보고 싶었다.

스물세 해 동안 나를 키운 건 팔 할이 바람이다.
세상은 가도 가도 부끄럽기만 하더라.
어떤 이는 내 눈에서 죄인을 읽고 가고
어떤 이는 내 입에서 천치를 읽고 가나
나는 아무것도 뉘우치진 않을란다.

1939년에 쓴 시 〈자화상〉 중의 일부이다.

24세에 벌써 이와 같은 후일의 당신 행적을 예견했더란 말인가?

"나는 아무것도 뉘우치진 않을란다."라는 구절이 레코드판에 걸린 바늘처럼 그냥 넘어가지 않았다. 죄인을 읽고 가는지, 천치라고 읽고 가는지 당신들 마음대로 하세요. 무엇에도 대응 없이 있는 그대로 그냥 감수하겠어요. 라는 의지의 표현으로 내게 읽혀졌던 "나는 아무것도 뉘우치지 않을란다"라는 역설적인 표현이 오히려 손에 쥐었던 돌멩이를 슬그머니 놓아 버리게 하는, 즉 그를 향한 어떤 대립심마저 내려놓게 만드는 것이었다.

왜 그런가 하고 생각해 보았더니, 이미 그는 어떤 변명도 사과도 대립심마저도 모두 놓아버렸기 때문이다.

가도 가도 부끄럽기만 한 세상.
찬란히 틔어 오는 어느 아침에도
이마 위에 얹힌 시의 이슬에는
몇 방울의 피가 언제나 섞여 있어
볕이나 그늘이거나 혓바닥 늘어뜨린
병든 수캐마냥 헐떡거리며 나는 왔다.

— 〈자화상〉의 끝 구절

병든 수캐마냥 헐떡거리며 달려온 인생. 볕이건 그늘이건 인생의 뒤

안길에서 우리는 모두 고통 받는 존재, 중생이 아니런가.

나는 지인을 통해 만년의 그분 모습을 전해들을 수 있었다. 세인의 발길이 뚝 끊어진 관악산 밑 봉산산방(蓬蒜山房)에서 "쑥같이 쓰고 마늘같이 매운 일들을 더 잘 견뎌 내야겠다고 그 마음을 철약하여 스스로 이름 붙였다"던 봉산산방에 칩거하면서 그분은 인간적인 은애와 욕심마저 모두 비우고 흰 옷깃 여며 입고 학처럼 앉아 계시더라는 것이다. 깊은 나무 그늘로 칙칙하게 어두워진 덩그런 집에서 학 같은 두 노인네가 서로 의지하며 아기가 다 되어 버린 아내에게 "아무 걱정 없어. 괜찮아, 괜찮아. 그러니 이제 아무 걱정 말고 눈감게." 80 노처의 어깨를 도닥거려주며 미당은 예의 그 방하착을 실제로 자신에게도 적용하고 계시었다. 얼마나 간절히 타일렀던지 방옥숙 여사는 손님으로 간 P 시인을 졸졸 따라다니며 아기 같은 어조로 "아무 걱정 없어요. 우리는 이제 아무 걱정 없어요. 괜찮아요."를 연발하며 방하착했다는 표시의 내려놓는 손동작까지 지어 보이더라는 것이다. 염량세태의 인심과 어차피 겪게 되는 육신의 무상(無常). 여기에서 예외일 수 없는 두 분의 만년 모습이 남의 일 같지 않게 그려지는 것이다. 미당 선생은 마침 영어로 된 성서를 읽고 계셨는데 P 시인을 향해 "불교와 똑같아요." 이 두 가지가 모두 평등하다는 말씀을 하시더라는 것이다. 《법화경》의 궁자(窮子)의 비유와 《성경》의 100 마리 중 집을 나가 잃어버린 그 한 마리에 대한 비유가 똑같더라는 취지였다고 한다.

나는 요즘 대가들의 노후에서 대가(大家)다운 커다란 하나의 융합을 발견하는 기쁨을 맛본다. 미당 선생은 불교로 들어가서 성경을 이해하며 나오고 일본의 작가 엔도 슈샤쿠는 기독교로 들어가서 불교를 수용하며 나오는 모습에서 원융 무애한 두 작가의 범세계관을 엿볼 수 있어 크나큰 정신의 광휘에 취하게 한다.

미당문학관이 들어설 국민학교

　미당 선생은 만사를 내려놓은 상태에서도 아침이면 그 숱한 산 이름을 외우고 외국어 공부도 게을리 않으셨다. 그 때문인가, 자연스러운 세월의 노쇠 말고는 그분의 정신은 성성(惺惺)했다. 늘 깨어 있었다. 특별히 나쁜 데 없이 그저 노환으로 병실에 누워, 한손으로는 연신 단주를 돌리며 문병 온 내방객들을 맞이했다. 그런 그가 갑자기 부인의 뒤를 바짝 뒤따라 간 것은 아무래도 석연치가 않았다. 앞서 10월 10일 세상을 떠난 방옥숙 여사와의 시차는 74일간이었다. 그런 선생의 행보가 나는 자꾸만 고의로 해석되었다. 부인이 죽고 나서 스스로 곡기를 끊기 몇 차례, 아무래도 자살 같지 않게 죽으려는 의지로 보여졌던 것은 그분의 〈자살미수〉라는 시가 내게 선입견으로 작용한 것도 부인할 수는 없겠다.

　　1951년의 전주의 여름 한동안을 나는
　　"어떻게 하면 자살하되
　　남에겐 자연사로 보이게 죽는가"

그것 한 가지만을 골몰해 생각하고 지냈다.
그래도 후세에 받을 '자살한 약자'의 지탄만은 싫었던 것이다.
그래 어느 때 미열이 생기자
이걸 학질이라고 나는 우기고
백 알맹이들이 학질약을 한 병을 구해 오게 해
그걸 몽땅 한꺼번에 먹어 버렸다.(생략)
나는 진달랫빛의 피를 토하면서도
"빨리 나으려고 그랬어… 그랬어…."
자살이 아닌 걸 열심히 변명해 뇌까리고만 있었다.(생략)

  적어도 자살의 지탄만큼은 그의 자존심이 허락지 않았던 것이다. 아무에게도 말하지 않고 30년은 잘 숨겨 왔는데 자서전 집필 때까지 거짓말을 하기 싫었다고 그는 정직하게 털어 놓았다.

  "육신이 아니라 정신이 빨리 평안해지려고 그랬던 것도 또 사실은 사실이었으니까…."로 끝을 맺고 있다.

  선생은 다행하게도 큰 아드님이 가 있는 노스캐롤라이나가 아닌 이 땅에서 임종을 하셨다. 조금은 능청스러운 선생께서도 그걸 원하지 않으셔서 일이 이렇게 되도록 곡기를 끊으며 죽음의 진행 속도를 조절하면서 알맞은 두 달 간의 시간을 놓고 스스로 연출해 온 게 아닐까 하는 의구심마저 들었다. 이승과 연결된 목숨의 끈을 크게 한 번, 손 놓아 버린 방하착에 기인된 자연사라고 보기는 보아야 하겠다. 폐렴으로 산소호흡기를 착용한 지 3일 만에 잠자듯 큰 고통 없이 숨을 거두셨으니까.

  마치 가을 앞에서 여름이 종언을 향해 그 큰 눈을 서서히 감듯이 선생도 적지 않은 세월의 굴곡을 지켜온 그 큰 눈을 서서히 감으셨던 것이다. 죽음의 방법을 남에게 들키지 않으려고 애썼던 가와바타 야스나리의 심정이 '어떻게 하면 자살하되 남에겐 자연사로 보이게 죽는가'를 고심하던 선생의 심정과 겹쳐졌다.

서울을 떠난 지 세 시간 만에 버스는 정읍에 닿았다. 라디오는 폭설주의보를 경보로 고쳐 말한다. 정읍 인터체인지에서 22번 국도로 접어들었다. 내려 쌓인 눈으로 산야가 온통 하얗다. 야트막한 구릉의 봉분은 흰 샤베트를 엎어놓은 것처럼 희화(戱畵)적으로 보인다. 눈(雪)의 조화다. 이곳에서 고창 터미널까지는 40분이 더 소요되었다. 선운사 입구에서 차를 내렸다. 거기 도솔천 아래 소요산은 백설의 별천지였다. 곧게 뻗은 하얀 길, 아무도 밟지 않은 눈길을 따라 선운사 경내로 향해 걸어 들어가는 발걸음은 선생을 따라 신라시대를 밟고 선덕여왕을 만나러 가는 느낌이었다.

몇 해 전 꽃철에 왔던 느낌과는 사뭇 다른 선적(禪的)인 고요함 속으로 감겨드는 것이다. 매표소 조금 못 미친 곳에 미당 선생의 시비가 있었다. 낯익은 선생의 친필로 "선운사 골째기로 / 선운사 동백꽃을 보러 갔더니…"라는 〈선운사 동구〉가 써 있었다. 동백꽃이 아니라 이번에는 전적으로 선생을 뵈러 온 것이었다. 한때, 동대 불교문학회에서의 인연도 소중했지만, 아무래도 선생의 진면목을 만나려면 선운사(禪雲寺)와 선운리(仙雲里)를 보지 않고서는 안 될 것 같아서였다.

미당 선생은 1915년 5월 18일 전북 고창군 부안면 선운리 578 질마재에서 태어났다. 질마재란 소요산 아래 있는 작은 고개의 이름으로 동쪽으로는 소요산 산봉에 기대고 서쪽으로는 변산반도를 안으로 감아 도는 바다의 개펄을 두르고 있는 자연 풍광이 아름다운, 시인의 태어난 곳으로는 이미 적합한 시적인 멋이 스며 있는 그런 곳이었다.

선생은 "질마재는 선운리(仙雲里)야." 늘 신선 '선(仙)' 자를 강조하셨다.

"선운사(仙雲寺)는 절이라서 고요할 선(禪) 자로 바뀐 게야." 신선 선(仙) 자 선운(仙雲)이 훨씬 시적이라고 생각하셨으며 선생을 '시선(詩仙)'이라고 부르는 것도 이와 무관하지는 않으리라. 선생의 시문학에 나타나는 신라 정신, 영원주의, 그리고 미당 문학의 모태가 되고 있는 불교적 발원이야 말로 도솔암이 있는 도솔천 아래의 선운사와 연관된다. 박혁거세의 어머니 사소(娑蘇)와 선덕여왕의 환생도 모두 이곳에서 비롯되었던 것이다. 이날 밤, 함께 내려간 ≪풍경소리≫의 간사 두 사람과 선운사 법사로 계신 도수(道守)스님과 어울린 회식 자리는 자연히 미당 선생 이야기로 꽃을 피웠다. 석전 박한영 스님과 인연이 된 미당은 개운사 대원암에서 머리를 깎고 ≪능엄경≫ 한 질을 배우며 불교와 만났다. 1970년도 말, 석전 박한영의 문집을 내기 위해 석전(石顚)의 제자인 운기(雲起) 스님과 도수 스님은 이미 미당 선생과 함께 머리를 맞대고 번역과 문맥 다듬는 일을 해온 사이였다. 복분자 술 한 잔의 취기에 올라 우리가 문학과 불교를 떠들던 그날 밤은 공교롭게도 운기 스님의 제삿날이었다고 한다.

밤새 내린 눈으로 다음날 아침 발목을 눈에 묻으며 탑전을 둘러보았다. 운기 스님의 비석 말미에서 '未堂居士撰'을 보며 다시금 불교와 인연의 연결 고리를 생각해 보지 않을 수 없었다. 미당은 〈내 뼈를 덮혀 준 석전(石顚) 스님〉이란 제목으로 여러 차례의 글을 발표하였으며 그분의 은의를 잊지 못해했다. 석전의 손자뻘이 되시는 도수 스님이 폭설을 마다 않고 조심스레 차를 몰아 우리를 미당문학관 자리로 안내해 주었다. 폐교가 된 선운국민학교 분교 자리였다. 회색 담벼락에 걸린 흰 플래카드에는,

"문학의 큰 별,
미당 서정주 선생의 명복을 빕니다."

라는 두 줄, 그리고 양쪽 끝에 '근(謹)' '조(弔)'를 써 넣고 밑에는 '고창군'

으로 명기되어 있었다. 눈으로 가득 찬 텅 빈 폐교, 장차 문학관이 세워질 장소였다. 선생이 태어난 생가는 문학관 자리에서 오른편으로 조금 떨어진 멀지 않은 곳에 위치해 있었다.

소요산 상봉 바로 밑에 자리하고 있는 곳이 서당물. 서당물에서 바다 쪽으로 내려오다가 보면 웃뜸. 나는 웃뜸에서 태어났다. …목초의 초가집 웃뜸의 맨 아래쪽에 호박 넝쿨과 박 넝쿨로 여름 가을을 감고 섰는 토담에 둘러싸여서 앉아 있었다. 손바닥만 한 툇마루와 청마루를 단 안방과 그 옆의 곁방도, 소 구유를 단 사랑방도 내가 어려서 거기 살던 때는 장판도 깔지 않았고….(생략) 뒤란 장독대 옆에 한 그루의 대추나무와 한 그루의 석류나무. 그러나 지붕도 없이 하늘이 비치는 변소의 도가니들 옆에도 몇 그루의 쪽나무가 있었다.

이러한 글귀를 떠올리며 조심스레 마당 안으로 들어섰다. 잠가 놓지 않은 대문, 아무도 없는 빈 집이었다. 마당 가득한 눈밭. 지붕 끝에 매달린 고드름은 햇볕에 닿아 주르륵 눈물을 흘리고 있었다. 마루에 걸린 '우하정(又下亭)'이란 액자가 눈에 들어왔다. '또 아래에' 라는 '우하'와 아직 당(堂)을 이루지 못했노라는 '미당(未堂)'은 서로 비슷한 취지인 것 같았다. 방문은 자물쇠로 굳게 닫혀있었고 엉덩이를 기댄 툇마루는 과연 손바닥만 했다. 서정태 씨 앞으로 온 우편물이 주인 없는 마룻바닥에 쌓여 있고 그때 눈마저 없었더라면 마음이 더 언짢았을 뻔하였다.

애비는 종이었다. 밤이 깊어도 오지 않았다.
파뿌리같이 늙은 할머니와 대추꽃이 한 주 서 있을 뿐이었다.

선생의 시 〈자화상〉의 첫 구절이 떠오른 것도 참담한 심경이 일으켜낸, 마음의 한 반응이었으리라. 그분의 어느 마음 안뜰의 한 장면을 보는

① 미당 서정주 생가
② 미당 서정주의 묘

것 같았다. 나는 집 둘레를 말없이 그저 한 바퀴 돌아보았다. 뒤란의 대밭이 인상에 남는다. 눈은 그 위로 계속 쏟아져 내리고 있었다. 선생이 세상을 떠나시던 날 밤처럼 선운리에서도 계속 눈은 쏟아져 영산회상의 꽃비처럼 하늘의 장엄처럼, 무언의 기별처럼 싸락싸락 내리고 있었다.

우리가 길을 가던 아낙에게 선생의 묘소에 대해 묻자 그녀는 서슴없이 손으로 가리켜 준다. 화가 김병종의 말대로 '장차 고창은 선운사와 동백꽃과 미당을 팔아먹고 살게 될 모양이었다.

선생의 무덤은 질마재 건너편, 안현 버스정류장 뒤에 있는 야트막한 야산 언덕에 있었다. 문학관 자리와는 마주 바라다 보이는 대각선의 위치에, 그리고 생가와는 직선을 그으면 떨어질 바로 거기서 거기인 자리였다.

이곳에 묻힌 지는 보름 남짓, 2열 2기씩 짝지어진 네 개의 봉분이 있었다.

"석오달성 서공광한선생의 묘(石悟達成徐公光漢先生之墓)"란 비석을 보고 아래의 봉분이 선생의 무덤임을 곧 알 수 있었다. 아버지 등에 업혀 외가로 마실가던 때 아버지의 체온을 그리워했다던 아들의 묘가 서로 손에 닿을 듯 지척에 있는 것도 보기 좋았다. 발목까지 빠지는 눈구덩이. 길 없는 길을 오르는데 눈앞에서 계속 흩날리는 눈발 때문에 현기증이 일어 그만둘까 했었다. 이용성, 임현규 씨가 나를 끌어다 올려 주었다. 우리는 눈밭에 손을 묻고 절을 올렸다. 도수 스님께 반야심경 한 편을 청했다. 네 사람의 독경하는 소리가 눈바람을 타고 도솔천을 휘돌아 선생이 가 계신 곳에가 닿기를 바랐다.

아직은 묘표도 없고 흙도 마르지 않은 봉분이 눈을 덮어쓰고 있는 채, 그 위로 아(亞) 자 무늬의 분홍 양단 한복에 꽃자주 조끼를 받쳐 입고 세배를 받으시던 어느 해 설날에 뵌 선생의 모습이 눈앞에 떠올랐다.

　　섭섭하게, 그러나 아조 섭섭치는 말고
　　좀 섭섭한 듯만 하게.
　　이별이게, 그러나 아주 영 이별은 말고
　　어디 내생에서라도 다시 만나기로 하는 이별이게,
　　연꽃 만나러 가는 바람 아니라,
　　만나고 가는 바람같이…,

당신의 자작시대로 '연꽃 만나고 가는 바람같이' 이 땅에서 85년의 성상을 '팔 할의 바람'으로 사시다가 질마재 품안으로 다시 돌아와 이곳에 묻혔다.

동서양의 정신을 아우르며 풍류로 떠돌던 그 바람 잠재우고 15권의 시집, 1000여 편의 시를 우리 곁에 남겨 두고 이제 한 줌 흙으로 화한 미당 선생이시여.

어느 누구도 감히 따르기 어려운 선생의 폭넓은 시 세계. 시공을 초월하여 자유자재로 넘나들던 인간 정신과 인류 문화의 탐사. 그리고 발빠른 시적 변모. 창작의 새로운 변장술 시도. 모국어를 가장 아름답게 빛낸 '부족 방언의 마술사.' 다섯 차례의 노벨 문학상 후보자. 어떠한 지칭으로도 선생의 전부를 표현할 수 있겠는가?

그럼에도 채찍으로 떨어지는 언어의 비수. 그로 인해 스스로 유배된 듯 더없이 적막했던 만년을 생각하면 안타까운 마음도 함께 끓어올랐다.

≪미당자서전2≫에서 밝힌 '창피한 이야기들'을 읽어 보았다.

"1944년 6월 민족주의극 공연 사건에 영향을 주었다는 혐의로 석 달 동안 구치소 신세를 진 뒤 풀려 나와서부터 1945년 봄까지의 반 년 남짓한 동안의 일들로서 제목은 친일적 업적 또는 전범 여부에 대한 것이다."라고 한 뒤 두 개의 일문 시와 한 편의 일문 종군기를 쓴 내용임을 알 수 있었다.

"그릇된 인식에서 나온 언행들이 내 생애의 가장 창피한 일들을 빚었다."고 아프게 참회하던 그 목소리를 나는 기억한다.

석 달 동안이나 구치소에서 시달린 약해질 대로 약해진 신경과 정신 이상, 자살 기도, 그럼에도 불구하고 오로지 정직한 것은 생존의 본능이었다. 생존은 이데올로기에 앞선다는 누군가의 말이 떠올랐다.

괜찮타…
괜찮타…
괜찮타…

괜찬타… 울고 웃고 수구리고 새파라니 얼어서
운명(運命)들이 모두 다 안끼어드는 소리…
괜찬타

'괜찬타'가 환청처럼 자꾸만 뒤따라오는 것이었다.

생사의 갈림길이던 1·4후퇴 때 죽어도 괜찮다 살아도 괜찮다를 되뇌이며 그런 심정으로 쓰신 〈내리는 눈발 속에서는〉이라는 시의 한 구절이다.

"괜찮다. 괜찮다. 괜찬타…."

친일한 죄인이라고 하든지 천치라고 하든지 … 나는 그 '괜찮다'가 돌멩이를 피하지 않고 그냥 피투성이가 되어 걸어 나오는 한 사람의 뼈아픈 자성(自省)의 외침으로 들려왔던 것을 부인할 수는 없었다.

4.

죽음은 대환영이라네

미시마 유키오
굴원
두보
노신(魯迅)
빅토르 위고
에밀 졸라

어째서 천황 폐하는 인간이 되셨는가?
- 미시마 유키오

생각이 다르면 죽음도 다른가?

우리는 일본 작가들의 많은 죽음을 기억한다. 가와바타 야스나리(川端康成)의 가스자살, 아쿠타가와 류노스케(芥川龍之介)의 음독자살, 다자이 오사무(太宰治)의 투신자살, 목을 맨 아리시마 다케오(有島武郎)와 원폭피해의 쓰라림을 안고 철로 위로 뛰어들고 만 하라다 마끼(原民喜)의 죽음 등이다. 그러나 미시마 유키오(三島由紀夫)의 할복자살만큼 충격적인 것은 없다.

'하라키리', 칼로 자신의 배를 가르는 할복(割腹)의 자살 방법은 무사도(武士道)에서 비롯된다. 주군(主君)의 명령에 생명을 바쳐 절대 복종하는 것을 영예로 여기던 무사들이 행하던 자살 방법이다.

패전 후, 미시마 유키오는 오랜 세월에 걸쳐 추구했던 미적(美的) 도취감의 대상을 천황주의로서 순국하는 사상에서 발견한다. 그리하여 1960

년 보안보 투쟁의 고양의 물결이 물러간 다음 정치, 문화상황을 둘러싼 우국(憂國)의 정에 부딪친다. 그는 2·26사건의 하급 장교들의 '유신혁명' 사상에 감동받고 1967년에 자위대에 입대(入隊)한다. 그곳에서 유격훈련과 같은 강도 높은 훈련을 받기도 하고 자기에게 무조건 충성을 맹세하던 4명의 동료들과 '방패회(楯の會)'를 결성한다.

1970년 11월 25일, 미시마 유키오는 모리타 힛쇼(森田必勝) 등 방패회의 회원들과 함께 동경 한복판에 있는 이치카야(市ヶ谷) 육군 자위대 동부방면 총감실에 침입했다. 그는 총감을 감금하고, 저지하려는 자위대 8명에게 중경상을 입혔다. 그리고 자위대원을 집합시켜 놓고, 발코니 위에 서서 헌법 개정의 쿠데타를 호소하는 연설을 하기 시작했다.

일본 헌법 5조(五條)의 개정, 민족정신, 군인의 위상, 시대의 퇴폐 등에 대해서 호소했으나 자위대 병사들은 냉담할 뿐 야유와 조소로 일관했다. 마지막으로 그는 일본 자위대 병사들에게 실망한다는 말을 외치고는 '천황폐하 만세'를 삼창했다. 그리고 총감실로 되돌아왔다. 그는 서둘러 웃옷의 단추를 풀었다. 상반신이 벌거숭이가 된 미시마는 마룻바닥에 꿇어앉았다. 자세를 몇 번 고치며 정좌한 뒤, 그는 단도로 자신의 배를 찔렀다. 그 순간 그에게 무조건 충성을 맹세한 '다테노카이(방패의 모임)'의 동료인 모리타(森田)가 미시마 유키오의 목을 자르기 위해 일본도를 힘껏 내리쳤다. 그러나 첫 번째 칼날은 내장이 터져 고통스러워하는 미시마의 어깨에 깊은 상처만을 남겼다. 두 번째 역시 실패했고 세 번째 칼날이 간신히 미시마 유키오의 목을 몸에서부터 떼어 놓았다. 이번에는 모리타가 상의를 벗고 조금 전 미시마 유키오가

미시마 유키오

한 것처럼 정좌하고 앉아서 피투성이가 된 그 단도를 움켜쥐고 자신의 배를 갈랐다. 옆에 서 있던 그들의 동료 중 하나가 칼을 들고 그의 목을 내리쳤다. 피비린내 나는 악취 속에서 막 잘려진 두 개의 머리를 들고서 그들은 눈물을 뚝뚝 흘리며 죽은 사람들의 명복을 빌고 있었다. 1970년 11월 25일의 일이다.

유력한 노벨상 후보로 거론되며 세계적으로 명성을 누리던 작가의 한 사람으로 너무나도 갑작스러운 죽음이었다. 그러한 그의 죽음에는 어떤 의미가 있는가에 대한 각양각색의 논의와 이론(異論)이 뒤따랐다. '군국주의 부활' 또는 '폭거' 한편에서는 '미친 짓'이라고 일축하는 이들도 없지 않았다.

미시마 유키오(三島由紀夫, 1925–1970)는 그의 필명이며 본명은 히라오카 기미다케(平岡公威)이다. 농림성 수산국장을 지낸 히라오카 아즈사(平岡梓)의 장남으로 일본의 황족과 귀족들의 자제들만이 다니는 학습원에서 중등과를 거쳐 고등과를 수석으로 졸업했다. 이때 천황으로부터 은시계를 하사받았다. '천황의 은시계'가 그의 마음속에 깊이 각인되었다가 훗날 그로 하여금 천황숭배자가 되게 한 심리적 요인이 아닐까 하는 게 필자의 생각이다.

그는 부친이 졸업했던 동경대학 법학부를 졸업하고 고등문관 시험에 합격, 대장성 은행국에 취업했으나 이내 그만두고 창작에 전념한다. 작품 ≪파도소리≫로 제1회 신조사문학상을 수상하고 1957년 ≪금각사≫로 요미우리상을 수상했다. 그 외에도 그의 편모는 다양하다. ≪태양의 계절≫을 쓴 이시하라 신따로와 함께 '태양족'임을 자처하며 가부키의 대본을 쓰고 영화를 제작·각색·감독·주연하는 등 그와 젊은 의기가 투합되어 소설과 영화를 넘나들며 '신예'라는 이름을 떨쳤다. 그는 스포

츠를 광적으로 좋아했다. 주 3일은 보디빌딩을 비롯해서 검도 수업과 복싱, 누드 사진 모델이 되는 등 분방하고 의욕적인 삶을 살았다. 대다수의 일본인들이 작은 공간의 좁은 집에서 살고 있는데 반해 그는 정원에 조각품이 설치된 유럽형의 넓은 저택에서 살고 있었다. 그럼에도 일본 국민들에게 미움을 사지 않는 것은 돈 냄새를 풍기지 않는 그의 태도 때문이었다. 그는 부유한 환경에다 타고난 재능, 명석한 두뇌, 어느 것 하나 모자람 없는 행복한 젊은이였다. 그래서 그의 할복자살을 두고 어느 평론가는 "유복한 가정에서 태어나 명문대학을 졸업하고 엘리트 코스를 달린 그의 눈에는 동시대에 허우적거리며 사는 일본인들이 하는 짓이 너무나 시시해 보였고 그런 속물들과 웃고 시시덕거리는 것이 무의미해 보였기 때문일 것"이라는 지적도 있었다. 또 어느 평론가는 "현대 일본 작가의 직업적인 고독과 고도로 폐쇄된 개인성을 미시마 유키오는 집단적인 현실 속에서 극복하려고 했다."라고 언급하기도 했다. "일본 사람 이외는 할복자살을 이해할 수 없다."고 그는 늘 말해 왔다. 그도 일본 사람이었기에 일본 사람만이 이해할 수 있는 방법으로 죽음을 택한 것이 아닌가 한다.

일본 천황이 패전을 알리는 방송을 보도하자 도쿄의 니주바시(二重橋) 다리 위에서 50여 명의 무사가 집결하여 동시에 할복자결을 한 것만 보아도 그들의 정서가 아니고서는 그들의 '엽기'는 잘 이해되지 않는다.

1945년 8월 15일, 일본 천황은 떨리는 목소리로 '무조건 항복'을 발표했다. 1946년 1월 1일에는 신격화 부정의 조사가 발표되었다. 한 사람의 인간이 신이 될 수는 없다. 그러나 신격화(神格化)를 스스로 부정할 때까지 쇼와(昭和) 천황 히로히토는 아라히토가미(現人神)로 있지 않으면 안 되었다. 미시마 유키오는 그런 쇼와 천황 히로이토에 대해 "어째서 천황 폐하는 인간이 되셨는가? 어째서 천황 폐하는 인간이 되셨는가?"라고 그의 작품 〈영령(英靈)의 목소리〉에서 통렬히 되묻고 있다. 신격화 부정에 대한 부정은 천황에 대한 그의 충정에 다름 아니었다. 그의 '현인신'에서 평범한 '인간'으로 전환했던 천황의 엇갈림을 가장 민감하게 받아들였던 작가라고 할 수 있다. 그는 전후(戰後)에 대한 거대한 부정자(否定者)였다.

1949년 미시마 유키오가 발표한 〈가면의 고백〉은 보들레르의 이른바 "사형수이면서 사형 집행인이 되려고 한다"는 구절을 빌어 대단한 각오를 밝히며 썼던 자기 고백의 사소설이라고 할 수 있다. 이 작품에서 그는 요절의 절대성을 밝힌다. 패전 당시 미시마 유키오는 스무 살이었다. 전쟁이 한참 계속되었더라면 그는 아름다운 죽음을 가질 수 있었을 것이라며 아쉬워했다.

〈가면의 고백〉에서 '나는' 아름답게 죽고 싶었는데 죽음에게 거부당했다. 패전 때문에 살아남았다는 것은 그로서는 생애 최대의 좌절이었던 셈이다.

"저 천연스럽고 자연스러운 자살(전쟁에 의한 죽음)의 희망이 사라진" 다음(패전)에 오는 지루한 일상뿐. 그 어디에도 존재하지 못하는 맨 얼굴의 영혼을 말했던 이 작가는 이후 거꾸로 가면을 쓰고 철저하게 나를 죽여 나간다. 〈가면의 고백〉은 사형 집행인인 동시에 사형수인 나 자신의 고백인 것이다.

스스로를 처형한, 두 동강이 난 미시마 유키오의 몸과 낭자한 선혈을 떠올리며 그의 무덤이 있는 후츄(府中)시 다마레이엔(多磨靈園)을 찾은 것은 2004년 12월 14일 오후였다. 그와 서로 앙숙인 다자이 오사무가 잠들어 있는 미타가 선림사(禪林寺)를 찾아보고 그곳에서 택시를 탔다. 정문 앞에 내리니 곧게 뻗은 길이 눈앞에 펼쳐져 있었다. 다마레이엔 묘역 중앙에서 약간 북서쪽으로 치우친 곳에 그의 묘비가 우뚝하게 서 있었다.

'平岡家之墓'

주변을 에워싼 소나무와 잘 다듬어진 돌길이 조화를 이루어 단아하고도 경건한 분위기를 자아냈다. 이곳에 그가 묻힌 나이는 45세. 미시마가 자결한 뒤 히로이토 천황은 40여 년을 더 살았다. 역설이지 않은가.

한 몸으로 다이쇼(大正)와 쇼와(昭和)두 시대를 살았던 천황이 장수한 방법과는 대조적으로 그가 취한 행동은 천황주의에 홀린 참으로 서투른 요사(夭死)의 해프닝이 아닐 수 없었다. 미시마 유키오는 헌법에서 부정하고 있는 자위대를 정규군대로 부활시키려고 헌법 개정의 쿠데타를 호소했던 것이다. 그러나 정치적으로는 처음부터 어떤 효과도 기대할 수 없는 뻔히 들여다보이는 연극에 지나지 않았던 것이다. 그는 일본의 전후 시스템이 갖고 있는 모순을 대단히 기형적인 사상과 수단으로써 공격했다는 평가를 받고 있다. 그런 의미에서 이 할복 자살사건은 전후 문단이 낳은 기형 혹은 괴물로 평가되며 또한 그의 이미지를 실추시켰던 것이다.

그의 무덤 앞에 서니 '어째서 천황 폐하는 인간이 되셨는가?'라고 거듭 되묻던 그의 음성이 들리는 듯했다. 군국주의의 망령에 차서 소리 높이 외치던 '천황 폐하 만세'는 그의 유서에서도 읽을 수 있었다. 숨길 수 없는 반일 감정이 잠시 내 묵념을 방해했다.

일본천황의 무조건 항복은 자업자득이 아닌가? 우리나라가 일본에게 나라를 빼앗기고 1910년 한일합방이 되었을 때, ≪매천야록≫을 쓰고 있던 황현 선생은 스스로 목숨을 끊어 세상을 하직했다.

"나는 죽어야 할 아무 의미가 없지마는 나라가 망하는 날, 한 사람쯤 죽지 않으면 얼마나 애통한 일이겠는가?"

미시마 유키오 문학관

　그 분의 유서였다. 매천 황현 선생과 미시마 유키오의 자결은 같으나 어찌 그 내용이 같으랴. 미사마의 할복은 '천황 폐하 만세' 삼창에서부터 그 이미를 풀 수 있지 않을까 싶다. 더 거슬러 올라가면 고등학교 졸업식장에서 천황으로부터 하사받은 그 은시계의 마력이 아닌가 짚어진다. 그러나 우리는 서투른 우익의 한 행동대원으로서보다 ≪금각사≫의 작가로 그를 기억하고 싶다. 미시마의 돌연한 할복으로 제일 충격을 받은 것은 가와바타 야스나리였다. 미시마 유키오를 문단으로 이끌고, 그의 결혼 주례를 집전했던 가와바타가 미시마의 장례위원장이 되고 장례식은 도쿄 츠키지 혼간지(築地本願寺)에서 치러졌다. 이태 뒤에 가와바타 야스나리도 가스자살로 그의 뒤를 따랐다.

　다마레인엔(多磨靈園) 묘역에는 소설가 요코미츠 리이치(橫光利一) 이외에 미시마 유키오 문학관 옆에 자리했던 도쿠토미소호(德富蘇峰)도 공교롭게 누워있었다. 도쿠토미의 문학관은 산중호반에서도 바로 미시마 유키오 문학관 옆에 위치하고 있었다.

미시마 유키오가 ≪금각사≫를 썼던 것은 이미 전후(戰後)가 끝났다고 했던 1956년의 일이다. 바로 그때부터 그는 전후 작품을 쓰기 시작했다. 이 작품 속의 주인공, 말더듬이인 '나'는 "금각(金閣)처럼 아름다운 것은 이 세상에 없다."라는 아버지의 말을 떠올리며 태평양전쟁이 한창이던 1944년 11월, 도쿄에 미군의 첫 폭격이 있던 당시 '나는' 교토도 폭격에 의해 불바다가 되고 금각도 타버릴 것으로 생각한다.

"나를 불태워 버리는 불은, 금각도 불태워 버리리라."

≪금각사≫의 '나는' 그 지복(至福)한 순간에 죽음을 갈망한다. 그러나 금각사는 아무리 기다려도 공습을 받지 않았고 따라서 불타 없어지지도 않았다. 건재한 금각사를 보았을 때 '나'의 내부에는 말할 수 없는 단절감이 생긴다고 작가는 털어 놓고 있다.

> 패전은 나에게 이런 절망의 체험에 다름 아니다. 지금도 내 앞에는 8월 15일의 불꽃같은 여름 햇살이 보인다. 모든 가치가 붕괴되었다고 사람들은 말하지만 나의 내부에서는 그 반대로 영원(永遠)이 눈을 뜨고 소생하며 그 권리를 주장한다. 금각이 거기에서 미래 영겁으로 존재한다는 사실을 말하고 있는 영원!

≪금각사≫는 1950년 여름, 쿄토(京都) 로꾸온지(鹿苑寺)의 금각이 어떤 중에 의하여 소실되었던 사건을 소재로 하여 쓰여진 작품이다.

말을 더듬기 때문에 일상생활에서 콤플렉스를 갖고 있던 청년이 금각사에 불을 지르게 되는 과정을 서술하고 있다. 소설의 주인공 '나' 미조구치는 생각한다. 금각은 공습의 불에 타 없어질지도 모른다. 이대로 가면 금각은 재가 될 것이 분명한 일이다. 이렇게 생각하자 금각은 더욱 그

비극적인 아름다움을 더했다. 나를 태워 없애는 불은 금각마저도 태워 없애겠지 하는 생각이 나를 기쁘게 하고 격려하며 도취되게 하였다. 그러나 기다려도 교토는 공습을 만나지 않았다. 전쟁이 끝나고 나는 대학생이 되었다. 무엇에건 전념하고 활기를 되찾아 보려고 노력하지만 금각의 환영이 나타나서 뜻을 이루지 못한다. 금각의 미(美)로 인하여 나는 인생으로서의 길을 저지받고, 그로부터 얼마 후 금각의 지배에서 벗어나기 위하여 금각을 불태우지 않으면 안 되겠다고 마음먹는다. 그때 나는 최후의 작별을 고할 셈으로 금각 쪽을 바라본다. 오늘만큼 금각이 구석구석까지 반짝거리며 내 눈 앞에 나타난 일은 없었다. 바로 그 다음날 소화(昭和) 25년 7월 2일. 이른 새벽에 금각은 불타오른다. '나'는 불꽃에 싸이면서 맨 꼭대기로 올라가 죽기로 마음먹고 계단을 뛰어오르지만 문이 열리지 않았다. 거부당하고 있는 것이라고 생각하고 몸을 날려 뛰쳐나와 산꼭대기로 달려가서 금각 쪽을 바라본다. 소용돌이치는 연기와 하늘로 뻗쳐 올라오는 불길이 보일 뿐이다. 정신을 차리고 보니 '나'는 여기저기 화상을 입었고 상처에 피가 흐르고 있었다. 호주머니를 뒤져보니 주머니칼과 수면제 칼모틴병이 나왔다. '나'는 그것을 골짜기 아래에 내던졌다. 다른 주머니에선 담배가 나왔다. 나는 담배를 피웠다. 일을 하나 끝내고 담배를 한 모금 피우는 사람이 흔히 그렇게 생각하듯이, 살아야겠다고 '나'는 생각했다. 라는 데서 작품은 끝난다.

그에게 절대화된 금각의 환영은 그 후, 자신의 삶을 방해하는 것이었다. 절에서 쫓겨난 그는 이에 대한 복수와 동시에 이를 독점하기 위해 현실을 파괴한다고 하는 굴절된 심정을 나타낸 것으로 절대화된 금각은 '천황'으로 그리고 불태우는 행위는 자신의 죽음으로 연결지어 읽게 된다.

그의 작품의 대부분은 실연과 정사(情死), 우국(憂國)과 자살로 그 결말을 맺고 있다. ≪우국(憂國)≫의 주인공인 다케야마(武山)중위가 2·26 사건시 친구가 반란군에 가담한 것에 책임을 느끼고, 천황에 대한 지극한 충성을 증명하기 위해 젊은 아내와 함께 자결한다.

≪금색(禁色)≫의 주인공 유우이찌는 성적으로 도착된 청년으로 남색가인 가부라기 백작과 그 부인에게 동시에 사랑을 받게 되지만 허구의 인생에 지친 그는 자살하고 만다. 그의 최초의 장편 ≪도적≫도 실연과 정사를 다루고 있다. 에로티시즘을 매개로 한 죽음의 미학이 표면화되면서 허무주의에 대한 주제를 천착한다.

그러나 작가의 죽음관은 아무래도 죽음 직전에 쓴 ≪풍요의 바다≫에서 자세히 들여다볼 수 있지 않을까 싶다. 그가 ≪풍요의 바다≫ 최종회 원고를 신조사에 건넨 것은 11월 25일 오전이었다. 그리고 몇 시간 뒤 이치카야 총감실에서 할복을 했던 것이다.

≪풍요의 바다≫는 총 4부작으로 스무 살이라는 젊은 나이에 요절하여 윤회전쟁을 되풀이하는 네 명의 젊은이에 관한 이야기다.

제1부 ≪봄의 눈≫은 후작의 외아들인 키요아키가 비련 끝에 병사한다는 내용이다. 그는 감정의 세계에만 살고 있는 청년으로서, 얻기가 바쁘게 상실을 두려워하는 성격의 소유자다. '나는 감정의 피를 흘리게끔 태어났다. 결코 육체의 피는 흘리지 않을 것이다', '어떻게 하면 젊은 시절에 죽을 수 있을까, 그것도 가능하면 괴로워하지 않고'라며, '테이블 위에 마구 벗어놓은 화려한 비단 옷이, 저절로 어두운 바닥으로 미끄러져 내리는 듯한 우아한 죽음'을 소망하는 청년이다.

제2부 ≪분마≫의 주인공 이사오는 우국 청년으로 정부와 제계의 요인을 암살하고 변전소를 폭파한 뒤 전원 할복한다는 계획을 세우나 밀고로 실패한다. 단독으로 그는 제계의 거물을 사살한 뒤 절벽으로 도망쳐 할복하고 만다. 이 상황은 그가 자결하던 날의 모습을 연상시키고 있다.

바로 그가 생각한 죽음이다.

제3부 ≪새벽의 절≫ 이사오의 전생으로서 일본에 유학 온 태국 왕족의 딸 진쟝의 동성애를 엿보던 혼다는 아내에게 발각되고 때마침 불이나 혼다의 별장은 소실되고 귀국 후 진쟝은 독사에게 물려 죽는다.

제4부 ≪천인오쇠(天人五衰)≫에는 가짜 전생자(轉生者)인 야스나가 토오루가 등장한다. 등대지기인 혼다는 토오루를 양자로 삼지만 혼다가 공원에서 남의 정사 장면을 엿보다가 경찰에 연행되어 매스컴에 보도되자 그를 준금치산자로 만들고 재산을 노린다. 케이코의 개입으로 윤회전생의 비밀을 알게 된 토오루는 스무 살이 되어도 죽지 않는 자신이 가짜라는 사실을 깨닫고 음독자살을 기도한다. 〈가면의 고백〉에서 아름답게 죽고 싶었는데도 패전 때문에 살아남아 죽음에게 거부당했다는 주인공을 떠올리게 한다. 목숨은 건졌지만 장님이 된 토오루는 추한 연상녀와 부부가 된다. 죽음에 실패하고 장수할 운명을 지닌 자들의 비참한 말로를 미시마는 의도적으로 그리고 있다.

≪분마≫의 주인공 이사오가 요절의 희망을 잃고 '인간은 마흔 살이되면 이미 아름답게 죽겠다는 꿈은 절망적이며 어떤 방법으로 죽건 추악할 뿐이다. 그렇다면 악착같이 살아갈 수밖에 없다'고 언급했던 미시마가 마흔다섯이라는 중년의 나이가 되어 굳이 그러한 행동으로 나온 것은, 오랫동안 소망했던 죽음을 성취했다기보다는 ≪풍요의 바다≫에서 혼다 시게쿠니가 보여준 바와 같은 추악한 노후를 두려워하여 그러한 인생을 거부한 결과였으리란 생각도 든다. ≪풍요의 바다≫를 쓰기 10여년 전에 그는 다음과 같이 말했던 것이다.

대체로 나는 죽음이나 파멸만을 테마로 한 예술에는 그다지 흥미가 없다. 소위 광기의 예술이나 광기의 천재라는 것에는 별로 흥미가 없다. 역시 나는 죽음이나 파멸을 통해서 항상 환생을 꿈꾸고 있지만, 그러한 꿈을 꾸는 것과 근본적인 파멸의 충동이 제대로 조화되었을 때, 좋은 예술이 만들어지는 것이 아닐까 생각한다.

여기에서 죽음이나 파멸을 통한 환생의 소망은 물론, 훗날 윤회전생을 근간으로 하는 ≪풍요의 바다≫를 낳게 하는 계기가 되었으리라고 생각된다. 그러나 한편으로 미시마는 '끈질기게 장수하는 것은, 나에게 있어서 속악함의 상징을 이루고 있다. 나는 요절을 동경하지만 여전히 살아 있고, 앞으로 계속 살아가야 하리라는 것도 예감하고 있다'는 식으로 장수에 대한 예감도 지니고 있었기에 ≪풍요의 바다≫와 병행해서, 죽지 못해서 살아남은 자의 이야기인 ≪목숨을 팝니다≫를 쓸 수밖에 없지 않았을까.

1968년에 발표된 ≪목숨을 팝니다≫는 자살에 실패한 하니오가 사표를 제출하고 '목숨을 팝니다.'라는 광고를 낸다.

첫 번째 손님인 노인은 연하의 아내와 육체관계를 맺어달라고 의뢰했다. 그러면 아내의 애인인 제3국인이 정사 현장에서 두 사람을 죽여 줄 것이라고 했다. 그러나 여자만 죽고 하니오는 살아남는다.

두 번째 의뢰는 약품의 실험대상이 되어 달라는 주문인데 이번에도 여자가 대신 죽어주는 덕분에 그는 살아남는다. 여기서 특수한 약을 먹고 최면에 걸린 상태에서 자신도 모르게 권총자살을 한다는 설정 역시 미시마에게 있어서는 이상적인 죽음의 하나였다.

미시마는 ≪가면의 고백≫에서 이상적인 죽음으로써 '내가 원하는 것은 일종의 자연스러운 자살이었다. 아직 교활할 정도로 지혜가 발달하지 못한 여우가 무심코 산길을 가다가, 자신의 무지 탓으로 사냥꾼의 총에 맞아 죽는 것과 같은 죽음을 나는 원하고 있었다.'라고 고백한 바 있는데, ≪목숨을 팝니다≫에서 약을 먹고 자신도 모르게 자살을 한다는 것과 동일한 설정이라고 하겠다. 미시마가 오랫동안 소망하던 죽음의 하나라고 보아진다.

세 번째 의뢰인은 피 부족으로 죽어가는 어머니에게 피를 제공해 달라는 요청이었다. 하니오는 미인 흡혈귀와 동거하며 매일 피를 빨리게 되어 전신쇠약으로 빈사상태에 빠지지만, 여자가 먼저 자살해버리고 하니오는 또 살아남는다.

네 번째는 일본을 무대로 B국과 스파이 전쟁을 벌이고 있는 A국 대사관의 의뢰로서, B국의 대사관에 잠입하여 비밀문서 판독법을 알아내는 일이었다. 그러나 아무런 모험을 할 필요도 없이 간단히 문제를 해결한 하니오는 거액의 보수를 챙긴다.

다섯 번째는 레이코가 ≪아라비안 나이트≫에 등장하는 화려한 무덤을 모방하여 만든 방에서 동반자살을 요구하므로 그는 기겁하여(왜? 죽기가 싫었던가?) 몰래 도망쳐 나온다.

레이코의 엄한 감시에서 벗어났지만, 이번에는 ACS라는 비밀조직으로부터 목숨을 위협받아 파출소로 도망쳐 도움을 요청한다. 담당 형사는 주거도 일정하지 않고 목숨을 담보로 돈벌이 하는 하니오를 '인간쓰레기'라고 비난한다. 형사에게 무시당하고 쫓겨난 하니오가 경찰서 앞의 돌계단에 앉아 담배를 피우며 눈물 어린 눈으로 밤하늘의 별을 쳐다보는 데에서 작품은 끝난다.

주인공 하니오가 대면하는 다양한 종류의 죽음은 바로 작가의 죽음에 대한 의식을 벗어나지 못한다. '인간쓰레기'로 비난받으며 죽지 못하고 살아남은 자의 낭패감이 작품 곳곳에서 나타난다. 이치카야에서 할복을 결행하기 직전에 쓴 작품 ≪천인오쇠≫에서 스무 살이 되어도 죽지 않는

① 자살하기 전에 쓴 미시마의 유언장
② 府中市 多磨靈園에 있는 미시마 유키오의 무덤

자신이 가짜라는 사실을 깨닫는다. 일본 패전 당시 그의 나이는 스무 살이었다. 미시마 유키오는 늘 스무 살에 머물러 있었다. 그래서 그는 패전 때문에 살아남았다는 것은 생의 최대의 좌절이었다. 그러므로 ≪가면의 고백≫에서처럼 그 자신을 사형하는 집행인이 될 수밖에 없었다고 보아진다. 그러나 한편 가와바타가 사인(死因)을 알지 못하도록 다음날 스케줄을 잡아놓고 사고사로 가장된 가스 중독사를 계획했듯이 어쩌면 미시마 유키오의 내면에서는 ≪봄의 눈≫의 주인공 키요아키처럼 '얻기가 바쁘게 상실을 두려워하는' 그래서 미리 손을 놓아버리는 주인공처럼 '화려한 비단옷이 저절로 어두운 바닥으로 미끄러져 내리는 듯한 죽음'을 소망하면서 구실로 사냥꾼의 총에 맞아 죽는 여우처럼 되고 싶었는지도 모른다. 사냥꾼의 총 대신 스스로 '만세 삼창'의 할복을 선택했던 것은 아닐까? 그러나 그것은 아무도 모른다. 작가의 복잡한 내면의식을 나는 잠시 유추해 볼 뿐이다. 내친김에 그의 문학관을 찾아보고 싶었다.

무덤을 둘러보고 이틀 뒤, 서둘러 숙소를 나섰다.

신주쿠에서 JR 중앙선을 타고, 오오츠기(大月)에서 후지급행선으로 바꿔 탄 뒤 후지요시다(富士吉田)역에서 내렸다. 후지산 자락의 수려한 경관에 따뜻한 햇볕이 퍼지는 정오 무렵, 버스로 25분 걸려 '야마나가고(山中湖)'에 도착했다. 근처 음식점에 들어가 시장기를 해결하고 느긋한 마음으로 목저지로 향했다.

12월 중순, 호반의 숲은 골체를 드러낸 겨울 풍경이었다. 호젓한 산책로에 들어서니 '山中湖 문학의 숲'이라는 표지판이 보인다. 관광안내소에서 얻어 온 '문학의 숲' 지도를 보니 이곳 야마나가고와 연관 있는 문인이나 하이쿠시인(俳人)의 구비(句碑) 15개가 문학의 향기를 더해주는 오솔길이라고 되어 있다.

나무냄새를 깊숙이 들이마시며 경내로 들어섰다. 드문드문 돌에 새겨진 하이쿠 비가 보였다. 마쓰오 바쇼의 시비 앞에서는 메모지를 꺼냈다.

山賊の おとがひ 閉づる むぐら哉
산에 사는 (천황제(天皇制)를 거부하는) 사람의 방문을 거절하는 집이라네.

바쇼의 시비를 지나 산책로를 따라 올라가니 도쿠토미소호(德富蘇峰)의 문학관이 있고 조금 위에 미시마 유키오의 문학관이 있었다. 해마다 여름이면 이 산장에 와서 지낸 도쿠토미소호는 〈국민신문〉을 창간한 언론인으로 ≪근세일본국민사≫외 많은 저술을 남겼다.

미시마 유키오가 타계한 지 29년 뒤, 아름다운 자연환경에 둘러싸인 산중호반 '산중문학의 숲'에 그의 문학관이 세워졌다. 1999년 6월이라고 하니 불과 12년 전의 일이다.

서양풍의 아취 있는 2층 건물이었다. 1층 전시실에는 소설, 희곡, 평론, 에세이 등 저서 99권이 초판본으로 전시되어 있고 서가 앞에 재현시켜 놓은 책상 위에는 전화, 시계, 쓰다만 원고지 위에 놓인 만년필까지 그의 체취가 느껴지는 듯했다. 창작노트, 사진자료, 연극, 영화관계 자료, 번역서 등이 보였다. ≪금각사≫, ≪파도 소리≫, ≪가면의 고백≫ 등의 책표지가 눈에 띄고 2층 비주얼 코너에서는 ≪풍요의 바다≫가 영상비디오로 돌아가고 있었다. 널찍한 문학관 앞마당에 그의 정원을 재현시켜 놓은 듯 아폴로의 대리석 석상도 세워져 있었다. 그가 노벨문학상을 수상한 가와바타 야스나리를 축하하기 위해 가마쿠라를 방문해 함께 찍은 사진도 걸려 있었다.

내 눈길이 머문 곳은 아무래도 유리액자에 보관된 그의 유서였다. 미시마 유키오의 필명이 아닌 히라오카 기미다케(平岡公威) 본명을 썼고, 부모, 은사, 학습원 친구 및 선배, 형제자매를 거론한 뒤 그들에게 인사하고 '황군의 표범이 되어 천황의 은혜, 만의 일이라도 갚아라.' 그 옆에 큰 글씨 '천황폐하만세'가 그의 죽음을 축약하는 듯했다.

유언장은 그러니까 죽기 다섯 달 전, 1970년 6월 공정증서에 따라 이미 작성된 것이고 ≪풍요의 바다≫ 최종부의 초고가 완성되었던 것은 8월이었다. 그는 10월 동조회관에서 '방패회' 회원 다섯 명과 기념사진을 찍고 11월 24일 결기(決起) 예정자와 최후 협의를 마친 뒤 사세(辭世)의 노래를 지었다. 그리고 다음날인 11월 25일 오후 2시 15분 동부방면 총감실에서 자신의 배를 갈랐으니 그의 나이는 45세였다.

미시마 유키오의 죽음은 이와 같이 철저히 계획된 죽음이었다. 군국주의 망령에 빠져 아깝게 희생된, 그러나 전집 35권이라는 방대한 분량의 작품을 남긴 대단한 작가였다. 뛰어난 재능, 열혈남아다운 사진 속 그의 모습이 자꾸만 눈에 어른거렸다. 귀가 길에 버스를 타고 고텐바 역을 향해 내려오는데 구불구불 비탈길을 돌 때마다 후지산이 계속 뒤따라오는 것이었다. 흰눈을 머리에 인 후지산의 정상이 가깝게 얼굴을 내미는가 하면 금세 숨기도 했다. 마치 숨박꼭질 하자는 듯이.

어둠이 내려 덮이는 고텐바 역에서 나는 남편과 도쿄행 열차를 기다렸다. 겨울나무 앞에 서 있는 수은등 불빛이 조금은 쓸쓸해 보였다. 무언지 모를 객수(客愁)를 불러일으킨다. 정거장이란 그런 곳인가. 그를 포함한 우리 모두의 존재가 하찮게 생각되는 순간이었다.

나 그대들의 본보기가 되리라
- 굴원

풍국(楓菊)이 아름다운 11월 중순이다. 얼마나 오랫동안 꿈꾸어 왔던 무산(巫山)의 골짜기인가. 두보가 노래한 '추흥(秋興) 8수'의 현장을 눈으로 직접 볼 수 있는 기회가 내게 주어졌다. 무산은 반드시 가을이라야만 했다. 그래서 이번 가을, 나는 중경에서 장강삼협(長江三峽)으로 달리는 배에 올랐다. 세기가 저무는 2000년 늦가을 '장강천사호'는 풍도를 거쳐 구당협을 지났다. 그리고 무산의 수려한 소삼협을 지나 여신봉(女神峰) 앞에 이르렀다. 여신봉에 대한 안내 방송이 끝난 뒤 내일 아침 7시까지 갑판으로 나오라는 방송도 이어졌다. '굴원의 고향' 운운하는 바람에 내 귀는 크게 열려 스피커 쪽으로 향했다. 그리고 혹여라도 시간을 놓치는 일이 있을까 봐 미리 조바심부터 났다. 잠을 설치고 다음날 아침 갑판으로 나간 시각은 새벽 6시였다.

캄캄한 어둠 속에 배는 멈추어 있었고 갑판에는 아직 한 사람도 나와

굴원의 고향 자귀

있지 않았다. 바람 부는 갑판에 서서 나는 준엄한 정신, 굴원의 영혼과
마주하고 싶었다. 괴괴한 어둠 속, 새벽 녘 강바람은 갈퀴처럼 사납다.
마치 비분강개한 어느 혼령이 강림하는 듯, 그 전조처럼 울부짖는 듯한
바람소리. 사방을 둘러보니 급하게 깎아지른 절벽, Y자로 갇혀있는 단애
의 좁은 하늘, 이 또한 울울한 그의 심중처럼 느껴졌다. 보면 볼수록 머
리끝이 쭈뼛해지는 기괴한 암석들, 그 언저리에는 신비한 보랏빛이 감돌
고 안개 낀 가파른 절벽 사이에서는 호곡(號哭)과도 같은, 바람의 울부짖
음이 들려왔다. 그 섬뜩함이 머리끝에까지 와 닿는다. 마침 산 중턱 멀리
에 점점이 박혀 있던 인가의 불빛마저 없었더라면 무서움은 한층 더할
뻔했다. 안개 속에서 차차 어둠이 벗겨져 나갔다. 어둠이 벗겨져 나가는
모습은 참으로 다양한 빛깔이었다. 검푸른 산자락이 명암(明暗)의 층을

이루며, 골짜기의 빛깔도 음영으로 해서 이쪽 저쪽이 서로 같지 않았다. 사방이 훤해지니 강안(江岸) 기슭은 마치 호리병처럼 굽어진 S자로 가늘고 길게 이어져 있었다. 뱃길이 험준하기로 이름난 여기는 천하 절경으로 찬미되는 서릉협의 입구가 아닌가.

지령(地靈)은 인걸(人傑)이라더니 과연 위대한 시인 굴원이 탄생한 곳이다. 30분이나 지났을까? 뱃고동이 크게 두 번 울렸다. 안내방송이 시작되자 뱃머리가 천천히 몸을 틀기 시작했다.

7시가 되자 사람들이 하나둘씩 갑판으로 몰려나오기 시작했다. 날이 밝았다. 이곳은 자귀(姊歸)였다. 굴원의 고향, 그리고 왕소군의 고향인, 한많은 영혼들의 땅인 것이다. 무언중에 나를 압도했던 소름끼칠 정도로 높은 괴암 절벽이 여명의 어스름으로 깨어나고 보니 산은 산, 절벽은 절벽일 뿐, 혼자 마주하고 있었던 묘시(卯時)의 무서움증에서 나는 비로소 벗어날 수 있었다.

굴원(屈原)은 2300여 년 전, 칠웅이 할거하던 전국(戰國) 시대에 초나라에서 태어났다. 그런데도 시공의 차이가 그리 멀게 느껴지지 않는 것은 아마도 친숙한 그의 이름 때문일 것 같다.

〈어부사(漁夫辭)〉를 쓴 시인. 자결로 충절을 지킨 정치가. 고등학교 시절, 시인 김구용 선생께 〈어부사〉를 배워 그의 이름을 진작부터 익혔다. 굴원의 이름은 평(平)이며 원(原)은 그의 자이다. 멀리 전욱 고양씨(高陽氏)의 후예로, 초나라 왕족 출신으로 그의 고향은 초나라의 수도였던 영(郢)이었다. 영은 오늘날의 호북성 강릉현 북방 50리쯤에 위치한 곳에 있다.

그는 호랑이 해, 호랑이 달, 호랑이 날(庚寅)에 태어났다. 산수가 수려한 남국의 자연환경 속에 귀족의 아들로 태어나 풍부한 교양과 학문, 그리고 고결한 인품과 뛰어난 문장력을 지닌 천재로 자라났다. 나이 스물여섯에 벌써 회왕(懷王)의 좌도(左徒)가 되어 왕의 신임을 한몸에 받았다. 좌도라면 승상 다음가는 높은 지위였다. 그는 견문이 넓고 치란에 밝았다. 왕과 더불어 국사를 의논할 만큼 신임을 받아 득지했던 까닭에 주위 사람들의 투기와 모함을 피할 수 없었다. 어느 날 회왕이 그에게 헌령을 작성토록 했다. 이 초고가 완성되기도 전에 상관대부가 이를 빼앗으려고 하자 굴원은 거절하고 주지 않았다. 이 때문에 그는 상관대부에게 참소를 입고 끝내는 회왕의 노여움을 사서 파직당하게 된다. 이 무렵 초나라는 진나라, 제나라와 함께 팽팽한 삼각관계를 유지하고 있었다. 진나라의 흉계를 알고 있던 굴원은 친제공진(親齊攻秦)의 정책을 폈고 또 그것이 유리하게 진행되었다. 때문에 진나라는 제나라를 치고 싶어도 초와 진의 양국이 친한 것이 두려워 함부로 움직이지 못했다. 그러나 굴원이 쫓겨난 후, 진나라의 책사 장의(張儀)의 꾐에 넘어간 제나라 회왕은 그만 국교를 끊고 말았다. 굴원은 애가 탔으나 진간할 길이 없었고 나중에 장의에게 속은 것을 안 회왕은 대노하여 진나라를 치도록 명령했다. 8만의 군사를 잃고 그 결과는 대패(大敗)였다. 배신당한 제나라는 냉담하게 이를 지켜만 보고 있었다. 그제서야 지난 이 일을 후회한 회왕은 굴원을 다시 조정으로 불러들였고 그를 제나라에 사신으로 보냈다. 초나라가 진과 제나라의 양국에 대해 친교와 절교의 정책을 거듭함에 따라 굴원의 운명도 그것과 함께 부침했다. 제나라 회왕은 종래 진나라를 제외한 6국이 연합했던 약속을 어기고 그만 진나라의 부인을 맞아오는 등 친진정책을 폈다. 자연히 초나라에서는 친진파들이 득세하기 시작했다. 한번은 진나라 소왕이 초나라 왕족의 딸과 혼약을 맺고자 회왕을 만나자고 꾀었다. 이때 굴원은 진나라에 가려고 하는 회왕을 만류했다. 그러나 정수, 자란, 근상 등 친진파들의 참언으로 굴원은 도리어 쫓겨나는 몸이 되었고 결국 회왕은 어리석은 아들 자란의 말을 듣고 진나라에 갔다가 영영 돌아올 수 없는 불귀의 객이 되고 말았다.

회왕의 장자는 경양왕으로 왕위를 잇고, 동생 자란을 영윤으로 삼았다. 굴원의 직언을 몹시도 싫어하던 자란은 굴원을 아예 강남으로 추방해버렸다. 그의 떠돌이 생활이 시작된 것이다.

배가 자귀를 떠날 때쯤에는 상당히 속도를 늦추고 있었다. 잘 보아두라는 뜻에서인 것 같았다. 멀리 지평선 위로 우뚝한 황우산이 보였다. 갑자기 여기저기서 플래시가 터졌다. 중국의 낯익은 산수화 한 폭을 관람하고 있다는 느낌이 들었다. 향계진을 지나 배는 험준한 서릉협의 협곡을 조심스레 천천히 빠져 나왔다. 서릉은 의창(宜昌)의 옛 이름이다. 의창 삼두평에 도착, 양가만항에 배를 대었다. '호북성 중국여행사'라고 띠를 두른 버스가 미리 와서 우리를 기다리고 있었다. 11월 20일, 우리는 그 버스를 타고 형주를 향해 달렸다.

형주(荊州)는 춘추 전국시대 410년 동안 초나라의 수도였다. 전국시대 형주의 이름은 영이었고, 당나라 이후에는 강릉으로 불리우다가 지금은 형주시가 된 곳이다.

《삼국지》를 보면 유비가 형주를 점거한 뒤에 얼마나 득의만면해 하던 곳인가. 그리고 이 땅을 지키던 관우가 손권에게 함락되자 유비는 또 얼마나 원통해 하였던가? 우리는 삼국지의 현장에 들어섰다. 감개무량하였다.

결국은 초나라의 경양왕마저 진나라 계략에 밀려 이 땅을 내놓고 떠나야했던 비운

자귀를 지나는 장강의 물줄기

굴원 형주의 초기남고성

의 아픔이 서려있는 곳. 한편 자귀에서 출생하여 스무 살 무렵 이 땅에 올라 온 굴원 역시 능양으로 유배되기 전까지, 30여 년을 이곳에서 머물렀으니 굴원의 숨결이 느껴지는 형주 땅에 우리는 도착한 것이다. 나는 비통한 굴원의 심정을 느껴 보려고 애썼다. 항상 앞서 걷는 허세욱 교수의 손짓이 이어졌다. 야트막한 구릉을 서둘러 오르고 보니 메마른 잡초가 우거진 곳에 서 있는 초라한 표지판, '초기남고성(楚紀南故城)'은 초나라 땅 기남, 기산의 남쪽에 세워진 옛 토성임을 증거하고 있다.

"성은 허물어져 빈 터인데 방초만 푸르러, 세상이 허무한 것을 말하여 주노라."

〈황성옛터〉의 노랫말이 절로 나왔다.

"아! 외로운 저 나그네. 그 무엇 찾으려고 끝없는 꿈의 거리를 헤메어 있노라."

여기에 굴원의 모습도 겹쳐졌다.

외로운 저 나그네, 굴원이야말로 두번째의 유배지인 양자강 남쪽을 떠돌면서 이 형주의 왕실을 그리며 얼마나 피눈물을 뿌렸던가. 특히 진(秦)나라 장군 백기의 공략으로 영도가 함락됐다는 소식을 듣고서는 〈빼앗긴 서울〉이란 시를 이렇게 썼다.

　　하늘의 명(命)이 무상하여, 얼마나 백성들을 공포에 떨게 하고 범죄에 빠져 걱정하게 하였는가?

백성들은 뿔뿔이 흩어져 친지를 잃고 서로 헤어져, 나는 이 봄날 2월에 강남으로 유배되어 서울인 영도를 떠나 동쪽으로 갔다. (생략) 나는 진정 내 죄가 아니었는데도 버림을 받고 쫓겨나, 밤이나 낮이나 어느 하루도 고향 영도를 잊을 수가 없었다.

이 시를 읽은 왕일은 "굴원이 비록 방축되었지만 마음은 초나라에 있어 배회하며 차마 떠나지 못하고 있었으나, 참소 아첨하는 무리들에 가려 임금을 보고파도 볼 수 없으므로, 태사공(太史公)이 이 〈애영〉을 읽고 그 뜻을 슬퍼했다."라고 적고 있으며 양계초는 "쇠나 돌로 된 심장을 지닌 사람조차 이 글을 읽으면 울지 않을 수 없노라."라고 말했던 것이다.

굴원은 꿈에서조차 형주를 그리워하며 일편단심 초왕의 부름을 기다리고 있었다. 끝내 대답이 없었다. 이러한 심정은 〈이소(離騷)〉라는 장시에도 나타나 있다. '이(離)'는 이별을, '소(騷)'는 우울과 근심을 뜻한다.

님은 내 마음 아니 살피시고/ 도리어 모함만 믿고 진노하시누나.
나는 직언이 해로울 줄 알면서도/ 차마 버려둘 수가 없고/ 오직 님 때문임을. 당초에 내게 약속하더니/ 나중에 돌아서서 딴마음 가지실 줄이야/ 나야 그 이별 어렵지 않지만/ 님의 잦은 변덕 가슴아파라.(생략)
노예였던 부열은 은나라 고종에게 재상으로 등용되고, 칼잡이 백정 강태공은 주문왕의 태사공이 되었으며 소먹이던 영척은 제환공의 대부가 되었다. 나이 아직 더 늙기 전에 계절 또한 다 가기 전에 성군을 찾을지어다.(생략)

이렇게 옛 사람들의 고사를 들먹이면서 그는 임금의 부름을 고대하고 또 고대했다. 그러나 간절한 기다림은 허사였고, 7년의 세월은 그를 더욱 비분강개토록 만들었다.

그때의 심경을 담은 시들로는 〈애영〉 〈섭강〉 〈비회풍〉 〈천문〉 〈회사〉 〈석왕일〉 〈이소〉 등이 있다.

굴원의 사당

그는 〈이소〉의 끝맺음을 이렇게 쓰고 있다.

　모든 것이 이미 끝났구나./ 나라에 사람 없고 나를 이해해 주는 이 아무도 없는데/ 어찌 나만이 고국을 생각해야 하는가?/ 기왕에 함께 이상(理想)의 정치를 의논하고 베풀 만한 이 없는 바엔/ 나는 이제 죽어져 은나라 현인 팽함이 계신 곳 찾아가리라.

이렇게 죽음을 결심한 굴원은 영국의 여류작가 버지니아 울프처럼 주머니에 돌을 가득 집어넣고서 멱라강 안으로 뛰어들었다. 우연인지 그녀가 죽은 나이와 똑같은 59세였다. 2300여 년 전, 5월 5일의 일이다.

지금도 초나라 사람들은 5월 5일이 되면 쭝즈라는 떡을 만들어 먹고, 뱃놀이를 하는 풍습이 있다. 억울하고 비통하게 죽은 굴원을 애도하면서 그들이 대나무 통에 쌀을 담아 강물에 던지는 뜻은 교룡에게 그걸 먹고 굴원의 시신을 다치게 하지 말아달라는 염원에서라고 한다. 지금도 대만에서는 그가 죽은 단오날을 시인절로 정하여 갖가지 문학 행사를 벌이며 굴원의 시정신을 문학적 지표로 삼고 있다고 한다. 그의 시문학 정신은 단오날이 되면 시인절로 거듭 태어나, 해마다 면면히 이어져 내려오고 있다.

그의 무덤은 옥사산의 동북쪽 열녀령에 있다고 한다. 하나 어떤 학자들은 멱라산에 있는 12개의 전국시대 고총 가운데 하나가 굴원의 무덤이라 주장하기도 하고 또 어떤 학자들은 그의 투신자살에 근거하여 아예 무덤은 없노라는 주장을 펴기도 한다. 또 한편으로는 망자의 의관을 두는 의관총일 거라는 가능성이 높다는 것이다. 그러나 이 또한 확실치 않았다.

굴원의 사당은 옥사산에 있었다. 옥사산 초입에 들어서니 '탁영교(濯纓橋)'가 있고 굴원사 왼편의 정자 이름은 '독성정(獨醒亭)'이었다. 이는 모두 굴원의 〈어부사〉에서 가져온 낱말들이다.

〈어부사〉에서 그는 이렇게 쓰고 있다.

굴원은 말한다. 새로 머리 감은 자는 반드시 관(冠)을 털고, 새로 몸을 씻은 자는 반드시 옷을 떨쳐서 입는다. 어찌하여 맑고 밝은 몸이 더러운 물건을 받아들일 수 있겠는가. 차라리 상류(湘流)에 달려가 고기의 배에 장사 지낼지언정, 어찌하여 결백한 몸에 세속의 진애를 뒤집어쓰겠는가?

이 구절에서 그의 익사는 이미 계획되고 있었다. 어부가 이에 빙그레 웃으며 뱃전을 두드리며 노래해 가로되

창랑의 물이 맑으면 내 갓 끈을 씻고,
창랑의 물이 흐리면 내 발을 씻음이로다.

滄浪之水淸兮, 可以濯吾纓
滄浪之水濁兮, 可以濯吾足

인구에 널리 회자되는 〈창랑가〉다. 그리고 '탁영교'의 근원지이기도 하다.

성인은 사물에 구애되지 않고 능히 세상과 더불어 추이를 같이할 수 있건만 그는 너무도 결백해서 그렇게 할 수가 없었던가?

'차라리 죽고 말겠다'는 자살의 뜻은 그의 여러 문학 작품 가운데에 자주 나타나고 있었다.

〈회사(懷沙)〉, 즉 '돌을 품에 안다'라는 시의 끝 구절이 그것이다.

세상이 혼탁하여 날 알아주는 이가 없고, 사람의 마음 일깨울 수 없어라. 죽음 피할 수 없음을 알고, 애석히 여기고 싶지 않아라. 분명 세상 군자들에 고하노니 나는 그대들의 본보기가 되리라.

이것이 바로 그가 죽고자 한 뜻이었다.

내 죽음을 애석히 여기고 싶지 않아라….
나 그대들의 본보기가 되리라.

願勿愛兮 明告君子 吾將以爲類兮.

이 대목을 크게 소리 내어 읽어 본다. 이 시로써 그는 절필하며, 불의에 굽히지 않는 본보기가 되려고 스스로 죽는다고 말했다. 살신성인의 본보기가 된 것이다.

이백은 "굴원의 시가는 해와 달같이 높이 하늘에 걸려 있고, 초나라왕의 누대는 일찍이 황량한 언덕이 되었다"고 영탄해 마지않았다. 또 사마천은 《사기》에서 굴원의 《이소》는 "일월과 그 빛을 겨룬다"고 극찬을 아끼지 않았다. 그후 굴원의 문학은 망국을 슬퍼하는 여말의 선비들에게 많은 영향을 미쳤고 특히 목은 이색, 야은 길재, 포은 정몽주 등우국 충정한 신하들에게 사랑을 받았다. 뿐만 아니라 고대 중국의 남방문학을 대표하는 그의 《이소(離騷)》는 그냥 《이소》가 아니라 《이소경(離騷經)》또는 《이소전(離騷傳)》이라고 불리웠다. 그래서 '초사' 하면굴원이요, '굴원' 하면 이내 '초사(楚辭)'를 떠올리게 된다. '초사' 속에 영원히 살아 그는 지금도 우리 곁에서 살아 숨쉬고 있다. 인생은 짧지만 예술은 길다는 말이 이를 두고 한 것일까.

초나라 임금의 누대는 일찍이 황량한 언덕이 되었지만 굴원의 시가는해와 달같이 높이 하늘에 걸려 있다고 이백 시인께서도 증명하셨으니
굴원 시인이시여!
이제야말로 '회사'의 맺힌 그 마음 다 푸시고 영면에 드소서.
묵념 속에서 그렇게 기원했다.

내 한 집 무너지고, 내 한 몸 얼어 죽은들 어떠리
– 두보

중경에서부터 연착된 밤 비행기는 자정 무렵이 되어서야 우리를 사천성의 도읍지 성도(成都)에 내려놓았다. 사천성은 삼국 시대 촉한의 땅이다. 유비와 조조와 손권이 패권을 두고 다투던 역사의 현장. 우리는 1800여 년 전 《삼국지》의 무대로 들어선 것이다. 이곳에서의 일정은 제갈공명의 사당인 무후사와 망강루 공원에서 여류 시인 설도를 만나 본 다음 두보가 4년 간 머물렀다는 완화계 초당을 찾아보는 일이었다.

평생 두보(杜甫 712–770)만큼 불운한 사람이 다시 또 있을까? 궁핍과 좌절과 질병으로 얼룩진 그의 생애는 단 한번도 꽃을 피우지 못했다. 두보는 자기 글이 다른 사람을 감탄시키지 못하면 죽어서도 편치 못하겠다고 하면서 시의 한 자 한 구절에 매달려 최선을 다한 사람이었다. 시성(詩聖)이라 일컬어지며 위대한 우국(憂國) 시인이었건만 운명의 신은 철저히 그의 편이 아니었다. 그는 어려서부터 행복하지 못했다. 가난한 집에서 태어났고 몹시 약한 체질을 타고났다. 일찍 어머니를 여의고 배다른 여러 형제들과 함께 고모 밑에서 자랐다. 과거에서는 낙방만 거듭하고 마흔 살에 주어진 직책은 겨우 집현전 대제라는 말직이었다. 그나마 폐병 때문에 지속하기가 어려웠고, 마흔네 살에 하서현위에 임명되나 그는 부임하지 않았고 정처 없는 유랑의 길에 오른다. 다시 마흔여섯 살에 좌습유라는 낮은 직위가 주어졌으나 이때 재상이던 방관을 변호하다가 곤욕만 치르게 되고 '안사의 난' 때는 반란군에게 잡혀 심한 고초까지 당한다.

마흔여덟 살에 화주로 쫓겨난 두보는 그 후 10년 동안 표박하는 몸으로 전국 각지를 떠돌며 병고와 궁핍에 시달려야 했다. 지병인 학질과 폐병 이외에도 중풍 때문에 오른손이 마비되고 당뇨로 인한 합병증으로 눈도 잘 보이지 않았으며, 귀도 잘 들리지 않았다. 엄무라는 사람의 추천으로 절도참모 검교공부원외낭에 임명되나 신병으로 공무를 감당할 수 없게 되자 사퇴하고, 다시 배를 타고 양자강을 따라 떠내려갔다.

두보는 아무 계책도 없이 759년에 성도의 서쪽 교외로 들어왔다. 그리고 완화계(浣花溪) 근처에 있는 절 옆에다 행장을 풀었다. 복공(復空) 스님의 도움으로 완화계반의 늪을 한 묘쯤 얻어 개간한 뒤 커다란 굴거리나무 아래 띳집을 짓고 스스로 초당(草堂)이라 불렀다. 〈복거(卜居)〉〈촉상(蜀相)〉〈한별(恨別)〉〈이백을 그리며〉〈가을 태풍에 띳집을 날리고〉〈강촌(江村)〉… 등 260여 편의 시를 이 초당에 머물면서 썼다. 이곳은 그의 작품 가운데 결정

전소무가 조각한 두보상(像)

적인 명작의 산실이기도 하다.

40여 년 전이던가, 어느 해 여름 방학이었다. 나는 당시(唐詩)에서 "청강일곡 포촌류(淸江一曲 抱村流) / 장하강촌 사사유(長夏江村 事事幽)"로 시작되는 두보의 시 〈강촌〉을 골라 책상 앞에 붙여 두고 눈앞에 그려지는 수묵화 속으로 즐겨 들어가 앉곤 했었다. 강물에 안기어 조는 듯 한가로운 마을. 긴 여름 한낮의 일 없음과 처마 밑을 들락거리는 제비 떼. 물에는 몇 마리의 갈매기. 할멈은 종이 위에 바둑판을 그리고, 아이 놈은 바늘을 두드려 낚시를 만들고 있는데 그 옆에 우두커니 앉아 있는 시인은 말한다.

"내 아무 바라는 바 없다. 그저 약물이나 좀 먹었으면 한다."

한가로운 여름 한낮의 풍경화는 피서를 떠나지 못한 나에게 위안이 되었다. 그때는 두보의 신병에 대해 잘 알지 못했던 때라 '아무 바라는바 없이 그저 약물이나 좀 먹었으면 한다.'는 말조차 보통으로 생각했던 것이다. 그건 불찰이었다. 반드시 낫기를 바라고 먹겠다는 약물이 아니었다. 생사에서 한 걸음쯤 비켜난 담담한 심중의 표현이 아니었나 생각된다.

어느 해 가을, 몹쓸 태풍이 이곳을 휩쓸고 지나갔다. 두보는 비장한 시를 토해냈다.

천만 칸 되는 고대광실을 짓고서
온 천하 가난한 선비들이 환한 얼굴로 모여
몰아치는 비바람에도 산처럼 끄떡없이 살게 하리.
아! 그날이 와서 그 집이 우뚝 솟거든

〈강촌〉을 썼던 성도 완화계에 있는
두보초당.

내 한 집, 무너지고 내 한 몸 얼어 죽은들 어떠리.
― 〈가을 태풍에 띳집을 날리고〉의 끝 구절

그의 인간됨을 알게 하는 구절이기도 하다.

현판에 새겨진 '두보 초당'이란 흰 글씨를 읽고는 성큼 대문 안으로 들어섰다. 1,300여 년의 세월만큼이나 무성한 나무들이 하늘을 가리고 늠름하게 서 있다. 수령을 알 수 없는 나무들의 푸르름. 실개천이 흐르는 석교를 지나 돌계단을 오르니 본당 한복판에 두보의 동상(銅像)이 고즈넉하게 서 있다. 고뇌를 과장하지도 않은 평담한 얼굴이었다. 이곳에 와서 비로소 영일한 나날을 보낼 수 있었기 때문일까? 초탈한 의연함이 성스러움으로까지 번져 온다. 중국 최고의 조각가 전소무(錢紹武)의 작품이다. 단정히 꿇어앉은 것은 마음에 한 점 누추함이 없는 유가정신의 표상이며 한평생 놓지 않은 시 위에 마르고 긴 손가락을 겹쳐 놓았다. 두보의 초상은 대체로 편치 못한 형용, 비쩍 마른 고고(枯槁)한 모습이 대부분이었다. 이백이 "묻노니 어찌하여 그다지 말랐더뇨?" 하고 두보에게 묻자 "다만 시 짓는 괴로움 때문이라"고 그는 답했다고 한다.

태풍이 쓸고 간 두보의 보금자리에 세워진 단아한 띳집은 대나무 그늘과 운치 있게 조화를 이루고 있었다. 지금의 두보 초당은 울창한 나무숲으로 잘 가꾸어진 300묘의 넓은 땅에 본당과 시사당(詩史堂) 공부사, 비정, 수함, 진열관, 기념관 등을 거느린 채 국가의 중요 문물로 대접을 받고 있지만, 당시의 초당은 몹시 검박하였으리라. 나는 그의 시를 빌려와 소박한 두보의 초당을 머릿속에서 복원해 본다.

> 잠자리 떼들이 줄지어 아래위로 날아다니고
> 물닭 한 쌍이 짝을 지어 떴다 잠겼다 노니네,
> 동편 만리교로 가서 흥을 돋으며
> 다만 산음으로 흘러가는 작은 배를 띄우고저
>
> — ≪복거≫에서

이 같은 안락도 그에게는 고작 4년뿐이었다. 두보를 후원해 주던 엄무가 죽고 성도가 혼란에 빠지자 그는 가족을 배에 태우고 다시 장강을 따라 떠돌게 된다. 운안을 거쳐 기주에 온 것은 그의 나이 55세 때의 일이다. 백제성에서 2년 간 머문 것은 실로 온전한 그의 뜻이 아니었다. 하지만 문학의 신은 먼저 고통을 준 다음 그 대가로 진주 같은 시를 약속했던 모양이다.

성도에서 밤기차를 타고 중경역에 내린 것은 다음날 아침 8시. 부둣가에서 기다리고 있는 장강천사 엔젤호를 탔다. 일엽편주로 만년에 표랑하던 두보의 자취를 따라가 보고 싶어서다.

우리 일행은 장강을 따라 백제성에 당도했다. 이른 아침부터 비가 조금씩 뿌리기 시작했다. 배에서 내주는 우산을 받쳐들고 정상을 향해 올랐다. 가파른 언덕길에 제비집처럼 매달린 두보의 서각(西閣). 그 왼편에 파초잎을 배경으로 한 두보 소상이 멀리 기문 쪽을 향해 서 있다. 생전의 모습일 듯하다. 처음에 두보는 객당(客堂)에서 머물다가 가을에 이곳으로 옮겼다. 기문의 서북쪽 벼랑 위에, 마치 제비 둥지 같은 서각에 깃들어 약 2년 동안에 그는 무려 440수나 되는 시를 쏟아내었다.

이는 두보 전 생애의 작품 중, 삼분의 일에 해당한다. 〈추

두보서각. 백제성의 깍아지른 벼랑에 집을 짓고 〈추흥8수〉등 불휴의 명작을 쏟아냈던 현장.

흥(秋興)〉 8수 등을 비롯해 〈등고〉 〈백제성에 올라〉 〈늙은 측백〉 등 불후의 명작을 쏟아 낸 곳이 바로 이곳이다.

가까이에 있는 백제성 영안궁에 들려 〈유비탁고도〉를 보았다. 유비가 임종의 자리에서 제갈공명에게 아들의 뒷일을 부탁하던 탁고당을 지나 뒤뜰로 빠지니 공명이 별자리를 관측했다는 '관성정(觀星亭)'이 나왔다. 전략을 세우기 위해 밤마다 여기에 나와 기상관측을 하던 그의 고충이 잠시 헤아려진다. 제갈공명 못지않게 우국충정했던 두보의 시가 석탑에 새겨져 있었다.

찬 이슬 내려 단풍은 물드는데　　　　　玉露凋傷楓樹林
쓸쓸한 무산(巫山)의 골짜기를 가면　　　巫山巫峽氣蕭森
강물결 일어 하늘에 치솟고　　　　　　江間波浪兼天涌
변방을 어둡게 뒤덮는 구름.　　　　　　塞上風雲接地陰

또 국화는 피어 다시 눈물 지우고	叢菊兩開他日淚
배는 매인 채라. 언제 고향에 돌아가랴.	孤舟一繫故園心
이제 추위가 오리라.	寒衣處處催刀尺
백제성을 흔드는 다듬이 소리. 다듬이 소리.	白帝城高急暮砧

— 〈추흥 1〉

시인 이원섭 씨의 이 번역을 나는 좋아한다. 35년 전인가 노산 이은상 선생의 합죽선에서 본 글귀도 바로 이 시구였다. 그토록 애송하던 시의 현장이라니 어찌 감회가 일지 않을 수 있겠는가.

160리 길이에 깎아지른 무협의 골짜기. 강물결은 치솟아 하늘에 닿고, 변방의 풍운은 땅에 접해 있으니 그 처참함이 어떻다 하겠는가. 그때에 매여 있어 떠나지 못하는 외로운 배 한 척. 그 고주일계(孤舟一繫)는 고향을 그리는 바로 두보 자신이었으리라. 두보가 세상을 떠나기 4년 전에 쓴 작품이다.

두보는 백제성에서 배를 타고 구당협을 빠져 나왔다. 험준한 삼협을 지나 형양에 도착하였으나 반란이 일어나 세상은 어지러웠다. 생활을 유지할 수 없어 겨울에 가솔을 이끌고 호북공안을 출발하여 악양으로 향했다. 낡아빠진 배 안에서 겪는 추위는 감당키 어려웠을 터. 뱃전에 부서지는 칼바람을 맞으며 두보는 그대로 물 위에 떠 있었다. 눈을 감고 그 장면을 떠올려본다.

그가 동정호 나루에 닿은 것은 눈이 펄펄 내리는 어느 겨울날 오후였다. 우리가 악양에 닿은 것은 초겨울 석양 무렵이었다. 악양루의 폐문 시간에 걸릴까봐 우리들이 조바심을 치자 가이드가 몇 번이나 그곳 사람들과 통화를 했다. 폐문 시간이 지났는데도 문을 닫지 않고 우리를 기다려 주었다. 악양루는 석양에 보는 것이 더욱 좋다는 허세욱 교수의 말씀은 단지 우리를 위로하기 위한 것만은 아니었다. 황금빛 투구 모양의 지붕과 함께 악양루는 눈부신 일몰의 광휘로 빛나고 있었다. 우리 앞에 펼쳐진 동정호는 황금 물결로 부서지고 있었다. 악양루는 본래 수군을 사열하던 열군루였다. 악양시가 오나라 통치하에 있을 때 수전(水戰)의 요충지였으므로 동정호에 그 누각을 세웠다는 것이다. 이백, 두보, 백거이, 유우석 등 유명한 시인들이 이곳을 찾아와 많은 불후의 명작을 남겼던 현장이다.

눈앞의 동정호에서는 흰 눈이 펄펄 쏟아져 내린다. 거기 초췌한 시인 두보가 서 있다.

두보는 아들 종무에게 악양루에 올라가 보고 싶다고 말한다. 아들의 부축을 받고, 힘겹게 올랐을 두보를 그리며 악양루 누각의 3층 계단을 따라 천천히 올라가 보았다. 눈 아래 일망무제로 펼쳐진 동정호는 범중엄의 말이 아니더라도 그야말로 호호탕탕하다. 수천일색(水天一色)이라더니 과연 하늘과 물은 한 빛깔이었다. 두보는 그곳에 서서 무엇을 바라보았을까? 나도 한참을 그곳에 서 있었다. 악양루의 2, 3층은 사방을 둘러볼 수 있는 회랑이었다. 2층 벽면에는 범중엄이 지은 〈악양루기〉가 장조의 글씨로 걸려 있고 다른 목각과 서화도 전시되어 있었다.

나는 두보의 시 〈악양루에 올라(登岳陽樓)〉를 떠올리며 잠시 그의 심정이 되어 보고자 했다.

오랜전에 동정호에 대하여 들었건만	昔聞洞庭水
이제야 악양루에 오르게 되었네	今上岳陽樓
오와 초는 동쪽 남쪽 갈라 서 있고	吳楚東南折
하늘과 땅이 밤낮 물 위에 떠 있네	乾坤日夜浮
친한 친구에게조차 편지 한 장 없고	親朋無一字
늙어 가며 가진 것은 외로운 배 한 척	老病有孤舟
싸움터의 말이 아직 북쪽에 있어	戎馬關山北

① 청두의 초당에 있는 두보 동상
② 두보의 공부방

난간에 기대어 눈물만 흘리네　　　　　憑軒涕泗流

하늘도 땅도 주야에 떠 있는데(乾坤日夜浮) 자신은 늙어 병든 채 일엽편 주로 떠 있다.(老病有孤舟)고 하는 구절이 특히 가슴을 울렸다. 동정호를 바라보며 가까이 다가오는 자신의 죽음을 느끼고 서 있는 두보의 가슴에 어찌 엉겨드는 회한이 없었으랴.

황금색으로 빛나는 노란 투구 모양의 지붕을 인 3층 누각, 이 악양루 는 건물로서가 아니라 사실 두보와 범중엄이 쓴 문장으로 해서 인구(人 口)에 회자하게 되는 것이리라. 인생은 짧고 예술은 길다는 말은 그러므 로 허사(虛辭)가 아니었다.

악양루를 빠져 나와 마당 한쪽의 계단을 내려서니 안내문에 나와 있는 대로 '회보정(懷甫亭)'이 자리잡고 있다. '두보를 생각하는 정자'라는 이름 의 이 회보정은 1962년 두보 탄생 1250주년을 기념하여 세운 것이라 한 다. 정자 안에는 두보의 초상과 그의 시 〈등악양루〉를 새겨놓은 비석이 보인다. 내려 쌓인 백설로 천지는 온통 새하얀데 두보는 당시 이 회보정 길을 따라 돌아와 차가운 배 바닥에 다시 몸을 뉘었던 것이다. 그는 1년 반의 세월을 이렇게 떠돌았다. 악양을 떠나 장사를 거쳐 형양에 이르렀으나 친구이던 형양자사는 이미 죽고 없었으니 다시 뱃머리를 돌려야만 했다. 안주할 곳 없어 가솔을 이끌고 형양으로 가다가 그는 중도에서 큰 비를 만났다. 상강을 벗어나지 못하고 담주 장사(長沙)에서 소상강을 거슬러 악양으로 오는 배에서 두보는 덜덜 떨고 있었다. 뼈에 스미는 한기. 누더기 옷을 걸친 채 끝내 일어나지 못하고 거기에서 눈을 감고 말았으니 그의 나이는 59세였다.

장사도 지내지 못한 두보의 관은 악양 산 속에 그대로 방치되어 있다가 43년이 지나 손자에 의해 고향땅 수양산 기슭으로 옮겨졌다. 낙양 근교의 산두촌(山頭村)에 측백나무로 빽빽하게 둘러싸인 두보의 묘에는 '두공부습유소릉 두문정공지묘(杜工部拾遺少陵杜文貞公之墓)'라는 긴 묘표가 새겨져 있다. 시인 원진이 쓴 묘계명(墓係銘)은 다음과 같다.

"시인이 있은 이래 아직 두보와 같은 이는 없다."

두보는 다병(多病)한 몸으로 평생 불우하였고, 난세에는 자식이 굶어 죽는 것마저 지켜보아야 했다. 그가 목도한 것은 오직 비참과 통탄뿐이었으나 이백처럼 현실에서 초탈하려 하지 않았고, 왕유나 도연명처럼 은둔하려 하지도 않았다. 가의(賈誼)처럼 현세를 포기하지도 않았고 다만 처해진 현실에 묵묵히 최선을 다하는 성실한 한 사람의 인간이었다. 피눈물로 최선을 다해 언제나 시를 쓰던 그는 참으로 시성(詩聖)이었다.

세상에 막다른 길이란 없다
- 노신(魯迅)

서울에서 상해까지 1시간 30분, 홍교 공항에 내린 것은 1999년 2월 21일 오후였다. '상해' 하면 풍전등화의 조국과 구국을 위해 애쓰던 대한민국 임시정부 요인들의 이름이 먼저 떠오른다. 해서 옛 프랑스 조계지였던 마당로(馬當路) 보경리(普慶里) 4호에 위치한 임시정부 청사를 먼저 찾았다. 낡은 목조건물의 삐그덕거리는 층계를 올라 전시실을 둘러보고는 참담한 심정으로 홍구공원으로 발걸음을 옮겼다. 윤봉길 의사의 거사 장소임을 알리는 초라한 석비(石碑) 하나가 외롭게 서 있다. 그래도 주변을 감싸고 흐르는 은은한 매화 향기만은 그의 아호

노신의 동상

매헌(梅軒)대로 선생의 높은 뜻을 말해 주는 듯하여 반가웠다. 매정(梅亭) 앞뜰에 서서 석양에 흩날리는 매화우를 보며, 한편 거리의 악사가 연주하는 호금 선율에 실린 여인의 노랫소리를 듣고 있자니 짐짓 쓸쓸한 나그네의 심사로 돌아가게 된다. 어차피 이곳은 타향이 아니던가. 잠시 객수(客愁)에 젖어 본다. 그리고 이곳에 연고된 윤봉길 의사와 노신 선생의 족적을 떠올려 본다. 국적은 달라도 애국 충민한 뜨거운 가슴만은 한 가지. 내 몸 안에서도 찌릿한 전류가 지나갔다.

중국문학 기행을 목적으로 한, 이번 나의 여행은 근대 중국문학의 비조라고 일컫는 노신(魯迅)의 무덤부터 찾고 싶었다. 홍구공원 정문에서 서북쪽으로 들어서니 저만치 노신의 동상이 보인다. 중국식 전통 의상 차림으로 등나무 의자에 편안히 기대앉은 사색에 잠긴 얼굴이다. 울창한 숲을 배경으로 한 동상의 좌대에는 '1881~1936'이라는 그의 생몰 연대가 적혀 있다. 동상 뒤에는 장방형의 평대가 있고 평대 바로 북쪽에 화강석으로 된 높이 5.8m, 너비 10.2m의 병풍식 묘비가 있다. 연한 아이보리색 묘비에 금색으로 쓴 여섯 글자. '노신 선생의 묘(魯迅先生之墓)'는 모택동의 친필이다. 묘비 아래에는 아이보리색 화강석으로 덮인 평면식 무덤이 있다. 마치 커다란 온돌 장판을 깔아 놓은 듯하다. 봉분은 생략된 채 나지막하게 묻힌 그의 무덤은 평소 소박한 평민으로 살고자 했던 그의 인품을 나타낸 듯했다. 무덤 좌우에는 두 그루의 송백나무가 서 있다. 그것은 실질적인 그의 처였던 허광평과 외아들 주해영이 심었다는 설명이 이어졌다.

고집불통이고 끈질기며, 반항과 투쟁의 화신이었던 노신을 가리켜 친구 전현동은 그를 올빼미라고 불렀다. 정신을 통일하여 냉정하게 앉아 있는 노신의 모습이 올빼미를 닮았다는 것이다. 장정황(張定璜)은 노신의

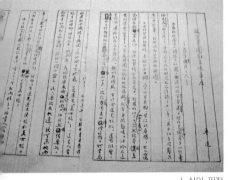

세 가지 특징에 대해 말하기를 그 첫 번째
는 냉정, 두 번째도 냉정, 세 번째도 역시
냉정이라고 했다. 그러나 좌대에 앉은 동
상의 모습은 아주 부드럽고 온화해 보인
다. 고통스러운 이승의 삶을 잘 마친 풍파
없는 지금의 그의 심정이 그럴지도 모르겠
다는 생각이다. 왜냐하면 그의 얼굴만큼이
나 강파르고 고달팠던 삶을 인내와 투쟁으
로 완성시켰기 때문이다.

　노신은 1981년 소흥(紹興)의 몰락한 지주 집안에 태어나 격동의 청 말
과 근세 초기를 살았다. 과로와 폐병으로 숨지기까지 그는 온몸으로 시
대의 고통과 애환을 겪으며, 민족의 생존과 독립자존을 위해 싸웠다. 수
천 년간 지탱해 왔던 봉건 왕조가 몰락하고 서방 제국의 침입을 받고
있던 당시 중국의 위기는 풍전등화와도 같았다. 국민들이 몽매한 상태에
빠져 있던 암흑의 시기에 그는 일본에 유학하여 센다이 의학 전문학교에
서 의학 공부를 하고 있었다. 어느 날, 수업 시간에 환등기로 세균의 상
태를 보았다. 수업이 끝나자 다른 환등 필름에서 보게 된 장면은 군대
내에서 정탐꾼으로 활약하던 중국인이 일본군에 발각되어 총살당하는
장면이었다. 그것을 지켜보는 중국인들은 아무런 동요가 없었다. 허수
아비 같은 중국인들. 화면을 보던 일본 학생들은 만세를 부르며 기세를
올렸다. '의학이란 중국 사회를 개혁하는 데 그리 긴요한 것이 못된다.
가장 중요한 것은 사람에게 정신을 갖게 하는 데 있다. 정신에 영향을
주는 것은 문학밖에 없다.' 그는 문학으로 결연히 뜻을 바꾸었고 ≪광인
일기≫와 ≪아Q정전≫ 같은 걸작을 써서 사회의 모순을 비판하고 민족

의 정신 개조와 각성을 촉구하는 데 앞장섰다.

　《아Q정전》의 주인공 '아큐'는 시골에서 날품을 파는 머슴이다. 홀몸으로 어느 절간에 기숙하면서 한 치의 땅도 없이 특유의 긍지와 위안으로 자아도취 속에서 살아간다. 소위 말하는 정신승리법이다. 돈키호테 같은 이 머슴 아큐는 주인집 아줌마에게 사랑을 고백했다가 몰매를 맞고 빈궁한 생활을 어쩔 수 없어 끝내는 좀도둑질까지 한다. 신해혁명이 일어나자 그는 혁명에 대한 아무런 인식도 없이, 다만 돈을 지닌 부자와 지체 높은 벼슬아치가 싫어서 혁명에 가담하여 부질없이 날뛰다가 결국 낭패로 끝이 나고 아큐는 무고하게 절도범이 되어 혁명정부의 일벌백계의 희생양이 됨으로써 막을 내린다는 이야기다.

　《광인 일기》의 주인공 쿵이지는 신경이 날카로워져 주위의 모든 것에 강한 의심을 품기 시작한다. 밤하늘에 떠 있는 차고 흰 달을 보면서 조가네 사나운 개의 눈빛을 의심하고, 길을 걸어가는 조귀옹의 기괴한 얼굴과 사람들이 모여 수군거리는 입의 모양을 보고 낭자촌의 소작인이 말했던 '사람이 사람을 잡아먹는' 이야기를 연상한다.

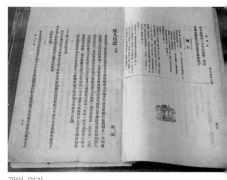
광인 일기

광인은 자신이 처한 사회 전체를 '사람이 사람을 잡아먹는' 사회로 보았고, 그 사회의 역사는 '사람이 사람을 잡아먹는' 역사로 생각했다.

　　그 역사에는 연대가 쓰여 있지 않았으나, 페이지마다 '인의도덕(仁義道德)'이라는 글자가 비뚤비뚤 쓰여 있을 따름이었다. 나는 잠이 오지 않아 한밤중까지 자세하게 살펴보았는데, 글자 사이사이에 또 다른 글자가 보였다. 책 여기저기에 온통 '사람을 잡아먹는대(吃人)'는 두 글자가 쓰여 있었다.

이 부분은 ≪광인 일기≫에 나오는 유명한 문장이다.

봉건 통치자들은 '인의도덕'이라는 허울 좋은 말 아래 수많은 백성을 갈취하고 혹사시켰다. ≪광인 일기≫는 사람을 잡아먹는 봉건제도에 대해 강렬한 분노를 표현했을 뿐만 아니라 미래의 새로운 사회에 대한 무한한 희망과 동경을 나타낸 것이기도 했다. 노신은 소설 속에서 "앞으로는 사람을 잡아먹는 사람이 버젓이 살아가도록 허락하지 않을 것"이며 미래 세계는 '진정한 사람들'만의 세상이 될 것이라고 예언한다. 그리하여 그는 마음이 순결하고 미래를 담보할 아이들에게 희망을 걸었으며, 소설의 마지막에서 '아이들을 구하라'고 소리 높이 외친다. 그는 자신의 삶이 중국 민족의 미래, 청년들에게 새로운 세상을 만들어 주기 위해 하나의 징검다리가 되어 주는 것. 그리고 역사의 발전 과정 중에서 자신의 소임을 중간물로서 인식한 노신은 "젊은 후진들이 사다리를 밟고 더 높이 오를 수만 있다면 우리들이야 아무리 밟힌들 무슨 원한이 있겠느냐?"라고 말한다. 노신의 청년 사랑 정신은 그가 떠난 지금 중국의 각 학교나 교육기관에 '대중의 비난은 사나운 눈으로 차갑게 대하지만, (橫眉冷對千夫指) 아이들을 위하여선 머리 숙여 기꺼이 소가 되리 (俯首甘爲孺子牛)'라는 문구로 남아있다.

그가 세상을 떠났을 때도 실질적인 아내 허광평(許廣平)은 '헌사'에서 이 대목을 언급했다.

노신 선생님, 슬픔이 모든 것을 뒤덮어 버리고, 당신의 죽음 앞에서 우리들은 모든 말을 잃었습니다. 당신은 저에게 이렇게 말씀하신 적이 있습니다. "나는 소 같은 놈이다. 입에 넣는 것은 풀이고, 짜내는 것은 젖과 피다."라고. 당신은 "휴식이 뭔지, 오락이 뭔지 모른다."고도 말씀하셨습니다. 항상 일만 하시고, 돌아가시기 이틀 전까지 붓을 들고 계셨던 당신.
지금… 우리들은 언제나 어디까지나 당신 뒤를 따르겠습니다.

허광평은 북경여자 사범대학 국문과 3학년 학생이었고 노신은 그 대학에서 중국문학사를 강의하던 교수였다. 노신의 조강지처 주안(朱安)은 노모를 모시고 고향을 지키고 있었다. 작은 키에 빈약한 몸매의 그녀는 여자로서는 너무도 매력이 없었으나 노신은 어머니의 주선으로 마련된 결혼식을 뿌리치지 못했다. 그는 결혼식 날, 변발의 가발을 쓰고 붉은 수실이 달린 차양이 없는 둥근 모자를 썼다. 당시 신부는 가마를 타고 시집의 문을 지나가는 것이 관습이 있었다. 신부는 친정에서 만들어 준 큰 무늬의 자수를 놓은 형겊 신발을 신고 가마를 타고 문을 통과해 들어왔다. 그런데 도착한 가마의 발이 올려지자마자 신부가 신고 있던 그 형겊 신발이 굴러 떨어졌다. 신부는 전족을 하고 있었던 것이다. 주안의 형겊 신발이 굴러 떨어지는 것을 본 어떤 노인은 '흉조'라고 중얼거렸다.

노신은 약혼 후 신부집에 전족을 하지 말 것과 학교에 보내 신학문을 공부시킬 것을 주문했다. 그러나 처가는 그의 말을 따르지 않았다. 그들의 결혼식은 형식상의 결혼이요 노신은 고향을 떠나 객지에서 늘 혼자 겉돌았다. 그가 허광평을 만난 것은 46세 때였고 아들을 낳은 것은 48세 때였다. 상해에서 얻었다 하여 이름을 해영(海嬰)이라고 했다. 북경에서 상해에 온 지 2년 뒤인 1929년 9월 29일에 허광평은 사내아이를 낳았던 것이다. 그러나 노신은 아이를 원하고 있었던 것은 아니었다. 장남으로서 대를 이어 어머니에게 손자를 안겨 드리는 기쁨보다는 인생고에 대한 본질적인 깊은 회의가 더 컸기 때문이었다.

나는 본래 2세를 갖지 않는다는 것을 신조로 삼아 왔습니다만, 주의를 하지 않았기 때문에 아이가 생겨 버렸습니다. 이 아이의 장래를 생각하면 언제나 슬퍼집니다. 그러나 이렇게 된 이상 어쩔 수가 없습니다. 장길의 시에도 있듯이 자신이 낳았다면 모름지기 스스로가 양육할 무거운 짐을 지고

문을 나서는 것입니다. 한층 더 고생을 견뎌 내고 자식의 소(牛)가 되는 수밖에 없습니다.

— (리병중에게 보낸 편지, 1931. 4. 15.)

그리하여 교육기관이나 학교 앞에 세워진 '소'의 동상은 바로 노신의 청년 사랑에 다름아니었다. 그는 풀을 먹고 젖과 피를 짜내는 소가 되는 수밖에 없다고 생각하였다. 그리고 여러 글 가운데서 그는 자신의 에세이를 통칭하여 그것을 '삶의 흔적이요 상처'라고 했는데 그에게 인생은 늘 고동으로 인식되었던 것이다.

"지금은 한해의 마지막 깊은 밤, 이제 이 밤도 깊어져 다해 가려 한다. 나의 생명은, 적어도 그것의 일부분은 이미 이러한 무료한 것들을 쓰는 가운데 소모되어 버렸지만, 내가 얻은 것이라고는 내 영혼의 황량함과 거칠어짐뿐이다. 그러나 나는 결코 이러한 것을 두려워하거나 기피하지 않으며 감추려고도 하지 않는다. 뿐만 아니라 사실은 그것을 얼마간 아끼기까지 한다. 왜냐하면 그것은 모래바람 속을 뒹굴며 살아온 내 삶의 흔적, 상흔이기 때문이다. 아마 자신이 모래바람 속을 뒹굴며 살아가고 있다고 생각하는 사람이라면 그 뜻을 알 것이다."

그는 인생의 상흔까지도 쓰다듬고 또 얼마간은 아끼기까지 했다. 그러나 지금도 글을 쓰려고 하면 젊은이들에게 해를 입힐까 그것이 두려워 질질 끌면서 감히 붓을 들지 못한다고 했다.

나에게는 샘물처럼 솟아나는 사상이나 위대하고 화려한 문장이라고는 전혀 없다. 선전할 만한 주의도 없고 또 무슨 운동을 발견하고 싶지도 않다. 그렇지만 크든 작든 나는 실망 때문에 쓰라림이란 것을 맛본 적이

노신
노신의 묘

있다. 몇 년 사이 내가 붓을 들어주기를 희망하는 사람이 있기만 하면…
애써 몇 구절 긁적거림으로써 나를 찾아온 사람에게 보잘것없는 기쁨이
나마 안겨 주려고 노력하였다. 인생이란 얼마나 고통스러운 것인가?

그의 육성이다.

죽기 이틀 전에도 번역집 〈소련작가 칠인집〉에 서문을 잘 써 주었다.
그는 매순간 최선을 다해 살았다. 옛날 월나라 왕 구천(句踐)이 와신상담
을 해서 되찾았다는 땅 소흥, 토지는 비옥하고 산자수명한 그곳에서 노
신은 태어났다. 조부 주개부(周介孚)는 진사에 급제하여 한림원 서길사로
있었다. 노신의 어린 시절은 비교적 유복했다. 그러나 조부가 과거 시험
의 부정 사건에 연루되어 투옥된 후 설상가상으로 부친마저 병석에 눕게
되니 하루아침에 그의 집안은 빈한한 가정으로 몰락하고 만다. 각혈을
하는 부친을 치료하기 위해서는 큰돈이 필요했다. 장남이었던 노신은
13세에서 17세까지 몇 년간 전당포와 약방을 들락거리지 않을 수 없었
다. 키보다 높은 전당포 창구에 옷가지나 장식품을 맡기고 모멸에 찬

돈을 빌리고, 약방에서 부친의 약을 받아다 날랐다. 아버지는 결국 37세의 젊은 나이로 세상을 떠나고 말았다. 노신의 나이 불과 15세였다. 학비 때문에도 그는 어려서부터 많은 고초를 겪었다. 학비가 면제되는 학교를 찾아다녀야 했다.

여동생이 태어나자마자 죽는 것을 보아야 했던 것은 7세 때였고, 12세 때 조부가 투옥되자 그해 겨울 성 밖에 있는 외가의 친척집에 맡겨져 거지라는 말까지 듣게 된다. 노신은 이러한 일들이 평생토록 마음에 새겨져서 남의 어려운 일을 절대 외면할 수 없었노라고 했다. 13세 때는 그가 몹시 따르던 고모가 출산 중 사망했고, 15세 때는 부친의 죽음. 또 이태 후 막내 동생이 급성 폐렴으로 사망하게 되자 의사가 될 것을 결심했다. 그는 숨어서 우시는 어머니의 슬픔을 지켜보아야 했다.

가엾은 그의 어머니 슬하에는 5남매 중 셋만 남게 되는데 바로 밑의 아우가 수필가로 유명한 작가 주작인(周作人)이고, 넷째 동생은 생물학자가 된 주건인(周建人)이다. 노신의 본명은 주수인(周樹人). 노신(魯迅)이라는 필명은, 한 여성으로서 '어머니'라는 존재 이상으로 존경하고 사랑했던 그의 어머니 노서(魯瑞)의 성을 딴 것이다. 그는 동생 주작인과 함께 북구와 동구의 현실주의 작품들을 번역하여 〈역외소설집〉 두 권을 간행하였으나 책이 팔리지 않은 것은 물론, 창고에 불까지 나 책이 모두 불타버리고 말았다. 강인한 노신은 절망적인 상황에 처할지라도 쉽게 좌절하지 않았다. 세상이 아무리 절망스러워도 그는 '막다른 길'이란 존재하지 않는다고 굳게 믿고 있었으며 가시덤불 길을 스스로 헤쳐 나갔던 사람이었다.

인생의 긴 길을 걸어 나가노라면, 두 개의 큰 난관에 봉착하기 쉽지요, 그 하나는 기로(岐路)입니다. 전해 내려오는 말에 의하면 묵자(墨子) 선생은 기로를 만나서는 통곡하면서 되돌아갔다고 합니다. 그러나 나는 울지도 않고 되돌아서지도 않을 것입니다. 먼저 기로에 앉아서 잠시 쉬거나 한잠 자고 나서 갈 만하다고 생각되는 길을 선택하여 계속 걸어갈 것이오. 혹시 진실한 사람을 만나면 그에게 음식을 얻어 요기를 할지는 모르나 길을 묻지는 않을 것이오. 그 역시 모를 것이라고 생각되기 때문이지요. 만약 호랑이를 만나면 나는 나무 위로 기어 올라갈 것이오. 그놈이 기다리다 못해 배가 고파 가버린 다음에 내려올 것이오. 만약 그놈이 가지 않으면 나 자신도 나무에서 굶어 죽을 것이오. 그러나 먼저 나를 나무에 비끄러매어 놓아 죽은 후라도 내 시체가 그놈에게 먹히지 않게 할 것이오. 그런데 만약 나무가 없다면? 그러면 방법이 없지요. 그놈에게 잡혀 먹히는 수밖에. 그러나 그때에도 그놈을 한 입 물어뜯고 죽을 것이오. 둘째는 '막다른 길'이오. 듣자 하니 완적(阮籍) 선생도 막다른 길에서는 한바탕 울고 돌아가셨다고 합니다. 그러나 나는 기로에서 하던 방법대로 뛰어들어가 가시덤불 속을 좀 걸어 갈 것이오. 그런데 나는 아직 완전히 가시덤불뿐이어서 전혀 걸어갈 수 없는 곳을 만나보지 못하였소. 세상에 이른바 막다른 길이란 것이 없는 것인지 아니면 다행히 내가 아직 만나지 못한 것인지는 알 수가 없소.

— 〈두 곳에서의 편지〉에서

그의 강인한 의지를 엿보게 하는 대목이다. 심지어 작중 인물 '아큐'는 형장으로 끌려가면서도 '사람이 천지간에 살아가는 이상은 때로는 목을 잘리는 경우도 있다'라고 생각한다. 죽음조차 이처럼 의연하게 받아들이는 것은 세상의 고통을 많이 보아 온 사람만의 달관적인 태도가 아닐까.

언젠가 그는 사후의 영혼이 존재한다는 것을 믿지 않는다고 했다. 다만 그는 자신의 글 또한 역사와 더불어 빨리 사라지길 원한다고 했다.

나 자신만을 위하여, 벗과 원수. 사람과 짐승, 사랑하는 사람과 사랑하지 않는 사람을 위하여, 나는 이 들풀(자기의 글)의 죽음과 썩음, 그것이 빨리

도래하기를 희망한다.… 가거라. 들풀이여.

- 〈들풀〉서문

　노신은 죽음과 썩음이 빨리 도래하는 것, 그것이 들풀, 곧 자신의 글이
글로서의 시대적 역할과 의미를 다했다는 징표가 될 것이라고 생각했다.
무릇 생명은 이 시대의 발전과 더불어 사라지고 없어져야 한다는 것이
그의 철학이었다. 55년, 노신의 생애는 과연 중국의 장래를 위한 사다리
였으며, 꺼지지 않는 민족의 등불이었다.

　1935년 이후부터 노신의 건강은 눈에 띄게 나빠졌다. 상해에 와 있던
폐병 전문가인 미국인 의사는 "매우 위험하다. 유럽 사람이 이 지경이
되었더라면 아마 5년 전에 죽어 버렸을 것이다."라고 말할 정도였다.
1936년 10월 18일, 호흡곤란으로 애쓰다가 19일 새벽 5시 25분에 결국
숨을 거두고 말았다. 이날 오후 3시, 만국빈의관으로 옮겨졌고 20일 아침
부터 조문객을 받았다. 노신의 시신에는 갈색 두루마기가 입혀졌다.

　1936년 10월 22일 오후 1시 50분. 노신의 시신은 청년작가 수십 명의
운구로 영구차에 실렸다. 인산인해를 이룬 상해 시민들의 애도 속에서
만국공묘를 향해 떠났다. 흰 천에 '민족혼'이라 쓴 만장으로 영구를 덮어
하관하였다. 모택동은 그를 '중국문화혁명의 위인'이라고 칭송했다. 그
리고 만국공묘에 묻혀 있던 그를 상해의 그 유명한 홍구공원으로 이장하
게 하고 공원의 이름까지 노신공원으로 개명하였다. 홍구공원이 아니라
그러니까 우리는 노신공원 안에 서 있는 것이다.

　그날의 수많은 만장 중에서 가장 눈길을 끈 것은 '불사(不死)와 영생(永
生)'이었다.

　"노신 선생은 죽지 않고, 중화민족과 영원히 산다(魯迅先生不死, 中華民族
永生)"는 글귀였다. 영구차를 뒤따르던 민중들은 다섯 명씩 끝도 없이 늘

어서서 서로 손에 손을 마주잡고 즉석에서 자연스럽게 만들어진 애도가를 합창하며 뒤따랐다. 불과 50자 정도의 짧은 '애도가' 즉 '만가'는 합창되어 함성으로 홍교로를 뒤흔들었다.

그는 제국주의에 항거했다.
그는 암흑 세력에 항거했다.
그는 우리 민족의 영혼이며
새로운 시대의 호령자이며
우리들에게 산다는 것을 환기시켜 주었다.

무엇보다 나는 맨 마지막 구절이 마음에 들었다. 우리들에게 산다는 것을 환기시켜 주었던 노신 선생. 완적 선생도 한바탕 울고 돌아가셨다는 인생의 막다른 길에서 울지도 않고, 되돌아서지도 않을 것이라던 노신 선생. 세상이 아무리 절망스러워도 막다른 길이란 존재하지 않는다고 굳게 믿고 있었으며 가시덤불 길을 스스로 헤쳐나온 선생을 생각하며 나는 '운명애(運命愛)'를 외치던 또 한 사람의 니체와 마주선 듯했다. 나 또한 결연히 생의 의지를 다짐하게 되던 것이다.

죽음은 대환영이라네
- 빅토르 위고

빅토르 위고(Victor Hugo 1802－1885)하면 먼저 대인(大人)으로서의 풍모가 떠오른다. 과연 그는 큰 사람이었다. 귄터의 말이 아니더라도 "훌륭한 죽음은 생애 최고의 이력"이듯이. 자신의 최후가 바로 그 사람의 전부인 까닭이다.

나는 위고의 만년과 최후의 모습에서도 그 같은 감격을 누르기가 어려웠다. 우리에게 친숙한 '장발장'의 작가 빅토르 위고는 억압받는 민중의 편에 서서, 코뮌의 반역자들과 유태인들을 탄압과 박해로부터 보호하고 이들을 위해 시를 쓰고 극장에서 목소리 높여 외치기까지 했다. 문학을 지망하던 청년 작가 로맹 롤랑은 존경스러운 이 노인의 초상화를 품에 지니고 다녔으며 '빅토르 위고는 프랑스의 톨스토이'라고 생각했다. 이 두 사람은 공통점을 지니고 있었다. 고리키가 톨스토이를 가리켜 "하느님을 닮았구나."라고 말했듯이 두 사람은 훌륭한 인류의 목회자였고, 80

이 넘는 장수를 누리면서 자기 내부의 선(善)을 모두 실천한 사람들이었다. 각각 자국을 대표하는 문호로서 톨스토이는 《부활》로, 빅토르 위고는 《레 미제라블》로 자신의 인도주의 사상을 남김없이 선양하였다.

각각의 유언장에 자신의 재산을 가난한 사람에게 모두 나누어 주도록 했으며, 몸에 큰 질병 없이 노환(폐렴)으로 가볍게 세상을 떠난 것까지 비슷하다. 위고의 나이는 83세, 톨스토이는 82세였다. 왕성한 정력으로 수많은 여인들과 염문을 뿌린 것조차 비슷했다. 빅토르 위고는 나이 일흔에도 오데옹 무대에서 만난 여배우 사라 버나르와 깊은 사랑에 빠졌고, 그의 마지막 애인은 주디트 고티에였다. 그녀는 시인 테오필 고티에의 딸이었다.

이제 자신의 삶이 충분하다고 생각되어서일까?

1885년 5월 18일, 그는 친구 폴 뫼리스에게 "죽음은 대환영이라네." 하고 스페인어로 말한 지 나흘 뒤에 비로소 영면에 들었다.

어떻게 하면 위고처럼 죽음 앞에서 기탄없이 '대환영'이라고 말할 수 있을까?

이 책을 쓰면서 그동안 나는 많은 작가, 시인들의 삶을 섭렵해 보았는데 죽음 앞에서 초연한 사람들의 대부분은 공통적으로 자신의 삶을 열렬히 사랑한 사람들이었고, 또 시간적으로도 충분히 장수를 누린 경우였다. 생각나는 대로 꼽아 보자면 우선 독일의 괴테(83세)가 있고, 헤르만 헤세(85세), 그리고 우리나라의 미당 서정주(85세), 중국의 임어당(82세), 톨스토이(82세), 빅토르 위고(83세) 등은 죽음

빅토르 위고

앞에서 모두 태연자적했으며 안심입명하였다.

역시 대기(大器)는 만성(晩成)인 모양이다.

1827년 1월 2일 ≪르 글로브≫지에 위고의 ≪오드와 발라드≫에 대한 작품평이 실렸다. ≪르 글로브≫의 시평은 S. B라는 서명의 문예 비평가가 담당했다. 생트 뵈브였다. 위고가 노트르담 샹 가 11번지로 이사를 했을 때 생트 뵈브는 19번지로 따라왔다. 그는 매일 오후 노트르담 샹 가의 위고 집을 방문했다. 하루 두 번씩 오는 때도 있었다. 빅토르의 집에 들를 때마다 그는 위고 부인이 홀로 정원의 나무다리 위에 멍하니 앉아 있는 것을 발견하곤 했다. 그 무렵 코메디 프랑세즈가 위고의 작품 〈에르나니〉의 리허설을 시작했다. 여기에 완전히 미쳐 버린 위고는 집에 있는 시간이 거의 없었다. 공연은 대성공이었고 수입은 예상을 넘었다. 위고의 가족은 새 아파트로 이사를 가게 되었다. 이사 가는 날 아델은 많이 울었고 위고는 아내의 모습을 그저 바라볼 뿐이었다. 생트 뵈브는 아델에게 사랑의 엘레지를 보냈고, 아델은 답장에서 '사랑하는 나의 천사' '나의 보물'이라고 써 보냈다. 그러면서도 생트 뵈브는 문학적으로 여전히 위고의 친구였다. 그는 기회가 있을 때마다 위고를 헐뜯었다. 생트 뵈브는 여전히 비밀리에 아델을 만나고 있었다.

1832년 10월 빅토르 위고는 다시 집을 옮겼다. 르와얄 가 6번지, 로앙 귀에메네의 대저택이었다. 지금은 주소가 플라스 데 보주(Place Des Vosges) 6번지로 되어 있다. 빅토르 위고는 1848년까지 16년 동안 이곳에 살면서 ≪레 미제라블≫의 대부분을 이 집에서 집필했다.

빅토르 위고의 집은 파리를 찾는 사람들에게 관광 명소가 되어 있다. 〈레 미제라블〉을 썼던 곳이니 만큼 관심을 갖지 않을 수 없었다. 오늘은 위고다. 나는 소리 높여 그의 이름을 외치며 서둘러 집을 나섰다. 라데팡스에서 지하철을 타고 바스티유 역에 내렸다. 보주 광장을 찾아 생 탕트완느 거리에서 몇 번을 물은 다음 우측으로 접어들었다. 옷가게가 많았다. 앙리 4세에 의해 세워진 보주광장은 왕궁의 정원이었다고 하나 그런 분위기는 나지 않았다. 벤치에 앉아 햇볕을 쬐고 있는 노인들, 아기를 품에 안은 주부들의 모습이 보인다. 서민을 위한 휴식 공간이었다. 주변이 빨간 벽돌 건물로 둘러싸인 보주광장. 6번지는 쉽게 찾을 수 있었다. 왜냐하면 창틀에 삼색기가 꽂혀 있고 정사각형 표지판에 'MASION DE VICTOR HUGO'라고 적혀 있었기 때문이다. 입장료를 내고 소지품을 보관소에 맡긴 뒤 기념관 안으로 들어갔다. 층계를 밟고 오르는 발 밑의 카페트가 푹신하였다. 우측으로 꺾어 드니 왼쪽 벽면에 두 남자의 사진이 보인다. 영화 포스터다. 〈레 미제라블〉의 등장인물인 자베르 형사는 검정색 중절모를 높이 쓰고 담벼락에 바짝 붙어 있고, 또 다른 사진은 손에 지팡이를 든 농부 같은 모습의 장발장이다.

≪레 미제라블≫은 이 두 사나이를 축으로 하여 이루어지는 소설이다. 빵을 훔친 죄로 19년간의 징역살이를 하고 나온 장발장. 전과자라는 낙인 때문에 일자리를 얻지 못하고 전전하다가 알프스산 밑의 미리엘의 집에서 은식기를 훔친다. 그러나 주교의 감화를 받아 양심의 눈을 뜨게 된 장발장은 불행한 사람들을 위해 사랑을 실천하겠다는 일념으로 숱한 시련을 견뎌 나간다. 불 속에 뛰어들어 경찰서장의 딸을 구해 내는 등 많은 선행의 결과로 시장에 당선된다. 우연히 자베르 형사가 나타나 그의 과거를 캐내기 시작한다. 집요하게 그의 뒤를 밟던 자베르는 마침내 장발장의 고결한 마음씨에 감동하고 만다. 격심한 시가전에서 부상당한 마리우스를 발견한 장발장은 그를 업고 지하의 하수도로 탈출하다가 공교롭게도 그 하수도에서 자베르 형사와 마주친다. 그러나 자베르는 장발

빅토르 위고의 집

장을 체포할 수가 없었다. 직무와 인정의 틈바구니에 끼인 형사는 번민 끝에 투신자살로 관계를 청산한다.

세상에 절대적인 악은 존재하지 않는다는 위고의 세계관이 그대로 드러난 작품이다. 내 머릿속에서 ≪레 미제라블≫ 한 권이 필름처럼 지나 갔다. 위고의 방에 들어서니 제일 먼저 눈길을 끄는 것은 위고가 늘 자랑스럽게 여기던 아버지 레오폴 위고 장군의 초상화였다. 위고가 직접 그린 이 초상화 속의 부친은 군복 차림의 미남자였다. 펜과 잉크로 그려진데생들과 가족을 그린 인물화는 화가로서 위고의 또 다른 면모를 알게한다. 그의 재능에 또 한번 놀랐다. 위고가 주고받은 편지며 육필 원고, 또 손수 나무를 깎아서 만든 가구, 워털루에서 주워 왔다는 탄환, 조약돌, 그리고 중국 취미가 있었는지 중국 도자기가 여러 점 전시되어 있었다.
빅토르 위고는 1845년 이 집에서 ≪레 미제라블≫의 집필을 시작했다.

3년 동안 쓰고 있다가 1848년 파리를 떠나면서 중단하게 된다. 귀족원 상원의원이던 위고가 나폴레옹 3세의 쿠데타를 반대하다가 국외로 추방된 때문이다. 영국 해협의 저지 섬, 건지 섬을 떠돌다가 건지 섬에서 다시 ≪레 미제라블≫의 집필을 재개했다. 작품의 끝줄에 대미(大尾)라고 써 넣은 것은 1861년 6월 30일.

그는 작품 속에 나폴레옹이 패전한 워털루 장면을 쓰기 위해 1861년 5월 직접 그곳을 방문하기도 했다. 그리고 원고를 끝냈을 때, 오귀스트 바리크에게 이런 편지를 써 보냈다.

> 1861년 6월 30일, 아침 8시 30분.
> 창문 너머로 비쳐 드는 아침 햇살을 받으며 나는 ≪레 미제라블≫의 집필을 끝냈다네.

그의 나이 예순 살. 귀양지에서 대작이 완성되었던 것이다. 그러나 위고의 창작은 쥘리에트라는 여자의 헌신과 원고 정서 없이는 아마 어렵지 않았을까 싶다. 그의 문학에는 여인 쥘리에트가 있었다. 빅토르 위고가 쥘리에트 드루에를 처음 만난 것은 1832년 포르트 생 마르텡 극장에서였다. 그의 작품 ≪뤼크레스 보르쟈≫의 공연을 위해 대본 읽기를 하던 날이었다. 그후 위고는 어느 날 밤, 무도회에서 본 그녀의 아름다움에 빠지고 만다.

> 당신의 시선이 처음 나에게 머물렀을 때,
> 새벽빛이 폐허를 비추듯이 내 가슴속까지
> 비치는 것 같았다오

라고 써 보냈다. 두 사람의 관계는 운명적으로 발전해 갔다. 위고는 무대에 서는 일도 그만두게 했다. 그가 주는 몇 푼 안 되는 생활비를 아껴 쓰며 그녀는 가계부를 적고 여가 시간에 정성껏 위고의 원고를 정서했다. 쥘리에트는 위고의 망명 생활 19년도 물론 함께 했다. 위고가 이 보주 광장에 살고 있을 때, 쥘리에트는 이 근처 생 아나스타즈 가 14번지에 살고 있었다. 쥘리에트의 방은 위고의 초상화로 온통 도배가 되다시피 되어 있었다. 그런데도 위고는 다른 여자들과 만났다. 당시 이 집에는 그의 서재로 곧장 통하는 비밀 계단이 있었는데, 쥘리에트 자신도 자주 이용하던 이 비밀 통로를 통해 위고가 다른 여자들을 끌어들인 것을 알고 있었다. 1844년 초 위고는 슬픈 눈동자를 가진 금발의 소녀 레오니 당트에게 빠져 있었다. 화가이던 남편에게 고발되는 곤욕을 치르고 레오니는 간통죄로 생 라자르 감옥에 수감되기도 했었다. 위고는 얼마 전에 취득한 귀족 작위를 내세워 곧 풀려났다.

가혹하게도 위고는 자기가 옮겨간 몽마르트 언덕 집 둘레에 이 세 여자를 배치시켰다. 아델, 쥘리에트, 그리고 제일 나이 어린 레오니 당트를. 세 여인이 위고를 중심으로 하나의 작은 원을 그리며 살고 있었다. 위고는 세 여인들 사이를 오가며 얼마간의 시간을 그들과 함께 보냈다. 언제나 그랬듯이 쥘리에트에게 열중하고 있으면서도 일종의 의무감에서 아델과 레오니를 만났다.

쥘리에트의 일이란 ≪레 미제라블≫의 원고를 정서하는 일이고, 위고의 저녁 식사는 늘 가족과 함께였으며 밤이 되면 그는 레오니에게로 달려가곤 했다. 위고는 세 여자를 무리 없이 다루어 나갔다. 아델도 "무슨 일이고 편한 대로 하세요. 당신만 좋으시다면 저도 행복하니까요."라며 남편을 편안하게 대해 주었다. 남편이 연인들과 여행하는 동안 아델도 생트 뵈브나 시인 테오필드 고티에하고 다정한 사이로 지냈다. 위고는 누이를 향한 것 같은 애정으로 아내를 대한 것 같다. 쥘리에트는 아름다운 음성으로 위고의 시를 낭송하기를 좋아했고, 위고도 감사의 노래를 지어 바치는 대상은 언제나 쥘리에트였다. 그의 헌시는 그녀를 행복하게 했다. 그녀가 위고에게 바치는 사랑은 그야말로 신을 섬기는 듯한 사랑이었다고 한다. 위고가 쥘리에트를 찾는 것은 며칠에 한 번씩이었고, 고작해야 1년에 한두 번 여행을 함께 하는 정도였지만 그 속에서 결속된 뜨거운 애정은 천년을 약속한 사랑 이상이었다.

1851년 2월 이후 위고는 정부나 루이 나폴레옹 개인에 대해서도 반대 입장을 취해 왔다. 쥘리에트가 바스티유 광장에 도착했을 때 위고는 한 무리의 군장교와 경찰들 앞에서 격렬한 연설을 하고 있었다. 쥘리에트는 위고에게 달려가 이러다간 저들이 당신을 쏘아 죽일 것이라면서 팔에 매달렸다. 12월 4일은 대학살의 날이었다. 부르주아 자유주의자들에 대한 무자비한 탄압이 시작되었다. 피가 낭자한 무질서 속에서 쥘리에트는 내내 위고의 뒤를 따랐다. 흰머리가 나기 시작했지만 여전히 아름다운 얼굴로 남편과 죽음의 위협 사이에서 필요하다면 언제라도 남편이 도망칠 수 있게 하려고 몰래 위고의 뒤를 따르고 있었다. 총탄이 우박처럼 쏟아지는 속에서 그녀는 위고의 모습을 놓쳤다가 다시 찾곤 했다. 훗날 위고는 이렇게 썼다.

> 쥘리에트 드루에는 나에게 모든 것을 바쳤다.
> 1851년 12월의 그 악몽 같은 날들 속에서 내가 살아남을 수 있었던 것은 오로지 그녀의 헌신 때문이었다.

시인 폴 클로델은 위고의 가치를 평가하여 이렇게 말하였다.

> 쥘리에트 두르에라는 놀라운 여성이 빅토르 위고에게 바친 흔들림 없는 애정만큼 위고의 가치를 보증해 주는 것은 없다.

위고는 행복한 사람이었다. 자식들을 모두 앞세우는 불행을 겪기는 했으나, 옛부터 '수즉욕(壽則辱)'이라 했으니 오래 사는 동안 무슨 일은 없겠는가. 너그러운 위고의 아내 아델도 1867년 쥘리에트를 찾아와 그녀를 가족의 일원으로 인정해 주었다. 이때부터 쥘리에트는 위고 집안의 공식적인 일원이 되어 그 가족들과 서로 정을 나누며 살게 되었다. 중국의 순(舜)이 요임금의 두 딸을 잘 거느린 것처럼 빅토르 위고도 아델과 쥘리에트를 잘 다스렸다. 무엇보다 그는 사람을 존중할 줄 아는 따뜻한 마음씨를 지닌 사람이었다. 인간 빅토르 위고의 가치는 바로 이런 점이었다. 쥘리에트와 처음 만났을 때 그녀에게는 어린 딸이 하나 딸려 있었고 사치한 생활 때문에 2만 프랑의 빚이 있었다. 위고는 자신의 명성에 오점이 남는다 하더라도 형편이 허락하는 대로 그녀의 빚을 갚아 줄 것을 약속했다. 그리고 쥘리에트의 딸을 자신의 호적에 입적시키고 양육비와 교육비 일체를 맡아 주었다. 그녀의 딸 프라디에가 죽었을 때, 그 아이의 생부와 함께 장례식에 참석하여 친딸이 죽은 것처럼 그는 슬퍼했다. 그리고 유언장에도 밝혀 두었다.

알리스와 쿠데타 당시 위험을 무릅쓰고 내 목숨을 구해 주었으며, 그 후에는 내 원고가 든 트렁크를 건져 올린 용감한 여인 쥘리에트의 생활비로 1만 2000프랑을 남겨 둔다.

그러나 2년 뒤, 쥘리에트는 위고보다 먼저 세상을 떠나고 말았다. 그녀는 나이 25세 때 위고를 만나 79세의 나이로 생애를 마칠 때까지 위고의 충실한 충복이요, 비서요, 연인이었다.

이제 위고가 떠날 차례가 되었다. 그는 유언장을 작성했다.

신과 영혼, 책임감, 이 세 가지 사상만 있으면 충분하다. 적어도 나에게만은 충분했다. 그것이 진정한 종교이다. 나는 그 속에서 살아왔고 그 속에서 죽을 것이다. 진리와 광명, 정의, 양심, 그것은 신(神)이다.(……)

그는 이렇게 살아왔다. 진리와 정의와 양심으로 프랑스의 시인이며 소설가, 극작가로서 사형 폐지의 소신을 담은 소설 〈사형수 최후의 날〉을 남겼고, 보불전쟁과 코뮌을 언급한 〈무서운 해〉, 나폴레옹 3세를 통박한 〈징벌 시집〉, 인류사를 노래한 서사시집 〈제세기의 전설〉 등을 썼다. 망명 시절 위고는 공화제의 대표자로서 전 유럽 진보주의자들의 존경의 대상이었다. 1859년 프랑스 황제는 그에게 대사면령을 내렸다. 그러나 위고는 이를 거부했다. 광야에서 외치는 위대한 목소리는 자유 프랑스의 명성과 장엄함에 대한 사랑을 되찾기 위한 것이라고 볼 수 있겠다.

1870년에 보불전쟁이 발발하여 숙적 나폴레옹 3세가 몰락하고 공화제가 성립하자 위고는 민중의 환호를 받으며 파리로 돌아왔다. 그가 브뤼셀 역에서 파리에 도착한 것은 1870년 9월 5일. 환영 인파는 대단했다. "빅토르 위고 만세!" 그가 세상을 떠나던 날도 마찬가지였다. 장례 인파는 대단했다. 1885년 6월 1일. 프랑스 정부는 국장(國葬)으로 그를 예우했다. 국장으로 그의 장례식이 치러지고 200만 인파가 애도하는 가운데 위고의 유해를 실은 영구차는 개선문 아래 한참 머물렀다가 팡테옹까지 관을 호송했다. 거리와 광장마다 〈레 미제라블〉, 〈정관시집〉, 〈가을 나뭇잎〉 등 작품 이름으로 적은 만장들이 펄럭였다. 그날 파리 창공을 자랑스럽게 수놓던 만장들이 내 상상 속에서는 더욱 힘차게 펄럭인다. 그리하여 개선문 앞을 지나칠 때마다 나는 그날의 감격으로 위고를 생각했다. 작가가 된다는 일에 자긍심을 일깨워 주는 대사건이기도 하다. 〈레 미제라블〉, 〈노틀담의 꼽추〉, 〈가을 나뭇잎〉을 쓴 글자들이 춤추듯이 펄럭이며 콩코드 광장을 거쳐 뤽상브르 공원을 지나 팡테옹 신전 안으로

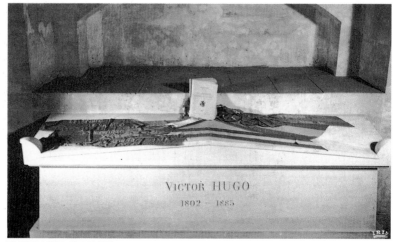

팡테옹의 빅토르 위고의 무덤.

들어섰을 것이다.

　내가 팡테옹을 찾은 것은 보주 광장에 있는 빅토르 위고의 집을 들른 다음날이었다(사진에 찍힌 날짜를 보니 확실히 알 수 있다). 말로만 듣던 팡테옹의 정문 앞에 섰다. 상아 같은 원기둥 스물두 개가 신전을 떠받치고 정면의 기둥 여섯 개에는 프랑스의 삼색기가 나지막하게 일곱 개씩이나 꽂혀 있다. 국기가 꽃처럼 장엄하다. 3층으로 이루어진 둥근 돔의 첨탑에 십자가가 걸려 있는 아름다운 신전이었다. 원주가 떠받고 있는 기둥 위에 "위대한 사람, 조국에 감사한다."가 써져 있고, 글자 위에 다비드 단세르가 새겨 넣은 페디먼트의 부조에는 프랑스의 위대한 전사에게 월계수를 수여하는 장면이 묘사되어 있다. 찬찬히 건물을 살핀 뒤 신전 안으로 들어섰다. 돔의 은은한 채광이 사람의 마음을 금방 경건하게 만든다. 실내에는 십자가 모양으로 난 4개의 통로가 있고 중심 부분에 거대한 돔이 솟아 있다. 벽화도 아름다웠지만 내 관심은 진작부터 납골당이 안치되어 있는 지하 묘소에 가 있었다. 긴장을 늦추지 않고 지하 계단을 밟아 내려가니 땅 밑에 고요한 또 하나의 세계, 인물과 역사가 보존되어 있는 명부(冥府)의 지하 세계가 자리하고 있었다. 왼편으로 볼테르의 동상이 보였다. 학자답게 왼손엔 책을, 오른손엔 펜이 쥐어져 있다. 맞은편에는 그와 앙숙이던 장자크 루소의 나무관이 안치되어 있다. 목재로 짜인 나무집 문 앞에 횃불을 든 손이 불쑥 나와 있다. 죽어서까지 서로 마주 보다니 좀 짓궂다는 생각이 들었다.

복도식으로 된 회랑을 따라 걷다가 왼쪽 벽면에서 빅토르 위고의 이름과 만났다. 숫자 표시 'XXIV'는 방 번호인 것 같고 그 아래에 'Victor Hugo', 그리고 줄 바꾸어 '1802~1885'라는 생몰 연도가 명기되어 있다. 초록색 목제문을 열고 들어갔다. 두 개의 석관이 양쪽으로 나뉘어 놓여 있었다. 한가운데에 서서 팔을 뻗으면 맞닿을 거리이다. 왼쪽엔 빅토르 위고가 오른쪽엔 에밀 졸라가 누워 있었다. 두 사람은 서로 잘 아는 사이다. 부두 세관 사무원으로 일하면서 틈틈이 쓴 시를 위고에게 보내던 졸라였다. 그러나 그는 시보다 《목로주점》이나 《나나》로 더 잘 알려진 소설가다. 졸라의 사인은 뒤프레스를 반대하는 파에 의한 암살설도 나돌았으나 실제로는 자택에서 가스중독으로 사망했다. 졸라의 무덤은 원래 몽마르트 묘지에 있었는데 1908년 이곳으로 이장되어 왔다. 위고는 죽어서도 심심하지 않게 되었다. 짧은 묵념으로 인사를 대신하고 벽면에 있는 이름을 살피면서 나는 회랑을 좀더 걸었다. '앙드레 말로' '마리 퀴리'의 이름을 더 볼 수 있었다.

이제 마지막으로 그가 숨을 거둔 집을 찾을 차례이다. 개선문을 중심으로 좌측 도로의 횡단보도를 건넜다. 차분하게 안정된 동네의 분위기가 느껴진다. 넓지 않은 구도로를 따라가다 보니 우리가 걷고 있는 대로는

위고가 임종한 집. 문 위에 초상이 부조되어 있다.

마침 위고 가(街路)로 연결되었으며, 강물의 지류같이 왼쪽으로 굽어 든 길은 보들레르가 숨진 돔 가와 맞닿아 있었다. 얼마 더 가지 않아서 왼쪽으로 뻗은 골목이 나오고 골목 입구에 '아브뉘 빅토르 위고' '루이 드 발레리'라고 쓴 표지판이 양쪽으로 나뉘어 부착되어 있었다. 그 길은 발레리 가(街)였다. 골목 끝으로 막다른 오른편에 발레리가 생을 마칠 때까지 살던 집이 있다.

아브뉘 빅토르 위고 124번지를 찾기는 어렵지 않았다. 검정색 칠을 한 철제 대문 위에 빅토르 위고의 얼굴이 새겨져 있어서다. 2층 창문 우측에 124란 숫자가 적혀 있고 바로 그 위에 이곳에서 죽었다는 표지도 붙어 있다. 세상을 떠나기 3년 전, 위고는 이 집에서 80회 생일을 맞았다. 프랑스 정부는 이 날을 국경일로 정하고 대대적인 기념행사를 벌였다. 그리고 이곳의 지명인 디로 가를 '빅토르 위고 대로'로 바꾸었다.

디로가에는 개선 아치가 세워졌고 수많은 파리 시민들이 이 시인의 집 창문 아래로 몰려들었다. 지방 도시들은 축하 사절과 화환을 보내왔고, 생일 전날 밤에는 국회의장이 찾아와 위고에게 존경의 뜻을 표했다. 전국의 학교에서는 학생들에게 내려진 일체의 벌을 용서해 주었다. 빅토르 위고는 2월의 추운 날씨에도 불구하고 조르쥬와 잔느, 두 손자의 손을 잡고 창문 앞에 서서 60만 명의 축하 행렬이 지나가는 모습을 바라보았다. 길거리에는 축하 화환이 산처럼 쌓였다. 위고는 군중들의 환호에 손을 들어 감사의 뜻을 전했다. 디로 가(街)가 빅토르 위고 가로 이름이 바뀐 것은 그해 7월이었다. 명명식이 있던 날, 지방 밴드와 합창단이 파리로 올라와 이 집 앞에서 또 한 차례의 퍼레이드를 벌였는데 이들은 〈라 마르세유〉를 수도 없이 연주했다고 한다.

빅토르 위고의 아버지 레오폴 위고 장군은 대검 묘기를 보여 주면서 어린 아들과 놀아 주고, 어린 빅토르의 이름을 근위대의 점호 명부에 올려 주었다. 꼬마는 으쓱대며 이때부터 군인으로 자처하기를 좋아했고, 라 마르세유를 힘차게 불렀다. 특히 이 노래를 아주 좋아하였다고 한다. 대문 위에 부조된 위고의 얼굴과 마주 서 있는 내 귀에도 그 노래가 환청으로 들려온다. 마르숑 마르숑(나아가자, 나아가자) 박진감 넘치는 행군의 발걸음 소리가. 그는 사랑하는 두 손자가 지켜보는 가운데 늠름하게 이 세상과 하직했다.

1885년 5월 22일이었다. 그가 종이에 마지막 써 보인 글자는 '이곳은 낮과 밤의 전쟁터.' 그러고 보니 또 한 가지 위고의 유명한 잠언이 생각난다.

> 오늘의 문제는 싸우는 것이요.
> 내일의 문제는 이기는 것이요.
> 모든 날의 문제는 죽는 것이다.

역시 그는 잘 싸웠고 이겼으며 잘 죽을 줄도 알았던 사람이다. 노환으로 병상에 누운 지 그것도 닷새 만에 '죽음은 대환영'이라면서 씩씩하게 손을 흔들었을 그의 모습을 눈앞에 그려보며 나는 든든한 마음으로 빅토르 위고가(街) 124번지 앞에 서 있었다. 그렇게 죽을 수만 있다면.

낮에는 돌을 깨는 인부가 되고
밤에는 걸작을 써라
- 에밀 졸라

2000년 5월, 어느 날 나는 뤽상부르 공원을 지나 팡데옹의 정문 앞에 섰다. 지하 묘소에서 내 눈은 연신 빅토르 위고의 이름을 찾기에 바빴다. 벽면에 표시된 숫자 'X X Ⅳ'. 그곳에 Victor Hugo의 이름과 생몰연도가 적혀 있다.

초록색 나무문을 조심스레 열고 들어갔다. 양쪽으로 두 개의 석관이 마주보고 놓여 있다. 두 팔을 뻗으면 맞닿을 거리에 빅토르 위고와 에밀 졸라(Emil Zola, 1840-1902)가 누워 있었다. 에밀 졸라를 만난 것은 뜻밖이었다. 왼쪽이 위고요, 오른쪽이 졸라였다. 누가 이 둘을 룸메이트로 만들었을까?

위대한 사람만이 들어올 수 있다는 곳. 이들의 공통점은 많다. 작가이면서 시대적 양심을 외면하지 않은 높은 정신. 시대적 증언과 망명생활

벽면에 ⅩⅩⅣ가 적힌 팡데옹 묘소

로 이어지는 국외 추방.

《장발장》의 작가 빅토르 위고는 억압받는 민중의 편에 서서 코뮌의 반역자들과 유태인들을 탄압과 박해로부터 보호하고 이들을 위해 시를 쓰고 극장에서 목소리 높여 외치기까지 했다. 나폴레옹 3세의 쿠데타를 반대하다가 국외로 추방된 것은 1851년. 그러나 보불전쟁이 발발하여 숙적 나폴레옹 3세가 몰락한 1870년에야 위고는 고국으로 돌아올 수 있었다. 19년 만이었다. 그는 사형 폐지의 소신을 담은 《사형수 최후의 날》, 보불전쟁과 코뮌을 언급한 《무서운 해》, 나폴레옹 3세를 통박한 《징벌 시집》 등을 썼다.

위고가 죽은 지 23년 뒤에 슬그머니 위고의 곁에 와 누운 에밀 졸라도 시대의 증인으로써 필사의 투쟁을 서슴지 않았다. 무고하게 감금된 유태인 포병 대위 드레퓌스(Dreyfus)의 승리를 위해 신문에 반유태주의를 비난하는 글을 쓰며 〈청년들에게 보내는 편지〉를 발표하면서 정의의 회복을 호소했다.

졸라가 시대의 증인, 민중의 투사로 각광받게 했던 것은 뭐니뭐니 해도 드레퓌스 사건이다. 1894년 프랑스 육군 장교 가운데 군의 기밀을 적에게 파는 매국노가 있음이 밝혀졌다. 반유태주의 신문인 ≪라 리브르 빠롤≫지가 유태인 포병대위 알프레드 드레퓌스가 범인이라고 몰아붙이면서 반역죄로 기소, 비공개 군법회의를 열어 유죄 판결, 종신금고형을 선고했다.

기아나에 유배되어 참혹한 유형 생활을 한 지 1년쯤 뒤인 1896년 참모본부의 삐까르 국장은 우연한 기회에 프랑스군의 대대장급 장교인 에스떼라지 소령이 독일대사관 무관과 은밀한 연락을 갖고 있으며 문제의 '명세서' 글씨가 그의 필적과 일치함을 알게 된다. 그는 상부에 에스떼라지가 독일의 첩자이며 드레퓌스는 무죄라고 주장하다가 오히려 변방으로 쫓겨났다. 프랑스의 지식인들이 들고 일어났다.

나는 고발한다

에밀 졸라는 ≪여명≫지에 〈나는 고발한다〉는 제목으로 대통령에게 보내는 공개장을 발표하여 드레퓌스 사건의 진상, 군부의 음모 등을 만천하에 폭로했다. 프랑스 전국은 이 사건을 둘러싸고 격렬한 논쟁의 소용돌이 속에 말려들게 된다. 재심을 요구하는 파에는 에밀 졸라 · 클레망소 · 캐스트너 · 아나톨 프랑스 등 지식인들이 앞장을 섰고 재심을 반대하는 파에는 왕당파 · 국수주의자 · 카톨릭 교도 · 반유태주의자들이 한편이 되어 격렬한 싸움을 벌였다. 온 국민들의 압력에 의해 마침내 재심을 받게 된 뒤레퓌스는 죄가 없음이 밝혀졌음에도 군부의 교활하고도 집요한 음모와 압력 때문에 놀랍게도 다시 유죄 선고가 내려졌다.

1897년 졸라는 《피가로》지에 그의 첫 기고문인 〈조소〉에서 반유태주의를 비난하며 분노를 표명하기 시작했고, 1897년 다시 〈청년들에게 보내는 편지〉를 발표하면서 정의의 회복을 호소했다.

청년, 청년들이여! 인도적인 사람이 되라(…).
만일 우리가 틀렸다 하더라도, 한 무고한 자가 극형을 당하고 있고 또 우리의 반항심이 그 고통으로 갈기갈기 찢어지고 있다!
우리가 말할 때 부디 우리를 지켜다오.

투쟁적인 졸라의 역량에 위기의식을 느낀 반대파들은 그에게 집중 포화를 터뜨렸다. 졸라 아버지의 청렴성 문제를 거론하고 그가 이태리 출신이라는 혈통마저도 문제삼아 인신 공격을 퍼부었다.

재판을 둘러싼 허위를 신랄하게 공격한 글 〈나는 고발한다〉 때문에 결국 졸라는 징역 1년과 벌금 3000프랑을 선고받고 어쩔 수 없이 고국을 떠나 영국으로 정치적 망명의 길을 떠나야 했다. 드레퓌스 사건의 재심이 결정되었을 때 그는 프랑스로 돌아올 수 있었다. 진범 에스떼라지 소령은 외국으로 달아나고 뒤레퓌스는 복권되지 않은 채 사면 석방되었다(그뒤 1906년에 가서야 복권이 이루어졌음).

결국 이 사건은 시대적 양심의 문제였고 이 양심의 선두에는 졸라가 있었다. 정의의 수호자로서 졸라도 팡데옹에 들어올 수 있었다. 그는 드레퓌스 사건에서 정의와 진실을 위해 적극적인 역할을 한 자신을 선전하고 그 행위로 프랑스의 은인이 되리라는 자부심을 은근히 내비치기도 했다.

마주보고 있는 빅토르 위고와 에밀 졸라의 석관

　나는 우리나라가 허위나 부정 속에 머무르기를 바라지 않았다. 혹시 누가 여기서 나를 때려 죽일지도 모른다. 그러나 언젠가 프랑스는 그 명예를 구하는 데 도움을 준 나에게 감사할 것이다.

　그래서였는지 몽마르트르 묘지에 묻혀 있었던 졸라의 시신은 6년 뒤 이곳 팡데옹으로 이장되었던 것이다.

　1902년 9월 28일, 파리 근교에 있는 메당 별장에서 여름을 보낸 후 파리의 집으로 돌아와서 잠자는 동안 벽난로의 통풍이 잘 되지 않아 가스 중독으로 그는 사망했다. 그러나 반 드레퓌스파들에 의해 저질러진 암살이라는 설도 있다. 그의 장례식에는 아나톨 프랑스가 아카데미 프랑세즈의 이름으로 조사를 읽었다. 졸라만큼 열심히 산 사람도 흔치 않을 것 같다. 비록 62세의 나이로 생애를 마감했으나 그는 62년보다 훨씬 더 많이 살았다. 토목기사이던 아버지를 잃은 것은 일곱 살. 어머니의 경제적 짐을 덜어드리기 위해 한 달에 60프랑의 급료를 받고 부두 세관 사무원으로 취직한 것은 스무 살 때였다. 시간을 쪼개가며 그는 틈틈이 독서를 하고 시를 써서 빅토르 위고에게 보냈다.

그뒤 4년 간 출판사에서 일하며 중요한 지적 성장기를 갖는다. 22세에 프랑스 국적을 취득하고 출판사 일로 많은 작가들과 교분을 맺는다. 그는 오직 돈을 벌고 출세하기 위해 글 쓰는 사람 같았다. 주변에서도 문학의 동기를 빈곤으로부터 해방되어 부와 명성을 획득하려는 출세주의로 그를 폄하하는 사람들도 많았다.

〈돈과 문학〉이라는 작품도 돈과 명성을 목표로 삼으면서 고난을 헤쳐나온 자신의 청년 시절에 다름 아니었기 때문이다.

> 오늘날 우리가 위신을 차리고 존경을 받을 수 있게 해주는 것이 무엇이냐고 하면 그것은 돈이다.(…)
> 여러분도 투쟁을 하라. 감자나 송로(松露)를 먹고 낮에는 돌을 깨는 인부가 되고 밤에는 걸작을 써라.

그는 글 쓰는 일을 최우선으로 하며 자신의 일과를 '제화쟁이의 구두 만들기'에 비유했다. "한 줄의 글도 쓰지 않고 지낸 날은 하루도 없다." 그가 지켜 온 좌우명이었다. 아침 8시에 일어나 9시부터 오후 1시까지 날마다 일정량의 원고를 썼다. 그가 필생의 업으로 삼은 ≪루공 마카르≫ 전 20권을 써내는 동안 그것은 매일같이 그 일이 시행되었다. 오후에는 편지 쓰기, 자료 조사, 신문 원고 등을 쓰고 10시나 11시에 잠자리에 들어 밤 12시나 1시까지 책을 읽었다. 철두철미한 직업으로서의 문학인이었다.

중학교 시절 마침 내가 다니던 학교 교문 옆에 책 대여점이 있었다. 친구와 나는 내기를 걸고 빌린 책을 다음날 반납하기로 약조를 하였다. 그렇지 않을 때는 벌금을 내기로 하였다. 남독으로 이어지는 이때, 에밀 졸라의 ≪나나≫를 읽었고 ≪목로주점≫은 영화가 더 기억에 남는다. 러시아 설원을 떠올리게 하는 마리아 쉘의 묘한 인상이 지워지지 않는다.

아직도 예쁜 절름발이 여자 마리아 쉘(소설 속에서는 제르베즈 마카르)은 열심히 세탁소 일을 하며 달아난 남편을 원망하지 않는다. 함석공 꾸보와 만나 예쁜 딸 나나도 태어난다. 알코올 중독자가 된 꾸보는 마리아 쉘의 전 남편을 불러들이고 두 사내에게 침식당하던 그녀도 술에 탐닉, 점점 비천한 신세로 전락하고 딸 나나는 달아나 매춘부가 된다. 꾸보는 정신착란으로 정신병원에서 죽고 굶주림을 면하기 위해 매춘까지 해야 했던 마리아 쉘은 계단 밑에 만들어 놓은 개집만 한 잠자리에서 비참한 주검으로 발견된다. 도살장과 병원 사이의 폐쇄된 빈민가에 갇힌 채 그녀는 궁극적으로 전락할 수밖에 없는 조건에 놓인다. 마카르 혈통의 비정상적 정신의 유전, 가난이라는 역병, 빈민가에 늘어선 술집, 알코올 중독, 빈자들이 갖는 악덕과 부패, 참상의 큰 책임을 작가는 제2제정 체제(1852-1870)에 돌린다. 그리고 불행한 빈자들의 삶의 회복은 제정의 몰락을 전제로 하지 않으면 안 된다는 것, 즉 거대한 자연의 질서 앞에 그들은 무릎을 꿇어야 한다는 것이 에밀 졸라의 주장이었다.

≪목로주점≫은 언어의 자연주의를 구현함으로써 노동자의 욕설·은어·상투어 등을 여과 없이 옮겨놓는다. 빅토르 위고는 "졸라가 비참과 비루함이라는 빈자들의 추한 상처를 공연히 드러내 보였다."라고 개탄했지만 책은 순식간에 38판이 찍혀 나갔고 그 인세로 메당에 별장을 마련한다. 이 집에서 자연주의 문학을 주창하는 작가들이 모여 '메당의 그룹'을 형성했다. 졸라 외에 위이스망스·모파상·세아르·에니끄, 화가 세잔느·마네 등이 참석했다. 그의 나이 38세 때였다. 문인협회 회장에 두 번이나 피선되고 국가최고훈장인 레지옹 도뇌르 훈장도 두 번이나 받았다.

모파상의 장례식날 졸라는 문협 회장으로서보다도 '메당의 동료'로서 눈물을 닦으며 조사를 읽었다. 에밀 졸라가 주재하는 문학 서클인 '메당의 저녁'에 모파상은 《비곗덩어리》가 발표되면서 문단의 주목을 받기 시작했다. 모파상이 죽은 정신병원은 발자크 집 마당에서 내려다보였다. 마침 발자크의 집에서는 세르게 젠토르와즈의 시선으로 본 《인간 희극》 '코미디 휴먼의 그림전'이 열리고 있었다. 졸라는 발자크의 극복이 그의 인생의 지상 과제였다. 그는 발자크의 전범을 따르면서도 그를 넘어서고 싶어 했다. 백 권

에밀졸라

이 훨씬 넘는 발자크의 작품 전체에 《인간 희극》이라는 총제목을 붙인 것을 염두에 두고 졸라는 사전에 《루공 마카르》라는 제목으로 20권의 소설을 계획했다.

졸라는 발자크와 비견하여 자신의 문학적 포부를 이렇게 표명했다.

> 내 작품은 사회적이라기보다도 과학적인 것이 될 것이다.
> 발자크는 3천 명의 인물을 동원해서 풍속의 역사를 엮으려고 했다. 그는 이 역사를 종교와 왕권의 기초 위에서 구상했다. 그러나 내 작품은 그것과는 전혀 다른 것이 될 것이다. (…) 다만 나는 환경에 의해서 달라지는 한 집안의 곡절을 그리고자 한다. (…) 발자크처럼 인간의 일에 대해서 어떤 결정을 내리고 정치적·철학적 또는 윤리적이 되려는 것이 아니다.
> 나는 오직 학자가 되고 내재적인 이유를 찾으면서 존재하는 것. 그 자체에 대해서 말하고 싶을 따름이다. 또한 결론을 내리지 않겠다. 한 가족의 여러 사실들을 그냥 제시하고 그것을 움직이게 하는 내적인 메커니즘을 드

러내 보이려는 것이다.

졸라는 유전과 환경의 문제가 인간의 행동에 결정적인 영향력을 갖는다고 주장했다.

발자크가 하나의 시대를 그려 나감에 있어 인물들을 수시로 재등장시키고 사후 ≪인간 희극≫이라는 총괄적인 타이틀을 붙이게 된 것과는 달리 졸라는 처음부터 유전에 의하여 필연적으로 긴밀하게 얽힌 한 가족의 인물들을 등장시키고 있다. 그럼으로써 유전은 ≪루공 마카르≫를 하나의 전체로서 응결시키는 뿌리와 종축(縱軸)의 역할을 하고 그 내부에서 각 소설은 서로 연계된 부분을 형성한다.

한편 광산 파업을 다룬 그의 노동소설 ≪제르미날≫은 명실상부한 졸라의 대표작이 되었으며 노동자를 하나의 동태적 계급으로 다룬 최초의 프랑스 소설로 일컬어진다.

6월 4일 졸라의 유해를 팡데옹으로 이장하던 날, 행렬을 따르던 수많은 군중들이 그칠 줄 모르고 외치던 말도 "제르미날! 제르미날!"이었다. 에밀 졸라는 아내가 데려온 가정부 쟌느 로즈로에게 두 아이를 얻는다. 48세의 나이로 20세에 불과한 로즈로를 만나 비로소 아버지가 되는 기쁨을 맛보며 명예와 부로 살 만한 세상이 된 그의 인생도 먹구름이 걷히기 시작했다. 그의 마지막 작품인 ≪진실≫에서 그 같은 것을 엿볼 수 있다. ≪루공 마카르≫가 과거를 향한 시선의 산물이라면 ≪진실≫은 미래를 지향하는 시선이다. 어두운 색조는 밝음으로 전환되고 있으며 일체의 구속으로부터 해방된 상상력이 꿈의 세계로 치솟아 현실의 피안에서 환상의 왕국을 만들어 놓고 있다. 노년에 들어서 쟌느 로즈로에게 얻은 딸과 아들의 존재, 충만한 내적 기쁨. 그것이 졸라로 하여금 사회의 어둠을 고발하는 검찰관으로부터 밝은 장래의 도래를 예고하는 메시아로 변하게 하는 요인이 되고 있는 것 같다. 어쩔 수 없이 부르주아의 안락함 속에 안주해 버린 그를 보면서 인간의 한계를 절감하게 된다.

과학과 사회주의 이름 아래 가톨릭 교회와 정치적 관계를 규탄하는 작품 ≪세 도시≫를 써서 종교를 집중 공격했으나 만년의 작품 ≪노동≫에서는 한 도시의 유토피아를 예고하고 있다. 이순(耳順)의 나이 62세에 불쑥 찾아온 죽음 앞에 그는 편안한 심경이 되어 있으리라.

누군가 정의한 대로 "어두운 현실의 화가이면서 동시에 밝은 미래의 예언자였고, 과학의 신봉자이면서 동시에 타고난 몽상가였으며, 출세 지향적 야심가이면서 동시에 시대의 양심이었던 사람", 에밀 졸라. 그는 ≪의사 파스칼≫이라는 작품에서는 27세 연하인 쟌느 로즈로와의 사랑을 옮겨놓고 있다. 새로운 메시아인 아들의 입에 젖을 물리고 있는 젊은 어머니의 이미지가 소설의 결미를 이룬다. 이 희망, 새 생명의 이미지는 한 사회의 비참과 절망 가운데서도 새롭게 솟아나는 새 희망 새 생명으로 이어진다. 그의 생사관(生死觀)은 자연의 법칙에 순(順)한다는 것을 볼 수 있다.

열정을 받쳐 인생을 근면하게 산 사람, 빅토르 위고와 에밀 졸라에게 나는 고개 숙여 깊은 존경의 묵념을 바쳤다.

두 사람을 룸 메이트로 묶을 수 있는 것도 다름 아닌 진리와 광명, 정의와 양심이 아닐까. 그런 생각으로 나는 두 사람을 결속시켜 보고 있었다.

영혼의 순례, 52명의 작가 묘지기행 ①

그들 앞에 서면
내 영혼에 불이 켜진다

인 쇄 / 2011년 12월 5일
발 행 / 2011년 12월 31일

저 자 / 맹 난 자
발행인 / 서 정 환
발행처 / 수필과비평사

출판등록 / 1984년 8월 17일 제28호
주   소 / 서울시 종로구 익선동 30-6
             운현신화타워 빌딩 2층 208호
전   화 / (02) 3675-5633, (063) 275-4000
팩   스 / (063) 274-3131
E-mail / essay321@hanmail.net

값 16,000원

ISBN 978-89-5925-957-1   04810
ISBN 978-89-5925-958-8   (전2권)

※ 저자와 협의, 인지는 생략합니다.
※ 잘못된 책은 바꿔 드립니다.